T0283763

Los autoestopistas galácticos II

Douglas Adams

Los autoestopistas galácticos II

Hasta luego,
y gracias por el pescado
Informe sobre la Tierra:
fundamentalmente inofensiva

Traducción de Benito Gómez Ibáñez

EDITORIAL ANAGRAMA
BARCELONA

Títulos de las ediciones originales:
So Long, and Thanks for All the Fish (The HitchHiker's Guide to the Galaxy 4)
Pan Books, Londres, 1984
Mostly Harmless, William Heinemann Ltd., Londres, 1992

Hasta luego, y gracias por el pescado, traducción de Benito Gómez Ibáñez
Informe sobre la Tierra: fundamentalmente inofensiva, traducción de Benito Gómez
Ibáñez, © 1994

Diseño de la cubierta: Sergi Puyol
Ilustración: © Dasha Stekolshchikova

Primera edición de «Hasta luego, y gracias por el pescado» en «Contraseñas»: 1988
Primera edición de «Informe sobre la Tierra: fundamentalmente inofensiva»
en «Contraseñas»: 1994
Primera edición en «Compendium»: febrero 2024

Diseño de la colección: Ggómez, guille@guille01.com

© Serious Productions Ltd, 1984

© Serious Productions Ltd, 1992

© EDITORIAL ANAGRAMA, S. A., 2024
Pau Claris, 172
08037 Barcelona

ISBN: 978-84-339-2228-1
Depósito legal: B. 21858-2023

Printed in Spain

Liberdúplex, S. L. U., ctra. BV 2249, km 7,4 - Polígono Torrentfondo
08791 Sant Llorenç d'Hortons

Hasta luego, y gracias por el pescado

A Jane, con mi agradecimiento

A Rick y a Heidi
por el préstamo de su estable situación

A Mogens, a Andy y a todos los de Huntsham Court
por una serie de situaciones inestables

Y, en especial, a Sonny Mehta
por permanecer estable en todas las situaciones

En los remotos e inexplorados confines del arcaico extremo occidental de la Espiral de la Galaxia, brilla un pequeño y despreciable sol amarillento.

En su órbita, a una distancia aproximada de ciento cincuenta millones de kilómetros gira un pequeño planeta totalmente insignificante de color azul verdoso, cuyos pobladores, descendientes de los simios, son tan asombrosamente primitivos que aún creen que los relojes digitales son de muy buen gusto.

Ese planeta tiene o, mejor dicho, tenía el problema siguiente: la mayoría de sus habitantes eran desdichados durante casi todo el tiempo.

Muchas soluciones se sugirieron para tal problema, pero la mayor parte de ellas se referían principalmente a los movimientos de unos papelitos verdes; cosa extraña, ya que los papelitos verdes no eran precisamente quienes se sentían desdichados.

De manera que persistió el problema; muchos eran mezquinos, y la mayoría se sentían desgraciados, incluso los que poseían relojes digitales.

Cada vez eran más los que pensaban que, en primer lugar, habían cometido un grave error al bajar de los árboles. Y algunos afirmaban que lo de los árboles había sido una equivocación, y que nadie debería haber salido de los océanos.

Y entonces, un jueves, casi dos mil años después de que clavaran a un hombre a un árbol por decir que, para variar, sería estupendo portarse bien con los demás, una muchacha sentada sola en un pequeño bar de Rickmansworth comprendió de pronto qué había ido mal hasta entonces, y supo por fin cómo el mundo podría convertirse en un lugar agradable y feliz. Esta vez era cierto, daría resultado, y no habría que clavar a nadie a ningún sitio.

Lamentablemente, sin embargo, antes de que pudiera llegar a un teléfono para contárselo a alguien, la Tierra fue súbitamente demolida para dar paso a una nueva vía de circunvalación hiperespacial. Y así se perdió la idea, al parecer para siempre.

Esta es la historia de la muchacha.

1

Aquella tarde oscureció pronto, que era lo normal para la época del año. Hacía frío y viento, lo que también era normal. Empezó a llover, cosa que era especialmente normal. Aterrizó una nave espacial, y eso no lo era.

En los alrededores no había nadie para verlo, salvo algunos cuadrúpedos espectacularmente estúpidos que no tenían la menor idea de cómo interpretarlo, de si tenían que tomárselo de algún modo, o comérselo, o qué. Así que hicieron lo de siempre, salir corriendo y tratar de ocultarse los unos debajo de los otros, cosa que nunca salía bien.

La nave descendió con suavidad de las nubes, como apoyada en un rayo de luz.

Desde lejos apenas se habría reparado en ella entre los relámpagos y las nubes de tormenta, pero vista de cerca resultaba extrañamente bella: una nave gris, de forma elegante y muy pequeña.

Desde luego, nunca se tiene la menor idea del tamaño o la forma que las distintas especies llegan a tener, pero si se considerasen los resultados del último informe sobre el Censo de la Galaxia Central como una guía precisa de promedios estadísticos, la capacidad de la nave probablemente se calcularía en seis personas; y se estaría en lo cierto.

De todos modos, es probable que lo hubiesen adivinado. El informe del Censo, como tantas otras encuestas por el estilo, había costado un enorme montón de dinero, y a nadie le dijo nada que no supiera ya, salvo que cada individuo de la Galaxia tenía 2,4 piernas y poseía una hiena. Dado que, evidentemente, eso no es cierto, todo el asunto quedó descartado al final.

La nave se deslizó hacia abajo suavemente entre la lluvia, mientras sus tenues focos la envolvían en delicados arcoíris. Emitía un zumbido muy quedo, que fue haciéndose cada vez más alto y profundo a medida que se acercaba al suelo, y que al llegar a una altura de quince centímetros se convirtió en un fuerte zumbido.

Por fin aterrizó y permaneció silenciosa.

Se abrió una escotilla. Se desplegó una pequeña escalera. Apareció una luz en la abertura, brillante, derramándose en la noche húmeda, y en el interior se movieron sombras.

Una silueta alta se recortó en la luz, miró alrededor, titubeó y bajó deprisa los escalones, llevando bajo el brazo una amplia bolsa de la compra.

Se volvió e hizo una brusca señal única hacia la nave. La lluvia le empezó a chorrear por los cabellos.

—¡Gracias! —gritó—. Muchas gra...

Le interrumpió la seca descarga de un trueno. Alzó la vista con recelo y, en respuesta a una súbita ocurrencia, empezó a revolver dentro de la gran bolsa de plástico, en cuyo fondo descubrió entonces un agujero.

Las grandes letras que llevaba impresas a un lado decían (para todo aquel que pudiese descifrar el alfabeto centáurico): MEGAMERCADO LIBRE DE IMPUESTOS, PUERTO BRASTA, ALFA CENTAURI. SEA COMO EL VIGESIMOSEGUNDO ELEFANTE REVALORIZADO DEL ESPACIO, ¡LADRE!

—¡Esperad! —llamó la silueta, haciendo señas a la nave.

La escala, que había empezado a plegarse de nuevo por la escotilla, se detuvo, volvió a extenderse y le permitió entrar otra vez.

Pocos segundos después volvió a salir con una toalla (usada y raída) que metió en la bolsa.

Se despidió de nuevo con la mano, se puso la bolsa bajo el brazo y echó a correr para refugiarse bajo unos árboles mientras, a su espalda, la nave ya iniciaba la ascensión.

Un relámpago fulguró en el cielo y la figura se detuvo un momento para seguir luego la marcha, deprisa, reconsiderando el camino para mantenerse apartada de los árboles. Se movía con rapidez, resbalando aquí y allá, encorvada para protegerse de la lluvia, que ahora caía con creciente intensidad, como arrojada del cielo. Sus pies chapoteaban por el barro. El trueno retumbaba en las montañas. Inútilmente, se limpió la lluvia de la cara y siguió avanzando a trompicones.

Más luces.

Esta vez no eran relámpagos, sino luces más tenues y difusas que barrían lentamente el horizonte y desaparecían.

Al verlas, la figura se detuvo de nuevo y luego redobló el paso, dirigiéndose en línea recta al punto del horizonte de donde procedían.

Pero entonces el terreno empezó a hacerse más pendiente, empinándose hacia arriba, y al cabo de doscientos o trescientos metros terminaba en un obstáculo. Se detuvo a examinar la barrera y luego arrojó la bolsa por encima, antes de escalarla ella misma.

Apenas había tocado el suelo al otro lado, cuando una máquina salió de la lluvia derramando torrentes de luz a través del muro de agua. La figura se echó atrás mientras la máquina avanzaba velozmente hacia ella. Tenía una forma achaparrada y bulbosa, como una pequeña ballena flotando: lustrosa, gris y redonda, moviéndose con velocidad aterradora.

Instintivamente, la figura alzó las manos para protegerse, pero solo le alcanzó un chorro de agua, mientras la máquina pasó como una exhalación y se perdió en la noche.

La iluminó brevemente otro relámpago que surcó el cielo, lo que le permitió leer a la empapada figura detenida al borde de la carretera durante una décima de segundo, antes de que desapareciera, un pequeño letrero que la máquina llevaba en la parte trasera.

Ante el aparente incrédulo asombro de la figura, el letrero decía: «Mi otro coche también es un Porsche».

2

Rob McKenna era un despreciable hijo de puta y él lo sabía porque a lo largo de los años se lo había dicho mucha gente y no veía razón para contradecirlo, salvo la evidente de que le encantaba discrepar, sobre todo de las personas que no le gustaban, lo que a fin de cuentas incluía a todo el mundo.

Suspiró y cambió de marcha.

La cuesta empezaba a hacerse más pronunciada y su camión iba lleno de aparatos daneses para controlar radiadores termostáticos.

No es que tuviese una predisposición natural para estar de tan mal humor, al menos eso esperaba. Solo era la lluvia que le deprimía, siempre la lluvia.

Ahora estaba lloviendo, para variar.

Era un tipo de lluvia particular, que le desagradaba especialmente, sobre todo cuando conducía. Le había puesto un número. Era lluvia del tipo 17.

En alguna parte había leído que los esquimales tenían más de doscientas palabras para la nieve, sin las cuales su conversación probablemente se volvería muy monótona. Así que distinguían la nieve fina y la gruesa, la suave y la pesada, la nieve fangosa, la frágil, la que cae a ráfagas, la que arrastra el viento, la nieve que desprenden las botas del vecino por el limpio suelo del iglú, las nieves de invierno, las de primavera, las nieves que se recuerdan de la infancia, que eran muchísimo mejores que cualquier nieve moderna; la nieve fina, la nieve ligera, la de la montaña, la del valle, la que cae por la mañana, la que cae por la noche, la que cae de repente cuando uno va a pescar y la nieve sobre la que mean los perros esquimales a pesar de los esfuerzos para enseñarles a que no lo hagan.

Rob McKenna tenía anotados en su librito doscientos treinta y un tipos diferentes de lluvia y no le gustaba ninguno.

Metió otra velocidad y el camión aumentó las revoluciones. Gruñó de forma placentera por todos los aparatos daneses de control de radiadores termostáticos que transportaba.

Desde que saliera de Dinamarca la tarde anterior, había pasado por el tipo 33 (llovizna punzante que deja las carreteras resbaladizas), por el 39 (fuerte chaparrón), de 47 al 51 (de una suave llovizna vertical a otra ligera, pero muy sesgada, hasta un calabobos moderado y refrescante), por el 87 y 88 (dos variedades sutilmente distintas del chaparrón torrencial vertical), por el 100 (el chubasco que sigue al chaparrón, frío), por todos los tipos de borrasca marina comprendidos entre el 192 y el 213 al mismo tiempo, por el 123, el 124, el 126, el 127 (aguaceros fríos, templados e intermedios, tamborileos sobre la carrocería, continuos y sincopados), por el 11 (gotitas alegres) y ahora por el que menos le gustaba de todos, el 17. La lluvia del tipo 17 era un sucio chorro que golpeaba tan fuerte contra el parabrisas, que daba igual tener las escobillas conectadas o no.

Comprobó esta teoría desconectándolas un momento, pero resultó que la visibilidad empeoró más todavía. Y tampoco mejoró cuando volvió a conectarlas.

En realidad, una de las escobillas empezó a dar aletazos. Suuiss suuiss plop, suuiss suuiss plop, suuiss suuiss plop, suuiss suuiss plop, suuiss plop plop, plap, rayajo.

Aporreó el volante, dio patadas al suelo y golpes al radiocasete, hasta que de pronto empezó a sonar Barry Manilow; luego lo golpeó de nuevo hasta que se paró, y soltó tacos y tacos. Tacos y más tacos.

En aquel preciso momento, cuando su furia alcanzaba el punto culminante, percibió una forma indistinta surgida ante los faros, apenas visible en el chaparrón, al borde de la carretera.

Una pobre figura manchada de barro, extrañamente vestida, más mojada que una nutria en una lavadora y que hacía autoestop.

–Pobre desgraciado cabrón –pensó Rob McKenna, dándose cuenta de que había alguien con más derecho que él a sentirse como un pingajo–, debe estar helado. Qué estupidez, salir a hacer autoestop en una noche tan asquerosa como esta. Lo único que se saca es frío, lluvia y camiones que te salpican al pasar por los charcos.

Meneó sombríamente la cabeza, suspiró de nuevo, torció el volante y se metió de lleno en un gran charco de agua.

–¿Ves lo que quiero decir? –dijo para sus adentros mientras surcaba raudo el charco–. La carretera está llena de cabrones.

Entre salpicaduras, un par de segundos después apareció en el retrovisor la imagen del autoestopista, empapado al borde de la carretera.

Por un momento experimentó una sensación agradable por lo que acababa de hacer. Poco después lamentó que aquello le regocijara. Luego se alegró por haberse arrepentido de su anterior diversión y, satisfecho, siguió conduciendo a través de la noche.

Al menos se desquitó de que terminara adelantándole aquel Porsche al que concienzudamente había estado cortándole el paso durante los últimos treinta kilómetros.

19

Y mientras conducía, las nubes arrastraban el cielo tras él, porque, aunque él no lo sabía, Rob McKenna era un Dios de la Lluvia. Lo único que sabía era que sus jornadas de trabajo resultaban desgraciadas y que sus vacaciones eran una sucesión de días asquerosos. Lo único que sabían las nubes era que le amaban y querían estar cerca de él, para mimarlo y empaparlo de agua.

3

Los dos camiones siguientes no iban conducidos por dioses de la lluvia, pero hicieron exactamente lo mismo.

La figura prosiguió la penosa marcha, más bien chapoteando, hasta que la cuesta apareció de nuevo y el traicionero charco de agua quedó atrás.

Al cabo de un rato, la lluvia empezó a amainar y la luna hizo una breve aparición desde detrás de las nubes.

Pasó un Renault, y su conductor realizó complicadas y frenéticas señales a la figura que andaba trabajosamente, para indicarle que en circunstancias normales le habría encantado llevarla en su coche, pero que ahora no podía porque no iba en esa dirección, cualquiera que fuese, y que estaba seguro de que lo entendería. Terminó haciéndole una seña con los pulgares en alto, alegremente, como para comunicarle que esperaba que se encontrara estupendamente por tener frío y estar casi totalmente empapada, y que le recogería la próxima vez que la viera.

La figura prosiguió la penosa marcha. Pasó un Fiat e hizo exactamente lo mismo que el Renault.

En dirección contraria pasó un Maxi y guiñó los faros a la figura, que avanzaba lentamente, aunque no quedó claro si el centelleo significaba «Hola», o «Lamento que vayamos en dirección contraria», o «Mira, hay alguien en la lluvia, ¡qué broma!». Una franja verde en la parte superior del parabrisas indicaba que, cualquiera que fuese el mensaje, venía de parte de Steve y Carola.

La tormenta había cesado definitivamente, y los escasos truenos resonaban en las colinas más lejanas, como alguien que dijera: «Y una cosa más...», veinte minutos después de haber reconocido que había perdido el hilo de su argumentación.

El aire estaba más despejado ahora y la noche era más fría. El sonido viajaba bastante bien. La perdida figura, tiritando desesperadamente, llegó a una encrucijada, donde una carretera lateral torcía a la izquierda. Frente al desvío había un poste de señalización al que se acercó a toda prisa para estudiarlo con febril curiosidad, apartándose bruscamente cuando otro coche pasó de pronto.

Y otro.

Y el primero pasó de largo con absoluta indiferencia; el segundo hizo centellear los faros tontamente. Apareció un Ford Cortina y frenó.

Tambaleándose por la sorpresa, la figura se apretujó la bolsa contra el pecho y se apresuró hacia el coche, pero en el último momento el Cortina giró sus ruedas sobre la carretera húmeda y salió pitando con aire bastante divertido.

La figura aflojó el paso hasta detenerse y allí quedó, desalentada y perdida.

Dio la casualidad de que al día siguiente el conductor del Cortina fue al hospital a que le extirparan el apéndice, solo que debido a una confusión más bien divertida el cirujano le amputó la pierna por error, y antes de que se preparara de nuevo la apendicectomía, la apendicitis se complicó, convirtiéndose en un divertido caso grave de peritonitis y, en cierto modo, se hizo justicia.

La figura prosiguió su penosa marcha.

Un Saab se detuvo a su lado.

La ventanilla bajó y una voz dijo en tono cordial:

—¿Viene de lejos?

La figura se volvió hacia el coche. Se detuvo y asió el picaporte.

La figura, el coche y la manecilla de la puerta se encontraban todos en un planeta llamado Tierra, que la *Guía del autoestopista galáctico* explicaba en un artículo con solo dos palabras: «Fundamentalmente inofensiva».

La persona que escribió el artículo se llamaba Ford Prefect y en aquel preciso momento se encontraba en un mundo no tan inofensivo, sentado en un bar nada inofensivo y armando bronca imprudentemente.

4

Un observador casual no hubiera sabido si estaba borracho o enfermo, o si era un loco suicida, y, realmente, no había observadores casuales en el bar del Viejo Perro Rosa, en la parte baja del Barrio Sur de Han Dold, porque no era la clase de sitio en que uno podía permitirse hacer cosas de manera casual si es que quería seguir vivo. Los mirones del local serían observadores mezquinos, como halcones, estarían armados hasta los dientes y tendrían dolorosas punzadas en la cabeza que los llevaría a hacer cosas disparatadas al ver algo que no fuese de su agrado.

Sobre el local había caído uno de esos feos silencios, de la especie que se crea cuando hay una crisis por los misiles.

Hasta el pájaro de mala pinta que estaba encaramado sobre un palo había dejado de graznar los nombres y direcciones de los asesinos a sueldo de por allí, que era un servicio que prestaba gratis.

Todos los ojos estaban fijos en Ford Prefect. Algunos se salían de las órbitas.

La manera particular en que hoy, temerariamente, jugaba a los dados con la muerte, consistía en un intento de pagar la cuenta de las copas del volumen semejante al de un reducido presupuesto de defensa, con una tarjeta de American Express, que no admitían en parte alguna del universo conocido.

–¿Por qué os preocupáis? –preguntó en tono animado–. ¿Por la fecha de caducidad? ¿Es que no habéis oído hablar por aquí de la neorrelatividad? Hay campos de la física enteramente nuevos que se ocupan de estas cosas. Efectos de la dilatación del tiempo, relastática temporal...

–No nos preocupa la fecha de caducidad –contestó el hombre a quien iban dirigidos tales comentarios, que era un tabernero peligroso en una ciudad peligrosa.

Su voz era un ronroneo bajo y suave, como el que se oye al abrir un silo de proyectiles nucleares. Con una mano semejante a un solomillo golpeó la barra y la abolló un poco.

–Bueno, entonces ya está arreglado –dijo Ford, guardando las cosas en la bolsa y disponiéndose a marchar.

El dedo que tamborileaba sobre la barra se alzó y quedó levemente apoyado en el hombro de Ford Prefect, impidiendo su marcha.

Aunque el dedo formaba parte de una mano semejante a una losa, y la mano era la continuación de un brazo que parecía una maza, el brazo no estaba unido a nada en absoluto, salvo en un sentido metafórico: una ardiente y perruna lealtad lo vinculaba al bar que era su hogar. En el pasado había pertenecido, de manera más convencional, al primer dueño del bar, que en su lecho de muerte lo había legado a la ciencia médica. La ciencia médica decidió que no le gustaba el aspecto del brazo, y lo legó de nuevo al bar del Viejo Perro Rosa.

El nuevo tabernero no creía en lo sobrenatural, ni en duendes ni en ninguna de esas tonterías, solo que reconocía a un aliado útil nada más ponerle los ojos encima. La mano se quedaba sobre la barra. Tomaba los pedidos, servía copas y daba un trato criminal a los que se comportaban como si quisieran ser asesinados. Ford Prefect permaneció sentado y quieto.

—No nos preocupa la fecha de caducidad —repitió el tabernero, satisfecho de que Ford Prefect le dedicara, por fin, toda su atención—. Nos preocupa el plástico.

—¿Qué? —preguntó Ford, que parecía un tanto desconcertado.

—Esto —dijo el tabernero, cogiendo la tarjeta como si fuera un pececito cuya alma hubiera volado tres semanas antes al territorio donde los peces encuentran la eterna felicidad—. No lo admitimos.

Ford consideró brevemente la cuestión de decir que no tenía otro modo de pagar, pero de momento decidió seguir con el mismo rollo. La mano sin cuerpo le tenía ahora cogido por el hombro, presionándole suave pero firmemente con el pulgar y el índice.

—Pero no lo entiende —objetó Ford, con una expresión que pasó de una leve sorpresa a una incredulidad total—. Esta es la tarjeta del American Express. La mejor manera de pagar que conoce la humanidad. ¿Es que no ha leído los papelotes que mandan por correo?

El tono alegre de la voz de Ford empezaba a rechinar en los oídos del tabernero. Sonaba como si alguien tocara implacablemente el *kazoo* durante uno de los pasajes más sombríos de un réquiem de guerra.

Dos huesos del hombro de Ford empezaron a crujir el uno contra el otro de un modo que hacía pensar que la mano había aprendido los principios del dolor de un quiropráctico muy experimentado. Ford confiaba en arreglar el asunto antes de que los huesos del hombro empezaran a crujir contra otras partes del cuerpo. Afortunadamente, el hombro que la mano apretaba no era el mismo que aquel en que tenía colgada la bolsa.

El tabernero le devolvió la tarjeta deslizándola sobre la barra.

—Nunca hemos oído hablar de eso —declaró con muda ferocidad.

Lo que no era para sorprenderse mucho.

Ford había conseguido la tarjeta mediante un grave error informático al final de su estancia de quince años en el planeta Tierra. La empresa de American Express descubrió enseguida la exacta gravedad del error, y las estridentes y despavoridas solicitudes del departamento de recaudación de deudas solo quedaron silenciadas cuando de manera inesperada los vogones demolieron el planeta entero para dar paso a una nueva vía de circunvalación hiperespacial.

La había conservado porque descubrió que resultaba útil llevar una forma de pago que nadie aceptaba.

—¿Crédito? —dijo—. ¡Aaaajff...!

Esas dos palabras solían ir asociadas en el bar del Viejo Perro Rosa.

—Creía —jadeó Ford— que este era un establecimiento de categoría...

Echó una mirada a la variopinta mezcla de matones, chulos y directivos de casas de discos que deambulaban por los cercos de luz tenue que salpicaban las negras sombras de los rincones más escondidos del bar. Todos estaban mirando intencionadamente en cualquier dirección menos en la suya, reanudando con cuidado el hilo de sus anteriores conversaciones sobre asesinatos, redes de tráfico de drogas y negocios de grabaciones musicales. Sabían lo que pasaría a continuación y no querían mirar por si se les quitaban las ganas de beber.

—Vas a morir, muchacho —murmuró suavemente el tabernero a Ford Prefect.

La prueba estaba a su lado. Antiguamente había en el bar un letrero colgado que decía: «No pida al fiado, por favor: un puñetazo en la boca molesta un poco». Pero en aras de una exactitud rigurosa, el cartel se había modificado del modo siguiente: «No pida al fiado, por favor: el hecho de que un ave salvaje le retuerza el pescuezo mientras una mano sin cuerpo le aplasta la cabeza contra la barra molesta un poco». No obstante, todo eso convertía el letrero en una confusión ilegible, y no sonaba lo mismo, de modo que también lo quitaron. Se pensó que la historia se daría a conocer por sus propios medios, y así fue.

—Déjeme ver la cuenta otra vez —pidió Ford.

La cogió y la estudió con cuidado bajo la pérfida mirada del tabernero y la igualmente maligna mirada del pájaro, que en aquel momento se dedicaba a hacer grandes muescas con las garras en la superficie de la barra.

Era un trozo de papel de tamaño más bien grande.

Al final había una cifra que parecía uno de esos números de serie que hay en la parte de abajo de los aparatos estereofónicos y que siempre se tarda tanto en copiar en el formulario de registro. Al fin y al cabo, había estado todo el día en el bar, bebiendo un montón de cosas con burbujas, y había invitado a muchas rondas a todos los chulos, matones y directivos de casas de discos que, de pronto, no le recordaban.

Carraspeó en tono muy bajo y se tanteó los bolsillos. No había nada en ellos, tal como ya sabía. Dejó la mano izquierda, suave pero firmemente, sobre la tapa medio abierta de la bolsa. La mano sin cuerpo renovó la presión sobre su hombro derecho.

—¿Comprendes? —dijo el tabernero, y su rostro pareció temblar de perversidad ante los ojos de Ford—. Tengo que pensar en mi reputación. Lo entiendes, ¿verdad?

Ya está, pensó Ford. No quedaba más remedio. Había cumplido las normas, intentado pagar la cuenta de buena fe; no se lo habían permitido. Ahora corría peligro su vida.

—Pues —dijo con voz queda— si se trata de su reputación...

Con un súbito alarde de velocidad abrió la bolsa y, de golpe, depositó encima de la barra su ejemplar de la *Guía del autoestopista galáctico* y la tarjeta oficial donde se declaraba que era un investigador de campo de la *Guía* y que de ninguna manera le estaba permitido hacer lo que estaba haciendo.

—¿Quiere aparecer aquí?

El rostro del tabernero se paralizó en medio de uno de sus temblores perversos. Las garras del pájaro se detuvieron a mitad de un surco. Despacio, la mano soltó el hombro de Ford.

En un murmullo apenas audible, entre los labios secos, el tabernero aseguró:

—Eso es más que suficiente, señor.

5

La *Guía del autoestopista galáctico* es una institución poderosa. En realidad, su influencia es tan prodigiosa que su plantilla editorial debió redactar normas estrictas para evitar abusos. De manera que a ninguno de sus investigadores de campo le está permitido aceptar clase alguna de servicios, descuentos o trato preferente a cambio de favores editoriales, salvo si:

a) han intentado de buena fe pagar por su servicio en la forma acostumbrada;

b) su vida corre peligro;

c) les viene en gana.

Como invocar la tercera norma significaba darle una participación al editor, Ford siempre prefería hacerse el tonto con las dos primeras.

Salió a la calle y echó a andar a paso vivo.

El aire era sofocante, pero le gustaba porque era un aire sofocante de ciudad, lleno de olores excitantes y desagradables, de música peligrosa y del lejano rumor de tribus policiales en guerra.

Llevaba la bolsa con un movimiento de suave balanceo que le permitiera lanzarla contra cualquiera que pretendiese quitársela sin pedírsela. Contenía todas sus pertenencias, que por el momento no eran muchas.

Una limusina pasó por la calle a toda velocidad, sorteando los montones de basura humeante y asustando a un lobo viejo, que merodeaba por allí y, dando tumbos, se apartó de su camino, tropezó contra el escaparate de un herbolario, disparó una gimiente alarma, avanzó a trompicones por la calle y luego fingió caer por los escalones de un pequeño restaurante italiano donde sabía que le tomarían una fotografía y le darían de comer.

Ford iba en dirección norte. Pensaba que tal vez llegaría al puerto espacial, pero eso ya lo había pensado antes. Sabía que estaba atravesando esa parte de la ciudad donde los planes de la gente cambian a menudo de forma bastante brusca.

—¿Quieres pasar un buen rato? —preguntó una voz desde un portal.

—Hasta el momento —repuso Ford—, lo estoy pasando bien. Gracias.

—¿Eres rico? —preguntó otra voz.

Eso arrancó una carcajada a Ford.

Se volvió y extendió los brazos con un gesto amplio.

–¿Tengo pinta de rico? –inquirió.

–No lo sé –contestó la chica–. Quizá sí, quizá no. A lo mejor te haces rico. Hago un servicio muy especial para la gente rica...

–¿Ah, sí? –dijo Ford, intrigado pero cauteloso–. ¿Y en qué consiste?

–Les digo que ser rico está muy bien.

Hubo una erupción de disparos desde una ventana muy por encima de ellos, pero no se trataba más que de un bajista a quien mataban por tocar tres veces seguidas un *riff* equivocado, y los bajistas abundan muchísimo en la ciudad de Han Dold.

Ford se detuvo y atisbó en el interior del oscuro portal.

–¿Que haces qué? –preguntó.

La chica rió y salió un poco de la oscuridad. Era alta, y tenía esa especie de timidez serena que da tan buenos resultados si se sabe utilizar.

–Es mi especialidad –explicó–. Soy licenciada en Economía Social y tengo facilidad para ser muy convincente. A la gente le encanta. Sobre todo en esta ciudad.

–¡Jodonar! –dijo Ford Prefect, que era una palabra especial de Betelgeuse que empleaba cuando sabía que debía decir algo, pero no sabía qué debía decir.

Se sentó en un escalón y sacó de la bolsa una toalla y una botella de Ul' Janx Spirit. La abrió y limpió el gollete con la toalla, lo que tuvo el efecto contrario del que se pretendía: al momento, el aguardiente mató millones de microbios que poco a poco habían creado una civilización compleja e ilustrada sobre los trozos más hediondos de la toalla.

–¿Quieres un poco? –ofreció, después de tomar un trago.

La chica se encogió de hombros y aceptó la botella que le tendían.

Se quedaron sentados durante un rato, oyendo apaciblemente el clamor de las alarmas antirrobo de la manzana de al lado.

–Da la casualidad de que me deben un montón de dinero –dijo Ford–. Así que, si lo cobro alguna vez, ¿podría venir a verte?

–Pues claro, aquí estaré –contestó la chica–. ¿Cuánto es un montón de dinero?

–Quince años de salario atrasado.

–¿Por hacer qué?

–Por escribir dos palabras.

–¡Zarquon! –exclamó la chica–. ¿Cuál de las dos te llevó más tiempo?

–La primera. Una vez que pensé en esa, la segunda se me ocurrió de pronto una tarde, después de comer.

Una enorme batería electrónica fue lanzada por la ventana de arriba y se hizo pedazos en la calle, delante de ellos.

Enseguida se comprobó que algunas de las alarmas antirrobo de la manzana de al lado habían sido deliberadamente accionadas por una de las tribus policiales para tender una emboscada a la otra. En la zona convergieron coches con sirenas ululantes, solo para ser eliminados uno a uno por helicópteros que aparecían zumbando por el aire entre los gigantescos rascacielos de la ciudad.

–En realidad –dijo Ford a gritos, para que se le oyera por encima del estrépito–, no fue exactamente así. Escribí muchísimo, pero me lo mutilaron.

Volvió a sacar la *Guía* del bolso.

–Y entonces, el planeta fue demolido –gritó–. Un trabajo que valió realmente la pena, ¿eh? Pero a pesar de todo, todavía me lo tienen que pagar.

–¿Trabajas para eso? –gritó la chica, a su vez.

–Sí.

–Vaya número.

–¿Quieres ver lo que escribí? –preguntó Ford, chillando–. ¿Antes de que lo borren? Las últimas revisiones se emitirán esta noche por la red. Alguien debe de haber averiguado que el planeta en el que pasé quince años ya ha sido demolido. En las últimas revisiones se les pasó, pero no se les puede pasar siempre.

–Se está haciendo imposible hablar, ¿verdad?

–¿Cómo?

La chica se alzó de hombros y señaló hacia arriba.

Sobre sus cabezas había un helicóptero que parecía envuelto en una escaramuza particular con el grupo musical del piso de arriba. Del edificio salía humo. El ingeniero de sonido estaba colgado de la ventana por la punta de los dedos, y un guitarrista enloquecido aporreaba una guitarra en llamas. El helicóptero disparaba contra todos ellos.

–¿Nos marchamos?

Deambularon por la calle, lejos del ruido. Se encontraron con un grupo de teatro callejero que intentó representarles una obra corta sobre los problemas del centro de la ciudad, pero luego desistieron y desaparecieron en el pequeño restaurante cuyo cliente más reciente había sido el lobo.

Ford no dejaba ni por un momento de hurgar en los mandos de la interfaz de la *Guía*. Se metieron en un callejón. Ford se puso de cuclillas encima de un cubo de basura mientras la pantalla de la *Guía* se inundaba de información.

Localizó su artículo.

«Tierra: Fundamentalmente inofensiva.»

Casi inmediatamente, la pantalla se convirtió en una masa de mensajes del sistema.

–Ahí llega –anunció.

«Espere, por favor», decían los mensajes. «La Red Sub-Etha está actualizando los artículos. El presente artículo se encuentra en revisión. El sistema estará parado durante diez segundos.»

Una limusina de color gris metálico pasó despacio por el final del callejón.

–Oye –dijo la chica–, si te pagan, ven a verme. Soy una chica trabajadora, y por ahí hay gente que me necesita. Tengo que marcharme.

Desechó las protestas medio articuladas de Ford, y lo dejó deprimido, sentado sobre el cubo de basura, dispuesto a ver cómo un largo período de su vida laboral se disipaba electrónicamente en el éter.

En la calle, las cosas se habían calmado un poco. La batalla policial se había trasladado a otros sectores de la ciudad; los pocos supervivientes del grupo de rock decidieron aceptar sus diferencias musicales y proseguir sus carreras en solitario; el grupo de teatro callejero salía del restaurante italiano acompañado del lobo, a quien llevaban a un bar que conocían donde lo tratarían con cierto respeto; y un poco más allá, la limusina gris metalizada se había estacionado silenciosamente junto a la acera.

La chica se apresuró hacia el coche.

Tras ella, en la oscuridad del callejón, una luminosidad parpadeante y vidosa bañaba el rostro de Ford Prefect, a quien poco a poco el asombro le fue poniendo los ojos dilatados.

Pues donde esperaba no encontrar nada, un artículo borrado, cancelado, vio en cambio un incesante torrente de datos: textos, diagramas, cifras e imágenes, emocionantes descripciones de la práctica del surf en playas de Australia, de la fabricación del yogur en las islas griegas, de restaurantes de Los Ángeles a los que no había que ir, de trueques monetarios que no había que hacer en Estambul, el mal tiempo que había que evitar en Londres, bares adonde ir en todas partes. Páginas y páginas. Allí estaba todo, todo lo que él había escrito.

Con el ceño cada vez más fruncido por la absoluta incomprensión, lo repasó todo hacia delante y hacia atrás, deteniéndose aquí y allá en diversos artículos.

«Consejos para extranjeros en Nueva York:

»Aterrice en cualquier sitio, en Central Park, donde sea. Nadie se molestará y, en realidad, nadie se fijará.

»Supervivencia: Consiga inmediatamente un empleo de taxista. El trabajo de taxista consiste en llevar a la gente a donde quiera ir en grandes coches amarillos llamados taxis. No se preocupe si no sabe cómo funciona el coche, ni habla la lengua, ni comprende la geografía o incluso la topografía fundamental de la zona; tampoco piense en si le brotan de la cabeza largas antenas de color verde. Créame, esa es la mejor manera de pasar inadvertido.

»Si tiene usted un cuerpo verdaderamente extraño, trate de exhibirlo por la calle y pida dinero a cambio.

»Las formas de vida anfibias procedentes de los mundos encuadrados en los sistemas de Swuling, Noxios o Nausalia disfrutarán de manera especial en el East River, que, según dicen, es mucho más rico en esas exquisitas sustancias nutritivas y regeneradoras que el fango más fino y virulento que se haya conseguido hasta la fecha en un laboratorio.

»Diversiones: Esta es la sección más importante. Resulta imposible encontrar mayor diversión sin electrocutarse los centros del placer...»

Ford dio al interruptor, que ahora tenía la inscripción de «Mode Execute Ready», en vez del anticuado «Access Standby», que desde mucho tiempo atrás sustituyó al pasmoso «Off», tan de Edad de Piedra.

Se trataba de un planeta que él había visto completamente destruido con sus propios ojos o, más exactamente, cegado por la infernal disolución del aire y la luz; que sintió bajo sus pies cuando el suelo empezó a golpearle como un martillo, brincando con violencia, rugiendo, absorbido por oleadas de energía que manaban de las odiosas naves amarillas de los vogones. Y al final, cinco segundos después del momento que creía último y definitivo, experimentó el nauseabundo vaivén de la desmaterialización cuando Arthur Dent y él fueron precipitados a la atmósfera convertidos en un rayo de luz, como en una retransmisión deportiva.

No cabía error, no había posibilidad de equivocación. La Tierra estaba completa y definitivamente destruida. De una vez por todas, para siempre. Fundida en el espacio.

Y sin embargo, ahí –volvió a conectar la *Guía*– estaba su propio artículo sobre cómo divertirse en Bournemouth, en el condado de Dorset, Inglaterra, del que siempre se había sentido orgulloso por considerarlo uno de los mayores ejemplos de invención barroca que jamás hubiera escrito. Volvió a leerlo y movió la cabeza de puro asombro.

De pronto comprendió la solución del problema, que era la siguiente: estaba ocurriendo algo muy extraño; y si pasaba algo verdaderamente raro, quería que también le sucediera a él.

Volvió a guardar la *Guía* en la bolsa, salió deprisa hacia la calle y prosiguió la marcha.

Otra vez en dirección norte, pasó delante de una limusina gris metalizado estacionada junto a la acera y oyó en un portal cercano una voz suave que decía:

–Está bien, cariño, está muy bien, tienes que aprender a no tener remordimientos. Fíjate en cómo está estructurada toda la economía...

Ford sonrió, dio la vuelta por la siguiente manzana, que estaba en llamas, encontró un helicóptero de la policía que parecía vacío y abandonado en la calle, forzó la puerta, entró, se puso el cinturón de seguridad, cruzó los dedos y se lanzó hacia el cielo con una maniobra inexperta.

Ascendió en zigzag, peligrosamente, entre los muros de la ciudad, que formaban profundos desfiladeros, y una vez que los hubo rebasado, se precipitó entre la nube de humo que pendía de manera permanente sobre la ciudad.

Diez minutos después, con todas las sirenas del helicóptero sonando con estruendo y el cañón de fuego rápido disparando al azar entre las nubes, Ford Prefect descendió a toda velocidad entre las torres de señalización y las luces de las pistas de aterrizaje del puerto espacial de Han Dold, donde se paró como un mosquito gigantesco, sorprendido y muy ruidoso.

Como no lo había estropeado demasiado, pudo cambiarlo por un billete de clase preferente para la primera nave que salía del sistema, instalándose en una de sus enormes y voluptuosas butacas, que envolvió su cuerpo.

Esto va a ser divertido, se dijo para sí mientras la nave parpadeaba en silencio por las demenciales distancias del espacio profundo y el servicio de pasajeros iniciaba su extravagante actividad.

–Sí, por favor –decía a las azafatas siempre que se acercaban a ofrecerle cualquier cosa.

Sonrió con una extraña especie de alegría maniática al repasar de nuevo el artículo, misteriosamente reintroducido, sobre el planeta Tierra. Tenía una parte muy importante del trabajo sin acabar a la que podría dedicarse ahora, y se sentía sumamente contento de que la vida le hubiese brindado de pronto un objetivo serio que alcanzar.

De repente se le ocurrió pensar dónde estaría Arthur Dent y si sabría lo que pasaba.

Arthur Dent se encontraba a mil cuatrocientos treinta y siete años luz de distancia, a bordo de un Saab y preocupado.

A sus espaldas, en el asiento trasero, iba una chica por la que, al entrar, se dio un golpe en la cabeza contra la puerta. No estaba seguro de si se debió a que era la primera hembra de su especie en la que ponía los ojos desde hacía años o a otra cosa, pero el caso es que se quedó estupefacto al ver... Es absurdo, pensó. Tranquilízate, dijo para sí. No te encuentras, prosiguió con la voz interior más firme de que era capaz, en buenas condiciones para juzgar las cosas de manera racional. Acabas de hacer autoestop a lo largo de más de cien mil años luz a través de la Galaxia, estás muy cansado y un tanto confuso; además, te hallas en una situación sumamente vulnerable. Relájate, no te dejes dominar por el pánico, concéntrate y respira hondo.

Se volvió en el asiento.

—¿Estás seguro de que se encuentra bien? —preguntó de nuevo. Aparte del hecho de que, para él, la chica era enloquecedoramente hermosa, apenas podía distinguir algo más: si era alta, qué edad tenía, cuál era el tono exacto de sus cabellos. Y tampoco podía hacerle ninguna pregunta directa, porque, lamentablemente, estaba del todo inconsciente.

—Solo está drogada —contestó su hermano, encogiéndose de hombros y sin desviar la vista de la carretera.

—Y eso está bien, ¿no? —dijo Arthur, alarmado.

—A mí me viene bien —repuso el hermano.

—¡Ah! —comentó Arthur que, al cabo de pensarlo un instante, añadió—: Bueno.

Hasta el momento, la conversación había ido asombrosamente mal.

Tras una profusión de saludos iniciales, Russell y él habían descubierto que no se caían nada simpáticos el uno al otro. El hermano de la chica maravillosa se llamaba Russell, nombre que, para Arthur, siempre sugería hombres musculosos de bigote rubio y cabellos peinados con secador, que a la menor provocación se ponían esmoquin de terciopelo y camisa con chorreras y que en esa situación había que prohibirles por la fuerza que hablasen de partidas de billar.

Russell era un hombre musculoso y llevaba un bigote rubio. Tenía el cabello fino, peinado con secador. Para ser justo con él —aunque Arthur no veía la necesidad de serlo, aparte de por simple ejercicio mental—, debía reconocer que él mismo, Arthur, tenía un aspecto bastante siniestro. No se puede viajar a lo largo de cien mil años luz en compartimientos de equipaje sin empezar a desgastarse un poco, y Arthur parecía bastante raído.

—No es heroinómana —explicó Russell de pronto, como si tuviese la precisa idea de que pudiera serlo alguna otra persona que viajara en el coche—. Está bajo los efectos de un sedante.

—Pero eso es horrible —observó Arthur, volviéndose para mirarla otra vez.

La chica pareció removerse un poco y la cabeza le resbaló de lado sobre el hombro. Los cabellos negros se le deslizaron sobre el rostro, oscureciéndolo.

—¿Qué le ocurre? ¿Está enferma?

–No –contestó Rusell–. Solo loca de atar.

–¿Cómo? –dijo Arthur, horrorizado.

–Como una chota, completamente chiflada. La llevo al hospital otra vez, y les voy a decir que le den otro repaso. La dejaron salir cuando aún creía que era un puercoespín.

–¿Un *puercoespín*?

Russell dio unos violentos bocinazos a un coche que apareció en una curva por el medio de la carretera y en dirección hacia ellos, lo que los obligó a girar bruscamente. La ira parecía sentarle bien a Russell.

–Bueno, a lo mejor no era un puercoespín –explicó después de serenarse de nuevo–. Aunque tal vez fuese más fácil tratarla si lo creyese. Si alguien cree que es un puercoespín, se le puede dar simplemente un espejo y unas fotografías de puercoespines y decirle que las compare con su propia persona, para que vuelva cuando se sienta mejor. Al menos, la ciencia médica podría ocuparse de ello, esa es la cuestión. Aunque eso no parece suficiente para Fenny.

–¿Fenny...?

–¿Sabes lo que le regalé en Navidad?

–Pues no.

–El *Diccionario de Medicina* de Black.

–Bonito regalo.

–Eso pensé. Miles de enfermedades, todas en orden alfabético.

–¿Y dices que se llama Fenny?

–Sí. Le sugerí que eligiese. Todas las enfermedades que aquí ves tienen cura. Se pueden recetar los medicamentos adecuados. Pero no, ella ha de tener algo diferente. Solo para complicarse la vida. Ya era así en el colegio, ¿sabes?

–¿En el colegio?

–Sí. Tropezó jugando al hockey y se rompió un hueso que nadie conocía.

–Comprendo lo que pueden molestar esas cosas –dijo Arthur en tono de duda.

Se llevó una buena decepción al saber que la chica se llamaba Fenny. Era un nombre bastante soso y ridículo, como el que una tía solterona y desagradable se pondría a sí misma si no pudiera soportar dignamente el nombre de Fenella.

–No es que no me diera pena –prosiguió Russell–, pero resultaba un poco molesto. Estuvo cojeando durante meses.

Redujo la marcha.

–Te bajas aquí, ¿verdad?

–Ah, no –repuso Arthur–, ocho kilómetros más adelante. Si no es molestia.

–Conforme –dijo Russell tras hacer una pausa muy breve para indicar que no lo era.

Volvió a acelerar.

En realidad, era el desvío que debía tomar, pero Arthur no podía marcharse sin averiguar algo más sobre aquella muchacha que tanta impresión le había causado sin haber siquiera vuelto en sí. Podría tomar cualquiera de los dos desvíos siguientes.

Iban en dirección al pueblo en donde Arthur había tenido su hogar, aunque su mente vacilaba al tratar de imaginar lo que encontraría allí. Había visto sitios conocidos que pasaban rápidamente, como fantasmas en la oscuridad, que le causaron estremecimientos que solo las cosas muy normales pueden producir cuando se ven de improviso y a una luz poco familiar.

En su cómputo personal del tiempo, hasta el punto en que era capaz de calcularlo tras vivir en las extrañas órbitas de soles lejanos, hacía ocho años que se había marchado, pero no podía saber cuánto tiempo había pasado en el lugar donde ahora se encontraba. En realidad, los acontecimientos que hubieran ocurrido superaban su agotada capacidad de comprensión, porque este planeta, su hogar, no debería estar aquí.

Ocho años atrás, a la hora de comer, este planeta había sido demolido, destruido por completo, por las enormes naves amarillas de los vogones, que se cernieron en el cielo de mediodía como si la ley de la gravedad no hubiese sido más que una disposición municipal cuyo infringimiento no tuviera más importancia que el de un estacionamiento indebido.

–Delirios –dijo Russell.

–¿Cómo? –repuso Arthur, interrumpiendo el hilo de sus pensamientos.

–Dice que padece el extraño delirio de que vive en el mundo real. No sirve de nada decirle que, de hecho, *está* viviendo en el mundo real, porque se limita a contestar que por eso es por lo que los delirios son tan extraños. No sé qué te parecerá a ti, pero esa clase de conversación a mí me resulta bastante agotadora. Mi receta es darle unas pastillas y largarme a tomar una cerveza. Y es que no se puede aguantar tantas tonterías, ¿verdad?

Arthur frunció el ceño, no por primera vez.

—Pues...

—Y todos esos sueños y pesadillas. Los médicos siguen hablando de extraños saltos en la configuración de sus ondas cerebrales.

—¿Saltos?

—Esto —dijo Fenny.

Arthur se volvió rápidamente en el asiento y miró con fijeza a los ojos de la muchacha, súbitamente abiertos pero absolutamente en blanco.

Lo que miraba, fuera lo que fuese, no estaba en el coche. Sus ojos parpadearon, su cabeza se irguió una vez y luego la chica se durmió tranquilamente.

—¿Qué ha dicho? —preguntó Arthur, inquieto.

—«Esto.»

—¿Esto qué?

—¿Esto qué? ¿Cómo demonios voy a saberlo? Este puercoespín, aquel guardavientos de chimenea, el otro par de tenacillas de don Alfonso. Está loca de atar. Creía haberlo mencionado.

—Parece que no te importa mucho —dijo Arthur, ensayando un tono lo más natural posible que no pareció salirle.

—Oye, tío...

—De acuerdo, lo siento. No es asunto mío. No quería decir eso —se disculpó Arthur, que añadió, mintiendo—: Está claro que te preocupa mucho. Sé que tienes que enfrentarte a ello de algún modo. Discúlpame. Vengo en autoestop desde el otro lado de la nebulosa Cabeza de Caballo.

Miró con furia por la ventanilla.

Estaba asombrado de que, entre todas las sensaciones que aquella noche pugnaban por encontrar sitio en su cabeza al volver al hogar que creía esfumado para siempre, la única que se imponía era la obsesión hacia aquella extraña muchacha de quien nada sabía aparte de que le hubiera dicho «esto», y el deseo de que su hermano no fuese un vogón.

—Así que, humm, ¿qué eran los saltos, esos de que hablabas antes? —siguió diciendo tan rápido como pudo.

—Mira, es mi hermana; ni siquiera sé por qué te hablo de ello...

—Vale, lo siento. Quizá sería mejor que me dejaras por aquí. Esto es...

En cuanto lo dijo, bajar del coche se hizo imposible, porque la tormenta que había pasado de largo volvió a desencadenarse de nuevo. El horizonte se surcó de relámpagos y parecía que sobre sus cabezas caía algo similar al océano Atlántico pasado por un tamiz. Russell soltó un taco y condujo con mucha atención durante unos segundos entre los rugidos que el cielo les lanzaba. Descargó la ira acelerando temerariamente para adelantar a un camión que llevaba el letrero de «McKenna, transportes en cualquier clase de tiempo». Al amainar la lluvia, cedió la tensión.

—Todo empezó con aquel agente de la CIA que encontraron en el pantano, cuando todo el mundo sufría aquellas alucinaciones y todo eso, ¿recuerdas?

Arthur consideró por un momento si debía mencionar de nuevo que acababa de volver en autoestop del otro lado de la nebulosa Cabeza de Caballo, y que por eso, y por otras razones adicionales y pasmosas, se encontraba un poco al margen de los últimos acontecimientos; pero decidió que aquello solo serviría para complicar más las cosas.

—No —contestó.

—Entonces fue cuando se volvió chaveta. Estaba en un café, en no sé qué sitio. En Rickmansworth. No sé qué había ido a hacer, pero allí fue donde perdió la razón. Según parece, se puso en pie, anunció que acababa de tener una revelación extraordinaria, o algo así, se tambaleó un poco con aire aturdido y, para rematarlo, se derrumbó sobre un bocadillo de huevo gritando.

Arthur dio un respingo.

—Lo siento mucho —manifestó, un tanto ceremonioso.

Russell emitió una especie de gruñido.

—¿Y qué estaba haciendo en el pantano el agente de la CIA? —preguntó Arthur en un esfuerzo por atar cabos.

—Flotar en el agua, claro está. Estaba muerto.

—Pero ¿qué...?

—Vamos, ¿es que no te acuerdas de todo aquello? ¿De las alucinaciones? Todo el mundo dijo que era un escándalo, que la CIA estaba haciendo experimentos para la guerra con armas químicas o algo así. Con la disparatada teoría de que, en vez de invadir un país, resultaría más barato y eficaz hacer que la gente se *creyera* que estaba invadida.

–¿De qué alucinaciones se trataba exactamente...? –inquirió Arthur con voz muy queda.

–¿Cómo que de qué alucinaciones se trataba? Me refiero a toda aquella historia de grandes naves amarillas, de que todo el mundo se volvía loco y decía que se iba a morir, y luego, zas, los platillos volantes desaparecían cuando se pasaba el efecto. La CIA lo negó, lo que significa que debe de ser cierto.

Arthur sintió que se le iba un poco la cabeza. Apoyó la mano para sujetarse en algún sitio y apretó fuerte. Empezó a abrir y cerrar la boca con movimientos breves, como si fuese a decir algo, pero no le salió ni palabra.

–De todos modos –prosiguió Russell–, a Fenny no se le pasaron tan pronto los efectos de aquella droga, fuera lo que fuese. Yo estaba decidido a demandar a la CIA, pero un abogado amigo mío me dijo que sería lo mismo que lanzarse al ataque de un manicomio armado con un plátano, así que...

Se encogió de hombros.

–Los vogones... –chilló Arthur–. Las naves amarillas..., *¿desaparecieron?*

–Pues claro que sí, eran alucinaciones –contestó Russell, mirando a Arthur de extraña manera–. ¿Pretendes decir que no te acuerdas de nada de eso? ¿Dónde has estado, por el amor de Dios?

Para Arthur, esa era una pregunta tan asombrosamente buena que de la impresión a punto estuvo de botar en el asiento.

–¡¡¡Dios!!! –gritó Russell, tratando de dominar el coche, que de pronto empezó a patinar.

Lo apartó del paso de un camión que venía en el otro sentido y viró bruscamente hacia la cuneta llena de hierba. Cuando el coche se paró dando tumbos, la muchacha salió precipitada del asiento de atrás y cayó desmadejada encima de Russell.

Arthur se volvió espantado.

–¿Está bien? –preguntó bruscamente.

Con gesto colérico, Russell se llevó las manos al cabello, peinado con secador. Se tiró del rubio bigote. Se volvió hacia Arthur:

–¿Quieres hacer el favor –le dijo– de soltar el freno de mano?

6

Había un paseo de seis kilómetros hasta su pueblo: un kilómetro y medio hasta la desviación adonde el abominable Russell se había negado abruptamente a llevarle y, desde allí, otros tres kilómetros y medio de sinuoso camino rural. El Saab se perdió en la noche. Arthur lo miró alejarse, tan pasmado como podría estarlo un hombre que, tras creerse completamente ciego durante cinco años, descubriera de pronto que simplemente había llevado un sombrero demasiado grande.

Sacudió bruscamente la cabeza, con la esperanza de que ese gesto desalojara algún hecho sobresaliente que encajaría en su sitio y daría sentido al Universo, por otra parte totalmente desconcertante; pero como el citado hecho sobresaliente, si es que había alguno, no coincidía con nada, echó a andar de nuevo carretera adelante, confiado en que un buen paseo vigoroso y tal vez incluso unas buenas ampollas dolorosas contribuirían al menos a reafirmarle en su propia existencia, ya que no en su cordura.

Llegó a las diez y media, dato que averiguó a través de la ventana, grasienta y entelada, de la taberna Horse and Groom, en la que desde hacía muchos años colgaba un viejo y baqueteado reloj de Guinness con un dibujo que representaba a un emú con una jarra de cerveza atascada, en forma bastante divertida, en el gaznate.

Era la taberna donde había estado el fatídico mediodía en que su casa fue demolida y, a continuación, todo el planeta Tierra; o mejor dicho, dio la impresión de que fue demolido. No, maldita sea, *fue* destruido, porque, si no, ¿dónde demonios había estado él durante los últimos ocho años, y cómo había llegado allí de no ser en una de las enormes naves amarillas de los vogones que, según el odioso Russell, no eran más que alucinaciones producidas por una droga? Y si lo habían *realmente* demolido, ¿qué era aquello donde tenía plantados los pies...?

Desechó aquellas lucubraciones porque no le llevarían más lejos de donde estaba veinte minutos antes, cuando empezó a hacerlas.

Comenzó de nuevo.

Aquella era la taberna donde había estado el fatídico mediodía durante el cual sucedió lo que ahora estaba tratando de averiguar, fuera lo que fuese, y...

Seguía sin tener sentido.

Volvió a empezar.

Aquella era la taberna donde...

Aquella era *una* taberna.

En las tabernas servían bebidas, y a él no le vendría nada mal tomar una.

Satisfecho de que esa embarullada concatenación de ideas le hubiera finalmente conducido a una conclusión que, además, le hacía feliz aunque no fuese la que se había propuesto encontrar, se dirigió hacia la puerta de la taberna.

Y se detuvo.

Un pequeño terrier negro y de pelo crespo salió corriendo por detrás de un parapeto y, al ver a Arthur, empezó a gruñir.

Pero Arthur lo conocía, y bien. Era de un amigo suyo que trabajaba en una empresa de publicidad, y lo llamaban Ignorantón porque la forma en que el pelo se le erizaba en la cabeza recordaba al presidente de los Estados Unidos de América. Y el perro conocía a Arthur, o al menos debía conocerlo. Era un animal estúpido, que ni siquiera sabía descifrar una señal de tráfico, y por eso mucha gente consideraba su nombre exagerado, pero al menos debía de ser capaz de reconocerle en vez de quedarse allí parado, con los pelos del cogote erizados, como si Arthur fuese la aparición más espantosa que hubiese irrumpido en su vida de débil mental.

Eso movió a Arthur a mirar de nuevo por la ventana, esta vez no para contemplar al emú que se estaba asfixiando, sino para ver su propio reflejo.

Al verse por primera vez en un ambiente familiar, hubo de admitir que el perro tenía razón.

Se parecía mucho al instrumento que utilizaría un campesino para ahuyentar a los pájaros, y no cabía duda de que si entraba en la taberna en su estado actual, suscitaría ciertos comentarios jocosos y, lo que sería peor, en aquel momento habría varias personas a las que conocería y que inevitablemente le bombardearían a preguntas que, de momento, no se encontraba en buenas condiciones de responder.

Will Smithers, por ejemplo, el dueño de Ignorantón, perro nada prodigioso y animal tan estúpido que lo habían despedido de uno de los anuncios de Will por ser incapaz de saber qué comida de perro debía preferir, pese al hecho de que en los demás cuencos habían vertido aceite de motor.

Will estaría dentro, seguro. Allí estaba su perro; y su coche, un Porsche gris 928 S con un letrero en la ventanilla trasera que decía: «Mi otro coche también es un Porsche». Maldito sea.

Lo miró y comprendió que acababa de enterarse de algo que antes desconocía.

Will Smithers, como la mayoría de los hijoputas superpagados e infraescrupulosos que Arthur conocía en el mundo de la publicidad, procuraba cambiar de coche todos los años en agosto y así decir a la gente que su contable le obligaba a hacerlo, aunque lo cierto era que el contable hacía todo lo posible por impedírselo debido a las pensiones por alimentos que tenía que pagar y todo eso; y aquel era el mismo coche que tenía antes, según recordó Arthur. El número de matrícula pregonaba el año.

Como ahora era invierno, y el incidente que tantos problemas causó a Arthur ocho años atrás, según su cómputo personal, había ocurrido a principios de septiembre, allí habían pasado menos de seis o siete meses.

Quedó tremendamente quieto por un momento y dejó que Ignorantón saltara de un lado para otro sin parar de ladrarle. Pasmado, comprendió algo que ya no podía ignorar: era un extraño en su propio mundo. Por mucho que lo intentaran, nadie podría ser capaz de creer su historia. No solo parecía de locos, sino que los hechos la contradecían a simple vista.

¿Era aquello *realmente* la Tierra? ¿Existía la más leve posibilidad de que se hubiese cometido alguna equivocación sensacional?

La taberna que tenía delante le resultaba insoportablemente familiar en todos los detalles: cada ladrillo, cada trozo de pintura descascarillada; y en el interior percibía el ambiente cálido y cerrado, con el ruido, las vigas al descubierto, los apliques de falso hierro forjado, la barra pegajosa de cerveza en la que habían apoyado los codos personas que conocía; y, por encima, chicas recortadas en cartón mostrando bolsas de cacahuetes grapadas sobre los pechos. Era todo su ambiente, su mundo.

Hasta conocía al maldito perro.

—¡Eh, Ignorantón!

La voz de Will Smithers significaba que debía decidir rápidamente lo que iba a hacer. Si se quedaba allí, le descubrirían y empezaría el lío. Ocultándose solo aplazaría el momento, y empezaba a hacer un frío intenso.

El hecho de que se tratase de Will le hizo más fácil la elección. No es que le cayera antipático: Will era bastante divertido. Solo que resultaba un poco agobiante porque, como trabajaba en publicidad, siempre quería que uno supiera lo bien que él se lo pasaba y en dónde había comprado la chaqueta.

Pensando en todo eso, Arthur se ocultó detrás de una furgoneta.

–¡Eh, Ignorantón! ¿Qué pasa?

Se abrió la puerta y salió Will, llevando una cazadora de piloto de cuero que un amigo suyo había aplastado con un coche, por expresa petición de Will, en el Laboratorio de Investigación de Tráfico, para que adquiriese aquel aspecto de prenda muy usada.

Ignorantón aulló de placer y, teniendo toda la atención que quería, se olvidó alegremente de Arthur.

Will estaba con unos amigos, y habían inventado un juego que jugaban con el perro.

–¡Comunistas! –gritaron al perro todos a coro–. ¡Comunistas, comunistas, comunistas!

El perro se volvió loco ladrando, saltando de un lado para otro, desgañitándose, fuera de sí, transportado en un éxtasis de rabia. Todos se rieron a carcajadas y lo celebraron, y se dispersaron gradualmente hacia sus respectivos coches y desaparecieron en la noche.

Bueno, esto arregla una cosa, pensó Arthur detrás de la furgoneta, no cabe duda de que este es el planeta que recuerdo.

7

Su casa seguía en su sitio.

No tenía idea de cómo ni por qué. Había decidido ir a echar un vistazo mientras la gente se marchaba de la taberna, donde pensaba pedir habitación para pasar la noche, y allí la vio incólume.

Cogió una llave que guardaba bajo una rana de piedra del jardín y se apresuró a entrar porque, asombrosamente, sonaba el teléfono.

Lo había oído débilmente mientras subía por el sendero, echando a correr en cuanto comprendió de qué se trataba.

Tuvo que empujar la puerta con fuerza debido a la tremenda cantidad de correo que se había acumulado en el felpudo. Según descubriría más tarde, estaba atascada por catorce ofertas idénticas, dirigidas a su nombre para solicitar una tarjeta de crédito que ya poseía, diecisiete cartas iguales en las que se le amenazaba por el impago de facturas con cargo a una tarjeta que no tenía, treinta y tres cartas idénticas por las que se le comunicaba que lo habían elegido especialmente como persona de gusto y distinción que sabía lo que quería y adónde iba en el sofisticado mundo actual de la jet set internacional, y que, por consiguiente, con seguridad le gustaría comprar una billetera elegantísima; también había un gatito atigrado, muerto.

Entró a duras penas por el paso relativamente estrecho que dejaba todo aquello, tropezó con un montón de ofertas de vinos que ningún *connoisseur* distinguido debía perderse, resbaló al saltar una pila de villas donde pasar las vacaciones en la playa, tropezó al subir la escalera a oscuras, llegó a su habitación y cogió el teléfono en el momento en que dejaba de sonar.

Jadeante, se derrumbó en la cama fría, que olía a humedad, y durante unos momentos cejó en sus esfuerzos por impedir que el mundo siguiera dando vueltas en torno a su cabeza de aquel modo tan insistente.

Cuando el mundo disfrutó de sus vueltecitas y se calmó un poco, Arthur alargó la mano hacia la lámpara de la mesilla, sin esperanza de que se encendiera. Para su sorpresa, lo hizo. Aquello gustó al sentido de la lógica de Arthur. Como la compañía de la luz le cortaba la corriente sin falta cada vez que pagaba el recibo, parecía muy razonable que no se la cortaran cuando no lo pagaba. Era evidente que, si les enviaba dinero, solo llamaría la atención sobre sí mismo.

La habitación estaba casi igual que la había dejado, es decir, repelentemente desordenada, aunque el efecto quedaba un tanto paliado por una gruesa capa de polvo. Libros y revistas a medio leer yacían entre montones de toallas medio usadas. Calcetines desparejados se hundían en tazas de café a medio llenar. Lo que una vez fue un bocadillo a medio comer se había medio convertido ahora en algo de lo que Arthur no quería saber nada. Lanza un haz de rayos sobre todo esto, pensó, y empezarás de nuevo la evolución de la vida.

En la habitación solo había cambiado una cosa.

Por un momento no percibió el objeto nuevo, porque estaba cubierto por una desagradable capa de polvo. Luego lo vio y clavó la mirada en él.

Estaba junto a una televisión vieja y maltrecha en la que sólo se podían ver cursos de la Universidad a Distancia, porque, si se intentaba ver algo más interesante, se rompía.

Era una caja.

Arthur se incorporó apoyándose en los codos y la observó con atención.

Era una caja gris, con una especie de lustre desvaído y de forma cúbica, de alrededor de treinta y tres centímetros de lado. Estaba envuelta con una sola cinta de color gris, rematada con un lazo bien dibujado.

Se levantó, se acercó y la tocó con sorpresa. Fuera lo que fuese, era evidente que la habían envuelto para regalo, con arte y delicadeza, y estaba esperando a que él la abriese.

Con cuidado, la levantó y volvió con ella a la cama. Limpió el polvo de la parte de arriba y desató la cinta. La parte de arriba de la caja era una tapa, con la solapa metida dentro.

La abrió y miró dentro. Había un globo de cristal, que descansaba en un fino papel de seda gris. Lo sacó con cuidado. No era exactamente un globo, porque estaba abierto por abajo o, más bien, como Arthur comprendió al darle la vuelta, por arriba; y tenía un borde grueso. Era una pecera.

De un cristal maravilloso, perfectamente transparente, pero con un matiz gris plateado, parecía fabricada con una mezcla de pizarra y cristal.

Despacio, Arthur empezó a darle vueltas entre las manos. Era uno de los objetos más bellos que había visto jamás, pero le tenía completamente perplejo. Miró dentro de la caja, pero aparte del papel de seda no había nada. En el exterior de la caja tampoco había nada.

Volvió a darle vueltas entre las manos. Era maravillosa. Exquisita. Pero era una pecera.

Le dio unos golpecitos con la uña del pulgar y se oyó un tañido profundo y deudoso que resonó por más tiempo del que parecía posible, y cuando al fin se apagó no pareció perderse, sino flotar en otros mundos, como en un sueño en alta mar.

Fascinado, Arthur volvió a revolverla entre las manos, y esta vez la luz de la polvorienta lamparita de la mesilla le dio en un ángulo diferente y centelleó sobre unas erosiones que había en la superficie. La sostuvo en alto, ajustando el ángulo a la luz, y de pronto vio claramente las formas delicadamente grabadas de unas palabras que reflejaban su sombra en el cristal.

«Hasta luego», decían, «y gracias...»

Eso era todo. Parpadeó y no entendió nada.

Durante otros cinco minutos movió el objeto una y otra vez, sosteniéndolo a la luz en diferentes ángulos, dándole golpecitos para oír su fascinante tañido y pensando en el significado de las borrosas letras, pero no halló ninguno. Finalmente, se puso en pie, llenó la pecera con agua del grifo y volvió a depositarla en la mesa, junto a la televisión. Se sacudió la oreja, se sacó el pequeño pez Babel y lo dejó caer, coleando, en la pecera. Ya no lo necesitaría más, salvo para ver películas extranjeras.

Volvió a tumbarse en la cama y apagó la luz.

Permaneció quieto y tranquilo. Absorbió la oscuridad que le envolvía, fue relajando poco a poco sus miembros de un extremo a otro, sosegó y normalizó la respiración, liberó la mente de todo pensamiento, cerró los ojos y le fue absolutamente imposible quedarse dormido.

La noche estaba desapacible. Las nubes de lluvia se habrían desplazado y en aquel momento centraban su atención sobre una pequeña cafetería para camioneros justo a las afueras de Bournemouth, pero al pasar molestaron al cielo, que ahora alentaba un aire húmedo y encrespado, como si no supiera de qué otra cosa sería capaz si lo seguían provocando.

Salió la luna con aspecto acuoso. Parecía una bola de papel en el bolsillo trasero de unos vaqueros que acabaran de salir de la lavadora, y solo el tiempo y la plancha revelarían si se trataba de una lista vieja de la compra o de un billete de cinco libras.

El viento se removió un poco, como la cola de un caballo que intentara decidir de qué humor estaba esta noche, y en algún sitio unas campanadas dieron la medianoche.

Una claraboya se abrió con un crujido.

Estaba agarrotada y hubo que darle tirones y convencerla un poco, porque el marco estaba un tanto podrido y en alguna época de su vida le habían pintado las bisagras bastante a conciencia, pero al final se abrió.

Se encontró un apoyo para sujetarla y entre las paredes abuhardilladas del techo, una figura apareció por la estrecha abertura.

Permaneció quieta, contemplando el cielo en silencio.

La figura era todo lo contrario de la criatura de aspecto salvaje que poco más de una hora antes había irrumpido como loca en la casa. Había desaparecido la deshilachada y harapienta bata, manchada por el barro de un centenar de mundos, grasienta por los condimentos de la detestable comida de un centenar de mugrientos puertos espaciales; desaparecida también la melena enmarañada y la barba larga y llena de nudos, con el ecosistema floreciente y todo eso.

En cambio, allí estaba Arthur Dent, elegante y deportivo, con pantalones de pana y un jersey holgado. Llevaba el pelo limpio y corto, y estaba bien afeitado. Solo sus ojos seguían rogando al Universo que, fuera lo que fuera lo que le estaba haciendo, dejara de hacerlo, por favor.

No eran los mismos ojos con los que había contemplado por última vez aquel panorama, y el cerebro que interpretaba las imágenes recogidas por estos, tampoco era el mismo. No es que le hubieran practicado alguna operación quirúrgica; era solo la continua dislocación de la experiencia.

En aquel momento, la noche le parecía algo vivo, y el oscuro mundo que le rodeaba, un ser en el que tenía raíces.

Como un hormigueo en lejanas terminaciones nerviosas, sentía la corriente de un río distante, la ondulación de invisibles colinas, el nudo de densos nubarrones estacionados en algún punto remoto del sur.

Sentía, también, el estremecimiento de ser un árbol, algo que no se esperaba. Sabía que introducir los dedos de los pies en la tierra producía una sensación agradable, pero jamás imaginó que lo fuese tanto. Notó que una oleada de placer, casi indecente, le llegaba desde New Forest. Pensó que en el verano debería tratar de ver cómo sentían las hojas.

Desde otra dirección le llegó la sensación de ser una oveja asustada por un platillo volante, pero era algo que prácticamente no se distinguía de la idea de ser una oveja atemorizada por cualquier otra cosa, pues tales criaturas aprendían muy poco de su peregrinaje por la vida y se alarmaban al ver el sol por la mañana, asombrándose de la cantidad de verde que había en los campos.

Se sorprendió al descubrir que podía sentir cómo la oveja se asustaba del sol aquella mañana, y el día anterior, y cómo se turbaba ante un grupo de árboles el día antes. Podía seguir retrocediendo, pero era aburrido, porque todo consistía en que las ovejas sentían temor de las mismas cosas que las habían amedrentado el día anterior.

Abandonó las ovejas y permitió que su mente, soñolienta, fluyera a la deriva formando ondas concéntricas. Sintió la presencia de otras mentes, centenares de ellas, una maraña de miles, amodorradas algunas, otras dormidas, otras tremendamente animadas, y una tronchada.

Fracturada.

Pasó fugazmente por ella y de nuevo intentó sentirla, pero le evitó como la tarjeta de la manzana de Pelmanism. Sintió un espasmo de agitación porque instintivamente supo quién era, o al menos quién deseaba que fuese, y una vez que se sabe lo que es se está en lo cierto, pues el instinto es un instrumento muy útil para ese tipo de conocimiento.

Instintivamente sabía que era Fenny, y que él quería encontrarla; pero no podía. Al utilizarla con tanta intensidad, notaba que perdía aquella nueva y extraña facultad, de manera que abandonó la búsqueda y de nuevo dejó vagar la imaginación más tranquilamente.

Y de nuevo sintió la fractura.

Y dejó de notarla otra vez. En esta ocasión, fuera lo que fuera lo que su instinto se afanara en comunicarle lo que debía creer, no estaba seguro de que fuera Fenny; o quizá se tratara de una fractura diferente. Tenía el mismo aspecto inconexo, pero daba la impresión de una fractura más general, más profunda, y no de una mente individual, tal vez ni siquiera era una mente. Era distinto.

Dejó que su mente se hundiera lenta y ampliamente en la Tierra, formando ondas, escurriéndose, filtrándose.

Seguía la Tierra a lo largo de sus días, meciéndose en los ritmos de sus miles de cadencias, sumiéndose en la maraña de su vida, hinchándose con sus mareas, girando con su peso. Y siempre volvía la fractura, un dolor sordo, inconexo y lejano.

Y ahora volaba por una tierra luminosa; la luz era tiempo, sus mareas eran días que reconocíom. La fractura que había percibido, la segunda, se le presentaba a lo lejos, al otro extremo del territorio, con el grosor de un solo cabello por el paisaje soñador de los días de la Tierra. Y de pronto estaba encima de ello.

Vaciló aturdido sobre el borde mientras el país de ensueño se abría vertiginosamente a sus pies, asombroso precipicio en la nada, retorciéndole con frenesí, agarrándose a nada, agitándose en el espacio horripilante, dando vueltas, cayendo.

Al otro lado del dentado abismo había habido otra tierra en otro tiempo: un mundo más viejo, no separado del otro, pero apenas unido; dos Tierras. Se despertó.

Una brisa fría rozó el sudor febril de su mente. La pesadilla había pasado, y él se sentía agotado. Dejó caer los hombros y se frotó suavemente los ojos con la punta de los dedos. Por fin tenía sueño y se sentía muy cansado. En cuanto al significado de la pesadilla, si es que significaba algo, ya pensaría en ello por la mañana; de momento se iría a la cama, a dormir. A su cama, a su propio sueño.

Podía ver su casa a lo lejos y se preguntó por qué. Se recortaba a la luz de la luna, y reconoció su absurda forma, bastante insípida. Miró a su alrededor y observó que se hallaba a unos cuarenta centímetros por encima de los rosales de uno de sus vecinos, John Ainsworth. Los tenía primorosamente cuidados, podados para el invierno, con sus etiquetas y atados a cañas, y Arthur se preguntó qué hacía sobre ellos. Se preguntó qué le sujetaba allá y, al descubrir que no se apoyaba en nada, cayo torpemente al suelo.

Se levantó, se limpió y volvió cojeando a su casa con un esguince en el tobillo. Se desnudó y se metió en la cama.

Cuando estaba dormido sonó el teléfono de nuevo. Sonó durante quince minutos enteros, haciéndole dar dos vueltas en la cama. Sin embargo, ni por un momento corrió el riesgo de despertarse.

8

Arthur se despertó sintiéndose de maravilla, absolutamente fabuloso, repuesto, rebosante de alegría por estar en cama, lleno de vigor y nada decepcionado al descubrir que era mediados de febrero.

Casi bailando, se dirigió al frigorífico, encontró las tres cosas menos peludas que había, las puso en un plato y las miró con atención durante dos minutos. Como en ese período de tiempo no intentaron moverse, las llamó desayuno y se las comió. Así eliminaron una virulenta enfermedad espacial que, sin saberlo, había contraído Arthur unos días antes en los Pantanos de Gas de Flargathon, y que de otro modo habría matado a media población del hemisferio occidental, cegado a la otra mitad y vuelto psicóticos y estériles a todos los demás, así que la Tierra tuvo suerte en aquella ocasión.

Se sentía fuerte, sano. Con una pala, apartó vigorosamente las cartas de propaganda y enterró al gato.

Justo cuando terminaba la tarea sonó el teléfono, pero lo dejó sonar mientras guardaba un momento de respetuoso silencio. Si se trataba de algo importante, volverían a llamar.

Se quitó el barro de los zapatos y volvió a entrar en la casa.

Entre los montones de cartas de propaganda había algunas importantes: unos documentos del ayuntamiento, con fecha de tres años antes, relativos a la intención de demoler su casa, y algunas otras sobre un proyecto de encuesta pública acerca del plan de construir una vía de circunvalación en la zona; también había una vieja carta de Greenpeace, el grupo de presión ecologista al que apoyaba de cuando en cuando, que pedía ayuda para su plan de liberar del cautiverio a delfines y orcas, más algunas postales de amigos que vagamente se quejaban de que aquellos días no se le podía localizar.

Reunió todas aquellas cartas y las guardó en un archivador de cartón en el que anotó «Asuntos pendientes». Como aquella mañana se encontraba tan lleno de vigor y dinamismo, añadió la palabra «¡Urgente!».

Sacó la toalla y otras cosas de la bolsa de plástico que había comprado en el megamercado de Puerto Brasta. En un lado de la bolsa había un eslogan que era un ingenioso y complicado juego de palabras en Lingua Centauri, que era absolutamente incomprensible en cualquier otro idioma, y que por tanto no tenía sentido alguno en una tienda libre de impuestos de un puerto espacial. Además, la bolsa tenía un agujero, de modo que la tiró.

Sintió una súbita punzada al darse cuenta de que se le debió de caer algo más en la pequeña nave espacial que le llevó a la Tierra y que, amablemente, se desvió de su ruta para dejarle en la autopista A 303.

Había perdido su baqueteado ejemplar, gastado de tantos viajes espaciales, del objeto que le ayudó a orientarse en las increíbles distancias que había recorrido en el espacio. Había perdido la *Guía del autoestopista galáctico*.

Bueno, dijo para sí, ya no voy a necesitarla más.

Tenía que hacer unas llamadas.

Había decidido cómo enfrentarse a la enorme cantidad de contradicciones provocadas por su viaje de vuelta; es decir, que lo ignoraría todo.

Telefoneó a la BBC y pidió que le pusieran con el jefe de su departamento.

–Hola, soy Arthur Dent. Mira, siento haber faltado estos seis meses, pero es que me había vuelto loco.

–Bueno, no te preocupes. Pensé que seguramente era algo así. Aquí pasa eso a todas horas. ¿Para cuándo te esperamos?

–¿Cuándo terminan de invernar los puercoespines?

–En primavera, supongo.

–Entonces iré un poco después de eso.

–Vale.

Hojeó las páginas amarillas y elaboró una breve lista de números.

–Hola, ¿es el Hospital Old Elms? Sí, llamaba para ver si podía hablar con Fenella, hmm... Fenella... ¡Vaya por Dios, qué tonto soy! Ahora se me olvidará mi propio apellido. Hmm..., Fenella... Es ridículo, ¿verdad? Es paciente de ustedes, una chica morena, que ingresó anoche...

–Me temo que no tenemos ningún paciente bajo el nombre de Fenella.

–¿Ah, no? Me refiero a Fiona, claro; es que nosotros la llamamos Fen....

–Lo siento, adiós.

Clic.

Seis conversaciones por el estilo empezaron a afectar su humor de vigoroso y dinámico optimismo, y pensó que antes de que se le pasara por completo debía bajar a la taberna y exhibirse un poco.

Se le había ocurrido la idea perfecta para explicar de un plumazo el inexplicable misterio que le rodeaba, y silbó en tono bajo al empujar la puerta que tanto le había intimidado la noche anterior.

–¡¡¡¡Arthur!!!!

Sonrió alegremente ante los ojos asombrados que le miraban fijamente desde todos los rincones de la taberna, y contó a todos lo maravillosamente bien que se lo había pasado al sur de California.

9

Aceptó otra caña de cerveza y bebió un trago.

–Claro que tenía también mi alquimista personal.

–¿Tu qué?

Empezaba a hacer el ridículo, y lo sabía. La mezcla de Exuberance, Hall y el mejor bitter de Woodhouse era algo con lo que había que andarse con cuidado, pero uno de sus primeros efectos era el de perder el cuidado, y el punto en el que Arthur debería haberse callado y dejar de dar explicaciones era el punto en que, en cambio, empezaba a tener inventiva.

–¡Pues, sí! –insistió con una alegre y vidriosa sonrisa–. Por eso es por lo que he perdido tanto peso.

–¿Cómo? –preguntó su auditorio.

–¡Pues, sí! –repitió–. Los californianos han redescubierto la alquimia. Sí, sí.

Volvió a sonreír.

–Solo que –prosiguió– no en una forma más útil que la de...

Hizo una pausa, pensativo, para recordar un poco de gramática, y añadió:

–... la que los antiguos empleaban para practicarla. O que no llegaban a practicar. No les daba resultados. Nostradamus y todos esos. No lo conseguían.

–¿Nostradamus? –preguntó uno de los oyentes.

–Me parece que ese no era alquimista –opinó otro.

–Creo que hacía profecías –manifestó un tercero.

–Se convirtió en adivino –informó Arthur a su auditorio, cuyos componentes empezaban a oscilar y hacerse un poco borrosos–, porque era tan mal alquimista... Deberíais saberlo.

Tomó otro trago de cerveza. Era algo que no había probado en ocho años. Lo saboreó una y otra vez.

–¿Qué tiene que ver la alquimia con la pérdida de peso? –preguntó una parte del auditorio.

–Me alegro de que me lo preguntéis –contestó Arthur–. Me alegro mucho. Y ahora os diré qué relación hay entre... –Hizo una pausa–. Entre esas dos cosas. Las que has mencionado. Os lo voy a decir. Se calló y manipuló sus ideas. Era como ver buques petroleros que hicieran maniobras de tres puntos en el Canal de la Mancha.

–Descubrieron cómo convertir el exceso de grasa corporal en oro –declaró en un repentino arranque de coherencia.

–Estás de broma.

–Pues claro –dijo, y se corrigió–: Es decir, no. Lo hicieron.

Se volvió a la parte dubitativa de su auditorio, que eran todos; así que le llevó un ratito el dar la vuelta completa.

–¿Habéis *estado* en California? –preguntó–. ¿*Sabéis* la clase de cosas que hacen allí?

Tres miembros del auditorio contestaron afirmativamente y le advirtieron que estaba diciendo tonterías.

–No habéis visto nada –insistió Arthur y, como alguien estaba invitando a otra ronda, añadió–: ¡Sí, claro!

–La prueba –prosiguió, señalándose a sí mismo y fallando por más de cinco centímetros– la tenéis a la vista. Catorce horas en trance. En un depósito. En trance. Metido en un depósito. Creo –añadió, después de una pausa pensativa– que ya lo he dicho.

Esperó con paciencia mientras servían la siguiente ronda. Compuso mentalmente la siguiente parte de su historia, que se refería a la necesidad de orientar el depósito por una línea que caía en perpendicular desde la estrella Polar hasta una línea de referencia trazada entre Marte y Venus, y estaba a punto de empezar a contarla cuando decidió dejarlo.

–Mucho tiempo –dijo, en cambio– metido en un tanque. En trance.

Miró a su auditorio con expresión severa, para asegurarse de que todos le seguían con atención.

Prosiguió.

–¿Dónde estaba? –preguntó.

–En trance –contestó uno.

–En un depósito –dijo otro.

–Ah, sí. Gracias. Y lentamente –dijo, apresurándose–, despacio, muy lentamente, todo el exceso de grasa del cuerpo... se convierte... en... –hizo una pausa, tratando de causar efecto– sucuu... subtuu...

subtucá... –hizo una pausa para tomar aliento– oro subcutáneo, que se puede extraer mediante cirugía. Salir del depósito es horrible. ¿Qué decías?

–Solo he carraspeado.

–Me parece que no me crees.

–Me aclaraba la garganta.

–La chica se aclaraba la garganta –confirmó una parte significativa del auditorio con un murmullo bajo.

–Bueno, sí –dijo Arthur–, muy bien. Y luego se reparten las ganancias... –hizo una pausa aritmética– con el alquimista, al cincuenta por ciento. ¡Se saca un montón de dinero!

Lanzó una mirada incierta a sus oyentes y no pudo escapársele el aire de escepticismo de los confusos rostros.

Eso le molestó mucho.

–¿Cómo me habría adelgazado la cara, si no? –preguntó.

Brazos amistosos empezaron a ayudarle a llegar a casa.

–¡Escuchad! –protestó mientras la fría brisa de febrero le acariciaba el rostro–. Lo que ahora hace furor en California es tener aspecto de haber vivido mucho. Se ha de tener la apariencia de haber visto la Galaxia. La vida, quiero decir. Hay que tener el aspecto de conocer la vida. Eso es lo que yo tengo. La cara caída. Dadme ocho años, dije. Espero que no vuelva a estar de moda el tener treinta años; si no, habré perdido un montón de dinero.

Permaneció en silencio durante un rato, mientras los brazos amistosos seguían ayudándole a llegar a casa.

–Llegué ayer –murmuró–. Estoy muy, pero que muy contento de estar en casa. O en algún sitio muy parecido...

–El desfase del vuelo –murmuró uno de sus amigos–. Es largo el viaje desde California. Te trastorna de veras durante un par de días.

–Yo creo que no ha estado allí –dijo otro, en voz baja–. Quisiera saber dónde ha estado. Y qué le ha pasado.

Tras una pequeña siesta, Arthur se levantó y deambuló un poco por la casa. Se sentía aturdido y un tanto deprimido; seguía desorientado por el viaje. Se preguntó cómo iba a encontrar a Fenny.

Se sentó y miró la pecera. Volvió a darle unos golpecitos y, pese a estar llena de agua y contener un diminuto pez Babel de color amarillo que se movía dando afligidas bocanadas, resonó de nuevo con su vibrante y profundo campanilleo de forma tan clara e hipnótica como antes.

Alguien trata de darme las gracias, pensó. Se preguntó quién sería, y por qué.

10

–Al oír la tercera señal será la una..., treinta y dos minutos..., veinte segundos.

–Bip..., bip..., bip.

Ford Prefect contuvo una risita de maligna satisfacción, comprendió que no había motivo para contenerla y soltó una carcajada perversa.

Pasó la señal procedente de la red Sub-Etha al espléndido sistema de alta fidelidad de la nave, y la extraña y cantarina voz, un tanto ampulosa, resonó por la cabina con admirable claridad.

–Al oír la tercera señal será la una..., treinta y dos minutos..., treinta segundos.

–Bip..., bip..., bip.

Subió un poquito el volumen, sin dejar de observar cuidadosamente el cuadro de cifras que cambiaban con rapidez en la pantalla del ordenador. Para el período de tiempo en que pensaba, la cuestión del consumo de energía era muy importante. No quería tener un crimen sobre su conciencia.

–Al oír la tercera señal será la una..., treinta y dos minutos..., cuarenta segundos.

–Bip..., bip..., bip.

Lanzó una mirada de comprobación por la pequeña nave. Salió al reducido pasillo.

–Al oír la tercera señal...

Asomó la cabeza al pequeño y funcional cuarto de baño, de reluciente acero.

–... será...

Sonaba muy bien allí dentro.

Miró en el diminuto dormitorio.

–... la una..., treinta y dos minutos...

Sonaba un poco amortiguado. Había una toalla colgada sobre uno de los altavoces. La quitó.

–... cincuenta segundos.

Muy bien.

Comprobó la atestada cabina de carga, y el sonido no le satisfizo en absoluto. Había demasiadas cajas llenas de trastos. Retrocedió y esperó a que se cerrara la puerta. Forzó el panel de control, que estaba cerrado, y pulsó el botón de tirar la carga. No sabía por qué no lo había pensado antes. Se oyó como un silbido retumbante que fue apagándose con rapidez. Tras una pausa, volvió a oírse un leve murmullo.

Desapareció.

Ford Prefect esperó a que se encendiera la luz verde y luego abrió de nuevo la puerta de la ya vacía bodega de carga.

–... la una..., treinta y tres minutos..., cincuenta segundos.

Muy bien.

–Bip..., bip..., bip.

Procedió a un último y minucioso examen de la cámara suspendida de animación para emergencias, que era donde más empeño tenía en que se oyera.

–A la tercera señal será exactamente la una..., treinta y cuatro minutos.

Tiritó al atisbar por la helada capa de hielo que cubría la oscura forma de su interior. Algún día, quién sabía cuándo, se despertaría, y entonces sabría qué hora era. No exactamente la hora local, claro, pero qué demonios.

Hizo una doble comprobación en la pantalla del ordenador situado sobre el lecho de congelación, redujo la intensidad de la luz y volvió a verificarlo.

–A la tercera señal será...

Salió de puntillas y volvió a la cabina de control.

–... la una..., treinta y cuatro minutos, veinte segundos.

La voz se oía tan claramente como si estuviera al teléfono en Londres, que no lo estaba, ni mucho menos.

Miró a la negra noche del exterior. La estrella del tamaño de una brillante miga de galleta que veía a lo lejos era Zondostina, o así se llamaba en el mundo desde donde se recibía la voz cantarina y un tanto afectada, Pléyades Zeta.

La brillante curva de color naranja que ocupaba más de la mitad del área visible era el inmenso planeta de gas Sesefras Magna, donde atracaban las naves de combate de Xaxis, y justo por encima de su horizonte se levantaba una pequeña luna de frío azul, Epun.

–A la tercera señal será...

Permaneció sentado durante veinte minutos, viendo cómo se estrechaba la distancia entre la nave Epun, mientras el ordenador de la nave movía y componía las cifras que le harían llegar al circuito alrededor de la pequeña luna, cerrándolo y girando en su órbita en perpetua oscuridad.

–... la una..., cincuenta y nueve minutos...

Su primer plan consistió en cortar todas las señales externas y las radiaciones de la nave, para que pasase inadvertida a menos que la mirasen directamente, pero ahora tenía una idea mejor. Solo emitiría un rayo continuo, fino como el trazo de un lápiz, que transmitiera la señal de la hora al planeta de procedencia, al que, viajando a la velocidad de la luz, llegaría dentro de cuatrocientos años, pero en el que causaría un gran revuelo.

–Bip..., bip..., bip.

Soltó una risita tonta.

No le gustaba pensar que era de los que hacen muecas o se ríen tontamente, pero debía admitir que ya llevaba más de media hora haciéndolo.

–A la tercera señal...

La nave ya había entrado casi por completo en su eterna órbita alrededor de una luna poco conocida y jamás visitada. Casi perfecto.

Solo quedaba una cosa por hacer. Volvió a pasar por el ordenador la simulación del aterrizaje del Buggy Evasión-O de la nave, equilibrando acciones, reacciones, fuerzas tangenciales, toda la poesía matemática del movimiento, y vio que estaba bien.

Antes de marcharse, apagó las luces.

Cuando su pequeña nave de escape, semejante a la funda cilíndrica de un puro, salió disparada para iniciar los tres días de viaje a la estación orbital de Puerto Sesefron, cabalgó durante unos segundos sobre un largo rayo de radiación, fino como el trazo de un lápiz, que comenzaba un viaje más largo todavía.

–Al oír la tercera señal, serán las dos..., trece minutos..., cincuenta segundos.

Soltó una risita tonta y nerviosa. Se hubiera reído a carcajadas, pero no tenía sitio.

—Bip..., bip..., bip.

11

—Aborrezco de modo especial los chaparrones de abril.

Por muchos gruñidos evasivos que Arthur profería, el desconocido parecía resuelto a hablar con él. Se preguntó si debía levantarse y marcharse a otra mesa, pero en toda la cafetería no parecía haber otra libre. Removió colérico el café.

—Malditos chaparrones de abril. Los detesto y los odio.

Con el ceño fruncido, Arthur miraba por la ventana. Un leve y luminoso aguacero caía por la autopista. Ya hacía dos meses que había vuelto. En realidad, volver a su antigua vida había sido ridículamente fácil. La gente tenía una pésima memoria y él también. Los ocho años de frenético vagabundaje por la Galaxia ahora le parecían no ya como un mal sueño, sino como una película de la tele que hubiera grabado en vídeo y guardado en el fondo de un armario sin molestarse en verla.

Pero aún le duraba uno de sus efectos: su alegría de haber vuelto. Ahora que la atmósfera de la Tierra se había cerrado de veras sobre su cabeza pensó, erróneamente, que todo lo terrestre le proporcionaba un placer extraordinario. Al ver el plateado destello de las gotas de lluvia, sintió que debía protestar.

—Pues a mí me gustan —dijo de pronto—, y por un montón de razones evidentes. Son ligeros y refrescantes. Son chispeantes y le ponen a uno de buen humor.

El desconocido lanzó un bufido de desprecio.

—Eso es lo que dicen todos —repuso, frunciendo el ceño con aire sombrío en el rincón donde estaba sentado.

Era conductor de camión. Arthur lo sabía porque, al conocerse, hizo una observación espontánea:

—Soy camionero. Odio conducir cuando llueve. Qué ironía, ¿verdad? Una puñetera ironía.

Si aquel comentario tenía un sentido oculto, Arthur no fue capaz de adivinarlo, y se limitó a emitir un gruñidito, afable pero no alentador.

Pero el desconocido no se desanimó entonces, y tampoco ahora.

–La gente siempre dice lo mismo de los puñeteros chaparrones de abril –aseveró–. Tan jodidamente bonitos, tan jodidamente refrescantes, un tiempo tan jodidamente encantador.

Se inclinó hacia adelante, torciendo el rostro como si fuese a decir algo extraordinario sobre el gobierno.

–Lo que quiero saber –dijo– es que si hace buen tiempo, *¿por qué* –casi escupió– no puede ser bueno sin la jodida lluvia?

Arthur se dio por vencido. Decidió dejar su café, que estaba demasiado caliente para beberlo deprisa. Y demasiado malo para beberlo frío.

–Bueno ¡allá va! –dijo, levantándose–. Hasta luego.

Se detuvo en la tienda de la gasolinera, y luego volvió andando por el aparcamiento, procurando disfrutar de la fina lluvia que le caía en el rostro. Observó que hasta había un pálido arcoíris reluciendo sobre las colinas de Devon. Y también le causó placer.

Subió a su negro Golf GTI, viejo y baqueteado, pero adorado; hizo chirriar las ruedas y, cruzando por los aislados surtidores de gasolina, salió por la vía trasera en dirección a la autopista.

Se equivocaba al pensar que la atmósfera de la Tierra acababa de cerrarse para siempre sobre su cabeza.

Se equivocaba al pensar que alguna vez se liberaría del enrevesado laberinto de dudas adonde sus viajes galácticos le habían arrastrado.

Se equivocaba al pensar que ya podía olvidar que la Tierra donde vivía, grande, sólida, grasienta, sucia y suspendida en un arcoíris, era un punto microscópico dentro de un punto microscópico perdido en la inconcebible infinitud del Universo.

Siguió conduciendo, canturreando, totalmente equivocado.

La prueba de que se equivocaba estaba al borde de la carretera bajo un paraguas.

Se quedó boquiabierto. Se torció el tobillo contra el pedal del freno y dio tal patinazo que casi hizo volcar el coche.

–¡Fenny! –gritó.

Tras evitar por un pelo golpearla con el coche, terminó arrollándola al abrir la puerta de golpe y asomarse por ella.

Le cogió la mano y le arrancó el paraguas, que rodó vertiginosamente por la carretera.

–¡Mierda! –gritó Arthur de forma tan servicial como pudo.

Bajó del coche de un salto, salvándose por poco de ser atropellado por el camión de «McKenna, transportes en cualquier clase de tiempo», y, en cambio, vio horrorizado cómo arrollaba el paraguas de Fenny. El camión se perdió rápidamente en la distancia.

El paraguas yacía como una marioneta recién aplastada, expirando tristemente en el suelo. Débiles bocanadas de viento lo estremecían un poco.

Lo recogió.

–Pues... –dijo.

No parecía tener mucho sentido el devolvérselo.

–¿Cómo sabía usted mi nombre? –preguntó ella.

–Pues, bueno... –repuso él–. Mira, te compraré otro...

Al mirarla se quedó mudo.

Era alta y morena, con el pelo ondulado en torno a un rostro pálido y grave. Allí de pie, sola, casi tenía un aire grave, como la estatua de una virtud importante pero impopular en un jardín cuidado. Parecía mirar a algo distinto de lo que miraba.

Pero cuando sonreía, como ahora, era como si de pronto llegara de otra parte. A su rostro afluían calor y vida, y a su cuerpo una increíble gracia de movimientos. El efecto era muy desconcertante, y dejó muy confundido a Arthur.

Sonrió, tiró el bolso al asiento trasero y se acomodó delante.

–No se preocupe por el paraguas –le dijo al subir–. Era de mi hermano y no le debía de gustar, si no, no me lo hubiera dado.

Rió y se ajustó el cinturón de seguridad.

–No es amigo de mi hermano, ¿verdad?

–No.

Su voz fue la única parte de su cuerpo que no dijo: «Muy bien».

Su presencia física allí en el coche, en su coche, le resultaba del todo extraordinaria. Al arrancar despacio, notó que apenas podía respirar o pensar, y esperaba que ninguna de esas funciones fuese vital para conducir, pues de otro modo tendrían problemas.

De manera que lo que experimentó en el otro coche, en el de su hermano, la noche que volvió exhausto y perplejo de sus años de pesadilla por las estrellas, no se debía al desequilibrio del momento, y, si había sido así, ahora estaba doblemente desequilibrado y dispuesto a caerse del sitio donde debe apoyarse la gente bien equilibrada.

–Así que... –dijo, esperando dar un comienzo interesante a la conversación.

–Mi hermano tenía intención de recogerme, pero me llamó para decirme que no podía. Pregunté por autobuses, pero el hombre empezó a mirar un calendario en vez del horario, así que decidí hacer autoestop.

–Ya.

–Así que aquí estoy. Y me gustaría saber cómo sabe mi nombre.

–Quizá deberíamos resolver primero –sugirió Arthur, mirando por encima del hombro al meterse en el tráfico de la autopista– la cuestión de adónde la llevo.

Muy cerca, esperaba; o muy lejos. Muy cerca significaría que vivía en su vecindario y, muy lejos, que la llevaría hasta allá.

–Me gustaría ir a Taunton, por favor –dijo ella–. Si le parece bien. No está lejos. Puede dejarme en...

–¿Vive en *Tauton*? –preguntó Arthur, esperando haber conseguido que su tono fuese solo de curiosidad y no de éxtasis. Tauton estaba maravillosamente cerca de su casa. Podría...

–No, en Londres –contestó Fenny–. Hay un tren dentro de una hora escasa.

No podía ser peor. Tauton solo estaba a unos minutos por autopista. No sabía qué hacer y, mientras lo pensaba, se oyó decir, con horror:

–Bueno, puedo llevarla a Londres. ¡Permítame llevarla a Londres!

¡Grandísimo idiota! ¿Por qué demonios había dicho «permítame» de aquella ridícula manera? Se estaba comportando como si tuviera doce años.

–¿Es que va usted a Londres? –preguntó ella.

–No pensaba ir, pero...

¡Grandísimo idiota!

–Es muy amable –repuso ella–, pero no, de verdad. Me gusta ir en tren.

Y de repente ya se había ido. O mejor dicho, desapareció aquella parte que le daba vida. Se puso a mirar por la ventana con bastante indiferencia, canturreando en tono bajo.

Arthur no podía creérselo.

Treinta segundos de conversación y ya lo había echado todo a perder.

Los hombres hechos y derechos –se dijo, en rotunda contra-

60

dicción con la evidencia acumulada durante siglos sobre el comportamiento de los hombres hechos y derechos– no se comportan de esa manera.

«Taunton, 8 kilómetros», decía el letrero.

Asió tan fuerte el volante que el coche tembló. Tendría que hacer algo espectacular.

–Fenny –dijo.

Ella se volvió bruscamente hacia él.

–Todavía no me ha dicho cómo...

–Escuche –la interrumpió Arthur–. Voy a contarle una historia, aunque es bastante extraña. Muy extraña.

Ella siguió mirándole, pero no dijo nada.

–Escuche...

–Ya lo ha dicho.

–¿Ah, sí? Bueno. Hay cosas de las que le tengo que hablar y cosas que le debo contar..., he de contarle una historia que...

Se estaba haciendo un lío. Quería decir algo parecido a: «Separar tus prietos y densos cabellos, y dejar cada rizo erecto como las púas del inquieto puercoespín», pero pensó que no lo lograría y no le gustaba la referencia al erizo.

–... lo cual me llevaría más de ocho kilómetros –dijo al fin sin mucha convicción, según temía.

–Bueno...

–Suponiendo, suponiendo –dijo Arthur sin saber qué añadiría después, así que pensó que lo mejor sería relajarse y escuchar– que fuese usted muy importante para mí por alguna extraña razón y que, aunque no lo supiese, yo fuese muy importante para usted, pero que todo se quedara en nada porque solo nos viésemos durante ocho kilómetros y yo fuera un estúpido idiota al no saber decir algo muy importante a alguien a quien acababa de conocer, sin chocar al mismo tiempo con camiones –hizo una pausa, incapaz de proseguir, y la miró–. ¿Qué me aconsejaría que hiciera?

–¡Mire la carretera! –gritó ella.

–¡Mierda!

Por los pelos no se precipitó contra el costado de un camión alemán que transportaba cien lavadoras italianas.

–Me parece –dijo ella, tras un momentáneo suspiro de alivio– que debería invitarme a tomar algo antes de que salga el tren.

12

Por alguna razón, los bares próximos a las estaciones siempre tienen un algo sombrío, una clase muy especial de desaliño, una particular palidez en las empanadas de cerdo.

Pero peor que las empanadas de cerdo, son los bocadillos. En Inglaterra persiste la sensación de que preparar un bocadillo interesante, atractivo o apetitoso es algo pecaminoso que solo los extranjeros hacen. «Que sean secos» es la consigna oculta en alguna parte de la conciencia colectiva nacional, «que sean como de goma. Si queréis que los puñeteros bocadillos estén frescos, lavadlos una vez a la semana.»

Tomando bocadillos en los bares los sábados a la hora de comer es como los británicos intentan expiar sus pecados nacionales, cualesquiera que sean. No tienen nada claro qué clase de pecados son, y tampoco quieren saberlo. Ese es el tipo de cosas que uno no quiere saber. Pero sean los que sean, quedan ampliamente purgados por los bocadillos que se obligan a comer.

Si algo hay peor que los bocadillos, son las salchichas que siempre se encuentran a su lado. Cilindros sin alegría, llenos de cartílagos, que flotan en un mar de algo caliente y triste, con un alfiler de plástico en forma de gorro de jefe de cocina: en recuerdo, podría pensarse, de algún cocinero que odiaba al mundo y murió olvidado y solo entre sus gatos en una escalera de servicio en Stepney.

Las salchichas son para quienes saben cuáles son sus pecados y desean expiar alguno en concreto.

—Debe de haber algún sitio mejor —dijo Arthur.

—No hay tiempo —repuso Fenny, consultando el reloj—. Mi tren sale dentro de media hora.

Se sentaron a una mesa pequeña y tambaleante. Sobre ella había unos vasos sucios y varios posavasos empapados de cerveza y con chistes impresos. Arthur invitó a Fenny a un zumo de tomate y él tomó un vaso de agua amarillenta con gas. Y un par de salchichas. No sabía por qué. Las pidió por hacer algo mientras el gas se disolvía en el vaso.

El camarero tiró el cambio en un charco de cerveza sobre la barra, y Arthur le dio las gracias.

—Muy bien —dijo Fenny, mirando el reloj—, cuénteme lo que tenía que contarme.

Tal como cabía esperar, se mostraba sumamente escéptica, y a Arthur se le cayó el alma a los pies. Pensó que la situación no era la más propicia para explicar a Fenny, de pronto indiferente y a la defensiva, que en una especie de sueño desencarnado tuvo la telepática sensación de que la depresión nerviosa que ella había sufrido estaba relacionada con el hecho de que, en contra de lo que parecía, la Tierra había sido demolida para dar paso a una nueva vía de circunvalación hiperespacial, algo que solo él sabía en la Tierra, pues lo había prácticamente presenciado desde una nave vogona, y que, además, sentía por ella un deseo insoportable en cuerpo y alma y necesitaba acostarse con ella tan pronto como fuese humanamente posible.

—Fenny —empezó a decir.

—Me pregunto si querría usted comprar unas papeletas para nuestra rifa. Es una rifa pequeña.

Arthur alzó bruscamente la vista.

—Es para recaudar fondos para Anjie, que se jubila.

—¿Cómo?

—Y necesita un aparato para el riñón.

Inclinada sobre él había una mujer de mediana edad, delgada y un poco tiesa, con un pulcro vestido de punto y una pulcra gabardina, que esbozaba una pulcra sonrisita, que probablemente recibía muchos lamidos de pulcros perritos.

Llevaba en las manos un taco de papeletas y un bote de colecta.

—Solo diez peniques cada una —dijo—, así que tal vez pueda comprar hasta dos. ¡Sin arruinarse!

Soltó una risita tintineante y luego un suspiro extrañamente prolongado. Evidentemente, el decir «¡Sin arruinarse!» le había causado más placer que cualquier otra cosa desde que los soldados americanos estuvieron acantonados en su casa durante la guerra.

—Pues, sí, muy bien —dijo Arthur, rebuscándose el bolsillo con rápido ademán y sacando un par de monedas.

Con enfurecedora lentitud y pulcra teatralidad, si tal cosa existe, la mujer arrancó dos papeletas y se las tendió a Arthur.

—*Espero* que gane —le deseó la mujer con una sonrisa que se plegó súbitamente como un papel decorativo japonés—, los premios *son* muy bonitos.

—Sí, gracias —repuso Arthur, guardando las papeletas con bastante brusquedad y mirando el reloj.

Se volvió hacia Fenny.

Lo mismo hizo la mujer con las papeletas de la rifa.

–¿Y qué me dice usted, señorita? Es para el aparato de Anjie. Se jubila, sabe usted. ¿Sí?

Amplió aún más la sonrisita. Tendría que dejar de sonreír pronto; de otro modo corría el riesgo de que se le abriera la piel.

–Oiga, aquí tiene –dijo Arthur, tendiéndole una moneda de cincuenta peniques con la esperanza de que se marchara.

–¡Vaya! *Tenemos* dinero, ¿verdad? –dijo la mujer, con un largo suspiro sonriente–. Son de Londres, ¿no?

Arthur deseó que no hablase de un modo tan puñeteramente lento.

–No, está bien, de verdad –dijo, haciendo un gesto con la mano mientras la mujer empezaba a arrancar cinco papeletas con tremenda parsimonia, una por una.

–Pero *tengo* que darle sus papeletas –insistió la mujer–, de otro modo no podrá reclamar el premio. Hay premios estupendos, ¿sabe? Muy apropiados.

Arthur cogió las papeletas con un movimiento brusco y dio las gracias tan secamente como pudo.

La mujer se dirigió de nuevo a Fenny.

–Y ahora, qué me dice...

–¡No! –exclamó Arthur que, blandiendo las últimas cinco papeletas, explicó–: son para ella.

–¡Ah, ya entiendo! ¡Qué amable!

Les dirigió una sonrisa empalagosa.

–Bueno, espero que *ustedes*...

–Sí –le espetó Arthur–, gracias.

La mujer se marchó, por fin, a la mesa de al lado. Arthur se volvió a Fenny con expresión desesperada, y sintió alivio al ver que se estremecía de risa, en silencio.

Suspiró y sonrió.

–¿Dónde estábamos?

–Estaba llamándome Fenny, y yo me disponía a pedirle que no lo hiciera.

–¿Qué quiere decir?

Ella removió el zumo de tomate con la cucharilla.

–Por eso le pregunté si era amigo de mi hermano. O hermanastro, en realidad. Es el único que me llama Fenny, y no le tengo mucho cariño.

–Entonces, ¿cómo...?

–Fenchurch.

–¿Cómo?

–Fenchurch.

–¡*Fenchurch*!

Ella le lanzó una mirada severa.

–Sí –dijo–, y le estoy vigilando como un lince por si me hace la misma pregunta estúpida de todo el mundo, hasta que me dan ganas de gritar. Si lo hace, me sentiré ofendida y decepcionada. Y además, gritaré. Así que, cuidado.

Sonrió, sacudió la cabeza echándose el pelo sobre el rostro y continuó sonriendo a través de los cabellos.

–Bueno –repuso él–, eso es un poco injusto, ¿no?

–Sí.

–Estupendo.

–De acuerdo –cedió ella, riendo–, puede preguntármelo. Quizá sea mejor pasar por ello de una vez por todas. Es preferible a que me llame Fenny todo el tiempo.

–Posiblemente...

–Solo nos quedan dos papeletas, ¿sabe?, y como cuando hablé antes con usted fue tan generoso...

–¿Cómo? –espetó Arthur.

La mujer de la gabardina y la sonrisa, y el ya casi vacío cuaderno de papeletas, le pasaba las dos últimas por delante de las narices.

–Pensé en darle la oportunidad a usted, porque los premios son estupendos.

Arrugó la nariz en un gesto de pequeña confidencia.

–*De muy buen gusto*. Sé que le gustarán. Y ya sabe, son para el regalo de jubilación de Anjie. Queremos regalarle...

–Un aparato para el riñón, sí –dijo Arthur–. Tenga.

Le dio otras dos monedas de diez peniques y cogió las papeletas.

A la mujer pareció ocurrírsele algo. Lo pensó muy despacio. Se veía venir la idea como una ola larga sobre la arena de la playa.

–¡Dios mío! –exclamó–. No estaré interrumpiendo algo, ¿verdad?

Los miró con inquietud.

–No, está bien –repuso Arthur, que insistió–: Todo lo que podría estar bien, está muy bien.

–Gracias –añadió.

–Oiga –insistió la mujer en un arrobado éxtasis de preocupación–, no estarán ustedes... *enamorados*, ¿eh?

–Es muy difícil decirlo –repuso Arthur–. Aún no hemos podido hablar.

Miró a Fenchurch. Sonreía.

La mujer asintió con aire de confiada sabiduría.

–Dentro de un momento les mostraré los premios –anunció y se marchó.

Arthur se volvió, suspirando, hacia la chica de la que tan difícil le resultaba decir si estaba enamorado.

–Iba a hacerme una pregunta –le recordó ella.

–Sí.

–Podemos hacerla juntos, si quiere –sugirió Fenchurch–. Me encontraron...

–... en una bolsa...

–... en la consigna del equipaje... –dijeron a la vez.

–... de la estación de la calle Fenchurch –concluyeron.

–Y la respuesta –dijo Fenchurch– es no.

–Muy bien –repuso Arthur.

–Allí me concibieron.

–¿Cómo?

–Allí me con...

–¿En la consigna? –gritó Arthur.

–No, claro que no. No sea tonto. ¿Que podrían hacer mis padres en la consigna? –dijo ella, un poco sorprendida ante la idea.

–Pues no sé –farfulló Arthur–, o mejor dicho...

–Fue en la cola de los billetes.

–En la...

–En la cola de los billetes. O eso dicen. Se niegan a dar detalles. Solo dicen que es increíble lo aburrido que resulta estar en la cola de los billetes en la estación de Fenchurch.

Tomó delicadamente un sorbo del zumo de tomate y miró de nuevo el reloj.

Arthur siguió haciendo unas gárgaras.

–Me tengo que ir dentro de unos dos minutos –anunció Fenchurch–, y ni ha empezado a contarme esa cosa tremendamente extraordinaria que tiene que decir para desahogarse.

–¿Por qué no deja que la lleve a Londres? –preguntó Arthur–. Es sábado, no tengo nada especial que hacer, y...

–No, gracias –repuso Fenchurch–. Es muy amable de su parte, pero no. Necesito estar sola un par de días.

Sonrió y se encogió de hombros.

–Pero...

–Puede contármelo en otra ocasión. Le daré mi número.

El corazón de Arthur latió con fuerza mientras ella escribía a lápiz siete cifras en un trozo de papel y se lo tendía.

–Ahora podemos relajarnos –comentó ella con una sonrisa lenta que llenó a Arthur de tal manera que se creyó a punto de estallar.

–Fenchurch –dijo, saboreando el nombre–, yo...

–Una caja de licor de fresa –dijo una voz apagada– y también algo que sé que le gustará, un disco de gaitas escocesas.

–Sí, gracias, muy bonito todo –insistió Arthur.

–Pensé que debía enseñárselo –dijo la mujer de la gabardina–, como es usted de Londres...

Se lo mostró orgullosamente a Arthur. Vio que efectivamente se trataba de una caja de licor de fresa y de un disco de gaitas. Eso era.

–Ahora les dejaré tomarse la bebida en paz –se despidió, dando a Arthur una leve palmadita en el agitado hombro–, pero sabía que le gustaría verlo.

Arthur volvió a enlazar su mirada con la de Fenchurch, y de pronto no supo qué decir. Entre los dos había habido un momento especial, pero aquella estúpida y condenada mujer lo echó todo a perder.

–No se preocupe –dijo Fenchurch, mirándole fijamente con el vaso en los labios–. Volveremos a hablar.

Tomó un sorbo.

–Quizá no habría ido tan bien –añadió–, si no hubiera sido por ella.

Esbozó una sonrisa forzada y volvió a echarse el pelo por la cara.

Era perfectamente cierto.

Tenía que admitir que era perfectamente cierto.

13

Aquella noche, mientras daba vueltas por la casa fingiendo atravesar campos de maíz a cámara lenta y estallando a cada paso en súbitas carcajadas, Arthur pensó que hasta soportaría escuchar el disco de gaitas que había ganado. Eran las ocho, y decidió obligarse a escuchar el disco entero antes de llamarla. Tal vez debería dejarlo para mañana. Eso sería lo más sensato. O para la otra semana.

No. Nada de tonterías. La quería y no le importaba quién lo supiera. La quería definitiva y absolutamente, la adoraba, la ansiaba y no había palabras para describir lo que quería hacer con ella.

Hasta llegó a sorprenderse diciendo cosas como «¡Yupi!» mientras saltaba ridículamente por la casa. Sus ojos, su pelo, su voz, todo...

Se detuvo.

Pondría el disco de gaitas. Y luego la llamaría.

¿O quizá la llamaba primero?

No. Haría lo siguiente. Pondría el disco. Lo escucharía hasta el último plañido de las gaitas. Y luego la llamaría. Ese era el orden correcto. Eso es lo que haría.

Tenía miedo de las cosas, por si estallaban al tocarlas.

Cogió el disco. No estalló. Lo sacó de la funda. Abrió el tocadiscos y conectó el amplificador. Ambas cosas sobrevivieron. Sonrió estúpidamente al poner la aguja sobre el disco.

Se sentó y escuchó con aire solemne «Un soldado escocés».

Escuchó «Amazing Grace».

Escuchó una pieza sobre algún valle escocés.

Pensó en el maravilloso mediodía.

Estaban a punto de marcharse cuando les sorprendieron unas tremendas exclamaciones de júbilo. La espantosa mujer de la gabardina les hacía señas desde el otro lado del local como algún pájaro torpe con el ala rota. Todos los que estaban en el bar se volvieron hacia ellos con aire de esperar alguna respuesta.

No habían escuchado el discursito sobre lo contenta que se iba a poner Anjie con las cuatro libras y treinta peniques que se habían recaudado entre todos para contribuir a su aparato del riñón; apenas se percataron que los de la mesa de al lado habían ganado una caja de licor de fresa, y tardaron unos instantes en comprender que los gritos procedían de la mujer, que les preguntaba si tenían la papeleta número 37.

Arthur descubrió que así era. Miró con rabia el reloj.

Fenchurch le dio un empujón.

—Vamos —le dijo—, vaya por ello. No se ponga de mal genio. Suélteles un buen discurso acerca de lo contento que está; luego me llama y me cuenta qué ha pasado. Y quiero oír el disco. Venga.

Le dio un golpecito en el brazo y se fue.

Los clientes del bar encontraron su discurso más efusivo de lo normal. Al fin y al cabo, solo se trataba de un disco de gaitas.

Mientras lo recordaba y escuchaba la música, Arthur no podía reprimir las carcajadas.

14

Ring, ring.
Ring, ring.
Ring, ring.
—Diga. ¿Sí? Sí, eso es. Sí. Tendrá que hablar más alto, aquí hay mucho ruido. ¿Cómo?

»No, yo solo atiendo el bar por las tardes. Yvonne se ocupa de él a la hora de comer, con Jim. Es el dueño. No, yo no estaba. ¿Qué?

»¡Hable más alto!

»¿Cómo? No, no sé nada de ninguna rifa. ¿Qué?

»No, no sé nada de eso. Espere que llamo a Jim.

La camarera puso la mano sobre el receptor y llamó a Jim entre el barullo del bar.

—Oye, Jim, hay un tío al teléfono que dice que ha ganado una rifa. No para de decir que salió el 37 y que lo tiene él.

—No —gritó el camarero—, ganó uno que estaba en el bar.

—Dice que si tenemos nosotros la papeleta.

—¿Cómo dice que ha ganado si ni siquiera tiene la papeleta?

—Dice Jim que cómo dice usted que ha ganado si ni siquiera tiene la papeleta. ¿Cómo?

Volvió a poner la mano sobre el receptor.

—Jim, no deja de marearme con el mismo rollo. Dice que la papeleta tenía un número.

—Pues claro que la papeleta tenía un número. Era la papeleta de una puñetera rifa, ¿no?

—Dice que en la papeleta había un número de teléfono.

—Cuelga el teléfono y sirve a los malditos clientes, ¿quieres?

15

A ocho horas hacia el oeste había un hombre sentado en la playa que se dolía de alguna pérdida inexplicable. Solo podía pensar en su pena a pequeñas cantidades, porque toda a la vez era más de lo que se podía soportar.

Contemplaba las grandes y lentas olas del Pacífico que llegaban a la arena, y seguía esperando a la insignificancia que, con toda seguridad, estaba a punto de ocurrir. Cuando pasó el momento de que no sucediera, la tarde transcurrió monótonamente y el sol se ocultó tras la larga línea del mar. El día acabó.

No diremos el nombre de la playa, porque allí vivía aquel hombre, pero se trataba de una pequeña franja arenosa en algún punto de los centenares de kilómetros de costa que se extienden al oeste de Los Ángeles, ciudad descrita en un artículo de la nueva edición de la *Guía del autoestopista galáctico* como «basurero, gigantesca, maloliente y, cómo es esa otra palabra, bueno, y todo lo peor»; y en otro, escrito solo unas horas después, se decía que «es parecida a varios miles de kilómetros cuadrados de correspondencia del American Express, pero sin el mismo sentido de profundidad moral. Además, por alguna razón, el aire es amarillento».

La costa se extiende hacia el oeste y luego va al norte, a la brumosa bahía de San Francisco, que la *Guía* describe como un «buen sitio para visitar. Resulta muy fácil creer que las personas que allí se conocen son viajeros espaciales. Lo que para usted es iniciarse en una nueva religión, para ellos es el modo de saludar. Hasta que se haya instalado y cogido el pulso a la ciudad, será mejor que diga "no" a tres preguntas de las cuatro que cualquiera puede hacerle, porque pasan cosas muy extrañas de las que puede morir algún forastero sin sospechas». Los centenares de kilómetros de ondulantes acantilados y arena, palmeras, olas rompientes y crepúsculos se describen así en la *Guía*: «Fenómeno. Muy bueno».

Y en algún punto de aquella fenomenal franja de costa estaba la casa de aquel hombre inconsolable, al que muchos consideraban loco. Pero eso solo se debía, como él mismo explicaba, a que de verdad lo estaba.

Una de las muchas razones por las que la gente le creía loco era por la extravagancia de su casa, que, incluso en una región donde la mayoría de las casas eran peculiares de una manera u otra, era extremadamente peculiar.

Su casa se llamaba «El Exterior del Asilo».

Su nombre era simplemente John Watson, aunque prefería que le llamasen «Wonko el Cuerdo», y algunos de sus amigos así lo hacían, aunque a regañadientes.

En su casa había una serie de cosas extrañas, entre ellas, una pecera de cristal gris con ocho palabras grabadas sobre ella.

Ya hablaremos de él más adelante; esto es solo un intermedio para ver ponerse el sol y anunciar que John Watson estaba allí, contemplándolo.

Había perdido todo lo que más quería, y se limitaba a esperar el fin del mundo, sin darse cuenta de que eso ya había sucedido y era cosa pasada.

16

Tras pasar un desagradable domingo vaciando cubos de basura en la parte posterior de un bar de Taunton sin encontrar nada, ni papeleta de rifa ni número de teléfono, Arthur hizo todo lo posible por encontrar a Fenchurch, y cuanto más lo intentaba, más semanas pasaban.

Se insultaba y se enfurecía consigo mismo, con el destino, con el mundo y con el tiempo que hacía. Movido por la rabia y la pena, se fue a la cafetería de la gasolinera donde había estado poco antes de encontrarla.

—Es esta lluvia lo que me pone de mal humor.

—Por favor, no hable más de la lluvia —replicó Arthur.

—Dejaría de hablar si dejara de llover.

—Oiga...

—Pero le diré lo que hará cuando deje de llover, ¿vale?

–No.

–Caerán chuzos de punta.

–¿Cómo?

–Que diluviará.

Por encima del borde de su taza de café, Arthur miró al horrible mundo exterior. Comprendió que se encontraba en un sitio enteramente absurdo al que había ido movido por la superstición y no por la lógica. Sin embargo, como para atormentarle con la idea de que tales coincidencias pueden darse en realidad, el destino había decidido reunirle con el camionero que había conocido allí la última vez.

Cuanto más trataba de ignorarle, más inmerso se veía en el vertiginoso remolino de la exasperante conversación del camionero.

–Creo –dijo Arthur con vaguedad, maldiciéndose a sí mismo por molestarse en abrir la boca– que está amainando.

–¡Ja!

Arthur se encogió de hombros. Tendría que irse. Eso es lo que debería hacer. Marcharse, simplemente.

–¡*Nunca* deja de llover! –vociferó el camionero, que dio un puñetazo en la mesa, derramó el té y, por un momento, pareció echar humo.

Uno no puede irse sin responder a una observación así.

–Claro que deja de llover –manifestó Arthur. No era una refutación elegante, pero había que decirlo.

–*Llueve... todo... el tiempo* –bramó el camionero, dando puñetazos en la mesa a cada palabra.

Arthur meneó la cabeza.

–Decir que llueve *todo* el tiempo es una estupidez...

Ultrajado, el camionero abrió bruscamente la cejas.

–¿Una estupidez? ¿Por qué? ¿Por qué es una estupidez decir que llueve todo el tiempo cuando nunca deja de llover?

–Ayer no llovió.

–En Darlington, sí.

Arthur hizo una pausa, cauteloso.

–¿No va a preguntarme dónde estuve ayer? –inquirió el camionero–. ¿Eh?

–No.

–Espero que lo adivine.

–¿Ah, sí?

–Empieza con una D.

–¿De veras?

–Y le aseguro que llovía a cántaros.

–Este no es sitio para ti, tío –dijo alegremente a Arthur un desconocido que iba en mono–. Este es el Rincón del Nubarrón. Especialmente reservado al querido Gotas de Lluvia no Dejan de Caer Sobre mi Cabeza, aquí presente. Entre este lugar y la soleada Dinamarca, hay uno reservado en cada cafetería de autopista. Te aconsejo que te largues. Es lo que hacemos todos. ¿Qué tal vas, Rob? ¿Muy ocupado? ¿Llevas las cubiertas de lluvia? Ja, ja.

Se marchó a contarle un chiste de Britt Ekland a alguien que estaba en una mesa próxima.

–Como ve, ninguno de esos hijoputas me toma en serio –comentó Rob McKenna que, inclinándose hacia adelante y arrugando los ojos, añadió en tono sombrío–: ¡Pero todos saben que es cierto!

Arthur frunció el ceño.

–Igual que mi mujer –siseó el único dueño y conductor del camión «McKenna, transportes en cualquier clase de tiempo»–. Dice que es una tontería y que armo alboroto y me quejo de nada, *pero* –hizo una pausa teatral, lanzando peligrosas miradas– ¡siempre recoge la colada cuando telefoneo para decirle que voy camino de casa! –Blandió la cucharilla–. ¿Qué le parece?

–Pues...

–Tengo un libro –prosiguió–, tengo un libro. Un diario. Lo llevo desde hace quince años. Indica todos los sitios donde he estado. Día a día. Y también qué tiempo hacía. Y era igual de horrible –gruñó– en todas partes. En todos los sitios de Inglaterra, Escocia y Gales por donde he pasado. En todo el continente, en Italia, Alemania, de un extremo a otro de Dinamarca, en Yugoslavia. Todo está anotado, con sus mapas. Incluso la visita que hice a mi hermano, en Seattle.

–Pues –repuso Arthur, levantándose al fin para marcharse–, tal vez debería enseñárselo a alguien.

–Lo haré –dijo McKenna.

Y lo hizo.

17

Tristeza. Desaliento. Más tristeza y más desaliento. Necesitaba ocuparse en algo, y concibió un proyecto.

Encontraría el lugar donde había estado su cueva.

En la Tierra prehistórica había vivido en una caverna; no muy bonita, era una cueva asquerosa, pero... No había peros. Era una covacha absolutamente asquerosa y la odiaba. Pero allí había vivido cinco años, lo que la convirtió en una especie de hogar, y al ser humano le gusta recordar sus hogares. Arthur era un ser humano y fue a Exeter a comprar un ordenador.

Efectivamente, eso era lo que quería. Un ordenador. Pero pensaba que debía tener un objetivo bien definido en vez de dedicarse a lanzar un montón de ideas que la gente podía confundir con ganas de jugar. De manera que aquel era un objetivo serio. Localizar exactamente una caverna en la tierra prehistórica. Se lo explicó al hombre de la tienda.

–¿Por qué? –preguntó el dependiente.

Pregunta capciosa.

–Vale, déjelo –dijo el dependiente–. ¿Cómo?

–Pues esperaba que usted pudiera ayudarme en eso.

El dependiente suspiró y se encogió de hombros.

–¿Tiene usted mucha experiencia con ordenadores?

Arthur dudó en mencionar a Eddie, el ordenador de a bordo de *Corazón de oro*, que habría hecho el trabajo en un segundo, o a Pensamiento Profundo, o a..., pero decidió que no lo haría.

–No.

–Parece que va a ser una tarde divertida –comentó el dependiente, aunque solo lo dijo para sí.

De todos modos, Arthur compró el Apple. Al cabo de unos días también adquirió unos programas de astronomía, con los que siguió el movimiento de los astros, trazó pequeños y aproximados diagramas sobre los recuerdos que tenía de la posición de las estrellas cuando por la noche levantaba la vista desde la caverna, y durante semanas trabajó en ello con ahínco para llegar a la alegre conclusión a que inevitablemente esperaba llegar, es decir, que el proyecto entero era absolutamente ridículo.

Los dibujos trazados de memoria no servían para nada. Ni siquiera sabía cuánto tiempo hacía, pese al cálculo de Ford Prefect, que lo cifraba en «un par de millones de años»; en resumidas cuentas, carecía de datos numéricos.

Sin embargo, al final elaboró un método que al menos le llevaría a alguna parte. Decidió no preocuparse del hecho de que, con el extraordinario barullo que se hacía contando con los dedos y las aventuradas aproximaciones y arcanas conjeturas que utilizaba, necesitaría mucha suerte para acertar con la galaxia; siguió adelante y obtuvo un resultado.

Él afirmaría que era el resultado adecuado. ¿Quién podía saberlo? Por casualidad, entre los infinitos e imprevisibles azares del destino, dio con la galaxia exacta, aunque él nunca llegaría a saberlo, claro está. Se limitó a ir a Londres y llamar a la puerta adecuada.

—¡Vaya! Creí que primero me llamarías por teléfono.

Arthur se quedó boquiabierto de asombro.

—Pasa, pero solo unos minutos —dijo Fenchurch—. Iba a salir.

18

Un día de verano en Islington, lleno del triste lamento de herramientas para restaurar muebles antiguos.

Inevitablemente, Fenchurch tenía ocupada la tarde, de modo que Arthur deambuló arrobado y miró los escaparates, que en Islington tenían un aspecto muy utilitario, tal como estarían rápidamente dispuestos a confirmar los que necesitan herramientas para trabajar la madera antigua, o buscan cascos de la guerra de los Bóeres o muebles de oficina o pescado.

El sol pegaba en los tejados de los jardines. Caía sobre arquitectos y fontaneros, sobre abogados y ladrones, sobre pizzas y anuncios de inmobiliarias.

Y caía sobre Arthur, que entró en una tienda de muebles restaurados.

—Es un edificio interesante —observó el dueño en tono jovial—. El sótano tiene un pasadizo secreto que conecta con un bar cercano. Al parecer, se construyó para el príncipe regente, a fin de que pudiera hacer sus escapadas cuando lo necesitaba.

–Quiere decir por si alguien le sorprendía comprando muebles de madera de pino –repuso Arthur.

–No, por eso no –aseguró el dueño.

–Deberá disculparme –dijo Arthur–. Soy tremendamente feliz.

–Entiendo.

Siguió deambulando en su nube de felicidad y se encontró delante de las oficinas de Greenpeace. Recordó el contenido de la carpeta que había titulado «Asuntos pendientes. ¡Urgente!» y que no había vuelto a abrir. Entró con una alegre sonrisa y explicó que iba a entregar algo de dinero para contribuir a la liberación de los delfines.

–Muy divertido –le contestaron–, lárguese.

No era esa exactamente la respuesta que esperaba, de modo que lo intentó de nuevo. Esta vez se enfadaron mucho con él, así que dejó un poco de dinero de todos modos y volvió a salir al sol.

Poco después de las seis regresó al callejón donde vivía Fenchurch, asiendo una botella de champán.

–Sujeta esto –dijo ella, poniéndole en la mano una sólida cuerda y desapareciendo por las grandes puertas de madera blanca, de las que colgaba un grueso candado que estaba sujeto a una barra de hierro negro.

La casa era un pequeño establo acondicionado en un callejón industrial situado detrás de la abandonada Real Casa de la Agricultura de Islington. Además de las grandes puertas de establo, tenía una puerta principal de aspecto normal y coquetamente barnizada con una aldaba negra en forma de delfín. Lo único raro de esta puerta era su umbral a tres metros de altura, en el más alto de los dos pisos, y que, probablemente, en su origen se utilizaba para almacenar el heno para caballos hambrientos.

Una vieja polea sobresalía del ladrillo por encima de la puerta, y de allí colgaba la cuerda que Arthur tenía en las manos. El otro extremo de la cuerda sujetaba un violonchelo suspendido.

La puerta se abrió por encima de su cabeza.

–Vale –dijo Fenchurch–, tira de la cuerda y endereza el violonchelo. Pásamelo para arriba.

Arthur tiró de la cuerda y enderezó el violonchelo.

–No puedo tirar más de la cuerda –anunció– sin que se suelte el violonchelo.

Fenchurch se inclinó.

–Yo sujeto el violonchelo –dijo–. Tú tira de la cuerda.

El violonchelo se puso a la altura de la puerta, oscilando suavemente, y Fenchurch logró meterlo dentro.

–Sube tú –le gritó desde arriba.

Arthur cogió la bolsa de víveres y cruzó las puertas del establo, estremecido.

La habitación de abajo, que antes había visto brevemente, estaba muy desordenada y llena de trastos. Había una antigua planchadora mecánica de hierro forjado y, amontonados en un rincón, una sorprendente cantidad de fregaderos de cocina. Y, según observó Arthur momentáneamente alarmado, un cochecito de niño, pero era muy viejo y estaba lleno de libros, lo que desechaba complicaciones.

El suelo, de cemento viejo y lleno de manchas, presentaba unas grietas interesantes. Y esa era la medida del estado de ánimo de Arthur cuando empezó a subir la desvencijada escalera del rincón. Hasta un suelo de cemento agrietado le parecía insoportablemente sensual.

–Un arquitecto amigo mío no deja de repetirme las maravillas que podía hacer con esta casa –dijo Fenchurch en tono ligero cuando apareció Arthur–. Se pone a dar vueltas pasmado, y con cara de asombro murmura cosas sobre espacio, objetos, acontecimientos y maravillosos matices de luz; luego dice que necesita un lápiz y desaparece durante semanas. Por lo tanto, hasta la fecha, no han ocurrido maravillas.

Efectivamente –pensó Arthur mientras echaba una ojeada alrededor–, la habitación de arriba era al menos bastante maravillosa. Estaba decorada con sencillez, amueblada con cosas hechas con cojines y también tenía un equipo estereofónico con altavoces que habrían impresionado a los tíos que erigieron los menhires de Stonehenge.

Había flores pálidas y cuadros interesantes.

En el espacio, bajo el techo, había una estructura en forma de galería que albergaba una cama y también un cuarto de baño en el que, según explicó Fenchurch, podías realmente balancear a un gato por la cola.

–Pero solo –añadió– si se trata de un gato paciente y no le importan unos cuantos coscorrones. Así que, ya ves.

–Sí.

Se miraron un momento.

El momento se prolongó y de pronto se convirtió en un rato largo, tan largo que apenas se sabía de dónde venía todo aquel tiempo. Para Arthur, que normalmente se volvía tímido si se le dejaba solo el tiempo suficiente en una fábrica de queso suizo, el momento fue de una continua revelación. De pronto se sintió como un animal entumecido y nacido en un zoo, que se despierta una mañana y ve abierta su jaula, con la sabana gris y rosa extendiéndose hacia el lejano sol naciente, mientras a su alrededor empiezan a surgir sonidos nuevos.

Se preguntó cuáles eran aquellos sonidos nuevos mientras contemplaba la curiosa expresión de Fenchurch y sus ojos que sonreían con una sorpresa compartida.

Hasta entonces no se había dado cuenta de que la vida habla con voz propia, con matices que no dejan de brindar respuestas a las preguntas que continuamente se le hacen; hasta aquel momento no había percibido ni reconocido de manera consciente sus cadencias, y ahora le decían algo que nunca le habían dicho antes, y ese algo era: «Sí».

Fenchurch terminó desviando la mirada, con un pequeño movimiento de cabeza, le dijo:

–Lo sé. Tendré que recordar que eres la clase de persona que no puede tener un simple trozo de papel durante dos minutos sin ganar una rifa.

Se dio la vuelta.

–Vamos a dar un paseo –se apresuró a sugerir–. A Hyde Park. Me pondré algo menos elegante.

Llevaba un vestido oscuro bastante sobrio de líneas no muy atractivas que, en realidad, no le sentaba bien.

–Lo llevo especialmente para mi profesor de violonchelo –explicó–. Es un viejo agradable, pero a veces creo que de tanto darle al arco se excita un poco. Bajaré dentro de un momento.

Subió ágilmente las escaleras que conducían a la galería y dijo, levantando la voz:

–Pon el champán en la nevera, para luego.

Al abrir la puerta del frigorífico, vio que la botella tenía un gemelo idéntico para hacerle compañía.

Se acercó a la ventana y miró afuera. Se volvió y se puso a ver sus discos. Escuchó el ruido que hizo el vestido al caer sobre el suelo, encima de él. Pensó en la clase de persona que era. Se dijo con mucha firmeza que al menos en aquel momento mantendría los ojos clavados en las cubiertas de los discos, leería los títulos, asentiría de manera apreciativa e incluso los contaría si era necesario. No levantaría la cabeza.

En esto último falló por completo, entera y vergonzosamente. Desde arriba, ella le observaba con tal intensidad que apenas pareció notar su mirada. Luego meneó la cabeza, se puso el ligero vestido de verano y desapareció rápidamente en el cuarto de baño.

Poco después volvió a salir, toda sonrisas y con un sombrero, y bajó saltando por la escalera con extraordinaria agilidad. Era un extraño movimiento como de danza. Vio que Arthur lo había observado y movió suavemente la cabeza hacia un lado.

—¿Te gusta?

—Estás impresionante —se limitó a contestar, porque así era.

—Hummmm —repuso ella, como si Arthur no hubiese contestado realmente a su pregunta.

Cerró la puerta de arriba, que había estado abierta todo el tiempo, y echó una mirada por la pequeña habitación para ver si todo estaba en condiciones de quedarse así durante un rato. Los ojos de Arthur la siguieron a todas partes, y cuando miró en otra dirección, ella sacó algo de un cajón y lo introdujo en el bolso de lona que llevaba.

Arthur volvió a mirarla.

—¿Estás lista?

—¿Sabes —preguntó ella con una sonrisa un tanto confundida— que me pasa algo?

Su franqueza pilló desprevenido a Arthur.

—Pues he oído que una vaga especie de...

—Me pregunto qué sabes de mí. Si te lo dijo quien yo creo, entonces no es eso. Russell se inventa cosas, porque no puede enfrentarse a lo que es en realidad.

Arthur sintió una punzada de inquietud.

—Entonces, ¿qué es? ¿Puedes decírmelo?

—No te preocupes —dijo ella—, no es nada malo. Solo que no es normal. Es algo muy muy anormal.

Le tomó de la mano y luego, inclinándose hacia adelante, le dio un beso fugaz.

–Tengo mucho interés en saber –le aseguró– si lograrás averiguarlo esta noche.

Arthur sintió que si alguien le daba un golpecito en aquel momento, habría resonado como una campana, con el profundo y continuo campanilleo que hacía su pecera gris cuando la rozaba con la uña del pulgar.

19

Ford Prefect estaba enfadado porque el ruido del tiroteo le despertaba continuamente.

Bajó la escotilla de mantenimiento que había convertido en un camastro desmontando algunos aparatos ruidosos y envolviéndolos en toallas. Bajó por la escala de acceso y deambuló de mal humor por los pasillos.

Eran claustrofóbicos y estaban mal iluminados. La poca luz que había parpadeaba constantemente y perdía potencia, pues la energía estaba mal repartida por la nave, causando fuertes vibraciones y produciendo ruidos como murmullos chirriantes.

Pero eso no era.

Se detuvo y se recostó en la pared cuando algo parecido a un pequeño taladro plateado pasó volando junto a él y siguió por el pasillo con un seco y desagradable chirrido.

Aquello tampoco era.

Trepó desganado por un escotillón y se encontró en un pasillo más amplio, pero igual de mal iluminado.

Pero tampoco era eso.

La nave dio una sacudida. Las daba a menudo, pero aquella era más fuerte. Pasó un pequeño pelotón de robots armando un tremendo estrépito.

Y aquello tampoco era.

Al fondo del pasillo se elevaba un humo acre, de modo que caminó en dirección contraria.

Pasó por delante de una serie de monitores de observación empotrados en las paredes detrás de unas placas de plástico, duro pero muy rayado.

Uno de ellos mostraba un horrible reptil verde y escamoso que gesticulaba y vociferaba comentando el sistema del Voto Transferible Único. Era difícil saber si estaba a favor o en contra, pero era evidente que manifestaba unos sentimientos muy fuertes al respecto. Ford bajó el sonido.

Pero aquello no era.

Pasó por delante de otro monitor. Emitía un anuncio de una marca de pasta de dientes que, al parecer, liberaba a la gente que lo usaba. También sonaba una música muy estrepitosa y desagradable, pero eso no era.

Pasó delante de otra pantalla, mayor en tres dimensiones, que mostraba el exterior de la gran nave plateada de Xaxis.

Mientras miraba, mil cruceros robots de Zirzla, aterradoramente armados, cruzaban a toda velocidad la sombra oscura de una luna recortada contra el disco cegador de la estrella Xaxis y, en ese instante, la nave lanzó contra ellos por todos sus orificios unas violentas llamaradas de fuerzas monstruosamente incomprensibles.

Era eso.

Ford meneó la cabeza con irritación y se frotó los ojos. Se dejó caer sobre el cuerpo destrozado de un mortecino robot que había ardido pero que ya se había enfriado lo suficiente como para sentarse encima.

Bostezó y sacó del bolso su ejemplar de la *Guía del autoestopista galáctico*. Conectó la pantalla y pasó ociosamente tres artículos y luego cuatro. Buscaba una cura eficaz contra el insomnio. Encontró DESCANSO que, en su opinión, era lo que necesitaba. Encontró DESCANSO Y RECUPERACIÓN, y se disponía a pasar a otro cuando de pronto se le ocurrió algo mejor. Miró a la pantalla de la nave. La batalla se hacía más encarnizada a cada momento, y el ruido era ensordecedor. La nave se tambaleaba, chirriaba y daba sacudidas cada vez que emitía o recibía una nueva descarga de destructora energía.

Volvió a mirar la *Guía* y pasó unos artículos que podían valer. De pronto soltó una carcajada y luego hurgó de nuevo en el bolso.

Sacó una pequeña ficha de memoria, limpió la pelusa y las migas de galleta y la conectó a la interfaz de la parte trasera de la *Guía*.

Cuando consideró que toda la información pertinente se había memorizado en la ficha, la desconectó, la depositó con un ágil movimiento en la palma de la mano, volvió a guardar la *Guía* en el bolso, sonrió con presunción y fue en busca de los bancos de datos del ordenador de la nave.

20

–El objeto de que el sol descienda en las tardes de verano, sobre todo en los parques –decía la voz en tono serio–, es que se vea con más claridad cómo saltan los pechos de las muchachas. Estoy convencido de que se trata de eso.

Al pasar, Arthur y Fenchurch se rieron tontamente. Ella le abrazó con más fuerza durante un momento.

–Y estoy seguro –sentenció el joven pelirrojo de cabellos crespos y larga nariz fina que teorizaba desde la tumbona a la orilla del lago Serpentine– de que si llevásemos el argumento hasta sus últimas consecuencias, veríamos que todo ello se deduce con absoluta lógica y plena naturalidad de las ideas que Darwin tenía al respecto –insistió, dirigiéndose a su moreno compañero, que estaba hundido en la tumbona de al lado y se sentía deprimido a causa de su acné.

–Eso es cierto e irrefutable. Y me encanta.

Se volvió bruscamente y, a través de las gafas, miró de soslayo a Fenchurch. Arthur la apartó, viendo que se estremecía con silenciosas carcajadas.

–La próxima adivinanza –dijo Fenchurch cuando dejó de reír–. ¡Venga!

–De acuerdo –convino él–. El codo. El codo izquierdo. Te pasa algo en el codo izquierdo.

–Te equivocas otra vez –repuso ella–. Por completo. Estás totalmente despistado.

El sol de verano declinaba entre los árboles del parque, como si..., no seamos melindrosos con las palabras. Hyde Park es asombroso. Todo en él lo es, menos la basura que hay los lunes por la mañana. Incluso los patos son asombrosos. Aquel que pase por Hyde Park en una tarde de verano y no se emocione, probablemente, irá en una ambulancia con una sábana sobre la cara.

Es un parque donde la gente hace más cosas extraordinarias que en cualquier otro sitio. Arthur y Fenchurch vieron a un hombre que practicaba la gaita debajo de un árbol. El gaitero se detuvo para echar a una pareja de norteamericanos que trataban tímidamente de depositar unas monedas en la caja de la gaita.

—¡No! —gritó—. ¡Márchense, solo estoy practicando!

Empezó a hinchar resueltamente la bolsa de la gaita, pero ni el ruido que hacía logró disimular su mal humor.

Arthur envolvió a Fenchurch con sus brazos y siguió bajándolos despacio.

—Me parece que no puede tratarse de tu trasero —dijo, al cabo de un rato—. No tiene aspecto de que le pase nada.

—Sí —convino ella—, a mi trasero no le pasa nada.

El beso que se dieron fue tan largo que el gaitero se fue a practicar al otro lado del árbol.

—Voy a contarte una historia —dijo Arthur.

—Muy bien.

Encontraron un trozo de césped donde no había demasiadas parejas tumbadas una encima de otra, se sentaron y contemplaron los espléndidos patos y la declinante luz del sol que ondeaba en el agua sobre la que nadaban las asombrosas aves.

—Una historia —dijo Fenchurch, apretando el brazo de Arthur en torno a ella.

—Con la que te harás idea de las cosas que me pasan. Es absolutamente cierta.

—Mira, algunas veces la gente te cuenta historias que, al parecer, le han pasado al mejor amigo de la prima de su mujer, pero en realidad probablemente se las inventan sobre la marcha.

—Pues es como una de esas historias, solo que ha pasado de verdad, y sé que ha ocurrido realmente porque la persona a quien le ha sucedido soy yo.

—Como la papeleta de la rifa.

—Sí —dijo Arthur, riendo—. Tenía que tomar un tren. Llegué a la estación...

—¿Te he contado alguna vez —le interrumpió Fenchurch— lo que les pasó a mis padres en la estación?

—Sí —contestó Arthur—, me lo has contado.

—Solo quería comprobarlo.

Arthur miró el reloj.

—Creo que deberíamos pensar en volver —sugirió.

–Cuéntame esa historia –dijo Fenchurch en tono firme–. Llegaste a la estación.

–Llegué unos veinte minutos antes. Había entendido mal la hora del tren. Aunque supongo que es igualmente posible –añadió tras un momento de reflexión– que los Ferrocarriles Británicos confundieran la hora del tren. Nunca me había pasado eso.

–Sigue –le animó Fenchurch, riendo.

–Así que compré el periódico, para hacer el crucigrama, y fui a la cafetería a tomar una taza de café.

–¿Haces el crucigrama?

–Sí.

–¿Cuál?

–El de *The Guardian*, normalmente.

–Me parece que se las da de gracioso. Prefiero el de *The Times*. ¿Lo resolviste?

–¿Qué?

–El crucigrama de *The Guardian*.

–Ni siquiera tuve la oportunidad de echarle una ojeada –dijo Arthur–. Todavía estoy tratando de pedir el café.

–Bueno, vale. Pide el café.

–Lo pido. Y también unas galletas.

–¿De qué clase?

–Rich Tea.

–Buena elección.

–Me gustan. Cargado con todas esas nuevas pertenencias, me dirijo a una mesa y me siento. Y no me preguntes cómo era, porque hace mucho tiempo y no me acuerdo. Probablemente era redonda.

–Muy bien.

–Permite que te explique cómo organicé la mesa. Me senté. A la izquierda puse el periódico. A la derecha, la taza de café. En medio, el paquete de galletas.

–Lo veo con toda claridad.

–Lo que no ves, porque aún no te lo he mencionado, es al tío que ya estaba sentado a la mesa. Justo enfrente de mí.

–¿Qué aspecto tiene?

–Completamente normal. Maletín. Traje. No parecía que fuese a hacer nada raro.

–Ya. Conozco el tipo. ¿Qué hizo?

–Lo siguiente. Se inclinó sobre la mesa, cogió el paquete de galletas, lo abrió, cogió una y...

–¿Qué?

–Se la comió.

–¿*Qué*?

–Se la comió.

Fenchurch le miró asombrada.

–¿Y qué demonios hiciste tú?

–Pues, dadas las circunstancias, hice lo que cualquier valeroso inglés haría. Me vi obligado –dijo Arthur– a ignorarle.

–¿*Cómo*? ¿Por qué?

–Bueno, no es una de esas cosas para las que estés preparado, ¿verdad? Rebusqué en mi interior y no descubrí nada en mi educación, ni experiencias, ni instintos primarios que me dijera cómo reaccionar ante alguien que, sentado frente a mí, me robara una galleta con toda calma y naturalidad.

–Bueno, podías... –Fenchurch meditó sobre ello–. Debo confesar que yo tampoco estoy segura de lo que hubiera hecho. ¿Y qué pasó?

–Miré furiosamente el crucigrama –prosiguió Arthur–. Como no me salía ni una palabra, tomé un sorbo de café, que estaba demasiado caliente, así que no había nada que hacer. Me dominé. Cogí una galleta intentando con todas mis fuerzas no darme cuenta de que el paquete ya estaba abierto de misteriosa manera...

–Pero estás contraatacando, adoptando una línea dura.

–A mi modo, sí. Comí la galleta. Lo hice despacio, de manera ostensible, para que no cupiese duda de lo que estaba haciendo. Cuando me como una galleta –sentenció Arthur–, me la como.

–¿Y qué hizo él?

–Cogió otra. Eso es lo que pasó –insistió Arthur–, de verdad. Cogió otra galleta y se la comió. Tan claro como el día. Tan cierto como que ahora estamos sentados en el suelo.

Fenchurch se removió, incómoda.

–Y el problema era –continuó Arthur– que como no dije nada la primera vez, era más difícil iniciar el tema la segunda. ¿Qué podía decir: «Disculpe..., no he podido dejar de observar que...»? Eso no vale. No, lo ignoré incluso con más fuerza que antes, si era posible.

–¡Qué tío...!

–Volví a dedicarme al crucigrama, aunque seguía sin salirme nada, así que mostré un poco del espíritu del que Enrique V hizo gala en el día de San Crispín...

–¿Qué?

–Volví a la brecha –contestó Arthur–. Cogí otra galleta y por un instante nuestras miradas se encontraron.

–¿Cómo ahora las nuestras?

–Sí. Bueno, no. Exactamente así, no. Pero se encontraron. Solo un momento. Y los dos desviamos la mirada. Pero debo asegurarte –añadió Arthur– que había un poco de electricidad en el aire. En la mesa se estaba creando cierta tensión. Era sobre esta hora.

–Me lo imagino.

–Así nos comimos todo el paquete. Él, yo, él, yo...

–¿*Todo* el paquete?

–Bueno, solo había ocho galletas, pero entonces parecía que llevábamos toda la vida comiendo galletas. Los gladiadores no podían llevar vida más dura.

–Los gladiadores lo habrían hecho al sol –puntualizó Fenchurch–. Se habrían zurrado más físicamente.

–Eso es. Bueno, cuando el paquete quedó vacío entre los dos, el hombre se marchó, después de haber hecho su barrabasada. Di un suspiro de alivio, claro. Anunciaron mi tren poco después, así que terminé el café, me levanté, cogí el periódico y, debajo de él...

–¿Sí?

–Estaban *mis* galletas.

–¡Qué! –exclamó Fenchurch–. ¿Cómo?

–Cierto.

–¡No!

Fenchurch quedó boquiabierta y luego se tumbó de espaldas en el césped, riendo a carcajadas.

Se incorporó de nuevo.

–¡Eres un bobalicón! –gritó–. Eres una persona casi absoluta y completamente necia.

Le empujó hacia atrás, se puso encima de él, lo besó y se apartó. Arthur se sorprendió de lo poco que pesaba.

–Ahora cuéntame tú una historia.

–Creía –repuso Fenchurch– que tenías muchas ganas de volver.

–No hay prisa –contestó Arthur en tono ligero–. Quiero que me cuentes una historia.

Ella miró al lago y reflexionó.

–De acuerdo –dijo–. Es una historia breve. Y no es divertida como la tuya, pero de todos modos...

Bajó la vista. Arthur sintió que era uno de esos momentos. El aire pareció detenerse en torno a ellos, esperando. Arthur deseó que el aire se largara a otra parte y se dedicase a sus asuntos.

–Cuando era niña –empezó–. Esta clase de historias siempre empiezan igual, ¿verdad? «Cuando era niña...» Bueno, este es el momento en que la chica dice de pronto: «Cuando era niña» y empieza a confesarse. Hemos llegado a ese momento. Cuando era niña tenía un cuadro colgado a los pies de la cama... ¿Qué te parece hasta ahora?

–Me gusta. Creo que está bien planteada. Has introducido el tema de la alcoba pronto y bien. Tal vez podríamos extendernos un poco con el cuadro.

–Era uno de esos cuadros que deben gustarles a los niños, pero que no les gustan. Lleno de animalitos simpáticos que hacen cosas encantadoras, ¿sabes?

–Sí. A mí también me fastidiaron con ellos. Conejos con chaleco.

–Exactamente. En realidad, aquellos conejos iban en una balsa, junto con un grupo escogido de ratas y lechuzas. Quizá, hasta había un ciervo.

–En la balsa.

–En la balsa. Donde también iba un niño.

–Entre los conejos con chaleco, las lechuzas y el ciervo.

–¡Justo! Un niño de la variedad del gitanillo alegre y zarrapastrón.

–¡Uf!

–Debo confesar que el cuadro me inquietaba. Delante de la balsa iba una nutria nadando, y yo me quedaba despierta por la noche, preocupada por la nutria, que tenía que tirar de la balsa, mientras los sinvergüenzas que iban sobre ella ni siquiera tenían por qué estar allí, y la nutria tenía un rabo tan frágil que pensé que debía hacerle daño tener que tirar constantemente. Estaba inquieta todo el tiempo. No mucho, solo vagamente.

»Entonces, un día (y recuerdo que hacía años que estaba mirando aquel cuadro), me di cuenta de que la balsa tenía una vela. Nunca la había visto. La nutria estaba bien, solo iba nadando.

Se encogió de hombros.

–¿Es una buena historia?

–El final tiene poca fuerza –observó Arthur–, deja a los oyentes gritando: «Sí, ¿y qué?». Hasta ahí va muy bien, pero necesita un toque final antes de los títulos de crédito.

Fenchurch rió y se abrazó las piernas.

–Fue una revelación tan súbita... Años de velada preocupación que desaparecían como si me liberase de un gran peso, como el blanco y el negro cobrando color, como un palo seco regado de pronto. El repentino cambio de perspectiva que dice: «Olvida tus preocupaciones, el mundo está bien y es un lugar perfecto. En realidad, es muy fácil». Quizá pienses que te digo esto porque voy a anunciarte que esta tarde me siento así o algo parecido, ¿verdad?

–Pues, yo... –dijo Arthur, rota de pronto su serenidad.

–Bueno, está bien –dijo ella–. Pues, sí. Así es como me sentía exactamente. Pero ya lo había sentido antes, ¿sabes?, incluso más fuerte. Increíblemente fuerte. Me temo que soy tremenda –añadió, mirando a la lejanía– para revelaciones súbitas y asombrosas.

Arthur estaba hecho un lío, apenas podía hablar y, por lo tanto, consideró prudente no intentarlo de momento.

–Fue muy *raro* –dijo Fenchurch, como el comentario que pudo hacer uno de los perseguidores egipcios sobre el extraño comportamiento del mar Rojo cuando Moisés agitó su vara delante de él.

–Muy raro –repitió–. Hacía días que me asaltaban sensaciones de lo más extraño, como si fuese a dar a luz. No, en realidad no era así, sino como si estuviera conectada a algo, trocito a trocito. No, ni siquiera eso; era como si toda la Tierra, a través de mí, fuese a...

–¿Significa algo para ti –preguntó suavemente Arthur– el número cuarenta y dos?

–¿Qué? No, ¿de qué hablas? –exclamó Fenchurch.

–Solo era una idea.

–Arthur, hablo en serio, esto es muy real para mí.

–*Yo* también hablaba completamente en serio –repuso Arthur–. Del Universo es de lo único que nunca estoy seguro.

–¿Qué quieres decir con eso?

–Cuéntame lo demás. No te preocupes si parece raro. Tienes delante a alguien que ha visto muchas cosas raras –aseguró Arthur–. Y no hablo de galletas, créeme.

Ella asintió, con aire de creerlo. De pronto, le asió con fuerza el brazo.

–Fue tan *sencillo* –dijo–, tan maravillosa y extraordinariamente simple, cuando pasó.

–¿Qué era? –inquirió Arthur con voz queda.

–Mira, Arthur, eso es lo que ya no sé. Y la pérdida es insoportable. Si intento recordarlo, todo me viene nebuloso y vacilante; y si hago esfuerzos por acordarme, llego hasta la taza de té y me quedo en blanco.

–¿Cómo?

–Pues, lo mismo que en tu historia, lo mejor pasó en un café. Estaba en un bar, tomando una taza de té. Eso era unos días después del cúmulo de sensaciones de que estaba conectada a alguna cosa. Yo estaba susurrando. En un solar enfrente del café estaban haciendo un edificio, y yo lo veía por la ventana, por encima de la taza de té, lo que siempre me parece el mejor modo de ver cómo trabaja la gente. Y de pronto surgió en mi mente aquel mensaje de alguna parte. Y fue muy sencillo. Dotaba de sentido a todo. Simplemente permanecí quieta y pensé: «¡Vaya, vaya! Entonces, todo está bien». Me quedé tan perpleja que casi dejé caer la taza; en realidad creo que la solté. Sí –añadió, pensativa–, creo que se me cayó. ¿Tiene mucho sentido lo que digo?

–Todo iba bien hasta llegar a lo de la taza.

Ella meneó la cabeza y volvió a sacudirla como para aclararse las ideas, que era lo que intentaba hacer.

–Pues así es –prosiguió ella–. Todo muy bien hasta llegar a lo de la taza. Ese fue el momento en que me pareció, literalmente, que el mundo había estallado.

–¿Cómo...?

–Ya sé que parece una locura, y todo el mundo dice que eran alucinaciones, pero, si lo eran, entonces las tuve en pantalla gigante de tres dimensiones con sonido Dolby estereofónico de 16 pistas, y probablemente debería alquilarme a la gente que se aburre con las películas de tiburones. Fue como si me hubieran arrancado el suelo de debajo de los pies, literalmente, y..., y...

Dio unas suaves palmaditas sobre el césped, como para tranquilizarse, pero luego pareció cambiar de opinión sobre lo que iba a decir.

–Y me desperté en el hospital. Supongo que desde entonces he estado dentro y fuera de la realidad. Y por eso me pongo instintivamente nerviosa cuando tengo súbitas y asombrosas revelaciones de que todo va a ir bien.

Le miró fijamente.

Arthur había dejado de preocuparse por las extrañas anomalías que rodeaban la vuelta a su mundo o, mejor dicho, las había consignado al departamento de su mente titulado «Cosas para meditar-Urgente». «Este es el mundo», se había dicho a sí mismo. «Por la razón que sea, este es el mundo y aquí está. Y yo estoy en él.» Pero ahora parecía nublarse en torno a él, como aquella noche en el coche, cuando el hermano de Fenchurch le contó las estúpidas historias del agente de la CIA que encontraron en el estanque. La embajada francesa se volvía borrosa. Los árboles se difuminaban. El lago hacía ondas, pero eso era de lo más natural y no había por qué alarmarse, porque un ganso gris acababa de posarse en sus aguas. Los gansos se lo estaban pasando muy bien y no tenían respuestas importantes cuyas preguntas desearan saber.

–De todos modos –dijo de pronto Frenchurch en tono alegre y con una enorme sonrisa en los ojos–, me pasa algo y tú tienes que averiguarlo. Vámonos a casa.

Arthur meneó la cabeza.

–¿Qué ocurre? –preguntó ella.

Arthur había movido la cabeza no para manifestar desacuerdo con su sugerencia, que realmente consideraba excelente, una de las mejores del mundo, sino porque trataba de liberarse solo por un momento de la repetida sensación que tenía de que, cuando menos lo esperase, el Universo aparecería súbitamente por detrás de una puerta y le soltaría un abucheo.

–Solo trataba de entenderlo con toda claridad –repuso Arthur–. Has dicho que tuviste la sensación de que la Tierra había estallado... realmente...

–Sí. Más que una sensación.

–¿Que es lo que todo el mundo atribuye –preguntó, indeciso– a alucinaciones?

–Sí. Pero eso es ridículo, Arthur. La gente cree que con decir «alucinaciones» queda todo explicado y, al final, lo que uno no entiende es que no existe. No es más que una palabra, no explica nada. No explica por qué desaparecieron los delfines.

–No –dijo Arthur–. No –añadió pensativo–. No –insistió, con aire aún más meditabundo, para terminar preguntando–: ¿qué?

–Que no explica la desaparición de los delfines.

–No, claro. ¿Qué delfines?

–¿Cómo que qué delfines? Te hablo de cuando desaparecieron todos los delfines.

Ella le puso la mano en la rodilla, lo que le hizo comprender que el cosquilleo que le recorría la espina dorsal no se debía a que ella le estuviera acariciando suavemente la espalda, sino a la desagradable y horripilante sensación que a menudo experimentaba cuando la gente intentaba explicarle cosas.

–¿Los delfines?

–Sí.

–¿Desaparecieron todos los delfines?

–Sí.

–¿Los delfines? ¿Dices que desaparecieron todos los delfines? ¿Es eso –preguntó Arthur, tratando de que ese punto quedara absolutamente claro– lo que estás diciendo?

–Pero por amor de Dios, Arthur, ¿dónde has estado? Todos los delfines desaparecieron el día que yo...

Le miró fijamente a los pasmados ojos.

–¿Cómo...?

–Ningún delfín. Ninguno. Todos desaparecieron.

Escudriñó su expresión.

–¿Es que realmente no lo sabías?

Era evidente, por su aire de asombro, que no lo sabía.

–¿Adónde se fueron? –preguntó.

–Nadie lo sabe. Eso es lo que significa «desaparecido» –explicó Fenchurch, que añadió–: Bueno, hay uno que afirma saberlo, pero todo el mundo dice que vive en California y que está loco. Estaba pensando en ir a verle porque parece la única pista que tengo de lo que me pasó a mí.

Se encogió de hombros y luego le dirigió una larga y silenciosa mirada. Le puso la mano en la mejilla.

–Me gustaría mucho saber dónde has estado. Creo que a ti también te ha pasado algo horrible. Y por eso es por lo que nos reconocimos mutuamente.

Echó una mirada por el parque, que estaba cayendo presa de las sombras.

–Pues ahora ya tienes a alguien a quien contárselo.

Arthur dejó escapar lentamente un largo suspiro de un año.

–Es una historia muy larga –confesó.

Fenchurch se inclinó sobre él y acercó su bolso de lona.

–¿Tiene algo que ver con esto? –preguntó.

El objeto que sacó del bolso era viejo y estaba baqueteado por los viajes, como si lo hubieran arrojado a ríos prehistóricos, expuesto al calor del rojísimo sol que brilla en los desiertos de Cacrafún, medio enterrado en las marmóreas arenas que orlan los embriagadores y vaporosos océanos de Santraginus V, congelado en los glaciares de la luna de Jaglan Beta, usado como asiento, pateado en naves espaciales, arrastrado y maltratado en general, y como los fabricantes habían pensado que esas eran exactamente las cosas que podrían ocurrirle, lo enfundaron precavidamente en una caja de plástico duro donde, con grandes y amistosos caracteres, habían escrito las palabras: «No se asuste».

–¿De dónde has sacado esto? –preguntó Arthur, quitándoselo de las manos.

–Ah –dijo ella–. Creía que era tuyo. Te lo dejaste aquella noche en el coche de Russell. ¿Has estado en muchos de esos sitios?

Arthur sacó la *Guía del autoestopista galáctico* de la funda. Se trataba de un ordenador pequeño, fino y flexible. Pulsó unas teclas hasta que la pantalla se llenó de líneas.

–En unos cuantos.

–¿Podemos ir juntos?

–¿Qué? No –respondió bruscamente Arthur, que luego se ablandó un poco y añadió–: ¿Quieres ir?

Esperaba una respuesta negativa. Fue un gesto de gran generosidad por su parte no decir: «No quieres ir, ¿verdad?».

–Sí –contestó Fenchurch–. Quiero descubrir el mensaje que perdí, y de dónde procedía. Porque no creo –añadió, poniéndose en pie y observando la creciente penumbra del parque– que viniera de aquí.

»Ni siquiera estoy segura –prosiguió, pasando el brazo por la cintura de Arthur– de saber qué significa la palabra aquí.

21

Como anteriormente hemos observado, a menudo y con exactitud, la *Guía del autoestopista galáctico* es un objeto bastante sorprendente. Y como sugiere el título, fundamentalmente se trata de una guía. El problema –o, mejor dicho, uno de los problemas, porque hay muchos, de los cuales una considerable proporción está obstruyendo los tribunales civiles, comerciales y penales en todas las partes de la Galaxia y especialmente los más corruptos, si es que hay unos más corruptos que otros– es el siguiente: La frase anterior tiene sentido. Ese no es el problema.

Es este:

Cambio.

Vuélvalo a leer y lo entenderá.

La Galaxia es un lugar de rápidos cambios. Francamente, hay muchos, todos los cuales están constantemente en movimiento, en continuo cambio. Buena pesadilla, podría pensarse, para un editor consciente y escrupuloso que dedicara todos sus esfuerzos a mantener ese tomo electrónico, enormemente detallado y complejo, en la vanguardia de todas las circunstancias y condiciones cambiantes que se crean en la Galaxia a cada minuto de cada hora de cada día; pero sería una idea equivocada. El error consistiría en no comprender que al editor, como a todos los editores que la *Guía* haya tenido nunca, se le escapa el verdadero significado de las palabras «escrupuloso», «consciente» y «dedicado», y que sus pesadillas tienden a importarle un comino.

Los artículos se actualizan o no, según, mediante la red Sub-Etha, si se leen bien.

Como, por ejemplo, el caso de Brequinda del Foth de Avalars, tierra famosa, mítica y legendaria por las aburridas o idiotizantes miniseries en tres dimensiones, aunque hogar del grandioso y mágico dragón de fuego de Fuolornis.

En la antigüedad, antes del Advenimiento del Sorth de Bragadox, cuando Fragilis cantaba y Saxaquini del Quenelux dominaba; cuando el aire era suave y las noches fragantes; cuando todos afirmaban ser vírgenes, o eso pretendían –aunque cómo demonios podía alguien mantener ni siquiera remotamente esa ridícula pretensión con aquel aire suave, las noches fragantes y todo lo que pudiera imaginarse–, en Brequinda del Foth de Avalars era imposible lanzar un ladrillo sin dar al menos a media docena de dragones de fuego de Fuolornis.

Otra cosa es que uno quisiera hacerlo.

No es que los dragones de fuego no fuesen una especie particularmente amante de la paz, que lo eran. La adoraban hasta el extremo y, en general, su extremada adoración por las cosas constituía con frecuencia un problema particular: a menudo se hace daño al ser que se ama, sobre todo si se es un dragón de fuego de Fuolornis con el aliento del motor auxiliar de propulsión de un cohete y dientes como la verja de un parque. Otro problema es que, cuando les daba por ahí, solían hacer bastante daño a los seres queridos de otras personas. Añádase a todo ello el número relativamente pequeño de locos que efectivamente se dedicaban a lanzar ladrillos, y se terminará comprendiendo que en Brequinda del Foth de Avalars había un montón de gente que sufría graves daños por parte de los dragones.

Pero ¿les importaba? Nada en absoluto.

¿Se les oía lamentarse de su destino? No.

En todas las regiones de Brequinda del Foth de Avalars se reverenciaba a los dragones de fuego de Fuolornis por su belleza salvaje, sus nobles modales y su costumbre de morder a los que no los veneraban.

¿Y por qué?

La respuesta es sencilla.

Sexo.

Por alguna razón inescrutable, siempre resulta insoportablemente atractivo el hecho de que existan grandes dragones mágicos de aliento de fuego que vuelan bajo en las noches de luna que ya son peligrosas por su fragancia y suavidad.

La razón de ello no habrían sabido darla los habitantes de Bequinda, tan inclinados a los asuntos amorosos, y no se habrían parado a hablar del tema una vez que sentían los efectos, porque en cuanto una bandada de media docena de dragones de fuego de Fuolornis de alas plateadas y piel de gamuza aparecían en el horizonte de la tarde, la mitad de los habitantes de Brequinda se escabullía en el bosque con la otra mitad para pasar juntos una noche de intenso ajetreo, saliendo de la espesura con los primeros rayos de sol sonrientes y felices y afirmando con mucho encanto que seguían siendo vírgenes, aunque un tanto sofocados y pegajosos.

Las feromonas, dijeron algunos investigadores.

Algo sónico, afirmaron otros.

El país siempre estaba plagado de investigadores que trataban de llegar al fondo de la cuestión y dedicaban un montón de tiempo a sus estudios.

No es de sorprender que la seductora y gráfica descripción de la *Guía* sobre la situación general de dicho planeta resultara ser asombrosamente popular entre los autoestopistas que se dejaban guiar por ella, de manera que nunca la suprimieron y, en consecuencia, a los viajeros de los últimos tiempos les toca averiguar por sí mismos que la moderna Brequinda, en el Estado Ciudad de Avalars, es poco más que hormigón, antros de striptease y hamburgueserías El Dragón.

22

En Islington, la noche era suave y fragante.

Claro que en el callejón no había dragones de fuego de Fuolornis, pero si alguno se hubiera atrevido a pasar por él, más le habría valido largarse a tomar una pizza, porque allí no iban a necesitarle.

Si surgiese una emergencia inesperada cuando aún se encontraban a la mitad de su American Hots con una anchoa extra, siempre podría enviar un mensaje para que pusieran a Dire Straits en el estéreo, cosa que surte el mismo efecto, como ya se sabe.

—No —dijo Fenchurch—, todavía no.

Arthur puso a Dire Straits en el estéreo. Fenchurch abrió de par en par la puerta de arriba para que entrara un poco más del aire suave y fragante de la noche. Ambos se sentaron en una parte del mobiliario hecho a base de cojines, muy cerca de la abierta botella de champán.

—No —repitió Fenchurch—. No, hasta que averigües lo que me pasa, en qué parte. Pero supongo —añadió en voz muy muy queda— que podríamos empezar por donde tienes la mano ahora.

—Así que ¿por dónde tengo que ir?

—De momento hacia abajo —señaló Fenchurch.

Arthur movió la mano.

–Hacia abajo –le recordó ella– es justamente la otra dirección.

–Ah, sí.

Mark Knopfler tiene una habilidad extraordinaria para hacer que una Schecter Custom Stratocaster grite y cante como los ángeles un sábado por la noche, agotados de ser buenos toda la semana y con necesidad de una cerveza fuerte, lo que en este momento no es estrictamente oportuno ya que el disco no ha llegado aún a ese punto, pero cuando llegue pasarán muchas cosas y, por otra parte, el cronista no pretende sentarse aquí con la lista de grabación y un cronómetro, de manera que le parece mejor mencionarlo ahora, cuando las cosas aún tienen un ritmo lento.

–Y así llegamos –anunció Arthur– a tu rodilla. A tu rodilla izquierda le pasa algo horrible y trágico.

–Mi rodilla izquierda está perfectamente bien –aseveró Fenchurch.

–Desde luego que sí.

–¿Sabías que...?

–¿Qué?

–Bueno, nada. Estoy segura de que lo sabes. Sigue.

–Así que tiene algo que ver con tus pies...

Ella sonrió en la penumbra y se frotó los hombros contra los cojines. Como en el Universo, en Squornshellous Beta para ser exactos, a dos mundos de distancia de las marismas de los colchones, hay cojines que efectivamente disfrutan con que alguien se frote contra ellos, en particular si se hace con toda naturalidad debido al ritmo sincopado con que se mueven los hombros. Es una lástima que no estuvieran allí pero así es la vida.

Arthur mantuvo en el regazo el pie de Fenchurch y lo escrutó con atención. Toda clase de cosas sobre cómo le caía el vestido dejando ver las piernas, le impedían pensar con claridad en aquel momento.

–Debo admitir que no tengo ni idea de lo que estoy buscando.

–Lo sabrás cuando lo encuentres –repuso ella con un tonillo burlón–. Te aseguro –su voz se entrecortó ligeramente–. No es ese.

Sintiéndose cada vez más confuso, Arthur le dejó el pie izquierdo en el suelo y se desplazó un poco para poder cogerle el derecho. Ella se inclinó hacia delante, le rodeó con los brazos y le besó, porque el disco había llegado al punto en que, si se conocía la música, resultaba imposible dejar de hacerlo.

Luego le dio el pie derecho.

Arthur lo acarició, pasando los dedos por el tobillo, por la parte carnosa de la planta, por el empeine, sin encontrar nada malo.

Ella lo miraba muy divertida. Se rió y meneó la cabeza.

—No, no te pares —dijo—; ese no es.

Arthur se detuvo y frunció el ceño ante el pie izquierdo que reposaba en el suelo.

—No te pares.

Le acarició el pie derecho, pasando los dedos por el tobillo, por la parte carnosa de la planta, por el empeine y dijo:

—¿Quieres decir que tiene algo que ver con la pierna que estoy sujetando? —inquirió.

Volvió a encogerse de hombros con ese movimiento que habría puesto tanta alegría en la vida de un simple cojín de Squornshellous Beta.

Arthur frunció el entrecejo.

—Cógeme en brazos —dijo Fenchurch con voz queda.

Arthur depositó el pie derecho en el suelo y se incorporó. Ella también. Él la abrazó y se besaron de nuevo. Así continuaron un tiempo, al cabo del cual ella dijo:

—Ahora ponme en el suelo otra vez.

Así lo hizo Arthur, aún perplejo.

—¿Y bien?

Le lanzó una mirada casi desafiante.

—Así que ¿qué les pasa a mis pies?

Arthur seguía sin comprender. Se sentó en el suelo y luego se puso a gatas para mirarle los pies in situ, por decirlo así, en su hábitat normal. Y al mirarlos con atención, descubrió algo raro. Bajó la cabeza hasta el suelo y entornó los ojos. Hubo una larga pausa. Con gesto pesado, volvió a sentarse pesadamente.

—Sí —dijo—, ya veo lo que les pasa a tus pies. Que no tocan el suelo.

—Y..., ¿qué te parece?

Arthur alzó la vista rápidamente hacia ella y vio que un hondo temor le oscurecía súbitamente la mirada. Se mordía el labio y estaba temblando.

—¿Qué... te...? —tartamudeó—. ¿Estás...?

Sacudió la cabeza y se echó los cabellos sobre los ojos, que se le llenaban de lágrimas temerosas.

Arthur se levantó rápidamente, la rodeó con los brazos y le dió un solo beso.

–A lo mejor puedes hacer lo que yo –dijo, y echó a andar saliendo derecho por la puerta del piso superior.

El disco llegó a la mejor parte.

23

La batalla en torno a la estrella Xaxis llegaba a su punto culminante. Las fulminantes fuerzas que lanzaba la enorme nave plateada ya habían destruido y reducido a átomos a centenares de naves de Zirzla, feroces y llenas de armas terribles.

También había desaparecido parte de la luna, desintegrada por los mismos cañones de energía llameante que a su paso desgarraba hasta el propio tejido del espacio.

Pese a las terribles armas que poseían, las naves de Zirzla que quedaban, irremediablemente superadas por el poder devastador de la nave xaxisiana, huían a refugiarse tras la luna, cada vez más desintegrada, cuando la enorme nave perseguidora anunció súbitamente que necesitaba unas vacaciones y abandonó el campo de batalla.

Durante un momento redoblaron el miedo y la consternación, pero la nave había desaparecido.

Con sus formidables poderes, surcó vastas extensiones del espacio de formas irracionales con rapidez, sin esfuerzo y, sobre todo, en silencio.

Hundido en su grasiento y maloliente camastro, acondicionado en una escotilla de mantenimiento, Ford Prefect dormía entre las toallas soñando con sus antiguas obsesiones. En un momento soñó con Nueva York.

En su sueño era muy de noche, y paseaba por el East Side junto al río, que estaba tan sumamente contaminado que de sus profundidades surgían espontáneamente nuevas formas de vida, pidiendo el derecho al voto y a la seguridad social.

Una de ellas pasó flotando y le saludó con un gesto. Ford le devolvió el saludo.

La criatura avanzó trabajosamente en su dirección y subió a la orilla con esfuerzo.

–Hola –dijo–, acabo de ser creada. En el Universo soy completamente nueva, en todos los aspectos. ¿Puedes darme alguna indicación?

–Pues –dijo Ford, un tanto anonadado–, supongo que puedo decirte dónde hay unos cuantos bares.

–¿Y qué me dices del amor y la felicidad? Noto mucho la falta de esas cosas –observó la criatura, agitando sus tentáculos–. ¿Puedes darme alguna pista?

–Algo parecido a lo que solicitas –repuso Ford– puedes encontrarlo en la Séptima Avenida.

–Noto por instinto –dijo la criatura en tono urgente– que necesito ser hermosa. ¿Lo soy?

–Eres bastante directa, ¿verdad?

–Es absurdo andarse con rodeos, ¿lo soy?

La criatura chorreaba por todas partes, sin dejar de chapotear y gimotear. Estaba despertando el interés de un borracho que andaba por allí.

–Para mí, no –contestó Ford que, al cabo de un momento, añadió–: Pero mira, la mayoría de la gente se las arregla. ¿Hay otros como tú ahí abajo?

–Ni idea, tío –respondió la criatura–. Como te he dicho, soy nueva. La vida me resulta completamente ajena. ¿Cómo es?

Eso era algo de lo que Ford podía hablar con conocimiento de causa.

–La vida –sentenció– es como un pomelo.

–Eh. ¿Y cómo es eso?

–Pues es algo de color amarillo anaranjado con hoyuelos por fuera y húmedo y carnoso por dentro. También tiene pipas. ¡Ah!, y algunas personas toman medio para desayunar.

–¿Hay alguien más por ahí con quien pueda hablar?

–Supongo que sí –le informó Ford–. Pregunta a un policía.

Hundido en su camastro, Ford Prefect se removió y se volvió de otro lado. No era de sus favoritos porque no aparecía Excéntrica Gallumbits, la puta de tres tetas de Eroticón VI, que salía en muchos de sus sueños. Pero al menos era un sueño. Por lo menos dormía.

24

Por suerte había una fuerte corriente de aire en el callejón, porque Arthur no había hecho esa clase de cosas desde hacía mucho, al menos deliberadamente, y de esa forma es precisamente como no hay que hacerlo.

Giró bruscamente hacia abajo, casi partiéndose la mandíbula con el escalón de la puerta y dando una voltereta en el aire, tan súbitamente pasmado de la estupidez tan tremenda que acababa de cometer que se olvidó por completo de que tenía que aterrizar en el suelo y no lo hizo.

Un buen truco, dijo para sí, si se sabe hacer.

El suelo pendía amenazador sobre su cabeza.

Trató de no pensar en el suelo, en sus enormes dimensiones y en el daño que le haría si decidía dejar de estar allí colgado y se precipitaba de pronto sobre su cabeza. En cambio, intentó pensar en cosas bonitas, en lémures, que era justo lo idóneo, porque en aquel momento no podía recordar exactamente qué era un lémur, si una de esas criaturas que cruzan llanuras en majestuosos rebaños, en el país que fuera, o si eran animales salvajes, así que resultaba algo difícil tener pensamientos bonitos sin recurrir a una especie de buena disposición general hacia las cosas, pero todo ello le mantenía la mente plenamente ocupada mientras su cuerpo trataba de acostumbrarse al hecho de que no estaba en contacto con nada.

Por el callejón revoloteó el envoltorio de una chocolatina que, tras un momento de aparente duda e indecisión, al fin permitió que el viento lo depositara, aleteante, entre él y el suelo.

–Arthur...

El suelo seguía gravitando amenazadoramente sobre su cabeza, y pensó que quizá era tiempo de hacer algo al respecto, como dejarse caer, que es lo que hizo, despacio. Muy, muy despacio.

Mientras caía de ese modo, cerró los ojos con cuidado para no chocar con nada.

Al cerrar los ojos, notó que la mirada le recorría todo el cuerpo. Una vez que le llegó a los pies, y que todo su cuerpo era consciente de que tenía los ojos cerrados y que no le daba miedo, despacio, muy muy despacio, volvió el cuerpo en una dirección y la mente en otra.

Con aquello evitaría el suelo.

Ahora sentía claramente el aire en torno a él; giraba alegremente a su alrededor, como una brisa, indiferente a su presencia, y despacio, muy muy despacio, abrió los ojos como volviendo de un sueño profundo y distante.

Ya había volado antes, claro, lo había hecho muchas veces en Krikkit hasta que la cháchara de los pájaros se lo impidió, pero eso era otra cosa.

Ahí estaba en el aire de su propio mundo, sin alboroto y tranquilo, aparte de un ligero temblor que podía atribuirse a toda una serie de cosas.

A tres o cuatro metros por debajo de él veía el duro asfalto y más allá, a la derecha, las amarillentas farolas de Upper Street.

Afortunadamente, el callejón estaba a oscuras, pues la iluminación nocturna estaba regulada por un ingenioso mecanismo que encendía la luz poco antes de la hora de comer y la apagaba cuando empezaba a caer la tarde. Por lo tanto, se encontraba a salvo, envuelto en un manto de negra oscuridad.

Despacio, muy muy despacio, alzó la cabeza hacia Fenchurch que, silenciosa, pasmada y sin aliento, estaba en el umbral de la puerta de arriba.

El rostro de ella se encontraba a unos centímetros del suyo.

–Iba a preguntarte –dijo ella, en tono bajo y voz temblorosa– qué estabas haciendo. Pero luego vi que estaba claro. Estabas volando.

Hizo una breve pausa, como si meditara.

–De modo que parecía una pregunta tonta –añadió.

–¿Puedes hacerlo tú? –preguntó Arthur.

–No.

–¿Te gustaría intentarlo?

Ella se mordió el labio y meneó la cabeza, no para decir que no, sino movida por el asombro. Temblaba como una hoja.

–Es muy fácil –la animó Arthur– si no sabes cómo hacerlo. Eso es lo importante. No estar nada seguro de cómo lo haces.

Solo para demostrar lo fácil que era, revoloteó por el callejón, cayó hacia arriba de modo bastante espectacular y volvió a acercarse a ella como un billete de banco mecido por un soplo de viento.

–Pregúntame cómo lo he hecho.

–¿Cómo... lo has hecho?

101

—Ni idea. Ni la más remota.

Fenchurch se encogió de hombros, asombrada.

—Entonces, ¿cómo puedo...?

Arthur descendió un poco más y extendió la mano.

—Quiero que lo intentes —dijo—. Súbete en mi mano. Pero solo con un pie.

—¿Cómo?

—Inténtalo.

Nerviosa, dubitativa, casi como si tratara, pensó, de subirse a la mano de alguien que flotara en el aire justo delante de ella, puso un pie en su mano.

—Ahora, el otro.

—¿Qué?

—Levanta el otro pie.

—No puedo.

—Inténtalo.

—¿Así?

—Así.

Nerviosa, dubitativa, casi, se dijo, como si... Dejó de pensar a qué se parecía lo que estaba haciendo, porque tenía la impresión de que no quería saberlo en absoluto.

Fijó firmemente la mirada en el canalón del tejado del decrépito almacén de enfrente que durante semanas la había inquietado porque estaba claro que iba a caerse, y se preguntó si tendrían intención de arreglarlo o si debería decírselo a alguien, y ni por un momento pensó que estaba de pie sobre las manos de alguien que no estaba de pie sobre nada.

—Y ahora —dijo Arthur—, alza el pie izquierdo.

Fenchurch creía que el almacén era de la fábrica de alfombras que tenía las oficinas en la esquina, y alzó el pie izquierdo, así es que seguramente iría a hablarles del canalón.

—Ahora —dijo Arthur— eleva el pie derecho.

—No puedo.

—Inténtalo.

Nunca había visto el canalón desde aquella perspectiva, y le pareció como si entre el fango y la broza acumulados pudiese haber un nido de pájaro. Si se inclinaba un poquito hacia adelante y elevaba el pie derecho, probablemente lo vería con más claridad.

Alarmado, Arthur vio que, en el callejón, un individuo estaba intentando robar la bicicleta de Fenchurch. De ningún modo quería verse envuelto en una discusión en aquel preciso momento, y esperó que aquel tipo lo hiciera tranquilamente y no mirase hacia arriba.

Tenía el aire silencioso y furtivo del que está acostumbrado a robar bicicletas en callejones y no esperaba ver a los dueños flotando a unos metros por encima de su cabeza. Esos dos hábitos le infundían serenidad, y prosiguió su trabajo con esmero y aplicación, y cuando descubrió que la bicicleta estaba atada con argollas de carbono de tungsteno a una barra de hierro empotrada en cemento, abolló las dos ruedas con toda calma y prosiguió su camino.

Arthur dejó escapar un largo suspiro.

–Mira que cáscara de huevo te he encontrado –le dijo Fenchurch al oído.

25

Los seguidores habituales de las hazañas de Arthur Dent quizá tengan una impresión de su carácter y costumbres que, aunque refleje la verdad y, por supuesto, nada más que la verdad, se quede un poco corta, en su composición, respecto a toda la verdad en el conjunto de sus aspectos gloriosos.

Y ello se debe a razones evidentes. Hay que corregir, seleccionar, armonizar lo interesante con lo importante y prescindir de todas las descripciones tediosas.

Como esta, por ejemplo: «Arthur Dent se fue a la cama. Subió los quince peldaños de la escalera, entró en su habitación, se quitó los zapatos y calcetines y luego toda la ropa, prenda a prenda, depositándola en el suelo, en un pulcro y arrugado montón. Se puso el pijama, el azul a rayas. Se lavó la cara y las manos, los dientes, fue al retrete, comprendió que una vez más lo había hecho todo al revés, volvió a lavarse las manos y se acostó. Leyó quince minutos, diez de los cuales los pasó tratando de saber dónde se había quedado la noche anterior, luego apagó la luz y al cabo de un minuto o así se quedó dormido.

»Estaba oscuro. Durmió del lado izquierdo durante una hora larga.

»Después se removió inquieto un momento y se volvió del lado derecho. Una hora después pestañeó brevemente y se rascó la nariz con suavidad, aunque pasaron sus buenos veinte minutos antes de que se diera la vuelta del lado izquierdo. Y así pasó la noche, durmiendo.

»A las cuatro se levantó y fue al lavabo. Abrió la puerta del baño y...» Y así sucesivamente.»

Es una estupidez. Así no avanza la acción. Vale para los libros gordos con los que prospera el mercado norteamericano, pero que en realidad no llevan a ninguna parte. Resumiendo, no interesan.

Pero también hay omisiones, aparte del lavado de dientes y de la búsqueda de calcetines limpios, en las que algunos han mostrado un desmesurado interés.

–¿Terminó en algo aquel asunto que Arthur y Trillian se traían entre manos? –quieren saber esas personas.

A eso, por supuesto, hay que responder: ocúpense de sus propios asuntos.

–¿Y qué hacía Arthur –preguntan– todas aquellas noches en el planeta Krikkit? –Solo porque en ese planeta no había dragones de fuego de Fuolornis ni los Dire Straits, no significa que todo el mundo se pasara la noche leyendo.

O, para poner un ejemplo más concreto, qué pasó la noche de la fiesta del comité en la Tierra Prehistórica, cuando Arthur se encontró sentado en la falda de una colina viendo cómo salía la luna por encima de las suaves llamas de los árboles en compañía de una hermosa joven llamada Mella, que recientemente había escapado de pasarse todas las mañanas mirando un centenar de fotografías casi idénticas de tubos de pasta de dientes caprichosamente iluminados en el departamento artístico de una agencia de publicidad del planeta Golgafrincham. ¿Qué pasó entonces? ¿Y luego? La respuesta es, por supuesto, que el libro se terminó.

El siguiente no continuó la historia hasta cinco años después, y eso, según algunos, es llevar la discreción demasiado lejos. ¿Quién es ese Arthur Dent –resuena el grito desde los más alejados rincones de la Galaxia, que hasta se incluye en una misteriosa prueba del profundo espacio cuyo origen se piensa viene de una galaxia foránea a una distancia demasiado horrible de calcular–, un hombre o un ratón? ¿Es que no le interesan más que el té y las cuestiones más amplias de la vida? ¿Es que no tiene espíritu? ¿No tiene pasiones? Para decirlo con pocas palabras, ¿es que no folla?

Los que deseen saberlo, que sigan leyendo. Los que quieran saltárselo, quizá deban pasar al último capítulo, que es muy bueno y sale Marvin.

26

Durante un despreciable momento, mientras se elevaban, Arthur Dent se permitió pensar que esperaba que sus amigos, que siempre le habían encontrado agradable pero aburrido o, últimamente, aburrido pero agradable, se lo estuvieran pasando bien en la taberna, pero esa fue la última vez, durante un tiempo, que pensó en ellos.

Siguieron flotando, describiendo lentas espirales entre sí, como semillas de sicomoro cuando caen de los árboles en otoño, solo que al revés.

Y mientras flotaban, sus mentes cantaban extasiadas por el conocimiento de que lo que estaban haciendo era absoluta, completa y totalmente imposible, o, en caso contrario, que a la ciencia física le faltaba mucho para estar al día.

La Física meneó la cabeza y, mirando en otra dirección, dedicó sus esfuerzos a que la circulación fluyera por Euston Road hacia el paso elevado de la autopista del oeste, a mantener encendidas las farolas y a asegurarse de que cuando alguien tirase una hamburguesa en Baker Street hiciera un ruido sordo al caer.

Disminuyendo tercamente bajo ellos, las filas de luces de Londres –Londres, no dejaba Arthur de recordarse; no los campos extrañamente coloreados de Krikkit o las remotas márgenes de la Galaxia, de la que unas cuantas motas se extendían apagadamente por el cielo que se abría sobre sus cabezas, sino Londres– oscilaban y giraban, meciéndose y revoloteando.

–Intenta un descenso en picado –dijo a Fenchurch.

–¿Qué?

Su voz sonaba extrañamente clara pero lejana en la vasta oquedad del aire; era palpitante y tenía una leve nota de incredulidad. Todo ello: claridad, levedad, lejanía, palpitación, al mismo tiempo.

–Estamos volando... –dijo ella.

–Un poco –repuso Arthur–. No lo pienses. Intenta un descenso en picado.

–Un descen...

Su mano enlazó la de él; al momento, su peso se unió al de Arthur y, asombrosamente, desapareció en pos de su compañero, agarrándose desesperadamente a la nada.

La Física miró de reojo a Arthur, quedándose boquiabierta al ver que él también había desaparecido, mareado de la vertiginosa caída, gritando todo él menos su voz.

Cayeron a plomo porque estaban en Londres y allí no pueden hacerse estas cosas.

No pudo cogerla porque estaban en Londres y no a un millón y medio de kilómetros de allí; a mil doscientos diez kilómetros para ser exactos, en Pisa, Galileo demostró claramente que dos cuerpos caen a la misma velocidad de aceleración independientemente del peso de cada cual.

Cayeron.

Arthur comprendió al caer, aturdida y vertiginosamente, que si iba a pasearse por el cielo creyendo todo lo que dicen los italianos sobre física cuando ni siquiera saben cómo enderezar una simple torre, entonces tendrían serios problemas, y vaya si caía mucho más deprisa que Fenchurch.

La cogió por arriba, esforzándose por agarrarla bien de los hombros. Lo logró.

Estupendo. Ahora caían juntos, lo que era muy romántico y tierno pero no resolvía el problema fundamental, que consistía en que estaban cayendo y el suelo no esperaba a ver si tenían algún truco más escondido en la manga, sino que subía a su encuentro como un tren expreso.

Arthur no podía aguantar el peso de Fenchurch, no había nada en qué apoyarlo. Lo único que se le ocurrió fue que, evidentemente, iban a morir, y que si quería que sucediera algo que no fuese evidente, tendría que hacer lo contrario de lo evidente. Con eso sintió que se encontraba en territorio familiar.

La soltó, la empujó y, cuando ella volvió el rostro hacia él con una mueca de pasmado horror, la enlazó del dedo meñique y la lanzó hacia arriba, yendo torpemente en pos de ella.

–¡Mierda! –exclamó Fenchurch, sentándose sofocada y sin aliento en nada en absoluto y, después, cuando se recuperó, ascendieron volando hacia la noche.

Justo por debajo de las nubes descansaron y escudriñaron la imposible ruta que habían seguido. El suelo no era algo que pudiera contemplarse con una mirada fija o firme, sino solo de reojo, por decirlo así, de pasada.

Fenchurch intentó atrevidamente unos cuantos descensos en picado y descubrió que, si calculaba bien cuándo venía un golpe de viento, podría realizar algunos bastante sorprendentes con una pequeña pirueta al final, seguida de una caída a plomo que le levantaba el vestido en torno al cuerpo, y ahí es donde los lectores deseosos de saber qué ha sido de Marvin y Ford Prefect durante todo este tiempo deberían acudir a los últimos capítulos, porque Arthur ya no podía esperar más y la ayudó a quitárselo.

El vestido flotó y se alejó barrido por el viento hasta convertirse en una mota que terminó desapareciendo y, por diversas y complejas razones, revolucionando a una familia de Hounslow, sobre cuyo tendedero apareció colgado por la mañana.

En un abrazo mudo, flotaron hasta que se encontraron nadando entre los nebulosos espectros de humedad que se ven orlando las alas de un avión, pero que nunca se sienten, porque uno va calentito dentro del mal ventilado aeroplano, mirando por la arañada ventanita de plástico mientras el hijo de algún viajero trata pacientemente de verterle leche caliente en la camisa.

Arthur y Fenchurch los sentían, finos, tenues y fríos, ciñendo sus cuerpos, muy suaves, muy yertos. Ambos pensaron, incluso Fenchurch, protegida de los elementos solo por un par de prendas de Marks & Spencer, que si no iban a dejarse inquietar por la ley de la gravedad, el simple frío o la escasez de atmósfera podían largarse con viento fresco.

Las dos prendas de Marks & Spencer que, mientras Fenchurch se elevaba entre la oscura masa nubosa, Arthur quitó muy muy despacio, pues es la única manera posible de hacerlo cuando uno está volando sin utilizar las manos, también crearon un alboroto considerable a la mañana siguiente al caer en Isleworth y Richmond, la parte de arriba y la de abajo, respectivamente.

Tardaron mucho tiempo en emerger de las voluminosas nubes y cuando al fin salieron, bastante húmedos –Fenchurch describiendo lentos giros como una estrella de mar mecida por la marea–, descubrieron que por encima de ellas es donde la noche está verdaderamente iluminada por la luna.

La luz es brillante, aunque opaca. Allá arriba hay montañas, distintas, pero montañas al fin y al cabo, con sus blancas nieves árticas.

Salieron por la parte superior del denso cúmulo y empezaron a recorrer perezosamente sus contornos, mientras Fenchurch, a su vez, quitaba la ropa a Arthur, y cuando le liberó de todas las prendas, estas emprendieron el descenso, sorprendidas, entre la blancura que todo lo envolvía.

Le besó, le besó la nuca, el pecho, y continuaron flotando, describiendo lentos giros en una especie de muda T que hasta habría hecho agitar las alas y emitir unas tosecitas a un dragón de fuego de Fuolornis, si alguno hubiese pasado por allí repleto de pizza.

Claro que en las nubes no había dragones de fuego de Fuolornis, ni tampoco podía haberlos porque, como los dinosaurios, los dodos, y el gran Drubbered Wintwock de Stegbartle Mayor en la constelación Fraz, y a diferencia de los Boeing 747, de los que hay un abundante surtido, lamentablemente están extinguidos y su especie ya no volverá a verse en el Universo.

El motivo de que en la anterior lista aparezcan los Boeing 747 no deja de tener relación con el hecho de que algo muy similar apareció en la vida de Arthur Dent y Fenchurch unos momentos después.

Son enormes, aterradoramente grandes. Cuando se acerca uno, se nota. Hay una estruendosa acometida de aire, una pared móvil de viento ululante que te desplaza violentamente si se es lo bastante inconsciente como para hacer algo remotamente parecido a lo que Arthur y Fenchurch estaban haciendo en las proximidades, como mariposas en la guerra relámpago.

Aquella vez, sin embargo, hubo una descorazonadora caída o pérdida de nervios, un reagrupamiento momentos después y una idea nueva y maravillosa que la bofetada de ruido remachó.

La señora E. Kapelsen, de Boston, Massachusetts, era una anciana y efectivamente sentía que su vida tocaba a su fin. Había visto muchas cosas, algunas de las cuales la dejaron perpleja y muchas la aburrieron, tal como descubría, con cierta intranquilidad, en aquella tardía etapa. Todo había sido muy agradable, pero quizás demasiado comprensible, demasiado rutinario.

Con un suspiro levantó la pequeña persiana de plástico y miró por encima del ala.

Al principio creyó que debía llamar a la azafata, pero luego se dijo no, maldita sea, nada de eso, aquello era para ella sola.

Cuando las dos inexplicables personas se separaron del ala y se sumieron en la estela del avión, la señora Kapelsen se había animado muchísimo.

En particular, le había aliviado mucho la idea de que prácticamente todo lo que le habían contado en la vida era un error.

A la mañana siguiente, Arthur y Fenchurch se despertaron muy tarde en el callejón a pesar de los continuos lamentos de muebles que estaban restaurando.

A la noche siguiente lo repitieron todo de nuevo, solo que esta vez con Walkmen Sony.

27

–Todo esto es maravilloso –dijo Fenchurch unos días más tarde–. Pero necesito saber qué me ha pasado. Mira, entre nosotros existe esa diferencia. Tú perdiste algo y lo volviste a encontrar, y yo encontré algo y lo perdí. Necesito encontrarlo de nuevo.

Tenía que estar fuera todo el día, así que Arthur se preparó para pasarlo haciendo llamadas de teléfono.

Murray Bost Henson era periodista en uno de esos diarios de páginas pequeñas y letras grandes. Sería agradable decirle que no por eso tenía poco mérito, pero lamentablemente no era ese el caso. Daba la casualidad de que era el único periodista que Arthur conocía, así que le llamó de todos modos.

–¡Arthur, mi vieja cuchara de sopa, mi vieja tetera plateada! ¡Qué sorpresa oírte! Alguien me dijo que andabas por el espacio o algo así.

En una conversación, Murray empleaba una clase de lenguaje especial de su propia invención que nadie más que él era capaz de hablar o de entender. Casi nada de lo que decía tenía sentido. Lo poco que significaba algo estaba tan profundamente oculto que nadie lo había pillado nunca deslizándose en una avalancha de insensateces. Cuando más tarde se descubría el significado de alguna frase, todos los aludidos solían pasar un mal rato.

–¿Cómo? –inquirió Arthur.

–No es más que un rumor, mi viejo colmillo de elefante, mi mesita de juego de tapete verde, solo un rumor. Quizá no tenga sentido, pero necesito una declaración tuya.

–Sin comentarios, charla de taberna.

–Nos encanta, mi vieja prótesis, nos encanta. Además, encajaría perfectamente con las demás historias de la semana, así que no quedaba otro remedio que lo negaras. Disculpa, se me acaba de caer algo del oído.

Hubo una breve pausa, al cabo de la cual Murray Bost Henson volvió a ponerse al teléfono. Por su tono, parecía verdaderamente preocupado.

–Acabo de acordarme –dijo– de la extraña velada que pasé ayer. De todos modos, viejo, ¿cómo te sientes después de haber cabalgado en el cometa Halley?

–Yo no he cabalgado en el cometa Halley –repuso Arthur, conteniendo un suspiro.

–Vale. ¿Cómo te sientes después de no haber cabalgado en el cometa Halley?

–Muy relajado, Murray.

Hubo una pausa mientras Murray lo anotaba.

–Me parece muy bien, Arthur, nos vale a Ethel, a las gallinas y a mí. Encaja en el carácter misterioso de la semana. La semana misteriosa, pensamos llamarla. Bueno, ¿eh?

–Muy bueno.

–Suena bien. Primero tenemos a ese hombre a quien siempre le llueve.

–¿Cómo?

–Es la más absoluta verdad. Todo está registrado en su pequeño diario negro. Todo cuadra a cada nivel. El Instituto Metereológico no da una y se está volviendo chota; chistosos hombrecillos vestidos con batas blancas vuelan por todo el mundo con sus reglitas, cajas y cuentagotas. Ese hombre es las rodillas de la abeja, Arthur, los pezones de la avispa. Llegaría a decir que constituye el conjunto de zonas erógenas de todo insecto volador importante del mundo occidental. Le llamo el Dios de la Lluvia. Bonito, ¿eh?

110

–Creo que lo conozco.

–Eso suena bien. ¿Qué has dicho?

–Me parece que lo conozco. No hace más que quejarse, ¿verdad?

–¡Increíble! ¡Conoces al Dios de la Lluvia!

–Si es que se trata del mismo individuo. Le dije que dejara de lamentarse y fuera a enseñarle el diario a alguien.

Al otro lado del teléfono, Murray Bost Henson hizo una pausa, impresionado.

–Pues te has ganado un pastón. Has hecho un verdadero montón de pasta. Oye, ¿sabes cuánto paga una agencia de viajes a ese tío para que no vaya a Málaga este año? O sea, que se olvide de regar el Sahara y de esas cosas tan aburridas; ese individuo tiene toda una *carrera* nueva por delante, solo porque le paguen por no ir a ciertos sitios. Ese hombre se está convirtiendo en un monstruo, Arthur, hasta podríamos hacerle ganar al bingo.

»Oye, nos gustaría hacer un artículo sobre ti, Arthur, el "Hombre que hizo llover al Dios de la Lluvia". Suena bien, ¿eh?

–Es bonito, pero...

–A lo mejor tenemos que hacerte una foto bajo la ducha del jardín, pero saldrá muy bien. ¿Dónde estás?

–Pues, en Islington. Oye, Murray...

–¡Islington!

–Sí...

–Bueno, qué me dices del *verdadero* misterio de la semana, el asunto seriamente chiflado. ¿Sabes algo de esa gente que vuela?

–No.

–Tienes que saber algo. Esa es la auténtica y despampanante locura. Verdaderas albóndigas en su salsa. La gente de por aquí no para de llamar diciendo que hay una pareja que vuela por la noche. Tenemos gente trabajando todas las noches en los laboratorios fotográficos para componer una fotografía genuina. Tienes que haberte enterado.

–No.

–Pero, Arthur, ¿dónde has estado? Bueno, punto y aparte, vale, tengo tu declaración. Pero eso fue hace meses. Escucha, eso está ocurriendo todas las noches de esta semana, mi viejo rallador de queso, justo en tu barrio. Esa pareja se echa a volar y se pone a hacer toda clase de cosas en el cielo. Y no me refiero a mirar a través de las paredes ni a pretender ser vigas maestras de puentes. ¿No sabes nada?

—No.

—Arthur, resulta casi inefablemente delicioso charlar contigo, compa, pero tengo que irme. Te mandaré al chico con la cámara y la manguera. Dame la dirección, estoy preparado y escribiendo.

—Oye, Murray, te he llamado para preguntarte una cosa.

—Tengo mucho que hacer.

—Solo quiero saber algo de los delfines.

—Eso no es noticia. Agua pasada. Olvídalo. Han desaparecido.

—Es importante.

—Mira, nadie hará nada con eso. Una historia no se tiene en pie, ¿sabes?, cuando la única novedad es la continua ausencia del tema del que trate la noticia. En todo caso, no es nuestro campo, inténtalo con los dominicales. A lo mejor hacen algo así: «¿Qué ha pasado con lo que ocurrió a los delfines?», para publicarlo dentro de un par de años, en agosto. Pero ahora, ¿qué puede hacer nadie?: ¿«Los delfines continúan desaparecidos»? ¿«Prosigue la ausencia de los delfines»? ¿«Delfines: más días sin ellos»? Esa historia se muere, Arthur. Yace en el suelo, agita sus piececitos en el aire y ya se dirige hacia la gran espina dorada del cielo, mi viejo murciélago frugívoro.

—Murray, no me interesa si es noticia. Solo quiero saber cómo puedo ponerme en contacto con ese tipo de California que afirma saber algo al respecto. Pensaba que tú lo sabrías.

28

—La gente empieza a hacer comentarios —dijo Fenchurch aquella tarde, después de que metieran el violonchelo.

—No solo hacen comentarios —repuso Arthur—, sino que los imprimen en grandes caracteres debajo de los premios del bingo. Y por eso pensé que sería mejor sacar billetes.

Le mostró los largos y estrechos billetes de avión.

—¡Arthur! —exclamó ella, abrazándolo—. ¿Es que has conseguido hablar con él?

—He tenido un día de extremado agotamiento telefónico —explicó Arthur—. He hablado prácticamente con todas las secciones de prácticamente todos los periódicos de Fleet Street, y por fin he dado con su número.

–Evidentemente, has trabajado mucho; estás empapadito de sudor, pobre cariño.

–No es sudor –puntualizó Arthur, en tono cansino–. Acaba de venir un fotógrafo. Intenté discutir, pero..., no importa, el caso es que sí.

–¿Has hablado con él?

–Con su mujer. Me dijo que estaba muy raro como para ponerse al teléfono en aquel momento, y que volviera a llamar. Se sentó pesadamente, se dio cuenta de que le faltaba algo y fue a buscarlo a la nevera.

–¿Quieres beber algo?

–Cometería un asesinato por conseguir una copa. Siempre sé que voy a pasarlo mal cuando mi profesor de violonchelo me mira de arriba abajo y dice: «Sí, querida mía, creo que hoy haremos un poco de Chaikovski».

–Volví a llamar –prosiguió Arthur–, y la mujer me dijo que estaba a 3,2 años luz del teléfono y que llamara más tarde.

–Ah.

–Llamé más tarde. La mujer me dijo que la situación había mejorado. Ahora solo estaba a 2,6 años luz del teléfono, pero seguía siendo una distancia muy grande para gritar.

–¿No crees que haya otra persona con la que podamos hablar? –inquirió Fenchurch en tono de duda.

–Es peor. Hablé con uno de una revista científica que le conoce, y me dijo que John Watson no solo cree, sino que tiene pruebas concluyentes, que suelen proporcionarle ángeles con barbas doradas, alas verdes y sandalias del Doctor Scholl, de que la teoría más de moda y estúpida del mes es cierta. Para la gente que duda de la validez de tales visiones, está dispuesto a mostrar alegremente los chanclos en cuestión, y eso es todo lo que se le saca.

–No me imaginaba que fuese tan difícil –comentó Fenchurch con voz queda y manoseando distraídamente los billetes de avión.

–Volví a llamar a la señora Watson. A propósito, quizá te interese saber que su nombre es Arcana Jill.

–Ya veo.

–Me alegro de que lo entiendas. Pensé que no te creerías nada, así que cuando volví a telefonear conecté el contestador automático para grabar la llamada.

Se dirigió al contestador automático y manipuló los botones durante un tiempo, porque era uno de los que recomienda especialmente la revista ¿*Cuál*?, y resulta casi imposible utilizarlo sin volverse loco.

—Aquí está —dijo al fin, enjugándose el sudor de la frente.

La voz era tenue y quebradiza debido al viaje de ida y vuelta al satélite geostático, pero también tranquila e inquietante.

—Quizá debería explicar —dijo la voz de Arcana Jill Watson— que, en realidad, el teléfono está en una habitación a la que él no entra nunca. Está en el Asilo, ¿comprende? A Wonko el Cuerdo no le gusta entrar en el Asilo, así que no lo hace. Creo que debe saberlo porque le ahorrará llamadas de teléfono. Si quiere conocerle, hay un medio muy fácil. Lo único que tiene que hacer es entrar. Solo quiere ver a la gente fuera del Asilo.

La voz de Arthur en su tono más perplejo:

—Perdone, no entiendo. ¿Dónde está el Asilo?

—¿Que *dónde* está el Asilo? —de nuevo la voz de Arcana Jill Watson—. ¿Ha leído alguna vez las instrucciones de un paquete de palillos mondadientes?

En la cinta, la voz de Arthur confesó que no.

—Quizá le interese hacerlo. Comprobará que aclaran un poco las cosas. Y le indicarán donde está el Asilo. Gracias.

Se oyó que se cortaba la comunicación. Arthur desconectó el aparato.

—Bueno, imagínate que es una invitación —sugirió Arthur, encogiéndose de hombros—. Logré que el de la revista científica me diera la dirección.

Fenchurch volvió a alzar la vista hacia él, frunció el ceño y miró de nuevo los billetes de avión.

—¿Crees que vale la pena? —preguntó.

—Pues lo único en que coincidía toda la gente con la que hablé —repuso Arthur—, aparte de que todos pensaban que estaba loco de atar, es en que efectivamente sabe de delfines más que ningún otro hombre vivo.

29

—Anuncio importante. Este es el vuelo 121 a Los Ángeles. Si sus planes de viaje para hoy no incluyen a Los Ángeles, este sería el momento perfecto para desembarcar.

30

En Los Ángeles alquilaron un coche en uno de esos establecimientos que se dedican a alquilar los coches que la gente tira.

—A veces —advirtió el individuo con gafas de sol que les entregó las llaves—, es un poco difícil tomar las curvas, y resulta más sencillo bajarse y parar un coche que vaya en esa dirección.

Pasaron una noche en un hotel de Sunset Boulevard que les recomendaron por la diversión y sorpresas que causaba.

—Allí todo el mundo es inglés o raro, o las dos cosas. Hay una piscina donde se puede ir a ver a las estrellas de rock inglesas leyendo *Lenguaje, verdad y lógica* para los fotógrafos.

Era cierto. Había una, y eso era exactamente lo que hacía.

El empleado del garaje no apreció su coche, pero no importaba porque ellos tampoco lo apreciaban.

A última hora de la tarde hicieron una excursión a las colinas de Hollywood, por Mulholland Drive, y se detuvieron a contemplar el deslumbrante mar de luces flotantes que es el valle de San Fernando. Convinieron en que la sensación de deslumbramiento se detenía inmediatamente detrás de la retina, sin afectar a ninguna otra parte del cuerpo, y se marcharon extrañamente insatisfechos del espectáculo. En cuanto a esplendorosos mares de luz, estaba bien, pero la luz tiene que iluminar algo, y como al pasar con el coche habían visto todo lo que aquel mar de luces iluminaba, no se fueron muy contentos.

Durmieron inquietos y hasta tarde, y se despertaron a la hora de comer, cuando el calor dejaba más atontado.

Fueron por la autopista de Santa Mónica, para echar el primer vistazo al Pacífico, el océano al que Wonko el Cuerdo se pasaba mirando todos los días y parte de sus noches.

—Alguien me contó —dijo Fenchurch— que en esta playa oyeron

115

una vez a dos ancianas que estaban haciendo lo que tú y yo hacemos ahora, mirar el océano Pacífico por primera vez en la vida. Y al parecer, después de una larga pausa, una de ellas dijo a la otra: «¿Sabes?, no es tan grande como me esperaba».

Se fueron animando a medida que caminaban por la playa de Malibú, mirando las elegantes casas de los millonarios, que se vigilaban mutuamente para comprobar lo ricos que cada uno de ellos se estaba haciendo.

Se animaron todavía más cuando el sol empezó a declinar por la mitad occidental del cielo, y al volver a su traqueteante vehículo para dirigirse hacia un crepúsculo delante del cual nadie con un poco de sensibilidad hubiera pensado en construir una ciudad como Los Ángeles, se sintieron súbita, pasmosa e irracionalmente felices y ni siquiera les importó que la radio del terrible coche chatarroso solo cogiese dos emisoras, y encima las dos juntas. Qué más daba, las dos emitían buen rock and roll.

–Sé que podrá ayudarnos –aseguró Fenchurch con determinación–. Estoy convencida. Repíteme el nombre con que le gusta que le llamen.

–Wonko el Cuerdo.

–Estoy segura de que podrá ayudarnos.

Arthur se preguntó si podría, y esperaba que así fuera y que Fenchurch encontrase lo que había perdido allí, en aquella Tierra, fuera la que fuese.

Confiaba, como continua y fervientemente lo había hecho desde la vez que hablaron a orillas del Serpentine, en que no lo obligaran a recordar algo que había enterrado firme y deliberadamente en los más remotos confines de su memoria, donde esperaba que no volviera a molestarle.

En Santa Bárbara pararon en un restaurante especializado en pescado que parecía un almacén acondicionado.

Fenchurch pidió un salmonete, y dijo que estaba delicioso.

Arthur comió un filete de pez espada y dijo que le había hecho enfadarse.

Cogió del brazo a una camarera que pasaba y la reprendió con vehemencia.

—¿Por qué es tan puñeteramente bueno este pescado? —preguntó enfadado.

—Disculpe a mi amigo, por favor —dijo Fenchurch a la sorprendida camarera—. Creo que al fin está pasando un buen día.

31

Si se coge un par de David Bowies y se pone uno encima de otro, para luego unir otro David Bowie al extremo de cada uno de los brazos del primer David Bowie de arriba y envolver todo ello en un viejo albornoz, se tendrá algo que no se parecería nada a John Watson, pero que resultaría inquietantemente familiar a los que le conocieran.

Era alto y delgaducho.

Cuando se sentaba en la tumbona a contemplar el Pacífico, no tanto con una especie de salvaje presunción ni tampoco con un pacífico y profundo decaimiento, resultaba un poco difícil decir dónde terminaba la tumbona y dónde empezaba él, y uno lo pensaría antes de ponerle la mano en el brazo, por ejemplo, no fuese que toda la estructura se viniera súbitamente abajo con un crujido seco y, de paso, se le llevara por delante el dedo pulgar.

Cuando dirigía la sonrisa a alguien, era algo verdaderamente notable. Parecía reflejar los peores aspectos de la vida, pero cuando los reunía en el orden preciso, uno se decía de pronto: «Bueno, entonces todo va bien».

Cuando hablaba, uno se alegraba de que empleara a menudo la sonrisa que producía esa sensación.

—Pues sí —dijo—. Vinieron a verme. Se sentaron justo ahí, donde ustedes están sentados ahora.

Se refería a los ángeles de doradas barbas y alas verdes, con sandalias del Doctor Scholl.

—Comen nachos que, según dicen, no encuentran en el sitio de donde vienen. Beben mucha Coca-Cola y son maravillosos en un montón de cosas.

—¿Ah, sí? —dijo Arthur—. ¿De verdad? Así que..., ¿cuándo fue eso? ¿Cuándo vinieron?

Él también miraba al Pacífico. Había pequeñas aves llamadas

lavanderas que corrían por la playa y parecían tener el siguiente problema: necesitaban encontrar alimento en la arena que una ola acababa de barrer, pero no soportaban mojarse las patas. Para solucionarlo, corrían con unos movimientos raros como si los hubiera fabricado en Suiza alguien muy listo.

Fenchurch estaba sentada sobre la arena, trazando figuras con los dedos.

–Solían venir los fines de semana en pequeñas scooters –informó Wonko el Cuerdo, que añadió sonriendo–: Son máquinas estupendas.

–Sí –repuso Arthur–. Ya veo.

Una tosecita de Fenchurch llamó su atención, y se volvió a mirarla. Había trazado dos figuras esquemáticas en la arena que los representaba a los dos en las nubes. Por un momento pensó que trataba de excitarle, pero luego comprendió que le estaba reprendiendo. «¿Quiénes somos nosotros para decir que está loco?», le estaba diciendo.

Su casa era verdaderamente peculiar, y como fue lo primero que Arthur y Fenchurch vieron al llegar, nos vendría bien saber a qué se parecía.

Su aspecto era el siguiente:

Estaba al revés.

Literalmente al revés, hasta el punto que tuvieron que aparcar sobre la alfombra.

A lo largo de lo que habitualmente se denominaría fachada, que estaba pintada de ese rosa de tan buen gusto para decorar interiores, había estanterías de libros, un par de esas extrañas mesas de tres patas con tablero semicircular que guardan un equilibrio que sugiere que alguien ha derribado la pared por el medio, y cuadros que tenían el evidente propósito de calmar los nervios.

Lo verdaderamente raro era el techo.

Se replegaba sobre sí mismo, como un sueño que Maurits C. Escher –si se hubiera dedicado a pasar noches frenéticas en la ciudad, cosa que no forma parte de los propósitos de esta historia, aunque al contemplar sus cuadros, sobre todo el de esos desgarbados escalones, resulta difícil no planteárselo– habría imaginado después de haber visto algo parecido, porque las pequeñas arañas que debían estar colgadas dentro, estaban fuera, apuntando al cielo.

Desconcertante.

El letrero de encima de la puerta principal decía: «Pase al Exterior», que es lo que, nerviosos, habían hecho.

Dentro, claro está, era donde estaba el Exterior. Ladrillo visto, ángulos bien perfilados, canalones en buen estado, un sendero en el jardín, un par de arbolitos y unas habitaciones que salían de allí. Las paredes interiores se estiraban, se plegaban curiosamente y se abrían en los extremos como si –por una ilusión óptica que habría obligado a Maurits C. Escher a fruncir el entrecejo y preguntarse cómo lo habían conseguido– quisiera abarcar el propio océano Pacífico.

–Hola –les saludó John Watson, alias Wonko el Cuerdo.

Bien, dijeron para sus adentros, «Hola» es algo que podemos entender.

–Hola –contestaron y, sorprendentemente, todo fueron sonrisas.

Durante un buen rato, Wonko el Cuerdo mostró una curiosa reticencia a hablar de los delfines, dedicándose a dejar la mirada perdida y a decir: «Se me ha olvidado...» siempre que salían a relucir, y a enseñarles orgullosamente todas las rarezas de su casa.

–Me gusta y me proporciona un curioso placer; además –declaró–, a nadie hace un daño que un buen óptico no pueda remediar.

Les cayó simpático. Era abierto, tenía un aire cautivador y parecía capaz de burlarse de sí mismo antes de que nadie le tomara la delantera.

–Su mujer mencionó algo sobre palillos de dientes –dijo Arthur con expresión inquieta, como si le preocupara que Arcana Jill apareciera de repente por una puerta y volviera a hablar de los palillos.

Wonko el Cuerdo soltó una carcajada franca y ligera, como si la hubiera utilizado mucho y le hiciera feliz.

–Ah, sí –dijo–. Eso viene de cuando al fin comprendí que el mundo se había vuelto completamente loco y construí el Asilo para meterlo allí, pobrecillo, con la esperanza de que se recuperase.

En ese momento fue cuando Arthur volvió a ponerse un poco nervioso.

–Mire, estamos en el exterior del Asilo –dijo Wonko el Cuerdo, señalando de nuevo al ladrillo visto, a los ángulos y canalones, para después indicar la primera puerta por la que habían entrado–. Si cruza esa puerta, estará en el Asilo. He intentado decorarlo bien para tener contentos a los internos, pero no se puede hacer mucho. Ahora ya no entro. Si alguna vez me dan tentaciones de hacerlo, y últimamente apenas las tengo, me limito a mirar el letrero que hay en cima de la puerta y escapo asustado.

—¿Ese? —preguntó Fenchurch señalando, un poco confusa, una placa de color azul que tenía unas instrucciones escritas.

—Sí. Estas son las palabras que finalmente me convirtieron en el ermitaño que ahora soy, fue muy repentino. Las vi y supe lo que tenía que hacer.

El letrero decía:

«Sujete el palillo por la mitad. Humedezca con la boca el extremo puntiagudo. Introdúzcalo en el espacio interdental, con la parte roma cerca de la encía. Muévalo suavemente de dentro afuera».

—Me pareció —dijo Wonko el Cuerdo— que una civilización que hubiera perdido la cabeza hasta el punto de incluir una serie de instrucciones detalladas para utilizar un paquete de palillos de dientes ya no era una civilización en la que yo pudiera vivir y seguir cuerdo.

Volvió a mirar al Pacífico, como desafiándole a rabiar y farfullar contra él, pero el mar se quedó tranquilo y jugando con las aves lavanderas.

—Y en el caso de que se le pase por la cabeza, cosa que es muy posible, le diré que estoy completamente cuerdo. Por eso es por lo que me llamo a mí mismo Wonko el Cuerdo, para tranquilizar a la gente sobre ese punto. Wonko es como me llamaba mi madre cuando era niño y tiraba torpemente las cosas al suelo. Y Cuerdo es lo que soy ahora —añadió con una de sus encantadoras sonrisas— porque así pretendo seguir. Bueno, ya está bien. ¿Vamos a la playa a ver de qué tenemos que hablar?

Fueron a la playa, y allí empezó a hablar de los ángeles de doradas barbas, alas verdes y sandalias del Doctor Scholl.

—De los delfines... —dijo Fenchurch con voz queda y esperanzada.

—Les puedo enseñar las sandalias —sugirió Wonko el Cuerdo.

—Me preguntaba, sabe usted...

—¿Quieren que les enseñe las sandalias? —insistió Wonko el Cuerdo—. Las tengo. Voy a buscarlas. Son de la marca del Doctor Scholl y los ángeles afirman que resultan especialmente adecuadas para el terreno en que tienen que trabajar. Dicen que tienen licencia para explotar una representación. Cuando les digo que no sé qué significa eso, contestan no, no lo sabes, y se echan a reír. Bueno, voy por ellas de todas formas.

Cuando volvió adentro, o afuera, depende de cómo se mire, Arthur y Fenchurch se miraron con expresión confusa y un tanto desesperada, para luego encogerse de hombros y dibujar caprichosas figuras en la arena.

—¿Cómo están hoy tus pies? —preguntó Arthur en voz baja.

—Muy bien. En la arena no me dan esa extraña sensación. Ni en el agua. El agua los toca perfectamente. Solo que creo que este no es nuestro mundo.

Se encogió de hombros.

—¿A qué crees que se refería con lo del mensaje? —le preguntó.

—No sé —contestó Arthur, aunque el recuerdo de un hombre llamado Prak, que se reía continuamente de él, no dejaba de molestarle.

Cuando Wonko volvió, traía algo que dejó perplejo a Arthur. No se trataba de las sandalias, que eran chanclos de madera completamente normales.

—Pensé que les gustaría ver el calzado que llevan los ángeles. Solo por curiosidad. No intento demostrar nada, dicho sea de paso. Soy científico, y sé lo que es una prueba. Pero el motivo por el que me hago llamar por mi nombre de infancia es para recordarme que un científico tiene que ser como un niño. Si ve algo, debe decir lo que es, tanto si se trata de lo que esperaba ver como si no. Primero, ver; luego, pensar; y después, comprobar. Pero siempre hay que ver primero. Si no, solo se ve lo que uno espera ver. Muchos científicos lo olvidan. Luego les enseñaré algo para demostrarlo. Así que, la otra razón por la que me hago llamar Wonko el Cuerdo es para que la gente crea que estoy loco. Eso me permite decir lo que veo cuando lo veo. No se puede ser científico si a uno le importa que la gente piense que está loco. De todos modos, pensé que también les gustaría ver esto.

Esto era lo que había dejado perplejo a Arthur, porque se trataba de una maravillosa pecera de cristal plateado, que parecía idéntica a la que tenía en su habitación.

Desde hacía treinta segundos Arthur intentaba decir sin éxito: «¿De dónde ha sacado eso?», en tono brusco y jadeando un poco.

Por fin le llegó el momento, pero se le escapó por una milésima de segundo.

–¿De dónde ha sacado eso? –preguntó Fenchurch, en tono brusco y jadeando un poco.

Arthur lanzó a Fenchurch una mirada brusca y, jadeando un poco, preguntó:

–¿Cómo? ¿Has visto antes una pecera así?

–Sí, tengo una –contestó ella–. O al menos la tenía. Russell me la birló para guardar sus pelotas de golf. No sé de dónde vino, solo que me enfadé con Russell por birlármela. ¿Es que tú tienes una?

–Sí, era...

Ambos se dieron cuenta de que Wonko el Cuerdo desplazaba agudas miradas de uno a otro, tratando de meter una palabra.

–¿Es que *ustedes* también tienen una?

–Sí –contestaron ambos.

Los miró largo y tendido a cada uno, y luego alzó la pecera para que le diera la luz del sol de California.

La pecera casi pareció cantar con el sol, resonar con la intensidad de su luz, y arrojó misteriosos y brillantes arcoíris en la arena y por encima de sus cabezas. La movió, una y otra vez. Vieron con toda claridad los finos trazos de las letras grabadas, que decían: «Hasta luego, y gracias por el pescado».

–¿Saben qué es esto? –preguntó vacilante con voz queda.

Ambos movieron la cabeza despacio, maravillados, casi hipnotizados por el destello de las brillantes sombras en el cristal grisáceo.

–Es un regalo de despedida de los delfines –explicó Wonko en tono reverente–. De los delfines, a quienes amé y estudié, con quienes nadé y a quienes alimenté con pescado y cuyo lenguaje intenté aprender, tarea que parecían hacer increíblemente difícil, considerando el hecho de que ahora comprendo que eran perfectamente capaces de comunicarse en el nuestro si así lo querían.

Meneó la cabeza esbozando muy despacio una sonrisita, y luego volvió a mirar a Fenchurch y después a Arthur.

–¿La ha...? –preguntó a Arthur–. ¿Qué ha hecho usted con la suya? Si me permite preguntárselo.

–Pues, tengo un pez en ella –contestó Arthur, un tanto desconcertado–. Dio la casualidad de que tenía un pez y no sabía qué hacer con él, y, bueno, ahí estaba la pecera...

Se calló.

—¿Y usted no ha hecho nada más? –prosiguió–. No, si lo hubiera hecho lo sabría.

Volvió a menear la cabeza.

—Mi mujer tenía germen de trigo en ella –dijo Wonko, con un tono nuevo–, hasta anoche...

—¿Qué sucedió anoche? –inquirió Arthur en un susurro lento.

—Nos quedamos sin germen de trigo –contestó Wonko en tono suave–. Mi mujer fue a por más.

Durante un momento pareció perderse en sus propios pensamientos.

—¿Y qué pasó después? –preguntó Fenchurch con el mismo tono entrecortado.

—La lavé –repuso Wonko–. La lavé con mucho cuidado, muy cuidadosamente, quitando hasta la última mota de germen de trigo, luego la sequé despacio con un paño sin pelusas, con calma, cuidadosamente, pasándolo una y otra vez. Luego me la acerqué al oído. ¿Ustedes... se la han acercado al oído alguna vez?

Los dos movieron la cabeza despacio, en silencio, igual que antes.

—Quizá deberían hacerlo.

32

El hondo bramido del océano.

Las olas que rompen en playas más lejanas de lo que puede pensarse.

El mudo fragor de las profundidades.

Y en medio de todo ello, voces que llaman, que sin embargo no son voces, sino vibraciones, balbuceos, los sonidos semiarticulados del pensamiento.

Saludos, oleadas de saludos, sumiéndose en lo inarticulado, palabras quebrándose juntas.

Un estallido de pena en las playas de la Tierra.

Olas de alegría en... ¿dónde? Un mundo indescriptiblemente encontrado, inefablemente hallado, inenarrablemente húmedo, una canción de agua.

Una fuga de voces ahora, que reclaman explicaciones de una catástrofe inevitable, un mundo que se destruirá, una ola de desamparo, un espasmo de desesperación, una caída mortal, y de nuevo se quiebran las palabras.

Y luego el impulso de esperanza, el hallazgo de una Tierra oscura en las implicaciones de la espiral del tiempo, las dimensiones sumergidas, el tirón de paralelos, el hondo tirón, la peonza de la voluntad, su vaina y su fisura, el vuelo. Una Tierra nueva que se sustituye, sin delfines.

Y entonces, una voz muy clara.

—Esta pecera os la entregó la Campaña para salvar a los Humanos. Os decimos adiós.

Y el sonido de unos cuerpos largos y pesados, perfectamente grises, que se precipitan a un abismo desconocido y sin fondo, con risitas quedas.

33

Pasaron la noche en el Exterior del Asilo y vieron la televisión desde dentro.

—Esto es lo que quería que vieran —dijo Wonko el Cuerdo cuando volvieron a dar las noticias—; un antiguo compañero mío. Está en su país, haciendo una investigación. Miren.

Era una conferencia de prensa.

—Me temo que no puedo hacer comentarios sobre el nombre del Dios de la Lluvia en estos momentos; ahora le denominamos Metereológico Fenómeno Espontáneo Paracausal.

—¿Puede decirnos qué significa eso?

—No estoy completamente seguro. Vamos a ser francos. Si descubrimos algo que no entendemos, nos gusta denominarlo de un modo que no se pueda entender, ni siquiera pronunciar. O sea, que si nos limitamos a permitirles que le llamen Dios de la Lluvia, ello implica que ustedes saben algo que nosotros desconocemos, y lo siento pero eso no podemos permitirlo.

»No, primero tenemos que ponerle un nombre que sugiera que es nuestro, no de ustedes, y luego nos dedicamos a encontrar algún modo de demostrar que no es lo que ustedes dicen, sino lo que decimos nosotros.

»Y si resulta que ustedes tienen razón, siempre estarán equivoca-

dos, porque nos limitaremos simplemente a llamarle..., hummm...,
"Supernormal...", en lugar de paranormal o sobrenatural, porque ¿saben ustedes lo que significan las palabras "Inductor Supranormal del
Incremento de las Precipitaciones"? No. Probablemente añadiremos
un "casi" en algún sitio, para protegernos. ¡Dios de la Lluvia! ¡Vaya!,
nunca en la vida he oído una tontería así. He de reconocer que no me
pillarán de vacaciones con él. Gracias, eso es todo de momento, salvo
para decir "¡Hola!" a Wonko si me está viendo.

34

En el vuelo de vuelta a casa iba una mujer en el asiento de al
lado que los miraba de modo bastante extraño.

Hablaban en voz baja, para ellos.

–Todavía tengo que saberlo –dijo Fenchurch–, y tengo la firme
impresión que tú sabes algo que no me dices.

Arthur suspiró y sacó un trozo de papel.

–¿Tienes un lápiz? –preguntó.

Fenchurch rebuscó y encontró uno.

–¿Qué estás haciendo, cariño? –le preguntó al ver que llevaba
veinte minutos con el ceño fruncido, comiéndose el lapicero, escribiendo en el papel, tachando cosas, volviendo a escribir, tachando
cosas de nuevo, garabateando otra vez, comiéndose más el lápiz y
refunfuñando con impaciencia.

–Intento acordarme de una dirección que me dieron una vez.

–Tu vida sería muchísimo más sencilla si te compraras una agen-
da –le sugirió ella.

Finalmente, le pasó el papel.

–Cuídalo –le dijo.

Ella lo miró. Entre todos los trazos y tachaduras leyó las palabras
«Sierra de Quentulus Quazgar. Sevorbeupstry. Planeta de Preliumtarn. Sol-Zarss. Sector Galáctico QQ7 Activa J Gamma».

–¿Qué es esto?

–Al parecer –contestó Arthur–, el Mensaje Final de Dios a Su
Creación.

–Eso está un poco mejor –opinó Fenchurch–. ¿Cómo vamos
hasta allí?

–¿De verdad...?

–Sí –repuso Fenchurch en tono firme–, de verdad quiero saberlo.

Arthur miró por la ventanilla de plástico al cielo abierto.

–Discúlpenme –dijo de pronto la mujer que los había estado mirando de modo bastante extraño–, espero que no me consideren impertinente. Me aburro tanto en estos vuelos largos, que resulta agradable hablar con alguien. Me llamo Enid Kapelsen y soy de Boston. Díganme, ¿vuelan ustedes mucho?

35

Fueron a casa de Arthur, en la campiña occidental, metieron un par de toallas y unas cuantas cosas en una bolsa y se sentaron a hacer lo que todo autoestopista galáctico termina haciendo la mayor parte del tiempo.

Esperaron a que pasara un platillo volante.

–Un amigo mío estuvo quince años así –dijo Arthur una noche mientras escrutaban desesperadamente el firmamento.

–¿Quién era ese?

–Se llamaba Ford Prefect.

Se sorprendió haciendo algo que jamás pensaba volver a hacer. Se preguntaba dónde estaría Ford Prefect.

Por una extraordinaria coincidencia, al día siguiente aparecieron dos noticias en el periódico, una relativa al incidente más pasmoso concerniente a un platillo volante y otra sobre una serie de indecorosos altercados en tabernas.

Ford Prefect apareció al día siguiente con aspecto de tener resaca y quejándose de que Arthur no contestaba al teléfono.

En realidad, tenía aspecto de estar gravemente enfermo no solo como si le hubiesen arrastrado de espaldas a través de un seto, sino como si por el mismo seto hubiese pasado al mismo tiempo una máquina segadora. Entró tambaleándose en el cuarto de estar de Arthur, rechazando todos los ofrecimientos de ayuda, lo que fue un error porque el esfuerzo que le costaban los ademanes le hizo perder el equilibrio y, al final, Arthur tuvo que arrastrarlo hasta el sofá.

–Gracias, muchas gracias. ¿Tienes... –dijo Ford, quedándose dormido durante tres horas.

»... la menor idea –continuó de pronto cuando revivió– de lo difícil que resulta conectar con el sistema telefónico británico desde las Pléyades? Ya veo que no, de modo que te lo diré bebiendo ese gran tazón de café que estás a punto de prepararme.

Tambaleándose, siguió a Arthur a la cocina.

–Estúpidas telefonistas que no dejan de preguntarte desde dónde llamas, y tú les dices que desde Letchworth y te contestan que no puede ser, si vienes por ese circuito. ¿Qué estás haciendo?

–Te estoy haciendo un poco de café.

–Ah.

Ford pareció un tanto decepcionado. Miró alrededor con expresión desolada.

–¿Qué es esto? –preguntó.

–Copos de arroz.

–¿Y esto?

–Pimentón picante.

–Ya veo –dijo Ford en tono grave, poniendo al revés los dos paquetes, uno encima de otro; pero como no parecían guardar el equilibrio adecuado, colocó el otro encima del uno y dio resultado.

–Tengo un poco de desfase espacial –explicó–. ¿Qué te estaba diciendo?

–Que no podías telefonear desde Letchworth.

–No podía. Le expliqué lo siguiente a la señora: «Si esa es su actitud, a hacer puñetas Letchworth. En realidad, llamo desde una nave de exploración de la Compañía Cibernética Sirius, que en estos momentos se encuentra en el tramo de un viaje por debajo de la velocidad de la luz entre estrellas conocidas en su mundo, pero no necesariamente por usted, querida señora». Le dije «querida señora», porque no quería que se molestara por la indirecta de que era una cretina ignorante...

–Discreto.

–Exacto –corroboró Ford–. Discreto.

Frunció el ceño.

–El desfase espacial es muy malo para las oraciones subordinadas –explicó Ford–. De nuevo tendrás que prestarme tu ayuda para recordarme de qué estaba hablando.

–«... entre estrellas conocidas en su mundo, pero no necesariamente por usted, querida señora...»

–«... como Pléyades Epsilon y Pléyades Zeta» –concluyó Ford en tono triunfal–. Esa parrafada tiene mucha gracia, ¿verdad?

–Toma un poco de café.

–No, gracias. «Y el motivo», proseguí, «por el que la estoy molestando en vez de marcar directamente el número, que podría hacerlo, porque aquí en las Pléyades disponemos de un equipo de telecomunicaciones bastante avanzado, se lo aseguro, es porque ese bandido hijo de una bestia espacial que pilota esta asquerosa nave, hija de una bestia espacial, insiste en que llame a cobro revertido. ¿Puede creerlo?»

–¿Y podía?

–No sé. En ese momento me colgó. ¡Bueno! ¿Y qué te figuras que hice a continuación? –preguntó Ford con vehemencia.

–No tengo ni idea, Ford –contestó Arthur.

–Lástima. Esperaba que te acordaras de mí. Tengo mucho odio a esos tipos, ¿sabes? Son los más chinches del cosmos, no hacen más que pasear por el cielo infinito con sus pequeñas y asquerosas naves que nunca funcionan como es debido y, cuando lo hacen, realizan funciones que nadie que esté en sus cabales les pide y –añadió con furia– ¡se ponen a emitir señales para anunciarte que lo han hecho!

Eso era absolutamente cierto, y representaba una opinión muy respetable y extendida entre los biempensantes, a quienes se reconoce como tales por el único hecho de que tienen dicha opinión.

La *Guía del autoestopista galáctico*, en un momento de sensata lucidez, que es casi único entre su actual registro de cinco millones novecientas setenta y cinco mil quinientas nueve páginas, dice de los productos de la Compañía Cibernética Sirius, que «resulta muy fácil olvidar su fundamental inutilidad por la sensación de triunfo que se obtiene al lograr que funcionen.

»En otras palabras –y este es el fundamento principal en que se basa el éxito galáctico de la Compañía–, sus esenciales defectos de diseño están completamente disimulados por sus imperfecciones superficiales de diseño».

–¡Y ese viajante –vociferó Ford– iba a vender más! ¡Tenía una representación de cinco años para descubrir y explorar mundos nuevos y extraños con el fin de vender Sistemas Avanzados de Sustitutos de la Música a restaurantes, ascensores y tabernas! ¡Y si en los mundos

128

nuevos aún no había restaurantes, ascensores ni tabernas, debía impulsar artificialmente su civilización hasta que los hubiera, maldita sea! ¡Dónde está ese café!

–Lo he tirado.

–Haz un poco más. Acabo de acordarme de lo que hice a continuación. Salvé la civilización, tal como la conocemos. Sabía que era algo así.

Tambaleándose, volvió con aire decidido al cuarto de estar, donde pareció seguir hablando consigo mismo, tropezando con los muebles y haciendo «bip..., bip».

Un par de minutos después, Arthur, sin perder su plácida expresión se reunió con él.

Ford tenía aspecto de perplejidad.

–¿Dónde has estado? –preguntó.

–Haciendo un poco de café –dijo Arthur, que mantenía su plácida expresión.

Hacía mucho que había comprendido que la única manera de estar bien en compañía de Ford era tener una buena reserva de expresiones muy plácidas y adoptarlas en todo momento.

–¡Te has perdido lo mejor! –gritó Ford–. ¡Te has perdido la parte de cuando me libré de aquel individuo! ¡Tenía que librarme de él enseguida!

Se arrojó temerariamente sobre una silla y la rompió.

–Fue mejor la última vez –comentó malhumorado, señalando vagamente en dirección a otra silla rota cuyos restos había amontonado sobre la mesa del comedor.

–Ya veo –dijo Arthur, echando una plácida ojeada a los restos amontonados–, y, hummm, ¿para qué son los cubitos de hielo?

–¿Cómo? –gritó Ford–. ¿Qué? ¿También te has perdido eso? ¡Esa es la instalación de la animación suspendida! Bueno, tenía que hacerlo, ¿no?

–Eso parece –repuso Ford en tono plácido.

–¡¡¡No toques eso!!! –aulló Ford.

Arthur, que se disponía a colgar el teléfono, que por alguna razón misteriosa estaba descolgado sobre la mesa, hizo una plácida pausa.

–Muy bien –dijo Ford, calmándose–, escúchalo.

Arthur se llevó el teléfono al oído.

–Dan la hora –anunció.

–Bip..., bip..., bip –dijo Ford–. Eso es exactamente lo que se oye en la nave de ese individuo, por todas partes, mientras él duerme en el hielo describiendo lentas órbitas en torno a la casi desconocida luna de Seseffas Magna. ¡La hora hablada de Londres!

–Ya veo –repitió Arthur, decidiendo que ya era hora de hacer la gran pregunta. –¿Por qué? –inquirió en tono plácido.

–Con un poco de suerte, la factura del teléfono arruinará a esos cabrones –auguró Ford.

Sudando, se derrumbó en el sofá.

–De todos modos –añadió–, mi llegada ha sido espectacular, ¿no te parece?

36

El platillo volante en el que Ford Prefect viajó de polizón dejó pasmado al mundo.

Al fin no cabía duda ni posibilidad de error, ni alucinaciones ni misteriosos agentes de la CIA flotando en los estanques.

Esta vez era verdad, definitivamente. Era absoluta y completamente definitivo.

Había aterrizado con una maravillosa indiferencia hacia todo lo que había debajo y aplastó una amplia zona de uno de los terrenos más caros del mundo, entre ellos una gran parte de los Almacenes Harrods.

El objeto era enorme, de casi kilómetro y medio de diámetro, según calcularon algunos, del color de la plata deslustrada, picado, quemado y desfigurado con las cicatrices de innumerables y encarnizadas batallas espaciales libradas contra feroces fuerzas a la luz de soles desconocidos para el hombre.

Una escalerilla se abrió, cayendo estrepitosamente en el departamento de alimentación de Harrods, demoliendo Harvey Nichols y, con un chirrido final de torturada y pulverizada arquitectura, derrumbó la Torre del Parque Sheraton.

Tras un largo y angustioso momento de estallidos y ruidos de maquinaria rota, por la rampa descendió un inmenso robot plateado, de unos treinta metros de altura.

Alzó una mano.

—Vengo en son de paz —anunció y, al cabo de un largo momento de nuevos chirridos, añadió—: Llevadme ante vuestro Lagarto.

Por supuesto, Ford Prefect tenía una explicación que le comunicó a Arthur mientras veían las ininterrumpidas y frenéticas noticias en la televisión, ninguna de las cuales aportaba más información que la del importe de los daños causados por el objeto, que se evaluaba en billones de libras esterlinas, junto con el número de víctimas, y volvían a repetirlo porque el robot solo estaba allí parado, tambaleándose ligeramente y emitiendo breves e incomprensibles mensajes.

—Procede de una democracia muy antigua, ¿comprendes?

—¿Quieres decir que viene de un mundo de lagartos?

—No —dijo Ford, que entonces estaba en un plan algo más racional y coherente que antes, una vez que se le obligó a beber el café—, no es tan sencillo. No es así de simple. En su mundo, la gente es gente. Los dirigentes son lagartos. La gente odia a los lagartos y los lagartos gobiernan a la gente.

—Qué raro —comentó Arthur—, te había entendido que era una democracia.

—Eso dije. Y lo es —aseguró Ford.

—Entonces, ¿por qué la gente no se libra de los lagartos? —preguntó Arthur, esperando no parecer ridículamente obtuso.

—Francamente, no se les ocurre. Todos tienen que votar, de manera que creen que el gobierno que votan es más o menos lo que quieren.

—¿Quieres decir que efectivamente *votan* a los lagartos?

—Pues claro —repuso Ford, encogiéndose de hombros.

—Pero —objetó Arthur, volviendo de nuevo a la gran pregunta—, ¿por qué?

—Porque si no votaran por un lagarto determinado —explicó Ford—, podría salir el lagarto que no conviene. ¿Tienes ginebra?

—¿Qué?

—He preguntado —dijo Ford, con un creciente tono de urgencia en la voz— que si tienes ginebra.

—Ya miraré. Háblame de los lagartos.

Ford volvió a encogerse de hombros.

—Algunos dicen que los lagartos son lo mejor que han conocido nunca. Están totalmente equivocados, por supuesto, entera y absolutamente equivocados, pero alguien se lo tiene que decir.

—Pero eso es terrible —observó Arthur.

—Mira, tío —repuso Ford—, si me hubieran dado un dólar altariano cada vez que alguien mira a una parte del Universo y dice «Eso es terrible», no estaría aquí sentado como un limón esperando una ginebra. Pero no tengo ninguno, y aquí estoy. De todos modos, ¿por qué tienes ese aire tan plácido y los ojos como platos? ¿Estás enamorado?

Arthur contestó que sí, que lo estaba, y lo dijo con plácida expresión.

—¿De una chica que sabe dónde esta la botella de ginebra? ¿Me la vas a presentar?

Se la presentó, porque Fenchurch llegó en aquel momento con un montón de periódicos que había comprado en el pueblo. Se detuvo asombrada ante los destrozos que había sobre la mesa y el náufrago de Betelgeuse en el sofá.

—¿Dónde está la ginebra? —preguntó Ford a Fenchurch, y a Arthur—: A propósito, ¿qué fue de Trillian?

—Pues..., esta es Fenchurch —repuso Arthur, incómodo—. Con Trillian no hubo nada, tú fuiste el último que la vio.

—Ah, sí, se largó a alguna parte con Zaphod. Tuvieron niños, o algo parecido. Al menos —añadió Ford—, eso creo que eran. Zaphod está mucho más calmado, ¿sabes?

—¿De verdad? —dijo Arthur, acudiendo con premura hacia Fenchurch para quitarle los paquetes de la compra.

—Sí —contestó Ford—. Al menos, ahora tiene una cabeza más cuerda que un emú con ácido en el cuerpo.

—¿Quién es este, Arthur? —preguntó Fenchurch.

—Ford Prefect. Quizá te lo haya mencionado de pasada.

37

Durante tres días y tres noches, el gigantesco robot plateado, completamente perplejo, estuvo a horcajadas sobre los restos de Knightsbridge, tambaleándose suavemente y tratando de resolver un montón de cosas.

Acudieron a verle delegaciones del gobierno; camiones enteros de periodistas pomposos se interrogaban unos a otros por radio sobre sus respectivas opiniones; escuadrillas de bombarderos de caza hacían patéticos intentos para atacarlo. Pero no apareció lagarto alguno. El robot escrutaba atentamente el horizonte.

De noche presentaba su aspecto más espectacular, bañado por los focos de los equipos de televisión que no dejaban de informar de su continua inactividad.

El robot no dejó de cavilar hasta que llegó a una conclusión. Tendría que enviar a sus robots de servicio.

Debería habérsele ocurrido antes, pero había tenido un montón de problemas.

Una tarde, los pequeños robots salieron volando por la escotilla formando una aterradora nube metálica. Vagaron por los alrededores, atacando frenéticamente unas cosas y defendiendo otras.

Al fin, uno de ellos encontró una pajarería con algunos lagartos, pero en nombre de la democracia se puso a defenderla con tal fiereza que pocos sobrevivieron en la zona.

El momento crucial llegó cuando una escuadrilla de vanguardia descubrió el zoológico de Regent's Park y, en particular, la Casa de los Reptiles.

Como los errores cometidos en la pajarería les enseñó cierta cautela, las barrenas y sierras volantes llevaron a algunas de las iguanas más grandes y gordas ante el robot gigante, que trató de celebrar con ellas conversaciones a alto nivel.

Finalmente, el robot anunció al mundo que pese al completo cambio de impresiones, amplio y sincero, se habían interrumpido las conversaciones a alto nivel y los lagartos se habían retirado; por lo tanto, el robot se tomaría unas vacaciones en alguna parte, y por alguna razón escogió Bournemouth.

Ford Prefect, al verlo en la televisión, asintió con la cabeza, soltó una carcajada y tomó otra cerveza.

Se estaban haciendo rápidos preparativos para la marcha del robot.

Las herramientas volantes gritaron, barrenaron, serraron y frieron cosas con haces luminosos durante todo el día y toda la noche y, a la mañana siguiente, de forma sorprendente, por varias carreteras a la vez se puso en marcha una gigantesca estructura móvil en cuyo centro iba apuntalado el robot.

Lentamente avanzó hacia el oeste, como un extraño carnaval con servidores, helicópteros y autobuses de informadores hormigueando a su alrededor y aplanando la tierra hasta llegar a Bournemouth, donde el robot se desprendió de las ligaduras de su sistema de transporte y se dirigió a la playa, donde permaneció tumbado durante diez días.

Desde luego, fue el suceso más excitante de la vida de Bournemouth.

Las multitudes se concentraban diariamente en torno al perímetro acotado y vigilado como zona de recreo del robot, intentando ver lo que hacía.

No hacía nada. Estaba tumbado en la playa, un tanto torpemente sobre el rostro.

Fue un periodista del diario local quien, una noche, logró lo que nadie había conseguido hasta entonces: entablar una breve e ininteligible conversación con uno de los robots de servicio que guardaban el recinto.

Fue una brecha importante.

—Creo que esto da para un artículo —confió el periodista mientras compartía un cigarrillo a través de la cerca de acero—, pero necesita un buen ángulo local. Aquí tengo una pequeña lista de preguntas —prosiguió, rebuscándose torpemente en un bolsillo interior—. Tal vez logre usted convencerle para que las responda rápidamente.

El pequeño taladro volante dijo que haría lo que pudiera y desapareció rechinando.

La respuesta no llegó nunca.

Extrañamente, sin embargo, las preguntas escritas sobre el papel correspondían más o menos exactamente a las que estaban pasando por los macizos circuitos de alta calidad industrial de la mente del robot. Eran las siguientes:

«¿Qué se siente siendo un robot?»

«¿Qué se siente al proceder del espacio exterior?»

«¿Qué le parece Bournemouth?»

A la mañana siguiente, temprano, empezaron a recoger cosas y al cabo de unos días estaba claro que el robot se disponía a marcharse para siempre.

—La cuestión es: ¿puedes introducirnos a bordo? —preguntó Fenchurch a Ford.

Ford consultó inquieto el reloj.

–Debo ocuparme de unos asuntos graves que tengo pendientes –exclamó.

38

La multitud se agolpaba tan cerca como podía alrededor de la gigantesca nave plateada, que no lo era tanto. El perímetro inmediato estaba vallado y lo patrullaban los pequeños robots volantes de servicio. Apostado en torno a la valla estaba el ejército, que fue absolutamente incapaz de abrir brecha hacia el interior, pero que no estaba dispuesto a que nadie abriera brecha a través de ellos. A su vez, se hallaban rodeados por un cordón policial, aunque la cuestión de si se había formado para proteger al público del ejército o al ejército del público, o para garantizar la inmunidad diplomática de la gigantesca nave y evitar que le pusieran multas de tráfico, no estaba nada clara y era tema de muchas discusiones.

Ahora desmantelaban la cerca del perímetro interior. El ejército se removió inquieto, sin saber cómo debía reaccionar ante el motivo de su estancia allí, que parecía simplemente ser el de levantarse y marcharse.

A mediodía, el gigantesco robot abordó tambaleante la nave, y a las cinco de la tarde no había dado más señales de vida. De las profundidades de la nave se oían muchos ruidos: crujidos, estruendos y la música de un millón de horribles disfunciones; pero la tensa expectación de que era presa la multitud se debía a que, nerviosa, esperaba un gran chasco. Aquel objeto maravilloso y extraordinario había irrumpido en sus vidas y ahora se disponía a marcharse sin ellos.

Dos personas eran especialmente conscientes de dicha sensación. Arthur y Fenchurch escrutaban ansiosamente la multitud, incapaces de localizar a Ford Prefect en parte alguna ni de hallar el menor indicio de que fuera a aparecer por allí.

–¿Hasta qué punto es digno de confianza? –preguntó Fenchurch en voz baja.

–¿Hasta qué punto es digno de *confianza*? –repitió Arthur, soltando una ronca carcajada– ¿Hasta qué punto es poco profundo el océano? ¿Hasta qué punto es frío el sol?

135

Cargaban a bordo las últimas piezas de la estructura de transporte del robot, y las pocas secciones que quedaban de la valla se habían colocado al pie de la rampa para cargarlas a continuación. Los soldados que hacían guardia en torno a la rampa estaban congestionados, se gritaban órdenes de un lado a otro, se celebraban apresuradas conferencias, pero, por supuesto, no había nada que hacer.

Desesperados y sin ningún plan, Arthur y Fenchurch avanzaron a empujones entre la multitud, pero como la propia muchedumbre trataba de abrirse paso a través de sí misma, no llegaron a ningún sitio.

Al cabo de unos minutos ya no quedaba nada fuera de la nave, todas las partes de la cerca estaban a bordo. Un par de sierras de calar y un nivel de burbuja volantes hicieron una última comprobación por el emplazamiento, y luego entraron chirriando por la gigantesca escotilla.

Pasaron unos segundos.

Los ruidos del desorden mecánico procedentes del interior cambiaron de intensidad y, poco a poco, pesadamente, la enorme rampa de acero fue elevándose, saliendo del departamento de alimentación de Harrods. La acompañó el ruido de millares de personas, tensas y excitadas, que se sentían completamente ignoradas.

–¡Un momento! –vociferó un megáfono desde un taxi que se detuvo con un chirrido de ruedas al borde de la bullente multitud–. ¡Se ha producido una importante brecha científica! ¡No, un adelanto! –corrigió el megáfono.

Se abrió la puerta y del taxi saltó un hombre de escasa estatura procedente de las cercanías de Betelgeuse. Llevaba una bata blanca.

–¡Un momento! –volvió a gritar.

Esta vez blandía un aparato negro, corto y grueso, que emitía señales luminosas. Las luces parpadearon brevemente, la rampa detuvo su ascenso y, obediente a las señales del Pulgar (que la mitad de los ingenieros electrónicos de la Galaxia tratan de interceptar con medios nuevos, mientras la otra mitad constantemente investiga otros para interceptar las señales interceptoras), inició de nuevo su lento descenso.

Ford Prefect cogió el megáfono del interior del taxi y empezó a gritar a la multitud.

–¡Abran paso! ¡Dejen paso, por favor, se trata de un importante descubrimiento científico! Usted y usted, recojan de inmediato el equipo del taxi.

Enteramente al azar señaló a Arthur y a Fenchurch, que lucharon por salir de entre la muchedumbre y acudieron prestos al taxi.

—Muy bien, ruego que abran paso, por favor, a unas importantes piezas de equipo científico —bramó Ford—. Que todo el mundo mantenga la calma. Todo está controlado, no hay nada que ver. No es más que un importante descubrimiento científico. Mantengan la calma. Es un importante equipo científico. Abran paso.

Ansiosa de nuevas emociones, encantada de verse repentinamente aliviada de la decepción, la entusiasta multitud se replegó y empezó a abrir paso.

Arthur no se sorprendió al ver lo que había impreso en las cajas del importante equipo científico colocadas en la parte posterior del taxi.

—Tápalas con el abrigo —murmuró mientras se las pasaba a Fenchurch.

Sacó rápidamente el carro de supermercado que también iba encajado contra el asiento trasero. Resonó al caer al suelo, y entre los dos lo cargaron con las cajas.

—Abran paso, por favor —volvió a gritar Ford—. Todo está bajo adecuado control científico.

—Me dijo que pagarían ustedes —advirtió el taxista a Arthur, que sacó unos billetes y le pagó.

En la distancia se oían sirenas de la policía.

—Muévanse —gritó Ford—, y nadie resultará herido.

La multitud se abría y cerraba a su paso, mientras ellos empujaban y tiraban frenéticamente del resonante carro de supermercado entre los escombros hacia la rampa.

—Esta bien —seguía gritando Ford—. No hay nada que ver, todo ha terminado. En realidad, nada de esto está pasando.

—Disuélvanse, por favor —tronaba un megáfono de la policía a espaldas de la multitud—. Se ha producido una brecha, ¡abran paso!

—¡Un descubrimiento! —gritó Ford, haciéndole la competencia—. ¡Un descubrimiento científico!

—¡Habla la policía! ¡Abran paso!

—¡Equipo científico! ¡Abran paso!

—¡Policía! ¡Dejen paso!

—¡Cintas magnetofónicas! —gritó Ford, sacando de los bolsillos media docena de cintas pequeñas y arrojándolas a la multitud.

Los segundos de absoluta confusión que siguieron les permitieron llevar el carro de supermercado al pie de la rampa y subirlo a la plataforma.

–Aguantad –murmuró Ford. Accionó un botón del Pulgar Electrónico. Bajo ellos, la enorme rampa se estremeció y, poco a poco, inició su pesada ascensión.

–Bueno, chicos –dijo mientras la multitud cerraba el paso tras ellos e iniciaban con paso vacilante la ascensión de la tambaleante rampa hacia las entrañas de la nave–, parece que lo hemos conseguido.

39

Arthur Dent estaba enfadado porque el ruido del tiroteo le despertaba continuamente.

Con cuidado de no despertar a Fenchurch, que seguía durmiendo a pierna suelta, salió de la escotilla de mantenimiento que habían convertido en una especie de dormitorio, bajó por la escala de acceso y empezó a vagar de mal humor por los pasillos.

Eran claustrofóbicos y estaban mal iluminados. La red del alumbrado emitía un zumbido molesto.

Pero eso no era.

Se detuvo y se echó atrás mientras un taladro pasaba volando a su lado por el oscuro pasillo con un chirrido desagradable, golpeando de cuando en cuando contra las paredes como una abeja despistada.

Eso tampoco era.

Trepó por un escotillón y se encontró en un pasillo más ancho. Al fondo se elevaba un humo acre, de modo que caminó en dirección contraria.

Llegó a un monitor de observación empotrado en la pared tras una placa de plástico duro pero muy arañado.

–¿Quieres bajarlo, por favor? –pidió a Ford Prefect.

El natural de Betelgeuse estaba en cuclillas frente al monitor en medio de un montón de cintas y aparatos de vídeo que había cogido de un escaparate de Tottenham Court Road previo lanzamiento de un ladrillo de reducidas dimensiones, así como de un desagradable amasijo de latas de cerveza vacías.

—¡Chsss! –siseó Ford, mirando con frenética atención la pantalla. Estaba viendo *Los siete magníficos*.

—Solo un poco –insistió Arthur.

—¡No! –gritó Ford–. ¡Ahora viene lo bueno! ¡Escucha, por fin he logrado resolverlo todo, niveles de voltaje, línea de conversión, todo, y ahora viene lo bueno!

Suspirando y con dolor de cabeza, Arthur se sentó a su lado y vio la parte buena. Escuchó tan plácidamente como pudo los gritos e interjecciones de Ford.

—Ford –dijo al fin, cuando terminó la película y Ford estaba buscando *Casablanca* entre un montón de cintas–, ¿cómo es que...?

—Esta es la más grande –repuso Ford–. Por ella es por la que he vuelto. ¿Te das cuenta de que nunca la he visto entera? Siempre me he perdido el final. Volví a ver la mitad la noche antes de la llegada de los vogones. Cuando demolieron la Tierra pensé que nunca volvería a verla. Oye, a propósito, ¿qué paso con todo eso?

—La vida –explicó Arthur, cogiendo una cerveza de un paquete de seis.

—Ya estamos otra vez con lo mismo. Pensé que sería algo así. Prefiero esto –indicó cuando el bar de Rick salió en la pantalla–. ¿Cómo es que qué?

—¿Qué?

—Habías empezado a decir: «¿Cómo es que...?».

—¿Cómo es que te pones tan grosero con lo de la Tierra que...?; bueno, olvídalo, vamos a ver la película.

—Exactamente –apostilló Ford.

40

Queda poco por decir.

Más allá de lo que se conocía como los Infinitos Campos Luminosos de Flanux hasta que los Grises Feudos Vinculantes de Saxaquine se descubrieron tras ellos, se hallan los Grises Feudos Vinculantes de Saxaquine.

En el interior de los Grises Feudos Vinculantes de Saxaquine se encuentra la estrella Zarss, en torno a cuya órbita gira el planeta Preliumtarn, donde está la tierra de Sevorbeupstry, y allí fue donde Arthur y Fenchurch llegaron al fin, un poco cansados del viaje.

Y en el país de Sevorbeupstry llegaron a la Gran Llanura Roja de Rars, que limita al sur con la sierra de Quentulus Quazgar, en cuyo extremo más apartado, según las últimas palabras de Prak, encontrarían el Mensaje Final de Dios a Su Creación escrito en letras de nueve metros de altura.

Según Prak, si es que la memoria de Arthur le hacía justicia, el lugar estaba guardado por el Lajestic Vantrashell de Lob, lo que, en cierto modo, resultó ser así. Era un hombrecillo con un extraño sombrero que les vendió una entrada.

–Sigan a la izquierda, por favor, sigan a la izquierda –les dijo, pasando deprisa delante de ellos con un pequeño scooter.

Comprendieron que no eran los primeros en hollar aquel camino, pues el sendero que conducía a la izquierda de la Gran Llanura estaba muy gastado y salpicado de casetas. En una compraron una caja de dulces horneados en una cueva de la montaña alimentada por el fuego de las letras que formaban el Mensaje Final de Dios a Su Creación. En otra compraron unas postales. Las letras se habían oscurecido con un aerógrafo «¡para no estropear la Gran Sorpresa!», según se afirmaba en el reverso.

–¿Sabe usted qué dice el Mensaje? –preguntaron a la marchita anciana de la caseta.

–¡Pues claro! –trinó alegremente la anciana–. ¡No faltaba más! Les hizo señas de que siguieran.

Cada treinta y cinco kilómetros más o menos había una pequeña cabaña de piedra con duchas e instalaciones sanitarias, pero el camino era duro y el sol pegaba fuerte en la Gran Llanura Roja, de la que se levantaban ondas de calor.

–¿Se pueden alquilar unos de esos pequeños scooters? –preguntó Arthur en una de las casetas más grandes–. Como el que tiene Lajestic Ventraloquesea.

–Los scooters no son para los devotos –dijo la menuda señora que atendía el puesto de helados.

–Bueno, entonces es muy fácil –repuso Fenchurch–. Nosotros no somos muy devotos. Solo nos interesa ver.

–En ese caso, deben dar la vuelta ahora –replicó, severa, la menuda señora.

Cuando dudaron, les vendió un par de sombreros del Mensaje Final y una instantánea que les habían hecho estrechamente abrazados en la Gran Llanura Roja de Rars.

Bebieron unos refrescos a la sombra de la caseta y luego prosiguieron la penosa marcha bajo el sol.

–Quedan pocos puestos de helados –observó Fenchurch tras unos cuantos kilómetros más–. Podemos seguir hasta la siguiente caseta, o volver a la anterior, que está más cerca; pero eso significa que tendremos que volver a recorrer el mismo camino.

Observaron la distante mancha negra que parpadeaba en la calima; miraron a su espalda. Decidieron seguir adelante.

Entonces descubrieron que no solamente no eran los primeros que hollaban aquel camino, sino que tampoco eran los únicos que lo hacían.

Un poco más adelante una figura de andares torpes se arrastraba miserablemente por el camino, tambaleándose, medio cojeando, casi reptando.

Avanzaba tan despacio que no tardaron mucho en alcanzar a la criatura, que era de metal gastado, abollado y retorcido.

Les gruñó cuando se aproximaban, derrumbándose en el seco polvo ardiente.

–Tanto tiempo –gimió–, tanto tiempo. Y dolor también, tanta pena, y tanto tiempo para sufrirlo. Quizá pudiese aguantar uno u otra, aparte. Pero ambas cosas a la vez me matan. ¡Vaya, tú otra vez! ¡Hola!

–¿Marvin? –dijo bruscamente Arthur, agachándose a su lado–. ¿Eres tú?

–Tú siempre tenías una pregunta superinteligente que hacer, ¿verdad? –gimió la vieja armadura del robot.

–¿Qué es esto? –murmuró alarmada Fenchurch, agachándose detrás de Arthur y asiéndole del brazo.

–Es una especie de viejo amigo –contestó Arthur–. Yo...

–¡Amigo! –graznó miserablemente el robot.

La palabra se perdió en una especie de crujido, y flecos de óxido cayeron de su boca.

–Tendrás que disculparme mientras intento recordar el significado de esa palabra. Mis bancos de memoria ya no son lo que eran, ¿sabes?, y toda palabra que cae en desuso durante algunos millones de años tiene que trasladarse al soporte auxiliar de memoria. ¡Ah, ya viene!

La baqueteada cabeza del robot se elevó un poco, bruscamente, como si recordara.

—Hummm, qué concepto tan extraño.

Meditó un poco más.

—No —dijo al fin—. Me parece que nunca me he topado con ninguno. Lo siento, en eso no puedo ayudarte.

Se arañó patéticamente una rodilla en el polvo y luego trató de volverse apoyándose en sus deteriorados codos.

—¿Hay, quizá, algún último servicio que pueda prestarte? —inquirió con una especie de hueco castañeteo—. ¿Un trozo de papel que quisieras que recogiera por ti? ¿O quizá abrir una puerta?

Alzó la cabeza, que rechinó en los oxidados cojines del cuello, y pareció escrutar el lejano horizonte.

—De momento no parece que haya puertas cercanas, pero estoy seguro de que si esperamos lo suficiente, terminarán poniendo alguna —anunció girando despacio la cabeza para ver a Arthur—. Podría abrirla para ti. Estoy muy acostumbrado a servir, ¿sabes?

—¿Qué le has hecho a esta pobre criatura, Arthur? —le susurró bruscamente Fenchurch al oído.

—Nada, siempre está así... —insistió Arthur con tristeza.

—¡Ja! —soltó Marvin, que repitió—: ¡Ja! ¿Qué sabes tú de «siempre»? ¿Me dices «siempre» a mí, que, debido a los estúpidos recaditos que las formas de vida orgánica como tú me mandáis hacer a través del tiempo, soy treinta y siete veces más viejo que el Universo mismo? Elige tus palabras con un poco más de tacto y cuidado.

Tosió con un chirrido áspero y prosiguió:

—Olvídame, sigue adelante y deja que continúe penosamente mi camino. Por fin ya casi ha llegado mi hora. Mi carrera llega a su meta. Espero —añadió, agitando débilmente un dedo roto— llegar el último. Sería lo adecuado. Aquí me tienes, con un cerebro del tamaño de...

Entre los dos le incorporaron a pesar de sus débiles protestas e insultos. El metal estaba tan caliente que casi se quemaron los dedos, pero el robot pesaba sorprendentemente poco, y renqueaba fláccido entre sus brazos.

Lo llevaron por el camino que se extendía a la izquierda de la

Gran Llanura Roja de Rars hacia la sierra circular de Quentulus Quazgar.

Arthur pretendió dar explicaciones a Fenchurh, pero los dolientes desvaríos cibernéticos de Marvin se lo impidieron.

Intentaron ver si en una de las casetas había alguna pieza de repuesto y aceite suavizante, pero Marvin se negó.

—Todo yo soy piezas de repuesto —repetía monótonamente. »¡Dejadme en paz! —gimió.

»Cada parte de mí —se lamentó— se ha reemplazado por lo menos cincuenta veces..., salvo... —Por un momento pareció animarse de manera casi imperceptible. Su cabeza oscilaba entre los dos con el esfuerzo que hacía por recordar. Al fin dijo a Arthur—: ¿Recuerdas la vez que me conociste? Me habían encomendado la extenuante tarea intelectual de subirte al puente. Te mencioné que me dolían terriblemente todos los diodos del lado izquierdo. Y te dije que había pedido que me pusieran otros pero nunca lo hicieron.

Hizo una larga pausa antes de proseguir. Lo llevaban entre los dos, bajo el sol achicharrante que parecía que nunca iba a moverse, ni mucho menos, a ponerse.

—A ver si adivinas qué partes de mí no se han reemplazado nunca —desafió Marvin cuando consideró que la pausa ya había sido lo suficientemente embarazosa—. Vamos, a ver si lo adivinas.

»¡Ufff! —añadió—. ¡Uf, uf, uf, uf, uf!

Finalmente llegaron a la última caseta, sentaron a Marvin entre los dos y descansaron a la sombra. Fenchurch compró unos gemelos para Russell con incrustaciones de guijarros pulidos de la sierra de Quentulus Quazgar, recogidos justo debajo de las letras de fuego en que estaba escrito el Mensaje Final de Dios a Su Creación.

Arthur hojeó una pequeña hilera de folletos religiosos que había en el mostrador: breves meditaciones sobre el significado del Mensaje.

—¿Lista? —preguntó a Fenchurch, que asintió.

Levantaron a Marvin entre los dos.

Rodearon el pie de la sierra de Quentulus Quazgar, y a lo largo del pico de una montaña vieron el Mensaje escrito con letras llameantes. Había un pequeño puesto de observación con una barandilla que cercaba la gran roca delantera, desde donde se divisaba un buen panorama. Había un pequeño telescopio de monedas para ver el Mensaje con detalle, pero nadie lo utilizaba porque las letras ardían con el divino brillo de los cielos y, si se veían con un telescopio, dañaban gravemente la retina y el nervio óptico.

Contemplaron maravillados el Mensaje Final de Dios, y poco a poco, inefablemente, recibieron una inmensa sensación de paz y de absoluto y definitivo conocimiento.

–Sí –dijo Fenchurch, suspirando–. Era eso.

Llevaban contemplándolo durante diez minutos enteros cuando se dieron cuenta de que Marvin, derrumbado entre sus hombros, tenía problemas. El robot ya no podía levantar la cabeza, no había leído el Mensaje. Le incorporaron, pero se quejó de que sus circuitos de visión habían dejado de funcionar casi por completo.

Encontraron una moneda y le ayudaron a llegar al telescopio. Se lamentó y los insultó, pero le ayudaron a ver las letras, una a una. La primera era una «n», la segunda y la tercera una «o» y una «s». Luego había un hueco. Después venían una «e», una «x», una «c», una «u» y una «s».

Marvin hizo una pausa para descansar.

Tras unos momentos prosiguió y leyó la «a», la «m», la «o» y la «s».

Las dos palabras siguientes eran «por» y «todas». La última era más larga, y Marvin necesitó descansar de nuevo antes de enfrentarse con ella.

Empezaba con «l», y seguía con «a» y «s». A continuación venía «m» y «o», seguidas de «l» y «e», y luego una «s».

Tras una pausa final, Marvin hizo acopio de fuerzas para el último tramo.

Leyó la «t», la «i», la «a» y, por último, la «s», antes de derrumbarse otra vez en brazos de Arthur y Fenchurch.

–Creo –murmuró al fin, con una voz que le salía de su corroído y rechinante tórax–, que esto me ha sentado muy bien.

Las luces de sus ojos se apagaron definitivamente y por última vez, para siempre.

Afortunadamente, cerca había una caseta donde unos individuos con alas verdes alquilaban scooters.

Nos excusamos por todas las molestias.

144

EPÍLOGO

Uno de los mayores benefactores de todas las formas de vida era un hombre que no podía concentrarse en el trabajo que tenía entre manos.

¿Brillante?

Desde luego.

¿Uno de los principales ingenieros genéticos de su generación y de cualquier otra, incluido un montón de los que él mismo había diseñado?

Sin duda alguna.

El problema consistía en que tenía demasiado interés en cosas a las que no debería prestar atención, al menos *ahora mismo* no, tal como le diría mucha gente.

Asimismo, y en parte debido a ello, era de disposición bastante irritable.

De modo que cuando amenazaron su mundo unos terribles invasores procedentes de un planeta lejano, que aún se encontraban a mucha distancia pero que viajaban deprisa, él, Blart Versenwald III (no se llamaba así, lo que no tiene mucha importancia, pero sí mucho interés porque..., bueno, ese era su nombre y ya diremos más adelante por qué resulta interesante), fue encerrado bajo vigilancia por los dirigentes de su raza con instrucciones para diseñar una especie de superguerreros fanáticos que resistieran y venciesen a los terribles invasores, ordenándole que lo hiciera pronto y aconsejándole: «¡Concéntrate!».

Así que se sentó frente a la ventana, contempló el césped veraniego y se dedicó a diseñar con afán; pero inevitablemente había cosas que le distraían un poco, y cuando los invasores entraron prácticamente en órbita alrededor de su mundo, había inventado una nueva especie de supermosca que, sin ayuda, podía entrar volando por la apertura de una ventana entreabierta, con un interruptor para los niños. Los festejos de tan notable descubrimiento parecían destinados a una breve vida, debido a la inminencia de la catástrofe: las naves extranjeras aterrizando. Pero, sorprendentemente, los temidos invasores que, como la mayoría de las razas guerreras, solo andaban revueltos porque no podían arreglar los asuntos domésticos, quedaron asombrados por los extraordinarios descubrimientos de Versenwald, se unieron a las celebraciones y se los convenció para que firmasen una amplia serie de convenios comerciales y un programa de intercambio cultural. Y, en asombrosa contradicción con la norma habitual en el desarrollo de tales asuntos, todo el mundo interesado vivió feliz a partir de entonces.

Esta historia tenía una moraleja, pero de momento se le ha escapado al cronista.

Informe sobre la Tierra: fundamentalmente inofensiva

A Ron

Con sincero agradecimiento a Sue Freestone
y Michael Bywater por su apoyo,
ayuda e insultos constructivos

Todo lo que ocurre, ocurre.

Todo lo que, al ocurrir, origina otra cosa,
hace que ocurra algo más.

Todo lo que, al ocurrir, vuelve a originarse,
ocurre de nuevo.

Aunque todo ello no ocurre necesariamente
en orden cronológico.

1

La historia de la Galaxia se ha vuelto un poco confusa por una serie de motivos. En parte porque los que intentan seguirle la pista andan un poco perplejos, pero también porque de todos modos han ocurrido cosas muy desconcertantes.

Una de las complicaciones se refiere a la velocidad de la luz y a los consiguientes obstáculos para rebasarla. Es imposible. Nada viaja más deprisa que la velocidad de la luz con la posible excepción de las malas noticias, que obedecen a sus propias leyes particulares. Los habitantes de Hingefreel, de Arkintoofle Menor, trataron de construir naves impulsadas por malas noticias, pero no les salió muy bien y, cuando llegaban a algún sitio donde realmente no tenían nada que hacer, solían dispensarles un recibimiento de lo más desagradable.

De manera que, en general, los pueblos de la Galaxia acabaron empantanados en sus propias confusiones locales y, durante mucho tiempo, la historia de la Galaxia tuvo un carácter marcadamente cosmológico.

Ello no quiere decir que no fuesen emprendedores. Intentaron enviar naves a lugares remotos, con fines guerreros o comerciales, pero normalmente tardaban miles de años en llegar. Y cuando finalmente alcanzaban su destino, ya se habían descubierto otros medios de viajar que sorteaban la velocidad de la luz a través del hiperespacio, de modo que las batallas a las que habían enviado las flotas menos veloces que la luz ya estaban dirimidas desde hacía siglos.

161

Eso no impedía, desde luego, que sus tripulaciones quisieran librarlas a toda costa. Estaban entrenadas y dispuestas, habían dormido un par de milenios, venían desde muy lejos a cumplir una dura misión, y por Zarquon que la cumplirían.

Entonces fue cuando se produjeron las primeras confusiones importantes de la historia de la Galaxia, con guerras que volvían a estallar siglos después de que las cuestiones por las que al parecer se habían suscitado ya estuvieran arregladas. No obstante, tales confusiones no eran nada comparadas con las que los esforzados historiadores tenían que resolver una vez descubiertos los viajes a través del tiempo, cuando empezaron a *pre*-estallar guerras cientos de años antes de que se produjeran siquiera los contenciosos. Cuando apareció la Propulsión de la Improbabilidad Infinita y planetas enteros empezaron inesperadamente a volverse completamente majaras, la gran Facultad de Historia de la Universidad de Maximégalon acabó por tirar la toalla, cerrando sus puertas y cediendo sus edificios a la Facultad conjunta de Teología y Waterpolo, que experimentaba un rápido crecimiento y desde hacía años andaba tras ellos.

Eso está muy bien, desde luego, pero casi con toda seguridad significa que nadie sabrá exactamente, por ejemplo, de dónde procedían los grebulones ni qué pretendían. Y es una pena, porque si nadie hubiera sabido nada de ellos es posible que se hubiera evitado una catástrofe de lo más terrible; o al menos hubiera ocurrido de un modo diferente.

Clic, hum.
La enorme nave gris de reconocimiento de los grebulones viajaba en silencio por el negro vacío. Iba a una velocidad fabulosa, de vértigo, pero frente al destellante marco de billones de estrellas remotas parecía no moverse en absoluto. No era más que una mota oscura, fija sobre una noche infinita de brillantes granulaciones.

A bordo de la nave, todo seguía como desde hacía milenios: profundamente oscuro y silencioso.

Clic, hum.

Bueno, casi todo.

Clic, clic, hum.

Clic, hum, clic, hum, clic, hum.
Clic, clic, clic, clic, clic, hum.
Hummm.

Un programa de control de nivel bajo despertó a un programa de control de nivel ligeramente superior en las profundidades del semisoñoliento cibercerebro de la nave y le informó de que siempre que emitía un *clic* lo único que recibía era un *hum*.

El programa de control de nivel superior preguntó qué tenía que recibir, y el programa de control de nivel bajo contestó que no lo recordaba exactamente, pero probablemente una especie de suspiro lejano y satisfecho, ¿no? Ignoraba qué era ese *hum*. *Clic, hum, clic, hum*. Eso era lo único que recibía.

El programa de control de nivel superior consideró la respuesta y no le gustó. Preguntó al programa de control bajo qué era lo que estaba supervisando, y el programa de control de nivel bajo contestó que tampoco se acordaba, solo que era algo que debía hacer *clic* y suspirar cada diez años o así, lo que normalmente ocurría sin falta. Había intentado consultar su tabla de comprobación de errores pero no la encontró, por lo que comunicó el problema al programa de control de nivel superior.

El programa de control de nivel superior fue a consultar una de sus tablas de comprobación de errores para averiguar qué debía supervisar el programa de control de nivel bajo.

No la encontró.

Qué raro.

Volvió a mirar. Solo recibió un mensaje de error. Intentó comprobar el mensaje de error en su tabla de comprobación de mensajes de error pero tampoco la encontró. Volvió a repetir la operación, dejando pasar unos nanosegundos. Luego despertó a su control funcional de sector.

El control funcional de sector detectó problemas evidentes. Llamó a su agente supervisor, que también tropezó con dificultades. Al cabo de unas cuantas millonésimas de segundo, circuitos virtuales que habían estado inactivos, unos durante años, otros siglos, empezaron a dar señales de vida por toda la nave. En alguna parte había algo que iba horriblemente mal, pero ninguno de los programas de control sabía de qué se trataba. En todos los niveles faltaban las instrucciones fundamentales, pero las directrices sobre qué hacer en caso de descubrir que faltaban instrucciones fundamentales también faltaban.

Pequeños módulos de soporte magnético –agentes– aparecieron en todas las pistas lógicas, agrupándose, celebrando consultas, volviendo a agruparse. Rápidamente establecieron que toda la memoria de la nave, hasta el mismo módulo de misión central, estaba hecha un pingajo. Por muchas indagaciones que se hicieron, no pudo determinarse lo que había sucedido. Incluso el módulo de misión central parecía averiado.

Lo que hizo que el problema pudiera abordarse de la forma más sencilla: cambiando el módulo de misión central. Había otro, una copia de seguridad, duplicado exacto del original. Debía sustituirse físicamente porque, por motivos de seguridad, no podía realizarse interconexión alguna entre el original y la copia. Una vez sustituido, el módulo de misión central se encargaría de supervisar la reconstrucción del resto del sistema hasta el último detalle, y todo marcharía bien.

Los robots recibieron órdenes de sacar de la cámara acorazada, donde se guardaba, la copia de seguridad del módulo de misión central para instalarla en la cámara lógica de la nave.

Ello supuso un largo intercambio de códigos y protocolos de emergencia mientras los robots interrogaban a los agentes sobre la autenticidad de las instrucciones. Los robots quedaron al fin satisfechos, todos los procedimientos eran correctos. Desembalaron el módulo de misión central, lo sacaron de la cámara de almacenamiento, se cayeron de la nave y se precipitaron vertiginosamente en el vacío.

Lo que dio la primera pista importante de lo que andaba mal.

Nuevas investigaciones dejaron pronto aclarado lo que había sucedido. Un meteorito había chocado con la nave, produciendo un enorme agujero. La nave no lo había detectado antes porque el meteorito se estrelló precisamente en la parte que contenía el equipo de proceso de datos que debía detectar si algún meteorito entraba en colisión con la nave.

Lo primero que había que hacer era tratar de cerrar el agujero. Resultó imposible, porque los sensores de la nave fueron incapaces de localizarlo y los controles que debían indicar cualquier fallo en los sensores no funcionaban como era debido y repetían que los sensores marchaban perfectamente. La nave solo podía deducir la existencia de una cavidad por el hecho evidente de que los robots se habían caído por un agujero, llevándose con ellos el cerebro de repuesto que hubiera permitido detectarlo.

La nave trató de pensar lógicamente, fracasó y se quedó un rato completamente en blanco. No se dio cuenta de que se había quedado en blanco, claro está, porque se había quedado en blanco. Solo se sorprendió al ver brincar las estrellas. Al tercer salto de estrellas, la nave comprendió al fin que debía haberse quedado en blanco, y que ya era hora de tomar alguna decisión seria.

Se tranquilizó.

Entonces se dio cuenta de que aún no había tomado ninguna decisión seria y le entró pánico. Volvió a quedarse en blanco otro rato. Cuando volvió a activarse, cerró todos los mamparos en torno a la zona donde suponía que estaba el agujero.

Evidentemente aún no había llegado a su destino, pensó con vacilación, pero como ya no tenía la menor idea del sitio adonde se dirigía ni de cómo llegar, le pareció que no tenía mucho sentido seguir. Consultó los pocos fragmentos de instrucciones que pudo reconstruir del pingajo de su módulo de misión central.

–Su !!!!! !!!!! !!!!! misión anual es !!!!! !!!!! !!!!!,!!!!,!!!!! !!!!! !!!!! !!!!!, aterrizar !!!!! !!!!! !!!!! !!!!! a distancia prudencial !!!!! !!!!! vigilar !!!!! !!!!! !!!!!...

Lo demás era una auténtica basura.

Antes de quedarse en blanco permanentemente, la nave debía transmitir dichas instrucciones, tal como estaban, a sus sistemas auxiliares más primitivos.

Además, tenía que revivir a toda la tripulación.

Había otro problema. Mientras la tripulación estaba en hibernación, la mente de todos sus miembros, sus recuerdos, identidades y comprensión de lo que habían ido a hacer, se había trasladado al módulo de misión central de la nave para que todo ello se mantuviera en las debidas condiciones de seguridad. Los miembros de la tripulación no iban a tener la menor idea de quiénes eran ni de qué estaban haciendo allí. Vaya, hombre.

Poco antes de quedarse definitivamente en blanco, la nave se percató de que los motores también estaban cediendo.

La nave y su revivida y confusa tripulación siguieron navegando bajo el control de los sistemas automáticos auxiliares, que simplemente tendían a aterrizar siempre que encontraban tierra y a vigilar todo lo que estuviese a su alcance.

En cuanto a lo de encontrar algún sitio donde aterrizar, no se les dio muy bien. El planeta que encontraron era frío y desolado, tan dolorosamente lejos del sol que debía calentarlo que, para hacerlo parcialmente habitable, fueron necesarios todos los mecanismos Ambient-O-Forma y los sistemas Sustent-O-Vida de que disponían. En las proximidades había planetas mejores, pero como el Estrateg-O-Mat estaba en modo Latente se decidieron por el planeta más lejano y discreto y, además, nadie podía oponerse salvo el Primer Oficial Estratégico de a bordo. Como en la nave todo el mundo había perdido la cabeza, nadie sabía quién era el Primer Oficial Estratégico ni, en caso de que hubieran podido identificarlo, cómo debía proceder para oponerse al Estrateg-O-Mat de la nave.

Pero en cuanto a lo de encontrar algo que vigilar, dieron con una verdadera mina.

2

Una de las cosas extraordinarias de la vida es la clase de sitios donde está dispuesta a prosperar. En cualquier lugar donde pueda encontrar cierta especie de asidero. Ya sea en los embriagadores mares de Santraginus V, donde parece que a los peces les importa un bledo saber en qué dirección nadan, o en las tormentas de fuego de Frastra, donde, según dicen, la vida empieza a los 40.000 grados, o bien ahondando en el intestino delgado de una rata simplemente por puro placer, la vida siempre encuentra un medio de aferrarse a alguna parte.

Y existirá vida incluso en Nueva York, aunque es difícil saber por qué. En invierno la temperatura cae bastante por debajo del mínimo legal o, mejor dicho, así sería si alguien tuviera el sentido común de establecer un mínimo legal. La última vez que elaboraron una lista de las cien cualidades más destacadas del carácter de los neoyorquinos, el sentido común ocupaba el puesto setenta y nueve.

En verano hace demasiado calor. Una cosa es pertenecer a una forma de vida que prospera con el calor y considera, como los frastrianos, que una fluctuación entre 40.000 y 40.004 representa una temperatura estable, y otra muy distinta ser la especie de animal que tiene que envolverse en montones de otros animales en un punto de su órbita planetaria, para luego encontrarse, media órbita después, con que la piel se le está llenando de ampollas.

La primavera está sobrevalorada. Muchos habitantes de Nueva

York parlotean exageradamente sobre los placeres de la primavera, pero si conocieran realmente los mínimos placeres de esa estación sabrían por lo menos de cinco mil novecientos ochenta y tres sitios mejores que Nueva York para pasar la primavera, y solo en la misma latitud.

El otoño, sin embargo, es lo peor. Pocas cosas son peores que el otoño en Nueva York. Algunas de las formas de vida que habitan en los intestinos delgados de las ratas no estarían de acuerdo, pero como en cualquier caso la mayoría de las cosas que viven en el intestino delgado de las ratas son desagradables, su opinión puede y debe descontarse. En otoño, en Nueva York el aire huele a fritanga de cabra, y si se es muy aficionado a respirar, lo mejor es abrir una ventana y meter la cabeza dentro de un edificio.

A Tricia McMillan le encantaba Nueva York. No dejaba de repetírselo. La parte alta del West Side. Sí. El centro. Vaya, menudas tiendas. SoHo. East Village. Ropa. Libros. Sushi. Comida italiana. Comestibles finos. ¡Ah!

Cine. ¡Ah!, otra vez. Tricia acababa de ver la última película de Woody Allen, que trataba de la angustia de ser neurótico en Nueva York. Ya había hecho un par de ellas que exploraban el mismo tema y Tricia se preguntaba si alguna vez se le había ocurrido marcharse a vivir a otro sitio, pero le dijeron que era totalmente contrario a la idea. Así que, más películas, pensó ella.

A Tricia le encantaba Nueva York porque el hecho de que a uno le gustara esa ciudad suponía una buena oportunidad de ascenso profesional. Buena oportunidad para comprar y comer bien, no tan buena para coger un taxi ni disfrutar de aceras de gran calidad, pero indudablemente era una buena baza profesional que se contaba entre las mejores y de primer orden. Tricia era un personaje central de la televisión, una presentadora, y Nueva York era donde se centraba la mayor parte de la televisión mundial. Hasta entonces, Tricia había desarrollado su actividad de presentadora principalmente en Gran Bretaña: noticias regionales, luego el telediario del desayuno y después el primero de la noche. Si el lenguaje lo permitiera, podría habérsela denominado un personaje central en rápida ascensión, pero..., bueno, hablamos de televisión, así que no importa. Era un personaje en rápida ascensión. Tenía lo necesario: una cabellera espléndida, profundo conocimiento estratégico del jarabe de pico, inteligencia para comprender el mundo y una leve y secreta indiferencia interior que revelaba un total desapego. A todo el mundo le llega el momento de la gran oportunidad de su vida. Si se deja perder la que de verdad interesa, todo lo demás resulta misteriosamente fácil. Tricia solo había perdido una oportunidad. Por entonces, al pensar en ello ya no se ponía a temblar tanto como antes. Suponía que esa pequeña parte de ella era lo que se había apagado. La NBS necesitaba una nueva presentadora. Mo Minetti iba a tener un hijo y dejaba el programa matinal *US/AM*. Le habían ofrecido una cantidad de dinero capaz de volver tarumba a cualquiera para que diese a luz durante el programa pero, contra todo pronóstico, se negó por motivos de buen gusto e intimidad personal. Equipos de abogados de la NBS pasaron su contrato por un tamiz para ver si dichos motivos eran legítimos, pero al final, de mala gana, tuvieron que dejarla marchar. Eso les resultó especialmente mortificante, porque «dejar marchar a alguien de mala gana» era una expresión que fácilmente podían aplicarles a ellos.

Se decía que, a lo mejor, quizá no viniera mal un acento inglés. El pelo, el tono de piel y la ortodoncia tenían que estar a la altura de una cadena de televisión norteamericana, pero había un montón de acentos británicos dando gracias a sus madres por los Oscar o cantando en Broadway, y cierto público insólitamente numeroso prendido de acentos británicos con peluca en el Masterpiece Theatre. Acentos británicos contaban chistes sobre David Letterman y Jay Leno. Nadie entendía los chistes pero todos respondían muy bien al acento, así que, a lo mejor, quizá fuese el momento. Un acento británico en *US/AM*. Bueno, venga.

Por eso estaba allí Tricia. Por eso el hecho de que le encantase Nueva York era una espléndida oportunidad profesional.

Esa no era, desde luego, la razón oficial. Su emisora de televisión en el Reino Unido no se habría hecho cargo del billete de avión ni de la factura del hotel para que ella fuese a buscar trabajo a Manhattan. Y como quería un salario diez veces superior al que ahora recibía, quizá hubiesen considerado que era ella quien debía correr con sus propios gastos. Pero Tricia inventó una historia, encontró un pretexto, tuvo muy callado todo lo demás y la emisora se hizo cargo del viaje. Billete de clase turista, claro está, pero era una cara conocida y, sonriendo, logró un asiento en preferente. Las gestiones adecuadas le consiguieron una estupenda habitación en el Brentwood y allí estaba, pensando qué debía hacer a continuación.

Una cosa eran los rumores y otra establecer contacto. Tenía un par de nombres, un par de números, pero la hicieron esperar indefinidamente un par de veces y ya estaba de nuevo en el punto de partida. Hizo sondeos, dejó recados, pero hasta el momento no había recibido contestación. El trabajo que había venido a hacer lo despachó en una mañana; el trabajo imaginario que buscaba solo brillaba tentadoramente en un horizonte inalcanzable.

Mierda.

Tomó un taxi a la salida del cine para volver al Brentwood. El taxi no pudo arrimarse a la acera porque una enorme limusina ocupaba todo el espacio disponible y Tricia tuvo que apretarse contra ella para pasar. Dejó atrás el aire fétido a cabra frita y entró en el vestíbulo, fresco y agradable. El fino algodón de la blusa se le pegaba como mugre a la piel. Tenía el pelo como si lo hubiera comprado en una verbena pegado a un palito. En recepción preguntó si tenía algún recado, con la sombría impresión de que no habría ninguno. Pero sí había.

Vaya...

Bien.

Había dado resultado. Tenía que haber ido al cine solo para que sonara el teléfono. No podía quedarse sentada en la habitación de un hotel, esperando.

Se preguntó si debía abrir el recado allí mismo. Le picaba la ropa y ansiaba quitársela y tumbarse en la cama. Había puesto el aire acondicionado en la posición más baja de temperatura y en la más alta de ventilador. En aquel momento, lo que más le apetecía en el mundo era tener carne de gallina. Una ducha caliente, luego una ducha fría y después tumbarse sobre una toalla de nuevo en la cama, para secarse con el aire acondicionado. Luego leería el recado. Quizá más piel de gallina. A lo mejor, toda clase de cosas.

No. Su mayor deseo era un trabajo en la televisión norteamericana con un sueldo diez veces superior al que ahora tenía. Lo que más deseaba en el mundo ya no era una cuestión vital.

Se sentó en una butaca del vestíbulo, bajo una kentia, y abrió el sobre con ventana de celofán.

«Llama, por favor», decía el recado. «No estoy satisfecha», y daba un número. El nombre era Gail Andrews.

Gail Andrews.

No era el nombre que esperaba. La cogió desprevenida. Lo reconoció, pero de momento no supo por qué. ¿Era la secretaria de Andy Martin? ¿La ayudante de Hilary Bass? Martin y Bass eran las dos llamadas de contacto principales que había hecho, o intentado hacer, a la NBS. ¿Y qué significaba aquello de «No estoy satisfecha»? ¿«No estoy *satisfecha*»?[1]

Estaba absolutamente perpleja. ¿Era Woody Allen, que trataba de ponerse en contacto con ella con un nombre supuesto? El número llevaba el prefijo 212. Así que era una mujer que vivía en Nueva York. Y no estaba satisfecha. Bueno, eso reducía un poco las posibilidades, ¿no?

Volvió a dirigirse al recepcionista.

–No entiendo este recado que acaba de entregarme –le dijo–. Una persona que no conozco ha intentado llamarme y asegura que no está satisfecha.

El recepcionista examinó la nota con el ceño fruncido.

–¿Conoce a esta persona? –inquirió.

–No –contestó Tricia.

–Hummm –repuso el recepcionista–. Parece que no está satisfecha por algo.

–Sí.

–Aquí hay un nombre. Gail Andrews. ¿Conoce a alguien que se llame así?

–No.

–¿Tiene alguna idea de por qué no está satisfecha?

–No –contestó Tricia.

–¿Ha llamado a ese número? Aquí hay un número.

–No. Acaba usted de darme la nota. Solo intento recabar más información antes de llamar. Quizá podría hablar con la persona que cogió la llamada.

–Hummm –dijo el recepcionista, estudiando la nota atentamente–. Me parece que no tenemos a nadie que se llame Gail Andrews.

–No, me parece muy bien –repuso Tricia–. Pero...

1. *Happy. (N. del T.)*

171

—Yo soy Gail Andrews.

La voz sonó a espaldas de Tricia. Se volvió.

—¿Cómo dice?

—Soy Gail Andrews. Me ha entrevistado usted esta mañana.

—Ya. Pues claro, santo cielo —dijo Tricia, un tanto aturdida.

—Hace horas que le dejé el recado. Como no me ha llamado, he venido. No quería que se me escapase.

—Ah, no. Desde luego —repuso Tricia, intentando zanjar el asunto cuanto antes.

—De eso no sé nada —anunció el recepcionista, para quien arreglar las cosas cuanto antes no era una cuestión decisiva—. ¿Quiere que le marque ahora este número?

—No, está bien, gracias —le contestó Tricia—. Ya me ocupo yo.

—Puedo llamar a esta habitación, si le sirve de ayuda —sugirió el recepcionista, mirando la nota de nuevo.

—No, no es necesario, gracias. Ese es el número de mi habitación. El recado era para mí. Creo que ya está arreglado.

—Pues que usted lo pase bien —concluyó el recepcionista.

Tricia no quería especialmente pasarlo bien. Estaba ocupada.

Tampoco quería hablar con Gail Andrews. Era muy estricta en lo que se refería a fraternizar con los cristianos. Sus colegas llamaban cristianos a los sujetos de sus entrevistas, y a veces se santiguaban cuando los veían entrar inocentemente en el estudio para enfrentarse con Tricia, sobre todo si sonreía afectuosamente enseñando los dientes.

Se volvió con una sonrisa petrificada, preguntándose qué hacer.

Gail Andrews era una mujer bien arreglada de unos cuarenta y cinco años. Llevaba ropa cara que, si bien dentro de los cánones permitidos por el buen gusto, se situaba claramente en el extremo más fluctuante de sus límites. Era astróloga, famosa y, si los rumores eran ciertos, bastante influyente; según decían, no era ajena a una serie de decisiones tomadas por el difunto presidente Hudson que iban desde qué sabor de nata montada tomar en qué día de la semana hasta si bombardear o no Damasco.

Tricia se había excedido un poco al atacarla. No en la cuestión de si las historias sobre el presidente eran ciertas, eso era agua pasada. En aquella época, Ms. Andrews negó rotundamente que hubiese aconsejado al presidente en asuntos que no fuesen personales, espirituales o dietéticos, lo que evidentemente no incluía el bombardeo de Damasco. («¡DAMASCO NO ES NADA PERSONAL!», clamó entonces la prensa sensacionalista.)

No, Tricia utilizó hábilmente un enfoque centrado en el tema general de la astrología. Ms. Andrews no había estado completamente preparada para eso. Por otro lado, Tricia no estaba enteramente preparada para un nuevo encuentro en el vestíbulo del hotel. ¿Qué hacer?

—Si necesita unos minutos, puedo esperarla en el bar —dijo Gail Andrews—. Pero me gustaría hablar con usted, y esta noche salgo de viaje.

Más que ofendida o furiosa, parecía un tanto inquieta por algo.

—Muy bien —contestó Tricia—. Déme diez minutos.

Subió a su habitación. Aparte de todo lo demás, confiaba tan poco en que el empleado de la recepción tuviese capacidad para ocuparse de algo tan complicado como dar un recado, que quiso asegurarse doblemente de que no tenía una nota debajo de la puerta. No sería la primera vez que los mensajes dados en recepción y los recibidos por debajo de la puerta fuesen completamente distintos.

No había ninguno.

Pero la señal luminosa del teléfono destellaba, indicando que tenía un recado.

Pulsó la tecla correspondiente y le contestó la telefonista del hotel, que le anunció:

—Tiene usted un recado de Gary Andress.

—¿Sí? —contestó Tricia. Era un nombre desconocido—. ¿Qué dice?

—Que no es hippy.

—¿No es *qué*?

—Hippy. Eso dice. Ese individuo dice que no es hippy. Supongo que quería hacérselo saber. ¿Quiere su número?

Cuando empezó a dictarle el número, Tricia comprendió de pronto que el recado no era sino una versión confusa del que acababan de darle.

—Muy bien, ya está —dijo—. ¿Hay más recados para mí?

—¿Número de habitación?

Tricia no comprendía por qué la telefonista le había preguntado el número de su habitación a aquellas alturas de la conversación, pero se lo dio de todas formas.

—¿Nombre?

–McMillan, Tricia McMillan.

Se lo deletreó, pacientemente.

–¿No míster MacManus?

–No.

–No hay más mensajes para usted.

Clic.

Tricia suspiró y volvió a marcar.

Esta vez le dio de entrada su nombre y el número de habitación. La telefonista no dio la menor señal de acordarse de que habían hablado menos de diez segundos antes.

–Estaré en el bar –explicó Tricia–. En el bar. Si tengo alguna llamada, ¿querría pasármela al bar, por favor?

–¿Nombre?

Lo repitieron un par de veces más hasta que Tricia tuvo la seguridad de que todo lo que podía estar claro lo estaba dentro de lo posible.

Se duchó, se cambió de ropa, se retocó el maquillaje con rapidez profesional y, mirando a la cama con un suspiro, volvió a salir de la habitación.

A punto estuvo de escabullirse y esconderse en algún sitio.

No. En realidad, no.

Mientras esperaba el ascensor, se miró en el espejo del pasillo. Tenía aspecto tranquilo y seguro, y si era capaz de engañarse a sí misma, podría engañar a cualquiera.

Para zanjar la cuestión, no tenía más remedio que ponerse desagradable con Gail Andrews. De acuerdo, se lo había hecho pasar mal. Lo siento, pero todos estamos en ese juego: esa clase de cosas. Ms. Andrews había aceptado la entrevista porque acababa de publicar un libro, y salir en televisión era publicidad gratis. Pero no había lanzamientos gratuitos. No, desechó esa argumentación.

Esto es lo que había pasado:

La semana anterior los astrónomos anunciaron que al fin habían descubierto un décimo planeta, más allá de la órbita de Plutón. Hacía años que lo buscaban, guiándose por determinadas anomalías orbitales de los planetas más lejanos, y ahora que lo habían encontrado estaban tremendamente satisfechos y todo el mundo se alegraba mucho, y así sucesivamente. El planeta recibió el nombre de Perséfone, pero enseguida le llamaron Ruperto, mote derivado del

174

loro de un astrónomo –en torno a esto había una historia aburrida y sensiblera–, y todo era maravilloso y encantador.

Por diversas razones, Tricia había seguido la historia con sumo interés.

Entonces, cuando intentaba encontrar una buena justificación para viajar a Nueva York a expensas de su compañía de televisión, leyó por casualidad una reseña periodística sobre Gail Andrews y su nuevo libro, *Tú y tus planetas*.

Gail Andrews no era exactamente un nombre conocido, pero en cuanto se mencionaba al presidente Hudson, nata montada y la amputación de Damasco (el mundo había avanzado desde los ataques quirúrgicos; en realidad, el nombre oficial había sido «Damascectomía», que significaba «extirpación» de Damasco), todo el mundo recordaba quién era.

Tricia vio en ello una idea interesante y se apresuró a convencer a su productor.

Desde luego, la idea de que unos peñascos gigantescos que giraban en el espacio estuvieran al corriente de algún aspecto desconocido del destino personal debía quedar bastante en entredicho por el hecho de que de repente apareciese por ahí un nuevo montón de piedras cuya existencia se ignoraba hasta entonces.

Debía invalidar algunos cálculos, ¿no?

¿Qué pasaba con todas aquellas cartas astrales, movimientos planetarios y demás? Todos sabíamos (claro está) qué ocurría cuando Neptuno estaba en Virgo y esas cosas, pero ¿qué ocurría cuando el ascendiente estaba en Ruperto? ¿Tendría que reconsiderarse toda la astrología? ¿No sería una buena ocasión para reconocer que no era sino un montón de bazofia para cerdos y dedicarse en cambio a la cría de esos animales, cuyos principios tenían cierta especie de fundamento racional? Si se hubiera conocido tres años antes la existencia de Ruperto, ¿habría degustado el presidente Hudson el sabor a moras los jueves en lugar de los viernes? ¿Seguiría Damasco en pie? Esa clase de cosas.

Gail Andrews se lo había tomado relativamente bien. Empezó a recuperarse del asalto inicial cuando cometió un error bastante grave: intentó librarse de Tricia hablando alegremente de arcos diurnos, de ascensiones completas y de los aspectos más abstrusos de la trigonometría tridimensional.

Descubrió pasmada que todo lo que le había largado a Tricia le venía de vuelta a mayor velocidad de la que ella era capaz de asimilar. Nadie había advertido a Gail que, para Tricia, ser una estrella de televisión constituía su segunda actividad en la vida. Tras el carmín Chanel, la *coupe sauvage* y las lentes de contacto azul claro había un cerebro que había logrado por sí solo, en una fase anterior y abandonada de su vida, una licenciatura *cum laude* en matemáticas y un doctorado en astrofísica.

Al entrar en el ascensor, Tricia, con cierta aprensión, se dio cuenta de que se había dejado el bolso en la habitación y dudó en volver por él. No. Probablemente estaba más seguro allí y no necesitaba nada en especial. Dejó que la puerta se cerrase tras ella.

Además, pensó con un profundo suspiro, si algo había aprendido en la vida era esto: *nunca* vuelvas por el bolso.

Al iniciar el descenso, contempló con atención el techo del ascensor. Quien no conociese bien a Tricia McMillan habría pensado que esa era exactamente la manera como a veces se levantan los ojos cuando se intenta contener las lágrimas. Pero estaba observando la minúscula cámara de seguridad montada en una esquina.

Un momento después salió del ascensor y, a paso bastante vivo, se dirigió de nuevo al mostrador de recepción.

–Bueno, voy a escribirlo –anunció– porque no quiero que haya ninguna confusión.

Escribió su nombre con letras mayúsculas, su número de habitación y «EN EL BAR», y tendió el papel al recepcionista, que lo examinó.

–Por si acaso hay algún mensaje para mí. ¿De acuerdo?

El recepcionista siguió mirando la nota.

–¿Quiere que vea si está en su habitación? –preguntó.

Dos minutos después cruzó la puerta giratoria del bar y se sentó junto a Gail Andrews, que estaba en la barra frente a una copa de vino blanco.

–Tenía la impresión de que era usted de las personas que prefieren sentarse en la barra en vez de discretamente a una mesa –le dijo.

Era cierto, y pilló a Tricia un poco de sorpresa.

—¿Vodka? —sugirió Gail.

—Sí —convino Tricia, recelosa. Apenas pudo reprimir la pregunta: «¿Cómo lo sabe?». Pero Gail se lo dijo de todos modos.

—He preguntado al barman —le explicó con una amable sonrisa. El barman ya le tenía preparado el vodka y, con un elegante movimiento, lo deslizó por la reluciente caoba.

—Gracias —dijo Tricia, removiendo bruscamente la copa.

No sabía cómo interpretar aquella repentina amabilidad, y decidió no dejarse confundir por ella. En Nueva York, la gente no era amable sin razón.

—Ms. Andrews —dijo en tono firme—. Lamento que no esté satisfecha. Probablemente pensará que esta mañana he sido un poco dura con usted, pero al fin y al cabo la astrología no es más que un pasatiempo popular, lo que está muy bien. Forma parte de la industria del espectáculo, le ha reportado a usted buenos beneficios, y eso es todo. Es divertido. Pero no es una ciencia, y no debemos confundir las cosas. Creo que eso es lo que hemos demostrado perfectamente esta mañana, al tiempo que entreteníamos al público, cosa con la que ambas nos ganamos la vida. Siento que no le haya parecido bien.

—Yo estoy completamente satisfecha —aseguró Gail Andrews.

—Ah —repuso Tricia, no del todo segura de cómo interpretar aquello—. En su recado decía que no estaba satisfecha.

—No. En mi mensaje decía que, en mi opinión, *usted* no estaba satisfecha y me preguntaba por qué.

Tricia tuvo la impresión de que le daban una patada en la nuca. Parpadeó.

—¿*Cómo*? —inquirió con voz queda.

—Tenía algo que ver con los astros. En nuestra discusión parecía usted muy enfadada e insatisfecha por algo relacionado con los astros y los planetas, y me quedé preocupada. Por eso he venido a ver si se encontraba bien.

—Ms. Andrews —empezó a decir Tricia, sin apartar los ojos de ella, pero se dio cuenta de que, por el tono que acababa de emplear, parecía precisamente enfadada e insatisfecha y eso debilitaba bastante la protesta que trataba de manifestar.

—Llámeme Gail, por favor, si le parece bien.

Tricia se quedó perpleja.

–*Ya* sé que la astrología no es una ciencia –prosiguió Gail–. Claro que no. No es más que un conjunto arbitrario de normas como el ajedrez, el tenis o ¿cómo se llama ese extraño juego que practican ustedes en Gran Bretaña?

–Humm... ¿El críquet? ¿El desprecio de sí mismo?

–La democracia parlamentaria. Las normas por las que se rige, más o menos. No tienen sentido alguno salvo por sí mismas. Pero cuando esas normas se aplican, se desencadena toda clase de procesos y se empieza a descubrir toda clase de cosas sobre la gente. Resulta que en la astrología las normas se aplican a los astros y los planetas, pero las consecuencias serían las mismas si se refiriesen a los patos y los ánades. No es más que una forma de meditar que permite poner al descubierto la estructura de un problema. Cuanto más normas haya, cuanto más reducidas y arbitrarias sean, mejor. Es como arrojar un puñado de polvo de grafito sobre un papel para ver dónde están las marcas del lápiz. Permite ver las palabras escritas en el papel que estaba encima. El grafito no tiene importancia. Solo es el medio de revelar las marcas. Así que ya ve, la astrología no tiene nada que ver con la astronomía. Solo con personas que meditan sobre otras personas.

»De modo que, cuando esta mañana *enfocó* usted de forma tan emocional el tema de los astros y los planetas, empecé a pensar: en realidad no le molesta la astrología, está furiosa e insatisfecha precisamente con los astros y los planetas. Normalmente, las personas solo se sienten tan furiosas e insatisfechas cuando han perdido algo. Eso es lo único que se me ocurrió, y no pude encontrar otra explicación. Así que vine a ver si se encontraba bien.

Tricia se quedó pasmada.

Una parte de su mente ya había empezado a elaborar toda clase de argumentos. Preparaba todas las refutaciones posibles sobre la ridiculez de los horóscopos publicados en la prensa y los trucos estadísticos que presentaban a los lectores. Pero esa actividad se fue apagando paulatinamente al comprender que el resto de su mente no le hacía caso. Estaba absolutamente perpleja.

Acababa de escuchar, por boca de una completa desconocida, algo que había mantenido en secreto durante diecisiete años.

Se volvió a mirar a Gail.

–Yo...

Se interrumpió.

Detrás de la barra, una diminuta cámara de seguridad se había desplazado para seguir sus movimientos. Eso la despistó completamente. La mayoría de la gente no habría reparado en ello. No estaba pensado para que lo notaran. No se pretendía dar a entender que, hoy día, ni siquiera un hotel caro y elegante de Nueva York podía estar seguro de que sus clientes no iban a sacar de pronto una pistola o no llevar corbata. Pero por cuidadosamente oculta que estuviera tras la botella de vodka, no podía engañar al finísimo instinto de una presentadora de televisión, acostumbrado a saber exactamente en qué momento se movía la cámara para enfocarla.

–¿Ocurre algo? –preguntó Gail.

–No, yo... tengo que confesar que me ha dejado bastante perpleja –contestó Tricia. Decidió no hacer caso de la cámara de seguridad. No eran más que imaginaciones suyas, debido a que aquel día ya tenía demasiada televisión en la cabeza. No era la primera vez que le pasaba. Estaba convencida de que una cámara de control de tráfico se volvió para seguirla cuando pasó frente a ella, y en los almacenes Bloomingdale una cámara de seguridad pareció tener especial interés en vigilarla mientras se probaba unos sombreros. Era evidente que se estaba volviendo chalada. Incluso llegó a imaginar que un pájaro la observaba con particular atención en Central Park.

Decidió quitárselo de la cabeza y dio un sorbo al vodka. Alguien recorría el bar preguntando por míster MacManus.

–Muy bien –dijo Tricia, soltándolo de pronto–. No sé cómo lo ha descubierto, pero yo...

–No lo he descubierto, como usted dice. Me he limitado a escucharla.

–Me parece que me he perdido una vida completamente distinta.

–Eso le pasa a todo el mundo. A cada momento del día. Cada decisión, cada aliento que tomamos, abre unas puertas y cierra otras muchas. La mayoría de las veces no lo notamos. Pero otras sí. Parece que usted ha caído en la cuenta.

–Sí, claro que sí. Perfectamente. Se lo voy a contar. Es muy sencillo. Hace muchos años conocí a un chico en una fiesta. Dijo que era de otro planeta y me invitó a irme con él. Le contesté que muy bien, de acuerdo. Era esa clase de fiesta. Le dije que me esperase mientras iba por el bolso y que me gustaría marcharme con él a otro planeta. Me aseguró que no necesitaría el bolso. Repuse que estaba claro que venía de un planeta muy atrasado, pues de otro modo sabría que una mujer siempre necesita llevar consigo el bolso. Se impacientó un poco, pero yo no estaba dispuesta a ser presa fácil solo porque dijese que era de otro planeta.

»Subí al primer piso. Tardé un rato en encontrar el bolso y luego estaba ocupado el cuarto de baño. Cuando bajé, él ya no estaba.

Hizo una pausa.

–¿Y...? –dijo Gail.

–La puerta del jardín estaba abierta. Salí a la calle. Había luces. Un objeto destellante. Llegué justo a tiempo de ver cómo se elevaba en el aire para luego desaparecer a toda velocidad entre las nubes. Eso fue todo. Fin de la historia. Fin de una vida y comienzo de otra. Pero apenas pasa un momento de esta vida sin que me pregunte por mi otro yo. Un yo que no hubiese vuelto por el bolso. Tengo la impresión de que ese otro yo anda por ahí, en alguna parte, y yo soy su sombra.

Un miembro del personal del hotel recorría ahora el bar preguntando por míster Miller. Nadie se llamaba así.

–¿Cree verdaderamente que esa... persona era de otro planeta? –preguntó Gail.

–Sí, desde luego. Estaba la nave espacial. Ah, y además tenía dos cabezas.

–¿*Dos*? ¿Y nadie más se dio cuenta?

–Era una fiesta de disfraces.

–Ya entiendo...

–Llevaba encima una jaula de pájaro, claro está. Cubierta con un paño. Decía que tenía un loro. Daba golpecitos en la jaula y salían graznidos y un montón de estúpidos «lorito bonito» y esas cosas. Luego retiró el paño un momento y soltó una estruendosa carcajada. Había otra cabeza que reía al tiempo que él. Le aseguro que fue un momento preocupante.

–Creo que quizá hizo usted lo que debía, ¿no le parece, querida?

–No –aseguró Tricia–. No hice lo que debía. Ni tampoco pude seguir haciendo lo que hacía. Era astrofísica, sabe usted. No se puede ser una buena astrofísica si no se conoce realmente a alguien de otro planeta con dos cabezas y una de ellas finge que es un loro. Simplemente, no se puede. Al menos yo no pude.

180

—Comprendo que le resultara duro. Y probablemente por eso tiende usted a ser un poco dura con otras personas que hablan de cosas que parecen completamente absurdas.

—Sí —convino Tricia—. Supongo que tiene razón. Lo siento.

—No tiene importancia.

—A propósito, es usted la primera persona a quien cuento esto.

—Me pregunto si es usted casada.

—Pues no. Hoy resulta difícil adivinarlo, ¿verdad? Pero hace bien en preguntar, porque esa fue probablemente la razón. He estado a punto más de una vez, sobre todo porque quería tener un niño. Pero todos los chicos acababan preguntando por qué no les quitaba la vista del hombro. ¿Qué podía decirles? Una vez hasta pensé en dirigirme a un banco de esperma y conformarme con lo que viniese. Tener un hijo de un desconocido, al azar.

—¿En serio? No sería capaz de hacer eso, ¿verdad?

—Probablemente no —dijo Tricia, riendo—. No llegué a ir, así que no lo averigüé. No lo hice. La historia de mi vida. Jamás he llegado a hacer nada en serio. Por eso trabajo en televisión, supongo. Ahí no hay nada serio.

—Disculpe, señora. ¿Es usted Tricia McMillan?

Tricia se volvió, sorprendida. Era un hombre con gorra de chófer.

—Sí —contestó, volviéndose a tranquilizar de inmediato.

—Hace una hora que la estoy buscando, señora. En el hotel me dijeron que no conocían a nadie con ese nombre, pero lo comprobé otra vez con la oficina de míster Martin y, sin ningún género de duda, me aseguraron que era aquí donde se alojaba usted. De modo que volví a preguntar, y cuando me repitieron que no la conocían hice que la buscara un botones de todos modos, pero no la encontraron. Así que pedí a la oficina que me enviaran por el FAX del coche una fotografía suya para echar un vistazo personalmente.

Miró su reloj.

—Quizá ya sea un poco tarde, pero ¿quiere venir de todos modos?

Tricia se quedó pasmada.

—¿Míster Martin? ¿Se refiere a Andy Martin, de la NBS?

—Exactamente, señora. Prueba de pantalla para *US/AM*.

Tricia bajó disparada del asiento. Ni quería pensar en todos los recados que había oído para míster MacManus y míster Miller.

Pero tenemos que apresurarnos –advirtió el chófer–. He oído que míster Martin es partidario de probar un acento británico. En la emisora, su jefe está absolutamente en contra de la idea. Es míster Zwingler, y resulta que sé que toma el avión para la Costa esta tarde, porque yo soy el que tiene que recogerlo para llevarlo al aeropuerto.

–Muy bien –dijo Tricia–. Estoy lista. Vamos.

–Perfectamente, señora. Es la gran limusina estacionada frente a la entrada.

–Lo siento –dijo Tricia, volviéndose a Gail.

–¡Vaya! ¡Vaya usted! –repuso la astróloga–. Y buena suerte. Me alegro de haberla conocido.

Tricia hizo ademán de coger el bolso para sacar dinero.

–Maldita sea –exclamó. Se lo había dejado arriba.

–Yo pago las copas –insistió Gail–. De veras. Ha sido muy interesante.

Tricia suspiró.

–Mire, siento de verdad lo de esta mañana y...

–No diga una palabra más. No es más que astrología. Es inofensiva. No se acaba el mundo por eso.

–Gracias –dijo Tricia, abrazándola en un impulso.

–¿Lo lleva todo? –inquirió el chófer–. ¿No quiere recoger el bolso ni nada?

–Si hay algo que he aprendido en la vida –repuso Tricia–, es a no volver por el bolso.

Poco más de una hora después, Tricia se sentó en una de las camas gemelas de la habitación del hotel. Estuvo unos minutos sin moverse, mirando fijamente el bolso, que reposaba inocentemente encima de la otra cama.

En la mano tenía una nota de Gail Andrews, que decía: «No se sienta demasiado decepcionada. Llámeme si quiere hablar de ello. Yo que usted, no saldría de la habitación hasta mañana por la noche. Descanse un poco. Pero no me tome en serio y no se preocupe. No es más que astrología. No el fin del mundo. Gail».

El chófer había estado completamente en lo cierto. En realidad, parecía saber más de lo que ocurría en el interior de la NBS que cualquier otra persona con quien hubiese hablado en la organización. Martin se había mostrado favorable. Zwingler, no. Le hicieron una toma para demostrar que Martin tenía razón y echó a perder la oportunidad.

Qué lástima. Qué lástima, qué lástima, qué lástima.

Hora de volver a casa. Hora de llamar a las líneas aéreas y ver si aún podía coger el avión de la noche para Heathrow. Cogió la enorme guía telefónica.

Bueno, lo primero es lo primero.

Volvió a dejar la guía, cogió el bolso y se dirigió al baño. Sacó del bolso la cajita de plástico en que guardaba las lentes de contacto, sin las cuales había sido incapaz siquiera de leer debidamente el guión ni de saber cuándo tenía que empezar a hablar.

Mientras se aplicaba en los ojos las diminutas concavidades de plástico, pensó que si había aprendido una cosa en la vida era que hay veces que no se debe volver por el bolso y otras que sí conviene. Solo le quedaba aprender a distinguir ambas situaciones.

3

En eso que en broma llamamos el pasado, la *Guía del autoestopista galáctico* tenía mucho que decir sobre el tema de los universos paralelos. No obstante, muy pocos aspectos de la cuestión resultan comprensibles para quien esté por debajo del nivel de Dios Avanzado, y como ya está perfectamente demostrado que todos los dioses conocidos cobraron existencia unas tres millonésimas de segundo después del inicio del universo y no la semana anterior, como ellos mismos solían afirmar, ahora, tal como están las cosas, tienen mucho que explicar y, por consiguiente, de momento no están en condiciones de comentar asuntos de física profunda.

Una cosa alentadora que la *Guía* tiene que decir con respecto a los universos paralelos es que no hay ni la más remota posibilidad de comprenderlos. En consecuencia, puede decirse «¿Qué?» y «¿Eh?», incluso quedarse bizco y ponerse a hablar por los codos sin temor a quedar en ridículo.

Lo primero que hay que entender de los universos paralelos, dice la *Guía*, es que no son paralelos.

También es importante comprender que, estrictamente hablando, tampoco son universos, pero eso resulta más fácil si se trata de entenderlo un poco después, cuando se haya comprendido que todo lo que se ha entendido hasta ese momento no es cierto.

Y no son universos debido a que todo universo dado no es realmente una *cosa* en sí, sino una forma de enfocar lo que técnicamente se conoce como TCRG, o Toda Clase de Revoltijo General, que tampoco existe realmente, sino que es la suma total de todas las diversas formas de enfocarlo en caso de que tuviese una existencia real. Y no son paralelos por la misma razón por la que el mar no es paralelo. No significa nada. Puede dividirse el Toda Clase de Revoltijo General en las partes que se quiera y, en general, se obtendrá algo que alguien llamará hogar.

Por favor, no tenga reparos en ponerse a hablar por los codos ahora mismo.

La Tierra que ahora nos ocupa, a causa de su particular orientación en el Toda Clase de Revoltijo General, fue alcanzada por un neutrino del que se salvaron las demás Tierras.

Ser alcanzado por un neutrino no significa gran cosa.

En realidad, resulta difícil pensar en nada más pequeño con lo que pueda justificarse la esperanza de ser alcanzado. Y no es que el ser alcanzado por neutrinos fuese un acontecimiento especialmente insólito en algo del tamaño de la Tierra. Todo lo contrario. No pasaría un insólito nanosegundo sin que la Tierra fuese alcanzada por varios billones de neutrinos de paso.

Todo depende del sentido que se dé a «alcanzado», claro está, puesto que como materia equivale prácticamente a nada. Las posibilidades de que un neutrino llegue a alcanzar algo en su recorrido por todo el bostezante vacío son aproximadamente semejantes a la de arrojar un cojinete de bolas al azar desde un 747 en pleno vuelo y acertar, pongamos, a un sándwich de huevo.

Sea como fuere, aquel neutrino alcanzó algo. Nada tremendamente importante en la escala de las cosas, podría decirse. Pero el problema de afirmar algo así es que hay que ponerse bizco y hablar escupiendo a la gente. Siempre que llega a ocurrir verdaderamente algo en alguna parte de algo tan complicado como el Universo, Kevin sabe en qué acabará todo; en donde «Kevin» es cualquier sujeto aleatorio que no sabe nada de nada.

Aquel neutrino chocó con un átomo.

El átomo formaba parte de una molécula. La molécula formaba parte de un ácido nucleico. El ácido nucleico formaba parte de un gen. El gen formaba parte de una receta genética para crecer..., y así sucesivamente. El resultado fue que a una planta le acabó creciendo una hoja de más. En Essex. O lo que, tras un montón de absurdas discusiones y problemas de carácter geológico, llegaría a ser Essex. Esa planta era un trébol. Extendió su influencia o, mejor dicho, su semilla, alrededor de forma sumamente rápida y eficaz y se convirtió en el tipo de trébol predominante en el mundo. La exacta relación causal entre ese minúsculo azar biológico y otras cuantas variaciones menores que existen en esa parte del Toda Clase de Revoltijo General –como la de que Tricia McMillan no se marchara con Zaphod Beeblebrox, las ventas anormalmente bajas de helado con sabor a nuez tropical y el hecho de que la Tierra en que ocurría todo esto no fuese demolida por los vogones para construir en su lugar una nueva desviación hiperespacial– está actualmente clasificada con el número 4.763.984.132 en la lista de prioridades del programa de investigación de lo que antiguamente fue la Sección de Historia de la Universidad de Maximégalon, y ahora parece que ninguno de los que se congregan para la oración al borde de la piscina considera urgente el problema.

4

Tricia empezó a creer que el mundo conspiraba contra ella. Comprendía que era una forma de pensar absolutamente normal después de un vuelo nocturno en dirección este, cuando de pronto uno se encuentra ante otra jornada entera, plagada de oscuras amenazas, para la cual no se está preparado en lo más mínimo. Pero aun así.

Había marcas en su jardín.

En realidad, no le importaban mucho las marcas en el jardín. En lo que a ella se refería, podían largarse a hacer gárgaras. Era sábado por la mañana. Acababa de volver de Nueva York y estaba cansada, de mal humor y paranoica, y lo único que quería era irse a la cama con la radio encendida y el volumen bajo para irse quedando dormida mientras Ned Sherrin decía cosas tremendamente inteligentes sobre cualquier tema.

Pero Eric Bartlett no iba a consentir que se quedara sin hacer una completa inspección de las marcas. Eric era el viejo jardinero que venía del pueblo todos los sábados por la mañana para hurgar con un palo por el jardín. No creía en la gente que venía de Nueva York a primera hora de la mañana. No lo aprobaba. Era algo contra natura. Pero creía prácticamente en todo lo demás.

—Seres del espacio, probablemente —sentenció inclinándose para tantear con el palo los bordes de las pequeñas hendiduras—. Estos días se habla muchos de alienígenas. Serán ellos, supongo.

—Ah, ¿sí?— repuso Tricia, mirando furtivamente su reloj. Diez minutos, calculó. Sería capaz de seguir en pie diez minutos. Luego se desplomaría, simplemente, ya estuviera en su cuarto o allí, en el jardín. Y eso si solo tenía que estar de pie. Si además debía asentir con aire inteligente y decir «¿Ah, ¿sí?» de cuando en cuando, el plazo podía reducirse a cinco.

–Pues claro –continuó Eric–. Bajan por aquí, aterrizan en tu jardín y luego se largan, a veces con tu gato. El gato de mistress Williams, la de la oficina de correos, ya sabe, esa pelirroja, fue secuestrado por extraterrestres. Claro que al día siguiente lo trajeron de vuelta, pero estaba de un humor muy raro. Por la mañana no hacía más que dar vueltas por ahí y luego se pasaba la tarde durmiendo. Lo curioso es que antes era al revés. Dormía por la mañana y zascandileaba por la tarde. Iba atrasado, ¿comprende?, por el viaje en una nave interplanetaria.

–Comprendo.

–Lo tiñeron de atigrado, dice ella. Estas son exactamente la clase de marcas que probablemente dejarían las patas articuladas de su tren de aterrizaje.

–¿Y no pueden ser de la cortacésped? –insinuó Tricia.

–Si fuesen más redondas, diría que sí, pero estas se abren hacia fuera, ¿no ve? Una forma absolutamente más espacial.

–Es que usted mencionó que la cortacésped estaba dando la lata y había que arreglarla o empezaría a hacer hoyos en la hierba.

–Sí que lo dije, miss Tricia, y lo mantengo. No descarto totalmente la cortacésped, solo digo lo que me parece más probable, vista la forma de los agujeros. Vienen por encima de esos árboles, ¿comprende?, con las patas articuladas del tren de aterrizaje...

–Eric... –dijo Tricia, pacientemente.

–Pero le diré lo que voy a hacer, miss Tricia –anunció Eric–. Echaré un vistazo a la cortacésped, tal como tuve intención de hacer la semana pasada, y la dejaré tranquila para que haga lo que guste.

–Gracias, Eric. En realidad me voy a acostar. Sírvase lo que quiera en la cocina.

–Gracias, miss Tricia, y buena suerte.

Eric se agachó y cogió algo del césped.

–Mire –dijo–. Un trébol de tres hojas. Da buena suerte, ¿ve?

Lo examinó con atención para asegurarse de que efectivamente se trataba de un trébol de tres hojas y no uno ordinario de cuatro al que se le hubiese caído una.

—Pero en su lugar, yo estaría atento a ver si hay señales de alienígenas por esta zona —prosiguió Eric, escudriñando sagazmente el horizonte—. Sobre todo por ahí, en la dirección de Henley.

—Gracias, Eric —repitió Tricia—. Lo haré.

Se acostó y soñó a intervalos con loros y otras aves. Por la tarde se levantó y se puso a dar vueltas por la casa, inquieta, insegura sobre qué hacer el resto del día, o incluso el resto de su vida. Presa de incertidumbre, tardó al menos una hora en decidir si iba al pueblo a pasar la velada en Stavro's, que por entonces era el local de moda de los profesionales más encopetados de los medios de comunicación, y ver a algunos amigos que la ayudasen a recuperar la normalidad. Al fin decidió ir. No estaba mal. Era divertido. Apreciaba mucho a Stavro, un griego de padre alemán, combinación bastante extraña. Un par de noches antes Tricia había estado en el Alpha, que era el club original de Stavro en Nueva York y que ahora llevaba su hermano Karl, quien se consideraba alemán de madre griega. Stavro se pondría muy contento al saber que su hermano no daba una dirigiendo el club de Nueva York, así que Tricia le daría una alegría. Entre Stavro y Karl Mueller la antipatía era mutua.

Luego pasó otra hora de incertidumbre, sin saber qué ponerse. Finalmente, se decidió por un elegante vestidito negro que había comprado en Nueva York. Telefoneó a un amigo para saber con quién podría encontrarse en el club, y se enteró de que aquella noche estaba cerrado al público porque se celebraba un festejo de bodas.

Pensó que el tratar de vivir con arreglo a un plan trazado de antemano era como ir al supermercado a comprar los ingredientes justos para una receta de cocina. Se coge uno de esos carritos que no avanzan en la dirección en que se les empuja y se acaba adquiriendo cosas completamente diferentes. ¿Qué hacer con ellas? ¿Qué hacer con la receta? Ni idea.

De todas formas, aquella noche aterrizó en su jardín una nave espacial.

5

La vio venir por la dirección de Hemley, al principio con leve curiosidad, preguntándose qué eran aquellas luces. Como no vivía a un millón de kilómetros de Heathrow, estaba acostumbrada a ver luces en el cielo. Normalmente, no a hora tan avanzada de la noche, ni tan bajo, y eso le extrañó un poco.

Cuando lo que fuese empezó a acercarse cada vez más, su curiosidad se tornó en estupefacción.

«Hummm», pensó, y en eso consistió más o menos todo su razonamiento. Aún estaba aletargada y con la sensación del desfase horario, por lo que los mensajes que una parte de su cerebro se dedicaba a enviar a la otra no llegaban necesariamente en el momento justo ni en la forma adecuada. Salió de la cocina, donde se había preparado un café, y fue a abrir la puerta trasera que daba al jardín. Aspiró profundamente el fresco aire de la noche y alzó la cabeza.

A unos treinta metros por encima del césped había un objeto aproximadamente del tamaño de una amplia furgoneta de recreo.

Era de verdad. Estaba allí, suspendido. Casi sin ruido.

Algo se removió en el fuero interno de Tricia.

Dejó caer los brazos a los costados, despacio. Apenas notó el café candente que se le derramaba en el pie. Casi no respiraba mientras la nave descendía poco a poco, centímetro a centímetro. Sus luces se desplazaban suavemente por el suelo, como tanteándolo, sintiéndolo. Se detuvieron en él.

No podía esperar que se le volviera a presentar otra oportunidad. ¿Es que él la estaba buscando? ¿Había vuelto?

La nave siguió descendiendo hasta posarse finalmente en el césped. No era como la que tantos años antes había visto despegar, pensó, pero en el cielo nocturno era difícil que unas luces destellantes cobraran formas bien definidas.

Silencio.

Luego, un *clic* y un *hum*.

Después, otro *clic* y otro *hum. Clic, hum; clic, hum.*

Se abrió una puerta suavemente, derramando luz por el césped, hacia ella.

Esperó, temblando.

Apareció una silueta recortada en la luz, luego otra, y otra. Ojos grandes que la miraban parpadeando, despacio. Manos que se elevaban lentamente, saludándola,

–¿McMillan? –dijo al fin una extraña y tenue voz, articulando las sílabas con dificultad–. ¿Tricia McMillan? ¿Ms. Tricia McMillan?

–Sí –contestó Tricia, casi sin voz.

–La hemos estado vigilando.

–¿V..., vigilando? ¿*A mí?*

–Sí.

La miraron de arriba abajo durante unos momentos, moviendo muy despacio los grandes ojos.

–Parece más baja al natural –dijo al fin uno de ellos.

–¿Cómo? –inquirió Tricia.

–Sí.

–No... no entiendo –confesó Tricia. No lo esperaba, claro está, pero, en primer lugar, incluso para ser algo inesperado no iba de la forma que podía esperarse–. ¿Vienen..., es de parte... de Zaphod?

La pregunta pareció causar cierta consternación entre las tres siluetas. Conferenciaron en una especie de lenguaje saltarín propio de ellos y luego se dirigieron de nuevo a ella.

–Creemos que no –dijo uno–. Al menos que nosotros sepamos.

–¿Dónde está Zaphod? –preguntó otro, alzando la cabeza al oscuro cielo.

–Pues... no sé –contestó Tricia con aire de impotencia.

–¿Está lejos de aquí? ¿En qué dirección? No lo conocemos.

Con el corazón encogido, Tricia comprendió que no tenían ni idea de a quién se refería. Ni siquiera de lo que estaba hablando.

Y ella no tenía ni idea de lo que hablaban ellos. Puso resueltamente a un lado sus esperanzas al tiempo que volvía a poner en marcha las ideas. Decepcionarse no tenía sentido. Había que espabilarse, porque tenía delante la primicia periodística del siglo. ¿Qué debía hacer? ¿Entrar en casa y coger la cámara de vídeo? ¿Y si se habían marchado cuando volviera? Se encontraba absolutamente perpleja sobre la estrategia que debía adoptar. Hacer que sigan hablando, pensó. Ya se me ocurrirá algo.

–¿Me han estado vigilando... *a mí?*

–A todos. Todo el planeta. Televisión. Radio. Telecomunicaciones. Ordenadores. Circuitos de vídeo. Almacenes.

–¿Qué?

–Estacionamientos. Todo. Lo vigilamos todo.

Tricia los miró de hito en hito.

–Eso debe ser muy aburrido, ¿no? –dijo bruscamente.

–Sí.

–Entonces, ¿por qué...?

–Menos...

–¿Sí? ¿Menos qué?

–Menos los concursos de televisión. Nos gustan mucho.

Hubo un silencio tremendamente largo mientras Tricia observaba a los extraterrestres y ellos le devolvían la mirada.

–Quisiera entrar en casa a coger algo –dijo Tricia con mucha parsimonia–. Les propongo una cosa. ¿A alguno de ustedes le gustaría pasar a echar una mirada?

–Muchísimo –contestaron todos, entusiasmados.

Se quedaron los tres en el salón, un tanto cohibidos, mientras ella se apresuraba a coger una cámara de vídeo, una cámara de treinta y cinco milímetros, un magnetófono, cualquier aparato grabador al que pudo echar mano. Los seres del espacio eran delgados y, expuestos a la luz casera, de un apagado color verde púrpura.

–Solo tardaré un momentito, en serio, chicos –dijo Tricia mientras hurgaba en los cajones en busca de cintas y películas de repuesto.

Los seres del espacio miraban las estanterías donde guardaba sus CD y sus viejos discos. Uno de ellos dio a otro un ligero codazo.

–Mira –dijo–. Elvis.

Tricia se inmovilizó y volvió a mirarlos con fijeza.

–¿Les gusta Elvis? –preguntó.

–Sí.

–¿Elvis *Presley*?

–Sí.

Pasmada, sacudió la cabeza mientras trataba de poner una cinta nueva en la cámara de vídeo.

–Algunos de ustedes –comentó sin mucha decisión uno de los visitantes– creen que Elvis fue secuestrado por seres del espacio.

–¿*Cómo*? –inquirió Tricia–. ¿Y es verdad?

–Puede ser.

–¿Quieren decir que *ustedes* han secuestrado a Elvis? –jadeó Tricia. Trataba de mantenerse lo más tranquila posible para no hacerse un lío con los aparatos, pero aquello casi era demasiado para ella.

–No. Nosotros no –dijeron sus invitados–. Seres del espacio. Es una posibilidad muy interesante. A menudo hablamos de ello.

–No tengo que alzarla –murmuró Tricia para sí. Comprobó la cámara de vídeo: estaba convenientemente cargada y funcionando. Los enfocó. No se la llevó a la cara porque no quería asustarlos. Pero tenía la experiencia suficiente para no fallar desde la cadera.

–Muy bien. Ahora díganme tranquilamente y despacito quiénes son. Usted primero –dijo al de la izquierda–. ¿Cómo se llama?

–No lo sé.

–No lo sabe.

–No.

–Bueno. ¿Y ustedes dos?

–No sabemos.

–Bien. Vale. A lo mejor pueden decirme de dónde son.

Sacudieron la cabeza.

–¿Que no saben de dónde son?

Volvieron a negar con la cabeza.

–Entonces, ¿qué hacen..., humm...?

Estaba perdiendo el hilo, pero, como era una profesional, mientras lo perdía no dejaba de mantener firme la cámara.

–Estamos en una misión –dijo uno de los seres del espacio.

–¿Una *misión*? ¿Qué clase de misión?

–No lo sabemos.

Siguió sujetando la cámara con firmeza.

–Entonces, ¿qué están haciendo en la Tierra?

–Hemos venido a buscarla.

Firme, firme como una roca. Igual podía estar sobre un trípode. En realidad, se preguntó si debía utilizarlo. Se lo preguntó porque tardó unos momentos en digerir lo que acababan de decirle. No, pensó, dirigiéndola con la mano tenía más flexibilidad. También pensó: «*Socorro*, ¿qué voy a hacer?».

–¿Por qué han venido a buscarme? –preguntó con calma.

–Porque hemos perdido la cabeza.

–Discúlpenme –dijo Tricia–. Tengo que ir por un trípode.

Parecían bastante complacidos de quedarse allí sin hacer nada mientras Tricia buscaba rápidamente un trípode y montaba la cámara. No cambiaba en absoluto de expresión, pero no tenía la menor idea de qué pasaba y no sabía qué pensar.

–Muy bien –prosiguió cuando lo tuvo todo preparado–. ¿Por qué...?

–Nos gustó su entrevista con la astróloga.

–¿La *vieron*?

–Lo vemos todo. La astrología nos interesa mucho. Nos gusta. Es muy interesante. No todo lo es. La astrología, sí. Lo que nos dicen los astros. Lo que predicen. Nos convendría cierta información al respecto.

–Pero...

Tricia no sabía por dónde empezar.

«Reconócelo», pensó, «no tiene sentido buscarle las vueltas a esto.» Así que dijo:

–Pero yo no sé nada de astrología.

–Nosotros sí.

–¿De verdad?

–Sí. Leemos los horóscopos. Los devoramos. Miramos todos sus periódicos y revistas, con verdadera ansia. Pero nuestro jefe dice que tenemos un problema.

–¿Tienen un *jefe*?

–Sí.

–¿Cómo se llama?

–No sabemos.

–¿Cómo dice él que se *llama*, por amor de Dios? Lo siento, tengo que corregir esto. ¿Cómo dice él que se llama?

–No lo sabe.

–Entonces, ¿cómo saben ustedes que es el jefe?

–Tomó el mando. Dijo que alguien tenía que poner orden por allí. –¡Ah! –exclamó Tricia, aprovechando la indicación–. ¿Dónde es «allí»?

–Ruperto.

–¿*Qué*?

–Ustedes lo llaman Ruperto. El décimo planeta de su sol. Hace muchos años que nos instalamos allí. Hace muchísimo frío y no hay nada interesante. Pero está bien para vigilar.

–¿Por qué nos están vigilando?

–Es lo único que sabemos hacer.

–Muy bien –concluyó Tricia–. De acuerdo. ¿Qué problema dice su jefe que tienen ustedes?

–Triangulación.

–¿Cómo ha dicho?

–La astrología es una ciencia muy precisa. Eso sí lo sabemos.

–Pues... –repuso Tricia, dejándolo en eso.

–Pero solo para ustedes, aquí, en la Tierra.

–S... s... í. –Tuvo la horrible sensación de percibir un vago destello de algo.

–Porque cuando Venus ingresa en Capricornio, por ejemplo, eso es visto desde la Tierra. ¿Cómo nos vale eso a nosotros si estamos en Ruperto? ¿Qué ocurre cuando la Tierra pasa sobre Capricornio? No lo sabemos. Entre las cosas que hemos olvidado, que suponemos numerosas y profundas, está la trigonometría.

–A ver si entiendo bien esto –dijo Tricia–. ¿Quieren que vaya con ustedes a... Ruperto...?

–Sí.

–¿Para volver a calcular sus *horóscopos* de modo que puedan tener en cuenta las posiciones relativas de la Tierra y Ruperto?

–Sí.

–¿Me conceden la exclusiva?

–Sí.

–Soy su chica –aseguró Tricia, pensando que como mínimo podría venderla al *National Enquirer*.

Al abordar la nave que la llevaría a los más alejados confines del sistema solar, lo primero que le saltó a la vista fue una serie de pantallas de vídeo en las que se sucedían millares de imágenes. Un cuarto extraterrestre las observaba sentado, aunque centraba especialmente la atención en una pantalla donde se veía una secuencia completa. Era la proyección de la improvisada entrevista que Tricia acababa de hacer a sus tres compañeros. Al verla entrar con aire temeroso, el ser del espacio alzó la cabeza.

–Buenas noches, Ms. McMillan –la saludó–. Ha hecho un buen trabajo con la cámara.

6

Al caer al suelo, Ford Prefect iba ya corriendo. El suelo estaba veinte centímetros más lejos del conducto de ventilación de lo que recordaba, de modo que no calculó bien el momento en que tocaría terreno firme, empezó a correr antes de tiempo, tropezó de mala manera y se torció un tobillo. ¡Maldita sea! De todos modos siguió corriendo por el pasillo, cojeando ligeramente.

Por todo el edificio, las alarmas se dispararon con su habitual conmoción y frenesí. Se puso a cubierto tras los familiares armarios, echó una mirada para comprobar si le habían visto y empezó a hurgar precipitadamente en la mochila en busca de las cosas que habitualmente necesitaba.

El tobillo, de manera inhabitual, le dolía muchísimo.

El suelo no solo se encontraba veinte centímetros más lejos del conducto de ventilación de lo que recordaba, sino que además estaba en un planeta diferente; sin embargo, lo que le pilló de sorpresa fueron los veinte centímetros. Las oficinas de la *Guía del autoestopista galáctico* solían trasladarse con bastante frecuencia a otro planeta sin previo aviso, en razón del clima o la hostilidad local, el recibo de la luz o los impuestos, pero siempre volvían a construirlas exactamente de la misma forma, casi hasta la misma molécula. Para muchos empleados de la compañía, la disposición de las oficinas representaba la única constante en un universo personal gravemente distorsionado.

Pero había algo raro.

Lo que por sí solo no era sorprendente, pensó Ford, sacando su toalla arrojadiza, poco pesada. En mayor o menor grado, en su vida todo era extraño. Solo que esto era raro de un modo ligeramente distinto de las cosas raras a que estaba acostumbrado, que eran, bueno, extrañas. De momento no lograba situarlo.

Sacó la llave del tres.

Las alarmas sonaban de la misma forma que siempre, que él conocía bien. Tenían una especie de música que casi podía tararear. Todo era muy familiar. Aunque el mundo en que se encontraba había sido una novedad. Nunca había estado en Saquo-Pila Hensha, y le gustó. Tenía un ambiente como de carnaval.

Sacó de la mochila un arco y una flecha de juguete que había comprado en un mercadillo.

Había descubierto que el ambiente carnavalero de Saquo-Pila Hensha se debía a que la población celebraba la fiesta anual de la asunción de san Antwelmo. En vida, san Antwelmo fue un monarca noble y famoso que enunció una hipótesis grandiosa y popular. La asunción del rey Antwelmo consistió en postular que, prescindiendo de todo lo demás, lo que ansiaba la gente era ser feliz, pasarlo bien y divertirse juntos lo más posible. A su muerte legó toda su fortuna personal para financiar unos festejos anuales que recordaran su asunción a todo el mundo, con montañas de buena comida, bailes y juegos muy tontos, como la Busca del Wocket. Su asunción fue tan espléndida y luminosa que le hicieron santo. Y no solo eso, sino que todos los que anteriormente alcanzaron la santidad por hechos como morir lapidados de forma absolutamente cruel o vivir boca abajo en barriles de estiércol, fueron inmediatamente degradados y pasaron a considerarse como gente bastante molesta.

El familiar edificio en forma de H de las oficinas de la *Guía del autoestopista galáctico* se elevaba en las afueras de la ciudad, y Ford Prefect se había introducido en él con su método habitual. Siempre entraba por el sistema de ventilación en vez de por la puerta principal, porque en el vestíbulo patrullaban robots encargados de interrogar a los empleados que pasaban a presentar su cuenta de gastos. Las facturas de gastos de Ford Prefect eran asuntos notoriamente complejos y difíciles, y en general había comprobado que los robots del vestíbulo no estaban bien dotados para comprender los argumentos que él deseaba exponer en relación con el tema. Por consiguiente, prefería entrar por otro lado.

Lo que suponía disparar todas las alarmas del edificio menos la del departamento de contabilidad, y eso le venía perfectamente a Ford.

Se acurrucó tras el armario, chupó la ventosa de la flecha de juguete y la aplicó a la cuerda del arco.

Al cabo de unos treinta segundos apareció por el pasillo un robot de seguridad del tamaño de una sandía pequeña, volando más o menos a la altura de la cadera de una persona y dirigiendo los sensores a izquierda y derecha para detectar cualquier anormalidad. Con impecable precisión, Ford lanzó la flecha de juguete al paso del robot. El dardo cruzó el pasillo y se pegó, tembloroso, en la pared de enfrente. El robot, captándolo inmediatamente con los sensores, dio un giro de noventa grados para seguir su trayectoria y ver de qué demonios se trataba y adónde se dirigía.

Mientras el robot miraba en dirección contraria, Ford dispuso de un precioso segundo. Le lanzó la toalla y lo alcanzó en pleno vuelo.

Debido a las diversas protuberancias sensoriales con que iba festoneado, el robot no podía maniobrar bajo la toalla y se sacudía de un lado para otro, incapaz de volverse y enfrentarse a su captor.

Ford lo atrajo rápidamente hacia sí y lo inmovilizó contra el suelo. Empezó a gimotear con voz lastimera. Con un movimiento rápido y preciso, Ford metió la mano bajo la toalla con la llave del tres y destapó el pequeño panel de plástico que daba acceso a sus circuitos lógicos.

La lógica es algo maravilloso, aunque, tal como han puesto de manifiesto los procesos evolutivos, tiene ciertos inconvenientes.

Cualquier cosa que piense con lógica puede ser engañada por otra que piense con la misma lógica. La forma más fácil de engañar a un robot enteramente lógico consiste en suministrarle la misma secuencia de estímulos una y otra vez hasta dejarlo encerrado en un círculo vicioso. Eso lo demostraron los famosos experimentos de las islas Sandwich de Arenque, que se llevaron a cabo hace milenios en el INDELPSOM (Instituto para el Descubrimiento Lento y Penoso de lo Sorprendentemente Obvio de Maximégalon).

Programaron a un robot para que le gustaran los emparedados

de arenque. En realidad, esa parte fue la más difícil de todo el experimento. Una vez que el robot fue programado para que le gustaran los emparedados de arenque, le pusieron delante un emparedado de arenque. Ante lo cual el robot dijo para sus adentros: «¡Ah! ¡Un emparedado de arenque! Me gustan los emparedados de arenque».

Entonces se inclinaba, cogía el emparedado de arenque con su cuchara para comer emparedados de arenque y se incorporaba de nuevo. Lamentablemente, el robot estaba ajustado de tal modo que la acción de erguirse hacía que el emparedado de arenque se le escurriera de la cuchara de emparedado de arenque y cayera al suelo delante de él. Ante lo cual, el robot decía para sí: «¡Ah! Un emparedado de arenque...», etc., y repetía la misma operación una y otra vez. Lo único que impedía al emparedado de arenque aburrirse de todo el puñetero asunto y largarse a rastras en busca de otra forma de pasar el tiempo, era el hecho de que, al tratarse simplemente de un trozo de pescado metido entre dos rebanadas de pan, estaba algo menos alerta que el robot a lo que sucedía a su alrededor.

Los científicos del Instituto descubrieron así la fuerza impulsora de todo cambio, desarrollo e innovación en la vida, que era la siguiente: emparedados de arenque. Publicaron un informe al respecto, que fue muy criticado por su extrema estupidez. Repasaron los cálculos y se dieron cuenta de que lo que en realidad habían descubierto era el «aburrimiento» o, mejor dicho, la función práctica del aburrimiento. En una excitación febril continuaron descubriendo otras emociones, como «irritabilidad», «depresión», «desgana», «repulsión», etc. El siguiente descubrimiento importante se produjo cuando dejaron de utilizar emparedados de arenque, después de lo cual se encontraron de pronto ante una verdadera avalancha de nuevas emociones que podían estudiar, como «alivio», «alegría», «vivacidad», «apetito», «satisfacción» y, la más importante, el deseo de «felicidad».

Ese fue el mayor descubrimiento de todos.

Ya podían sustituirse con la mayor facilidad bloques enteros de complejos códigos informáticos reguladores del comportamiento de los robots en todas las situaciones posibles. Lo único que necesitaban los robots era la capacidad de aburrirse o ser felices, aparte de algunas condiciones que debían cumplirse para suscitar tales estados. Luego solucionarían el resto por sí solos.

El que Ford tenía inmovilizado bajo la toalla no era, de momento, un robot feliz. Era feliz en movimiento, cuando podía ver otras cosas. Y lo era especialmente cuando las veía moverse, en particular si esas otras cosas se desplazaban haciendo cosas que no debían, porque entonces, con enorme placer, él las comunicaba.

Ford arreglaría eso en un momento.

Se agachó sobre el robot y lo sujetó entre las rodillas. La toalla seguía cubriendo todos sus mecanismos sensores, pero Ford ya le había destapado los circuitos lógicos. El robot empezó a girar, inquieto y excitado, pero solo lograba agitarse, en realidad era incapaz de moverse. Utilizando la llave inglesa Ford sacó un pequeño chip de su alvéolo. En cuanto estuvo fuera, el robot se inmovilizó por completo y cayó en coma.

El chip que había sacado Ford era el que contenía las órdenes para el cumplimiento de todas las instrucciones que harían sentirse feliz al robot. El robot sería feliz cuando una insignificante descarga eléctrica lanzada desde un punto justo a la izquierda del chip llegara a otro punto justo a la derecha del chip. El chip determinaba si la descarga llegaba o no a su destino.

Ford quitó un trocito de alambre prendido en la toalla. Introdujo un extremo en el agujero superior izquierdo del alvéolo del chip, y el otro en el izquierdo.

Eso era todo lo que se necesitaba. Ahora, el robot sería feliz pasara lo que pasase.

Ford se incorporó rápidamente y retiró la toalla de un tirón. El robot se elevó extasiado en el aire, describiendo una especie de sinuosa trayectoria.

Se volvió y vio a Ford.

—¡Míster Prefect! ¡Cuánto me alegro de verlo!

—Yo también me alegro, amiguito —repuso Ford.

El robot se apresuró a informar a su control central de que ahora todo iba bien en el mejor de los mundos posibles, las alarmas se calmaron de inmediato y la vida volvió a la normalidad.

Bueno, casi a la normalidad.

Había algo raro en el ambiente.

El pequeño robot gorgoteaba de placer eléctrico. Ford echó a andar deprisa por el pasillo, dejando que el objeto lo siguiese con breves sacudidas y le dijera lo delicioso que era todo y lo que le alegraba poder decírselo.

Ford, sin embargo, no estaba contento.

Se había cruzado con personas que no conocía. No le gustaba su aspecto. Demasiado bien arreglados. Ojos demasiado apagados. Cada vez que pensaba reconocer a alguien a lo lejos y se apresuraba a saludarlo, resultaba ser otro, con un peinado más elegante y aire mucho más dinámico y resuelto que, bueno, que ningún conocido suyo.

Había una escalera desplazada unos centímetros a la izquierda. Un techo ligeramente más bajo. Un vestíbulo renovado. Todo eso no era preocupante en sí mismo, aunque desorientaba un poco. Lo inquietante era la decoración. Antes solía ser ostentosa y reluciente. Cara, sí –porque la *Guía* se vendía muy bien en toda la Galaxia civilizada y poscivilizada–, pero divertida. Había máquinas de fantásticos juegos alineadas por los pasillos. De los techos colgaban pianos de cola demencialmente pintados, malignas criaturas marinas del planeta Viv surgían de las fuentes en patios llenos de árboles, camareros robot con absurdas camisas correteaban por los pasillos en busca de manos donde depositar bebidas espumeantes. En los despachos, la gente solía tener vastodragones cogidos con correas y pterospondios encaramados en perchas. La gente sabía cómo divertirse y, si no, había cursos en los que podían matricularse para remediarlo.

Ahora no había nada de eso.

Alguien había estado por allí haciendo un trabajo de malísimo gusto.

Ford torció bruscamente, se introdujo en una pequeña cavidad, abarcó al robot volador con la mano y lo arrastró con él. Se puso en cuclillas y miró al gozoso cibernauta.

–¿Qué ha pasado aquí? –inquirió.

–Pues solo cosas estupendas, señor, lo mejor que podía pasar. ¿Me puedo sentar en sus rodillas, por favor?

–No –dijo Ford, apartándolo con desdén. Al robot le gustó tanto que lo rechazaran de aquel modo que empezó a desfallecer, contoneándose de gozo. Ford volvió a cogerlo y lo mantuvo firmemente en el aire, a unos treinta centímetros de su cara. El robot intentó permanecer donde lo habían puesto, pero no pudo evitar unos ligeros temblores.

–Algo ha cambiado, ¿verdad? –dijo Ford, entre dientes.

–Ah, sí –chilló el pequeño robot–. De la manera más increíble y maravillosa. Y me parece muy bien.

–Y entonces, ¿cómo estaba antes?

–De rechupete.

–Pero ¿te gusta cómo lo han cambiado?

–Me gusta *todo* –gimió el robot–. En especial que me grite así. Hágalo otra vez, *por favor*.

–¡Dime solamente qué ha pasado!

–¡Oh! ¡gracias, gracias!

Ford suspiró.

–Vale, de acuerdo –jadeó el robot–. Otra empresa ha absorbido la *Guía*. Hay una nueva dirección. Es tan magnífica que me derrito. La antigua dirección también era fabulosa, desde luego, aunque no estoy seguro de que pensara lo mismo entonces.

–Eso era antes de que te metieran en la cabeza un trozo de alambre.

–Qué cierto es eso. Qué maravillosamente cierto. Qué rebosante, burbujeante, espumeante, maravillosamente cierto. Qué observación tan correcta y verdaderamente inductora de éxtasis.

–¿Qué *ha pasado*? –insistió Ford– ¿Quién es esa nueva dirección? ¿Cuándo se produjo la absorción? Yo..., bueno, no importa –añadió cuando el pequeño robot empezó a farfullar de incontrolable alegría frotándose contra su rodilla–. Voy a averiguarlo yo mismo.

Ford se arrojó contra la puerta del despacho del redactor jefe, se encogió hasta hacerse una bola mientras el marco cedía y se astillaba, rodó velozmente por el suelo hacia donde solía estar el carrito de las bebidas, cargado con los brebajes más fuertes y caros de la Galaxia, lo cogió y, utilizándolo como protección, lo empujó por la amplia zona sin amueblar del despacho hasta donde se erguían las valiosas y sumamente groseras estatuas de Leda y el Pulpo, refugiándose tras ellas. Mientras, el pequeño robot de seguridad, que había entrado a la altura del pecho de una persona, se dedicaba encantado a recibir de forma suicida los disparos destinados a Ford.

Ese, al menos, era el plan. Y resultaba esencial, porque el actual redactor jefe, Estagiar Zil Dogo, era un hombre peligroso y desequilibrado que consideraba con intenciones homicidas a los colaboradores que se presentaban en su despacho sin artículos nuevos debidamente corregidos, y tenía una batería de armas guiadas por láser y conectadas a unos dispositivos de exploración colocados en el marco de la puerta para disuadir a todo aquel que se limitara a llevarle razones sumamente buenas de por qué no había escrito nada. Así se propiciaba un alto grado de producción.

Lamentablemente, el carrito de las bebidas no estaba.

Ford se lanzó desesperadamente de costado, dando un salto mortal hacia la estatua de Leda y el Pulpo, que también había desaparecido. En una especie de azaroso pánico, rodó y tropezó por la estancia, dio traspiés, giró, se golpeó contra la ventana, que afortunadamente estaba construida a prueba de cohetes, rebotó y, magullado y sin aliento, cayó hecho un ovillo tras un elegante y deteriorado sofá de cuero gris que nunca había estado allí.

Al cabo de unos segundos alzó despacio la cabeza y atisbó por encima del sofá. Igual que la falta del carrito de las bebidas y la estatua de Leda y el Pulpo, también había notado una alarmante ausencia de disparos. Frunció el entrecejo. Aquello era pero que muy raro.

–Míster Prefect, supongo –dijo una voz.

La voz pertenecía a un individuo de rostro lampiño que estaba tras un amplio escritorio de verdadera ceramoteca. Estagiar Zil Dogo quizá fuese un individuo de cuidado, pero por toda una serie de razones nadie le habría calificado de lampiño. Aquel no era Estagiar Zil Dogo.

–Por su forma de entrar, imagino que de momento no tiene usted ningún artículo nuevo para la..., humm, *Guía* –dijo el individuo lampiño. Estaba sentado con los codos sobre la mesa y las puntas de los dedos juntas en una actitud que, inexplicablemente, nunca se ha considerado como un delito punible con la pena capital.

–He estado ocupado –repuso Ford sin mucha firmeza. Se puso en pie tambaleante y se sacudió el polvo. Entonces pensó que por qué demonios tenía que decir las cosas sin mucha firmeza. Tenía que dominar la situación. Tenía que saber quién coño era aquel tipo, y de pronto se le ocurrió un medio de averiguarlo.

–¿Quién coño es usted? –inquirió.

–Soy su nuevo redactor jefe. Esto es, si no decidimos prescindir de sus servicios. Me llamo Vann Harl. –No le tendió la mano. Solo añadió–: ¿Qué le ha hecho a ese robot de seguridad?

El pequeño robot daba vueltas muy despacito por el techo, gimiendo suavemente.

–Le he hecho muy feliz –contestó Ford en tono brusco–. Es una especie de misión que tengo. ¿Dónde está Estagiar? Mejor dicho, ¿dónde está el carrito de las bebidas?

–Míster Zil Dogo ya no forma parte de esta organización. El carrito de las bebidas, supongo, le ayuda a consolarse.

–¿Organización? –gritó Ford–. ¿*Organización*? ¡Qué palabra tan gilipollesca para un tinglado como este!

–Esa es precisamente nuestra impresión. Falta de estructura, exceso de recursos, gestión insuficiente y demasiadas copas. Y solo me refiero –añadió Harl– al redactor jefe.

–De los chistes me encargo yo –rezongó Ford.

–No –repuso Harl–. Usted se encargará de la columna gastronómica.

Lanzó una ficha de plástico sobre el escritorio. Ford no hizo ademán de recogerla.

–¿Que usted se encargará de *qué*?

–No. Yo, Harl. Usted, Prefect. Usted hará la columna gastronómica. Yo, redactor jefe. Yo, aquí sentado, le encargo la columna gastronómica. ¿Entendido?

–¿Columna *gastronómica*? –repitió Ford, demasiado perplejo todavía para enfadarse de veras.

–Siéntese, Prefect –ordenó Harl. Dio la vuelta en su sillón giratorio, se puso en pie y miró por la ventana las diminutas manchas que festejaban el carnaval veintitrés pisos más abajo.

–Es hora de levantar este negocio, Prefect –anunció bruscamente–. En Empresas Dimensinfín somos...

–¿Empresas *qué*?

–Empresas Dimensinfín. Hemos adquirido todas las acciones de la *Guía*.

–¿*Dimensinfín*?

–Ese nombre nos ha costado millones, Prefect. Si no le gusta, ya puede ir recogiendo sus cosas.

Ford se encogió de hombros. No tenía nada que recoger.

–La Galaxia está cambiando –explicó Harl–. Hay que acomodarse a los cambios. Ir de acuerdo con el mercado, que está en ascenso. Nuevas aspiraciones. Nuevas técnicas. El futuro es...

–No me hable del futuro –le interrumpió Ford–. Yo he andado por todo el futuro. He pasado en él la mitad de mi vida. Es lo mismo que en cualquier otra parte. Que en cualquier otro tiempo. Lo que sea. Lo mismo de siempre, solo que con coches más rápidos y el aire más emponzoñado.

–Ese es *un* futuro –arguyó Harl–. *Su* futuro, si es que lo acepta. Tiene que aprender a pensar bajo un punto de vista multidimensional. Existe una infinidad de futuros que se extienden en todas direcciones a partir de este instante; desde aquí, desde ahora mismo. ¡Billones de futuros que se bifurcan a cada instante! ¡En toda posición que pueda adoptar cada posible electrón surgen billones de probabilidades! ¡Billones y billones de luminosos y radiantes futuros! ¿Sabe lo que significa eso?

–Se le cae la baba por la barbilla.

–¡Billones y billones de mercados!

–Entiendo –repuso Ford–. Así que venden billones y billones de *Guías*.

–No –repuso Harl, buscando el pañuelo sin encontrarlo–. Discúlpeme, pero este asunto me excita mucho.

Ford le tendió su toalla.

–No vendemos billones y billones de *Guías* –prosiguió Harl tras limpiarse la boca– debido a los gastos. Lo que hacemos es vender una *Guía* billones y billones de veces. Explotamos el carácter multidimensional del universo para reducir los costes de producción. Y no vendemos a esos autoestopistas sin un céntimo. ¡Qué idea tan absurda era esa! Dirigirse al segmento del mercado que, más o menos por definición, no tiene dinero, y tratar de venderle el producto. No. Vendemos al viajante de comercio acomodado y a su ociosa mujer en un billón de futuros diferentes. Es la empresa más radical, dinámica y emprendedora de todo el infinito multidimensional del espacio/tiempo/probabilidad que haya existido jamás.

–Y usted pretende que yo sea su crítico gastronómico.

–Tendremos en cuenta sus prestaciones.

–¡Mata! –gritó Ford. Se dirigía a la toalla.

La toalla saltó de las manos de Harl.

No porque tuviera fuerza motriz propia, sino porque Harl se sobresaltó ante la idea de que pudiera tenerla. Volvió a sobresaltarse al ver que Ford Prefect se abalanzaba sobre él por encima del escritorio esgrimiendo los puños. En realidad, Ford solo pretendía apoderarse de la tarjeta de crédito, pero nadie ocupa un puesto como el de Harl sin desarrollar un sano sentido paranoide de la vida. Tomó la sensata precaución de lanzarse hacia atrás, se dio un fuerte golpe en la cabeza contra el cristal a prueba de cohetes y se sumió en unos sueños inquietantes y muy personales.

Ford, de bruces sobre el escritorio, se sorprendió de lo espléndidamente que había salido todo. Lanzó una rápida mirada al trozo de plástico que ahora tenía en la mano —era una tarjeta de crédito Nutr-O-Cuenta, con su nombre ya grabado y fecha de expiración a dos años vista, y posiblemente se trataba del objeto más emocionante que Ford hubiese visto jamás—, y luego trepó por el escritorio para examinar a Harl.

Respiraba acompasadamente. A Ford se le ocurrió que respiraría aún mejor sin el peso de la cartera oprimiéndole el pecho, de modo que se la sacó del bolsillo interior y le echó un vistazo. Una buena cantidad de dinero. Bonos de crédito. Tarjeta de socio del club Ultragolf. Tarjetas de otros clubs. Fotografías de la mujer y la familia de alguien, probablemente de Harl, pero en estos tiempos es difícil estar seguro. Con frecuencia, los atareados directivos carecen de tiempo para tener esposa y familia a tiempo completo y se contentan con alquilarlas para los fines de semana.

¡Ja!

No podía creer lo que acababa de encontrar.

De la cartera sacó despacio un trozo de plástico locamente excitante cobijado entre un puñado de recibos.

Su aspecto no era locamente excitante. En realidad, era bastante soso, traslúcido, más pequeño y un poco más grueso que una tarjeta de crédito. Al ponerlo a contraluz se veía una holografía con información en clave y unas imágenes ocultas a unos pseudocentímetros bajo la superficie.

Era un Ident-i-Klar, y llevarlo en la cartera era algo temerario y estúpido por parte de Harl, aunque perfectamente comprensible. En aquellos días se estaba obligado a dar pruebas concluyentes de la propia identidad de tantísimas maneras distintas que la vida podía resultar sumamente pesada únicamente por ese factor, sin contar los problemas profundamente existenciales de tratar de asumir una conciencia coherente en un universo físico epistemológicamente ambiguo.

No hay más que fijarse en los cajeros automáticos, por ejemplo. Colas de gente que esperaban la comprobación de las huellas dactilares, la exploración de la retina, el raspado de piel de la nuca y el análisis genético inmediato (o casi inmediato, unos buenos seis o siete segundos de tediosa realidad), para luego tener que contestar preguntas capciosas acerca de la familia que ya ni recordaban tener y de sus consignadas preferencias sobre el color de los manteles. Y eso solo para conseguir un poco de dinero para los gastos del fin de semana. Si se pretendía pedir un préstamo para un coche a reacción, firmar un tratado sobre misiles o pagar toda la cuenta del restaurante, las cosas podían ser verdaderamente penosas.

De ahí el Ident-i-Klar, que codificaba todas las informaciones relativas al físico y la vida de una persona en una tarjeta de utilidad general que cualquier máquina podía leer y se llevaba cómodamente en la cartera, por lo que hasta la fecha representaba el mayor triunfo de la técnica tanto sobre sí misma como sobre el sentido común.

Ford se la guardó en el bolsillo. Acababa de ocurrírsele una idea extraordinaria. Se preguntó cuánto tiempo permanecería inconsciente Harl.

–¡Oye! –gritó al robot del tamaño de una sandía pequeña que continuaba baboseando de euforia por el techo–. ¿Quieres seguir siendo feliz?

El robot, gorgoteando, dijo que sí.

–Entonces ven conmigo y haz todo lo que yo te diga, sin falta.

El robot repuso que ya era bastante feliz donde estaba, en el techo, y que muchas gracias. Nunca se había imaginado cuánta excitación pura podía hallarse en un buen techo, y quería explorar más profundamente sus impresiones sobre los techos.

–Tú quédate ahí, que pronto volverán a capturarte –le advirtió Ford– y a ponerte otra vez tu chip condicionante. Si quieres seguir siendo feliz, ven conmigo.

El robot dejó escapar un largo y hondo suspiro de apasionada melancolía y se dejó caer a regañadientes del techo.

–Oye –le dijo Ford–. ¿Puedes hacer que el resto del sistema de seguridad siga contento unos minutos?

–Una de las alegrías de la verdadera felicidad –sentenció gorjeando el robot– es compartirla. Desbordo, espumeo, reboso de...

–Vale –le cortó Ford–. Solo esparce un poco de felicidad por la red de seguridad. No comuniques información alguna. Solo haz que se sientan bien para que no tengan necesidad de pedir datos.

Recogió la toalla y, alegremente, se dirigió corriendo hacia la puerta. La vida había sido un poco aburrida últimamente. Ahora tenía todos los indicios de volverse sumamente interesante.

7

Arthur Dent había estado en algunos sitios infectos a lo largo de su vida, pero jamás había visto un puerto espacial con un letrero que dijera: «Incluso viajar sin esperanza es mejor que venir aquí». Para dar la bienvenida a los visitantes, en el vestíbulo de llegadas se exhibía una foto del presidente de Ahoraqué, que sonreía. Era la única fotografía que podía encontrarse de él, y la habían tomado poco después de que se pegara un tiro, de modo que, aun retocada lo mejor posible, la sonrisa era más bien aterradora. Un lado de la cabeza estaba dibujado a lápiz. Y no habían cambiado de fotografía porque no se había encontrado sustituto para el presidente. Los habitantes habían tenido desde siempre una sola ambición, que era marcharse del planeta.

Arthur se registró en un pequeño motel de las afueras de la ciudad, se sentó abatido en la cama, que estaba húmeda, y hojeó el pequeño folleto informativo, que también estaba húmedo. Decía que el planeta Ahoraqué recibió el nombre de las primeras palabras pronunciadas por los primeros colonos que llegaron allí después de años luz de vagar por el espacio en un esfuerzo por alcanzar los más remotos e inexplorados confines de la Galaxia. La ciudad principal se llamaba Puesvaya. No había más ciudades propiamente dichas. La colonización de Ahoraqué no había sido un éxito, y la clase de gente que verdaderamente quería vivir en aquel planeta no era muy recomendable para hacer vida en común.

El folleto mencionaba el comercio. La principal actividad económica era el comercio de pieles de puercos de las marismas, pero no estaba muy desarrollada porque nadie en su sano juicio quería comprar una piel de puerco de las marismas ahoraqueño. Dicho comercio solo se mantenía a duras penas porque en la Galaxia había un considerable número de gente que no estaba en su sano juicio. Arthur se había sentido muy incómodo observando a ciertos ocupantes de la pequeña cabina de pasajeros de la nave. El folleto describía una parte de la historia del planeta. Era evidente que la intención de su autor había sido suscitar cierto entusiasmo por el lugar poniendo primero de relieve que no era frío y húmedo *todo* el tiempo, pero, al no poder añadir muchos rasgos positivos, el tono del artículo degeneraba rápidamente en cruel ironía. Hablaba de los primeros años de colonización. Decía que las principales actividades llevadas a cabo en Ahoraqué consistían en la captura, desuello e ingestión de puercos de las marismas ahoraqueños, únicas formas de vida animal supervivientes en Ahoraqué, pues todas las demás habían muerto o desaparecido mucho tiempo atrás. Los puercos de las marismas eran criaturas pequeñas y maliciosas, y el escaso margen que les faltaba para ser completamente incomestibles era el motivo por el que aún quedaba vida en el planeta. Entonces, ¿qué ventajas había, por pequeñas que fuesen, para que mereciese la pena vivir en Ahoraqué? Bueno, pues ninguna. Ni una sola. Incluso el hacerse ropa de abrigo con pieles de puercos de las marismas era un esfuerzo inútil y decepcionante, ya que las pieles eran inexplicablemente tenues y permeables. Eso provocó un montón de confusas conjeturas en los colonos. ¿Tenía el puerco de las marismas algún secreto para dar calor? Si alguien hubiera aprendido alguna vez el lenguaje que hablaban los puercos de las marismas, habría descubierto que no había ningún truco. Los puercos de las marismas eran tan fríos y húmedos como cualquier otra cosa del planeta. Nadie tuvo jamás el menor deseo de aprender el lenguaje de los puercos de las marismas por la sencilla razón de que dichas criaturas se comunicaban mediante fortísimos mordiscos en el muslo. Y en vista de cómo era la vida en Ahoraqué, la mayoría de las opiniones que un puerco de las marismas tuviese sobre la existencia podía expresarse fácilmente por ese medio.

Arthur hojeó el folleto hasta encontrar lo que buscaba. Al final había unos mapas del planeta. Eran bastante toscos y chapuceros, pues probablemente no tenían mucho interés para nadie, pero le revelaron lo que quería saber.

Al principio no se dio cuenta porque los mapas estaban puestos en sentido contrario al que cabía esperar, y por tanto resultaban enteramente confusos. No cabe duda de que arriba y abajo, norte y sur, son denominaciones absolutamente arbitrarias, pero estamos acostumbrados a mirar las cosas de la forma en que estamos habituados a verlas, y Arthur tuvo que volver los mapas del revés para poder entenderlos.

En el extremo superior izquierdo de la página había una enorme masa de tierra que se estrechaba en una cintura diminuta y luego volvía a henchirse como una enorme coma. En la parte derecha había una amalgama de amplias formas que le resultaba familiar. Los contornos no eran exactamente los mismos, y Arthur ignoraba si se debía a la tosquedad del mapa, a que el nivel del mar era más alto o, bueno, a que las cosas eran diferentes en aquel planeta. Pero los indicios eran concluyentes.

No cabía duda de que era la Tierra.

O, mejor dicho, no cabía duda de que no era la Tierra.

Simplemente se parecía mucho y ocupaba las mismas coordenadas del espacio temporales. Cualquiera sabía las coordenadas que ocupaba en la Probabilidad.

Suspiró.

Comprendió que, probablemente, aquello era lo más cerca de casa que iba a llegar. Lo que significaba que se encontraba lo más lejos posible de casa. Abatido, cerró de golpe el folleto y se preguntó qué demonios iba a hacer en aquella tierra.

Se permitió una sorda carcajada ante aquella ocurrencia. Consultó su viejo reloj y lo sacudió un poco para darle cuerda. Según su propia escala temporal, llegar allí le había costado un año de penosos viajes. Un año desde el accidente en el hiperespacio en el que Fenchurch había desaparecido como por ensalmo. En un momento dado estaba sentada junto a él en el Desplomjet; al momento siguiente la nave había dado un salto perfectamente normal en el hiperespacio y, cuando volvió a mirar, Fenchurch ya no estaba. Su asiento ni siquiera estaba caliente. Su nombre ni siquiera figuraba en la lista de pasajeros.

212

Cuando presentó la reclamación, la compañía mostró cierta inquietud. En los viajes espaciales ocurren muchas cosas extrañas, que suelen reportar un montón de dinero a los abogados. Pero cuando le preguntaron de qué sector galáctico procedían Fenchurch y él contestó que de ZZ9 Plural Z Alfa, los de la compañía adoptaron una actitud de absoluta tranquilidad que no acabó de gustar a Arthur. Hasta se rieron un poco, aunque con simpatía, claro está. En el contrato del billete le indicaron una cláusula que recomendaba no viajar por el hiperespacio a los seres cuyo ciclo vital se hubiese originado en algunas de las zonas Plural, advirtiendo de que, si lo hacían, sería por su propia cuenta y riesgo. Todo el mundo lo sabía, le aseguraron. Se rieron un poco entre dientes y sacudieron la cabeza.

Al salir de las oficinas de la compañía, Arthur temblaba ligeramente. No solo había perdido a Fenchurch de la forma más completa y absoluta posible, sino que le daba la impresión de que cuanto más tiempo pasaba en la Galaxia más parecía aumentar la cantidad de cosas de las que no tenía la menor idea.

Justo en el momento que más absorto estaba en aquellos vagos recuerdos, llamaron a la puerta de la habitación. Abrieron inmediatamente y apareció un individuo gordo y desgreñado con la única maleta de Arthur.

–¿Dónde le dejo...? –preguntó el recién llegado.

No llegó a decir más porque de pronto se produjo una violenta conmoción y se derrumbó pesadamente contra la puerta, tratando de desprenderse de una pequeña y asquerosa criatura que había surgido con un grito de la húmeda noche para clavarle los dientes en el muslo, traspasándole incluso la gruesa protección de cuero que llevaba en aquella parte. Hubo un breve y horrible barullo de insultos y golpes. El hombre gritó frenéticamente señalando algo con el dedo. Arthur cogió un pesado garrote colocado junto a la puerta expresamente para esas circunstancias y dio un trancazo al puerco de las marismas.

El animal se apartó súbitamente y retrocedió cojeando, aturdido y calamitoso. Se volvió con aire anhelante al extremo de la habitación, con la cola metida entre las patas traseras, y se quedó mirando nerviosamente a Arthur, sacudiendo la cabeza hacia un lado de forma incongruente y repetida. Parecía tener la mandíbula dislocada. Lloraba un poco y barría el suelo con la cola húmeda. Sentado en el umbral, el individuo gordo que traía la maleta de Arthur estaba soltando maldiciones, intentando contener la hemorragia del muslo. Tenía la ropa empapada de lluvia.

Arthur observó al puerco de las marismas sin saber qué hacer. El animal lo miraba con aire interrogativo. Trató de acercarse a él, haciendo ruiditos lastimeros y quejosos. Movía penosamente la mandíbula. De pronto saltó al muslo de Arthur, pero no tenía fuerza para apretar con la mandíbula dislocada y cayó al suelo, gimiendo tristemente. El individuo gordo se puso en pie de un salto, empuñó el garrote, golpeó al puerco de las marismas hasta dejarle los sesos hechos una pulpa pegajosa en la tenue alfombra, y permaneció inmóvil, jadeante, como desafiando al animal a que hiciese el más mínimo movimiento.

Entre los restos de la cabeza hecha puré, el globo de un ojo del puerco de las marismas miraba a Arthur con aire de reproche.

–¿Sabe usted qué quería decir? –preguntó Arthur con voz queda.

–Pues, nada de particular –contestó el hombre–. Solo pretendía ser amable. Y esta es nuestra manera de ser amables –añadió, blandiendo el garrote.

–¿Cuándo sale el próximo vuelo? –preguntó Arthur.

–Creía que acababa de llegar.

–Sí. No era más que una breve visita. Solo quería ver si este era el sitio indicado. Lo siento.

–¿Quiere decir que se ha equivocado de planeta? –preguntó el hombre en tono sombrío–. Es curioso, la cantidad de gente que dice eso. Sobre todo los que viven aquí.

Miró los restos del puerco de las marismas con un resentimiento profundo y ancestral.

–Oh, no. Es el planeta adecuado, ya lo creo –repuso Arthur, recogiendo el folleto húmedo que estaba sobre la cama y guardándoselo en el bolsillo–. Está bien, gracias. Me llevaré esto –añadió, cogiendo la maleta.

Se dirigió a la puerta y miró afuera, hacia la noche fría y lluviosa.

–Sí, es el planeta adecuado, desde luego –repitió–. El planeta correcto y el universo equivocado.

Un pájaro describió círculos sobre su cabeza mientras él se ponía de nuevo en marcha hacia el puerto espacial.

8

Ford tenía su propio código ético. No es que fuese gran cosa, pero era suyo y, más o menos, se atenía a él. Una de sus normas consistía en no pagar jamás sus propias consumiciones alcohólicas. No estaba seguro de si eso era ético, pero uno ha de conformarse con lo que tiene. Era, asimismo, firme y absolutamente contrario a cualquier tipo de crueldad con los animales, con todos menos con las ocas. Y además nunca robaría a sus jefes.

Bueno, no exactamente *robar*.

Si el supervisor de sus facturas no empezaba a respirar demasiado fuerte ni lanzaba una alerta de seguridad para cerrar todas las salidas cuando le entregaba la relación de gastos, Ford tenía la impresión de que no estaba haciendo adecuadamente su trabajo. Pero *robar* era otra cosa. Morder la mano que te alimenta. Chupar de ella lo más posible, incluso darle algún mordisquito cariñoso estaba muy bien, pero nunca morderla de verdad. Sobre todo si la mano pertenecía a la *Guía*, que era algo sagrado y especial.

Pero eso, pensó Ford mientras avanzaba por el edificio agachándose y dando virajes, estaba cambiando. Y la culpa solo la tenían ellos. No había más que mirar alrededor. Filas de pulcros cubículos grises para los oficinistas y lujosos estudios informatizados para los directivos. Todas las dependencias estaban inundadas del monótono murmullo de informes y actas que revoloteaban por las redes electrónicas. En la calle se jugaba a la Busca del Wocket por amor a Zark, pero allí, en el núcleo de las oficinas de la *Guía*, no había nadie que, ni siquiera por descuido, diera patadas a un balón por los pasillos ni llevara ropa de playa de colores chocantes.

—Empresas Dimensinfín —rezongó Ford para sus adentros mientras pasaba airosamente de un corredor a otro. Las puertas se abrían mágicamente a su paso sin pregunta alguna. Los ascensores le llevaban satisfechos adonde no debían. Ford se dirigía a la parte baja del edificio, siguiendo en general el camino más enrevesado y complejo posible. Su pequeño y feliz robot se encargaba de todo, esparciendo ondas de aquiescente alegría por todos los circuitos de seguridad que encontraba.

Ford pensó que necesitaba un nombre y decidió llamarlo Emily Sanders, como una chica de la que guardaba recuerdos muy cariñosos. Luego se le ocurrió que Emily era un nombre absurdo para un robot de seguridad y en cambio lo llamó Colin, como el perro de Emily.

Ahora circulaba por las más profundas entrañas del edificio, en zonas donde jamás había entrado, protegidas por una seguridad cada vez mayor. Empezaba a notar miradas perplejas en los agentes que encontraba. A aquel nivel de seguridad ya no se les consideraba personas. Y probablemente se ocupaban únicamente de las tareas propias de los agentes. Cuando llegaban a casa por la noche se volvían personas otra vez, y cuando sus hijos pequeños levantaban la vista hacia ellos y les preguntaban: «¿Qué has hecho hoy en el trabajo, papi?», se limitaban a contestar: «He desempeñado mis tareas de agente», sin dar más explicaciones.

Lo cierto era que ocurrían muchas cosas turbias tras la desenfadada y alegre fachada que a la *Guía* le gustaba adoptar, o que solía gustarle antes de que apareciese esa pandilla de Empresas Dimensinfín y empezase con sus oscuros tejemanejes. Había toda clase de fraudes fiscales, estafas, chanchullos y tratos dudosos sosteniendo el reluciente edificio, y abajo, en los inviolables niveles de investigación y proceso de datos, era donde se tramaba todo.

Cada pocos años la empresa instalaba sus actividades, junto con sus dependencias, en un mundo nuevo, y durante un tiempo todo eran risas y alegría mientras la *Guía* echaba raíces en la cultura y la economía locales, facilitando empleo, sentido de la fascinación y la aventura y, en el fondo, menos ingresos de lo que esperaban los habitantes del lugar.

216

Cuando la *Guía* se mudaba, llevándose el edificio consigo, se marchaba por la noche, casi como un ladrón. En realidad, exactamente igual que un ladrón. Solía largarse de madrugada y al día siguiente siempre se echaba en falta un montón de cosas. En su estela se derrumbaban culturas y economías, con frecuencia al cabo de una semana, dejando a planetas que antes eran prósperos sumidos en la desolación y la neurosis de guerra, pero todavía con la sensación de haber participado en una gran aventura.

Los «agentes» que lanzaban miradas perplejas a Ford mientras seguía adentrándose en las profundidades de las zonas más secretas del edificio se tranquilizaban por la presencia de Colin, que volaba a su lado con un zumbido de plenitud emotiva facilitándole el paso a lo largo de las diversas etapas. Empezaban a sonar alarmas en otras partes del edificio. Quizá porque ya habían encontrado a antes Vann Harl, lo que supondría un problema. Ford confiaba en volver a guardarle en el bolsillo el Ident-i-Klar antes de que volviese en sí. Bueno, ese era un problema que tendría que resolver después, y ahora no tenía ni idea de cómo hacerlo. De momento no había de qué preocuparse. Dondequiera que iba con el pequeño Colin, se veía rodeado por una capa de luz y dulzura y, cosa más importante, de ascensores dispuestos y condescendientes y de puertas extremadamente obsequiosas.

Ford incluso empezó a silbar, lo que probablemente fue un error.

A nadie le gustan las personas que silban, sobre todo a la divinidad que configura nuestro destino.

La siguiente puerta no se abrió.

Y fue una lástima, porque era precisamente a la que Ford se dirigía. Allí estaba, gris y cerrada a cal y canto, con un letrero que decía:

PROHIBIDA LA ENTRADA
INCLUSO AL PERSONAL AUTORIZADO.
ESTÁ PERDIENDO EL TIEMPO.
MÁRCHESE.

Colin informó de que, en general, las puertas eran mucho más severas en aquellas zonas profundas del edificio.

Ahora se encontraban a unos diez niveles por debajo de la entrada. Había aire acondicionado y las elegantes paredes tapizadas de arpillera habían dado paso a toscos muros de acero remachados con tornillos. La exuberante euforia de Colin se había difuminado en una especie de voluntariosa animación. Dijo que se empezaba a cansar un poco. Le hacía falta toda su energía para inocular la menor afabilidad en aquella puerta.

Ford le dio una patada. La puerta se abrió.

–Una mezcla de placer y dolor –murmuró–. Siempre da resultado.

Cruzó el umbral y Colin entró volando tras él. Incluso con el cable conectado directamente en el electrodo del placer, su felicidad tenía cierto cariz nervioso. Hizo un pequeño reconocimiento, subiendo y bajando rápidamente.

La estancia era pequeña y gris. Había un murmullo.

Era el centro neurálgico de la empresa.

Los terminales informáticos alineados en las paredes grises eran ventanas abiertas a todos los aspectos de las actividades de la *Guía*. Allí, en la parte izquierda de la sala, se compilaban en la red Sub-Eta los informes enviados por los investigadores de campo desde todos los rincones de la Galaxia, y se transmitían a los despachos de los subredactores jefe, cuyas secretarias suprimían todos los pasajes interesantes porque ellos habían salido a comer. El artículo que quedaba se enviaba entonces a la otra mitad del edificio –la otra pata de la «H»–, que era el servicio jurídico. Ese departamento suprimía todos los pasajes restantes que aún parecían remotamente buenos y lo enviaban a los despachos de los redactores jefe, que también habían salido a comer. Entonces, las secretarias de los redactores jefe lo leían, afirmaban que era una estupidez y suprimían la mayor parte de lo que quedaba.

Por último, cuando alguno de los redactores jefe volvía dando tumbos de comer, exclamaba:

–¿Qué es toda esta mierda que X –donde «equis» representa el nombre del investigador de turno– nos ha enviado desde el otro extremo de la puñetera Galaxia? ¿Qué sentido tiene enviar a alguien a pasar tres ciclos orbitales completos en las malditas Zonas Mentales de Gagrakacka, con todo lo que está pasando por allí, si lo mejor que se molesta en mandarnos es este montón de intragable basura? ¡Que no le admitan los gastos!

–¿Qué hago con el artículo? –preguntaba la secretaria.

–Pues póngalo en la red. Algo tiene que circular por ahí. Me duele la cabeza, me voy a casa.

De modo que el artículo corregido pasaba por última vez por la censura y la hoguera del servicio jurídico y luego era enviado a aquella sala, donde se transmitía a la red Sub-Eta para que pudiera recuperarse inmediatamente en cualquier punto de la Galaxia. De eso se encargaba la instalación que inspeccionaba y comprobaba los terminales de la parte derecha de la sala.

Mientras, la orden de denegación de la nota de gastos se transmitía al terminal del rincón derecho, que era hacia donde Ford se dirigía rápidamente en aquel momento.

Si está leyendo esto en el planeta Tierra, entonces:

a) Buena suerte. Hay un montón de cosas que usted ignora por completo, pero no es el único. Solo que, en su caso, las consecuencias de su ignorancia son especialmente horribles, pero bueno, oiga, así es como están ahora las cosas y no hay remedio.

b) En cuanto a saber qué es un terminal informático, ni lo sueñe. (Un terminal informático no es ningún absurdo y anticuado aparato de televisión con una máquina de escribir delante. Sino una interfaz donde la mente y el cuerpo pueden conectar con el universo y mover de acá para allá algunas de sus partes.)

Ford se apresuró hacia el terminal, se sentó frente a él y se sumergió rápidamente en el universo que le ofrecía.

No era el universo normal a que estaba acostumbrado. Era un universo de mundos tupidos, pliegues, topografías agrestes, picos escarpados, barrancos que cortaban la respiración, lunas que brincaban sobre hipocampos, grietas bruscas y malignas, océanos que se henchían en silencio, abismos que se precipitaban en círculos hacia un fondo insondable.

Permaneció quieto para tratar de orientarse. Controló la respiración, cerró los ojos y volvió a mirar.

Así que en eso era en lo que los contables empleaban el tiempo. Aquello tenía más miga de lo que parecía a primera vista. Miró bien, cuidando de que aquello no se dilatara ante sus ojos, ni se desdibujara ni le abrumara.

Estaba despistado en aquel universo. Ni siquiera conocía las leyes físicas que determinaban sus dimensiones o sus hábitos, pero el instinto le decía que buscase el rasgo más destacado y se lanzase hacia él.

A lo lejos, a una distancia incalculable —¿era uno o un millón de kilómetros, o acaso tenía una mota en el ojo?–, había una pasmosa cumbre que se erguía en el cielo, sobresaliendo, ascendiendo y esparciéndose en floridos penachos,[1] amalgamas[2] y archimandritas.[3]

Se lanzó hacia ella, tumultuosa y agitadamente, y al fin la alcanzó en un abrir y cerrar de ojos absurdamente largo.

Se aferró a ella con los brazos extendidos, agarrándose fuertemente a su superficie llena de hoyos y ásperos relieves. Una vez convencido de que estaba bien asegurado, cometió el error de mirar hacia abajo.

Mientras se lanzaba hacia la cumbre, tumultuosa y agitadamente, la distancia que se abría a sus pies no le había inquietado excesivamente, pero ahora que se encontraba suspendido el abismo le encogía el corazón y le paralizaba la mente. Tenía los dedos blancos del dolor y la tensión. Hacía rechinar los dientes, que se golpeaban de forma incontrolada. Los ojos le giraban en las órbitas con oleadas procedentes de los más cimbreantes extremos del vértigo.

Con un enorme esfuerzo de voluntad y fe, simplemente se dejó caer y se dio un impulso hacia arriba.

Se sintió flotar. Y alejarse. Y luego, en contra de toda intuición, subir. Y subir.

Echó los hombros atrás, bajó los brazos, miró hacia arriba y se dejó arrastrar tranquilamente, cada vez más alto.

Al cabo de poco, en la medida en que tales términos tuviesen algún sentido en aquel universo virtual, salió a su encuentro un saliente al que podía agarrarse y trepar.

Alzó los brazos, se agarró, trepó.

Jadeó ligeramente. Aquello requería cierto esfuerzo.

Se sentó en el saliente, sujetándose bien. No estaba seguro de si para no caerse o para no elevarse, pero necesitaba aferrarse a algo mientras inspeccionaba el mundo en que se encontraba.

La altura, que se movía y giraba, le hizo rodar y le volvió la mente del revés hasta que, con los ojos cerrados y gimoteando, se encontró abrazado a la espeluznante pared de la gigantesca montaña.

Poco a poco fue recobrando la respiración. Se repitió que solo

1. Cresta de plumas de adorno.
2. Conjunto desordenado.
3. Dignidad eclesiástica inferior a la de obispo.

estaba en una representación gráfica del mundo. En un universo virtual. En una realidad simulada. Podía salir de ella enseguida, en cualquier momento.

Salió de ella.

Se encontraba sentado frente a un terminal informático en una silla giratoria de color azul, imitación de cuero, rellena de gomaespuma.

Se tranquilizó.

Estaba pegado a la pared de una cumbre increíblemente alta, colgado en un angosto saliente sobre un abismo de tales dimensiones que la cabeza le daba vueltas.

No era solo que el paisaje se extendiese a tanta distancia de sus pies: deseó que dejara de girar y oscilar.

Le hacía falta un asidero. No en la pared de la roca, que era una ilusión. Tenía que encontrar algo a lo que agarrarse para dominar la situación, para ser capaz de mirar al mundo físico en que se encontraba al tiempo que se desprendía emocionalmente de él.

Se agarró bien mentalmente y entonces, igual que había salido de la pared de la cumbre, desechó la idea de altura y se encontró allí sentado, sano y salvo. Miró al mundo. Respiraba bien. Estaba tranquilo. De nuevo dominaba la situación.

Se hallaba en un modelo topológico cuatridimensional de los sistemas financieros de la *Guía*, y muy pronto alguien o algo querría saber por qué.

Y allí lo tenía.

A través del espacio virtual, se acercó en picado una pequeña bandada de malignas criaturas de ojos acerados, cabecitas puntiagudas y bigotes finos, que le preguntaron con displicencia quién era, qué hacía allí, qué autorización tenía, qué autorización tenía su agente de autorización, qué medidas tenía de pernera interior del pantalón y así sucesivamente. Rayos láser se desplazaban por todo su cuerpo como si fuese un paquete de galletas en la caja de un supermercado. Las pistolas láser de combate se mantenían, de momento, en la reserva. Daba igual que todo aquello ocurriese en el espacio virtual. El hecho de que un láser virtual lo matase virtualmente a uno en el espacio virtual era tan eficaz como en la propia realidad, porque se estaba igual de muerto.

Los lectores láser se excitaban cada vez más a medida que le recorrían las huellas dactilares, la retina y el contorno folicular por donde su cuero cabelludo iba quedándose desnudo. Sus averiguaciones no le gustaban nada. El parloteo y los gritos con que formulaban preguntas insolentes y muy personales iban subiendo de tono. Un pequeño raspador quirúrgico se le aproximaba a la piel de la nuca cuando Ford, conteniendo el aliento y rezando muy poquito, sacó del bolsillo el Ident-i-Klar de antes Vann Harl y lo agitó delante de las criaturas.

Al momento, todos los láseres se concentraron en la pequeña tarjeta y, retrocediendo, acercándose y penetrando en su interior, estudiaron y leyeron hasta la última molécula.

Entonces, con la misma brusquedad, se detuvieron.

Toda la bandada de pequeños inspectores virtuales se puso en posición de firmes.

–Nos alegramos de verlo, míster Harl –dijeron al unísono–. ¿Podemos servirle en algo?

Ford esbozó una lenta y maliciosa sonrisa.

–¿Sabéis que me parece que sí?

Cinco minutos después había salido de allí.

Unos treinta segundos para hacer el trabajo y tres minutos con treinta segundos para borrar las pistas. Podía haber hecho lo que hubiese querido en la estructura virtual, o casi. Podía haber traspasado a su nombre la propiedad de toda la compañía, pero dudaba de que la operación hubiera pasado inadvertida. De todas formas, no le apetecía. Habría supuesto responsabilidades, pasarse las noches trabajando en el despacho, sin mencionar pesadas y largas investigaciones para descubrir fraudes y una buena cantidad de tiempo en la cárcel. Quería algo que nadie notara salvo el ordenador: esa era la parte que le llevó treinta segundos.

Lo que le llevó tres minutos y treinta segundos fue programar el ordenador para que no notase que había notado algo.

Debía *negarse* a saber lo que Ford se traía entre manos, y entonces él le dejaría racionalizar tranquilamente sus propias defensas contra la información que alguna vez surgiese. Era una técnica de programación diseñada a partir de esos bloqueos mentales un tanto psicóticos que, según se ha observado, se manifiestan invariablemente en algunas personas completamente normales cuando las eligen para un cargo político de importancia.

El otro minuto lo consumió en descubrir que el sistema del ordenador ya tenía un bloqueo mental. Enorme. No lo habría descubierto si no se hubiese dedicado a crear su propio bloqueo mental. Se encontró con un verdadero montón de lógicos y refinados procedimientos de rechazo, así como métodos secundarios de distracción, justo donde pensaba instalar el suyo. El ordenador rechazó todo conocimiento de ellos, claro está, y luego se negó rotundamente a aceptar que incluso hubiese algo cuyo conocimiento debiera rechazarse, y era tan convincente en todos los aspectos que Ford hasta llegó a pensar que debía de haber cometido un error.

Era impresionante.

Estaba tan impresionado, en realidad, que no se molestó en instalar sus propios procedimientos de bloqueo mental, limitándose a establecer llamadas entre los que ya existían, que luego se conectaban entre sí al ser interrogados, y así sucesivamente.

Se dispuso entonces a quitar los pocos códigos que había instalado y, para su sorpresa, descubrió que no estaban. Maldiciendo, los buscó por todas partes pero no encontró ni rastro de ellos.

Estaba a punto de empezar a instalarlos de nuevo cuando comprendió que no los encontraba porque ya estaban funcionando.

Esbozó una sonrisa de satisfacción.

Intentó descubrir cómo funcionaba el otro bloqueo mental del ordenador, pero naturalmente debía de estar protegido por un bloqueo mental. En realidad, era tan bueno que no pudo encontrar ni rastro de él. Se preguntó si no serían figuraciones suyas. Si no habría imaginado que tenía relación con algo del edificio, algo que ver con el número trece. Hizo unas cuantas pruebas. Sí, evidentemente se lo había imaginado.

Ya no había tiempo para rutas caprichosas, estaba claro que se había desencadenado una importante alerta de seguridad. Ford subió a la planta baja para tomar un ascensor directo desde allí. Tenía que arreglárselas para devolver el Ident-i-Klar al bolsillo de Harl antes de que lo echaran en falta. Pero no sabía cómo.

Al abrirse las puertas, apareció una numerosa cuadrilla de guardias y robots de seguridad que esperaban el ascensor esgrimiendo armas de peligroso aspecto.

Le ordenaron que saliese.

Encogiéndose de hombros, Ford dio un paso al frente. Empujándole groseramente, entraron en el ascensor para bajar a los niveles inferiores y seguir buscándolo.

Qué divertido, pensó Ford, dando a Colin una palmadita amistosa. Era el primer robot verdaderamente útil que había encontrado jamás. Colin iba delante de él, flotando en un estado de éxtasis gozoso. Ford se alegró de haberle puesto nombre de perro.

Estuvo muy tentado de marcharse en aquel preciso momento y confiar en que todo saliese bien, pero pensó que habría más posibilidades de éxito si Harl no descubría la falta de su Ident-i-Klar. Tenía que devolverla sin que se enterasen, como fuese.

Se dirigieron a los ascensores directos.

–¡Hola! –saludó el ascensor al que subieron.

–¡Hola! –contestó Ford.

–¿Adónde puedo llevaros hoy, amigos? –preguntó el ascensor.

–Al piso veintitrés.

–Parece un piso bastante solicitado –comentó el ascensor.

–Humm –murmuró Ford, sin gustarle el cariz que tenía aquello.

El ascensor iluminó el número veintitrés en el panel de los pisos y salió zumbando hacia arriba. A Ford le extrañó algo del panel, pero no logró determinarlo y lo olvidó. Le preocupaba más la idea de que el piso al que se dirigía estaba muy solicitado. No había pensado verdaderamente en cómo enfrentarse a lo que estuviera pasando allí porque ignoraba con qué iba a encontrarse. Pero tenía que estar preparado.

Ya habían llegado.

Las puertas se abrieron.

Calma siniestra.

Pasillo vacío.

La puerta del despacho de Harl estaba envuelta en una ligera capa de polvo. Ford sabía que aquel polvo consistía en billones de minúsculos robots moleculares que habían salido de la madera para ensamblarse entre sí, reconstruir la puerta, desmontarse y volver a penetrar en la madera, donde esperarían a que se produjeran nuevos desperfectos. Ford se preguntó qué clase de vida era aquella, pero no por mucho tiempo, porque en aquel momento le preocupaba mucho más su propia vida.

Respiró hondo y echó a correr.

9

Arthur se encontró un poco perdido. Tenía ante sí toda una Galaxia, y se preguntó si no sería ruin de su parte el quejarse de que le faltaban dos cosas: el mundo en que había nacido y la mujer que amaba.

Había que fastidiarse, pensó, y sintió necesidad de orientación y consejo. Consultó la *Guía del autoestopista galáctico.* Buscó «orientación» y encontró: «Véase CONSEJO». Miró «consejo» y la *Guía* dijo: «Véase ORIENTACIÓN». Últimamente hacía muchas cosas por el estilo, y se preguntó si no le tendría más locuras reservadas.

Se dirigía al extremo confín oriental de la Galaxia donde, decían, se hallaba la verdad y la sabiduría, sobre todo en el planeta Hawalius, tierra de oráculos, profetas y adivinos, pero también de pizzas para llevar, porque la mayoría de los místicos eran absolutamente incapaces de prepararse la comida.

Parecía, sin embargo, que sobre aquel planeta había caído una especie de calamidad. Mientras Arthur paseaba por el pueblo donde vivía la mayor parte de los profetas, en las calles se respiraba cierto aire de desánimo. Se cruzó con un profeta que estaba cerrando su negocio con aire abatido y le preguntó qué ocurría.

–Ya no vienen a vernos –contestó el profeta en tono áspero mientras clavaba una tabla sobre la ventana de su cabaña.

–Ah. ¿Y por qué?

–Sujete el otro extremo de la tabla y se lo mostraré.

226

Arthur sostuvo el extremo sin clavar de la tabla y el viejo profeta se escabulló en las profundidades de la cabaña, de donde volvió a aparecer unos momentos después con una pequeña radio Sub-Eta. La encendió, movió un poco el dial y la colocó en un pequeño banco de madera donde solía sentarse a decir profecías. Luego volvió a sujetar la tabla y siguió dando martillazos.

Arthur se sentó a escuchar la radio.

–... se confirmará –decía la radio–. Mañana, el vicepresidente de Poffla Vigus, Roopy Ga Stip, anunciará su intención de presentarse a la presidencia. En un discurso que mañana pronunciará en...

–Ponga otra emisora –le dijo el profeta. Arthur apretó el botón de preselección.

–... se negó a hacer comentarios –dijo la radio–. La semana próxima, el número total de desempleados en el sector de Zabush será el peor desde que se empezó a llevar la cuenta. Un informe que se publicará el mes que viene dice que...

–Busque otra –gritó malhumorado el profeta. Arthur volvió a apretar el botón.

–... lo negó categóricamente –dijo la radio–. El mes próximo, la boda real entre el príncipe Gid de la dinastía Soofling y la princesa Hooli de Raui Alfa será la ceremonia más espectacular que se haya visto jamás en los Territorios Bianyi. Nuestra enviada especial Trillian Astra nos envía su crónica desde allí.

Arthur pestañeó.

De la radio surgió el clamor de multitudes vitoreantes y el bullicio de una banda militar. Una voz muy familiar dijo:

–Pues bien, Krart, la escena que se desarrolla aquí, a mediados del mes que viene, es absolutamente increíble. La princesa Hooli está radiante, con un...

El profeta dio un manotazo a la radio, lanzándola del banco al polvoriento suelo, donde cacareó como un gallo desafinado.

–¿Ve con lo que tenemos que luchar? –gruñó el profeta–. Venga, sujete esto. Eso no, esto. No, así no. Con esto hacia arriba. Al contrario, estúpido.

–Estaba escuchando eso –se quejó Arthur, cogiendo torpemente el martillo del profeta.

–Igual que todo el mundo. Por eso este sitio parece un pueblo fantasma.

Escupió en el polvo.

–No, me refiero a que me parecía alguien conocido.

–¿La princesa Hooli? Si tuviera que ir por ahí saludando a todos los que conocen a la princesa Hooli, me harían falta unos pulmones nuevos.

–La princesa no –repuso Arthur–. La periodista. Se llama Trillian. No sé de dónde ha sacado el Astra. Es del mismo planeta que yo. Me pregunto por dónde andará.

–Pues últimamente anda por todo el continuo. Aquí no recibimos las emisoras de televisión tridimensional, desde luego, gracias al Gran Arkopoplético Verde, pero se la oye en la radio; va pindongueando de acá para allá por el espacio/tiempo. Esa joven quiere encontrar una era sin sobresaltos donde sentar la cabeza. Todo eso acabará en llanto. Probablemente ya habrá terminado así.

Blandió el martillo y se asestó un fuerte golpe en el pulgar. Empezó a hablar en varias lenguas.

El pueblo de los oráculos no era mucho mejor.

Le habían dicho que si buscaba un buen oráculo lo mejor era dirigirse al que consultaban los demás oráculos, pero estaba cerrado. A la entrada había un letrero que decía: «Ya no sé nada. Pruebe en la puerta de al lado, pero solo es una sugerencia, no un consejo oficial del oráculo».

«La puerta de al lado» era una gruta a unos centenares de metros de distancia, y Arthur se puso en camino hacia ella. Humo y vapor ascendían, respectivamente, de una fogata y de un puchero abollado suspendido sobre las llamas. Del puchero también salía un olor desagradable. Al menos, Arthur supuso que salía del puchero. Tendidas de una cuerda, se secaban al sol las vejigas infladas de una especie de cabra típica de la región, y de ahí podía venir el olor. A una distancia inquietantemente escasa, había una pila de cadáveres de aquella especie de cabras y el tufillo también podía venir de allí.

Pero el olor podía proceder igualmente de la anciana ocupada en espantar las moscas de la pila de cadáveres. Era una tarea imposible porque cada mosca tenía más o menos el tamaño de un tapón y la anciana solo utilizaba una raqueta de tenis de mesa. Además parecía cegata. De vez en cuando acertaba a una mosca con alguna de sus desenfrenadas paletadas y, tras un ruido sordo y sumamente gratificante, la mosca salía proyectada por los aires y acababa aplastada contra una roca a unos metros de la entrada de la cueva.

A juzgar por su semblante, daba la impresión de que la anciana vivía para esos momentos.

Arthur contempló durante un rato ese extraño ejercicio desde respetuosa distancia, y al fin tosió suavemente para tratar de llamar su atención. Pero, lamentablemente, la tos, suave y cortés, supuso la inhalación de atmósfera local en mayores cantidades que hasta entonces y, en consecuencia, Ford sufrió un acceso de ronca expectoración que le derrumbó contra la roca, sofocado y anegado en lágrimas. Luchó por recobrar el aliento, pero cada nueva respiración empeoraba las cosas. Devolvió, medio ahogándose otra vez, se revolcó en el vómito, siguió rodando unos metros, logró al fin incorporarse con las manos y las rodillas y, jadeante, se arrastró en busca de aire más fresco.

–Disculpe –dijo, recobrando un poco el aliento–. De verdad que lo siento muchísimo. Me siento como un perfecto idiota y...

Hizo un gesto de impotencia hacia el pequeño montón de vómito esparcido ante la entrada de la cueva.

–¿Qué puedo decir? ¿Qué podría decir?

Al menos, eso llamó la atención de la anciana. Miró hacia él con aire receloso, pero como estaba medio ciega le resultaba difícil encontrarlo entre el paisaje velado y rocoso.

–¡Hola! –dijo Arthur, agitando la mano para ayudarla.

Al fin lo vio, gruñó para sus adentros y siguió matando moscas.

Por el modo en que se producían corrientes de aire cada vez que ella se movía, resultaba horrorosamente evidente que la principal fuente del mal olor procedía, en realidad, de la propia anciana. Las vejigas puestas a secar, los putrefactos cadáveres y la sopa malsana quizá aportasen violentas contribuciones a aquella atmósfera, pero la presencia olfativa más importante era la de la anciana.

Logró dar otro buen palmetazo a una mosca, que se estrelló contra la roca derramando sus entrañas de una forma que la anciana, si es que alcanzaba a ver a esa distancia, consideró claramente satisfactoria.

Tambaleándose, Arthur se puso en pie y se limpió con un puñado de hierba seca. No sabía qué más hacer para anunciar su presencia. Estuvo a punto de marcharse, pero le pareció vergonzoso dejar el vómito delante de la casa de aquella mujer. Se preguntó qué podría hacer para limpiarlo. Recogió unos puñados de hierba seca y áspera que crecía aquí y allá. Pero le dio por pensar que, si se acercaba al sitio donde había devuelto, en vez de limpiarlo terminaría ensuciándolo más.

Justo cuando se debatía por decidir cuál era la mejor forma de proceder, empezó a darse cuenta de que la anciana finalmente le estaba diciendo algo.

–¿Cómo dice? –gritó Arthur.

–He dicho que si le puedo ayudar –dijo ella con una voz tenue y estridente que Arthur apenas alcanzó a oír.

–Pues, he venido a pedirle consejo –repuso él, sintiéndose un poco ridículo.

La anciana se volvió a mirarlo con expresión miope y luego le dio la espalda, dio un palmetazo a una mosca y falló.

–¿Sobre qué?

–¿Cómo dice? –repitió Arthur.

–He dicho sobre qué –casi gritó la anciana.

–Pues bueno, en realidad solo quería una especie de consejo general. El folleto decía...

–¡Ja! ¡El folleto! –replicó la anciana con desprecio. Ahora parecía agitar la paleta más o menos al azar.

Arthur sacó el arrugado folleto del bolsillo. No sabía muy bien por qué. Ya lo había leído, y suponía que la anciana no querría leerlo. Lo abrió de todos modos para tener algo que mirar durante unos momentos, con el ceño fruncido y aire pensativo. El artículo del folleto seguía haciendo gala de ingenio sobre las antiguas artes místicas de los profetas y sabios de Hawalius, y exageraba disparatadamente sobre las plazas hoteleras del planeta. Arthur seguía llevando un ejemplar de la *Guía del autoestopista galáctico* pero, al consultarlo, comprobó que los artículos se volvían cada vez más confusos y paranoides, exhibiendo gran profusión de x, j y $\{$. Algo no iba bien. No sabía si se trataba de su aparato o de que en el núcleo mismo de la organización de la *Guía* algo o alguien andaba muy mal o simplemente sufría alucinaciones. Fuera lo que fuese, se sentía menos inclinado que de costumbre a confiar en ella, lo que significaba que no se fiaba ni un ápice, pues solía utilizarla para mirar algo mientras se comía el bocadillo sentado en una piedra.

La mujer se había vuelto y ahora se dirigía hacia él. Sin que se notara mucho, Arthur intentó calcular la dirección del viento, inclinándose a uno y otro lado mientras ella se acercaba.

—Consejo —dijo la anciana—. Consejo, ¿eh?

—Pues sí —repuso Arthur—. Sí, eso es...

Volvió a mirar el folleto con el ceño fruncido, como para asegurarse de que no había leído mal y había acabado estúpidamente en el planeta que no era o algo así. El folleto decía lo siguiente: «Los simpáticos habitantes de la zona se alegrarán de compartir con usted el conocimiento y la sabiduría de los antiguos. ¡Ahonde con ellos en los turbulentos misterios del pasado y el futuro!». También había unos cupones, pero Arthur estaba demasiado avergonzado para cortarlos o tratar de ofrecérselos a nadie.

—Conque consejo, ¿eh? —repitió la mujer—. Solo una especie de consejo general, dice usted. ¿Sobre qué? ¿Sobre qué va a hacer en la vida, esas cosas?

—Sí —admitió Arthur—. Esa clase de cosas. Para serle absolutamente franco, es un problema con el que me encuentro a veces.

Con pequeños y rápidos movimientos, trataba desesperadamente de mantenerse contra el viento. Le sorprendió que la anciana le diera súbitamente la espalda y se dirigiese hacia la cueva.

—Entonces tendrá que ayudarme con la fotocopiadora.

—¿Con qué?

—Con la fotocopiadora —repitió la anciana, pacientemente—. Tendrá que ayudarme a sacarla fuera. Funciona con energía solar. Pero tengo que guardarla en la cueva, para que los pájaros no se caguen encima.

—Entiendo.

—Yo que usted respiraría hondo —murmuró la anciana al entrar con paso firme en la penumbra de la cueva.

Arthur siguió su consejo. En realidad, casi aspiró una cantidad excesiva de aire. Cuando pensó que tenía suficiente, contuvo el aliento y pasó al interior.

La fotocopiadora era un aparato viejo colocado sobre un carrito desvencijado. Estaba justo a la entrada del oscuro antro. Las ruedas estaban firmemente atascadas en direcciones opuestas, y el suelo era accidentado y pedregoso.

—Salga a respirar —le dijo la anciana. Arthur se estaba poniendo rojo al tratar de mover el aparato.

Asintió aliviado. Decidió que si a ella no le daba vergüenza, a él tampoco le daría. Salió, respiró unas cuantas veces y volvió a entrar para seguir levantando y empujando la máquina. Tuvo que repetir la operación varias veces hasta que al fin consiguieron sacarla.

El sol daba de plano. La anciana desapareció de nuevo en las profundidades de la cueva y volvió con unos paneles metálicos que conectó a la máquina para recoger la energía solar.

Miró al cielo con los ojos entornados. Brillaba el sol, pero había un poco de niebla y calima.

—Tardará un poco —anunció la mujer.

Arthur dijo que no le importaba esperar.

La anciana se encogió de hombros y, con paso resuelto, se acercó a la fogata. Sobre las llamas burbujeaba el contenido del puchero. La mujer lo removió con un palo.

—No querrá almorzar, ¿verdad? —preguntó a Arthur.

—Ya he comido, gracias —contestó Arthur—. No, de verdad. Ya he almorzado.

—No me cabe duda —confirmó la anciana. Siguió dando vueltas con el palo. Al cabo de unos minutos sacó un trozo de algo, lo sopló para que se enfriara un poco y se lo llevó a la boca.

Masticó con aire pensativo.

Luego se dirigió despacio al montón de cadáveres de los animales semejantes a cabras. Escupió sobre ellos el trozo que tenía en la boca y volvió renqueante al puchero. Intentó quitarlo del trípode del que colgaba.

—¿Puedo ayudarla? —se ofreció Arthur, poniéndose cortésmente en pie y apresurándose hacia ella.

Juntos descolgaron el puchero del trípode y lo bajaron por la pequeña cuesta que descendía desde la cueva hasta una hilera de pequeños y nudosos árboles que bordeaban una hondonada con mucha pendiente pero poco profunda, de la que emanaba toda una nueva gama de olores repulsivos.

—¿Preparado? —inquirió la anciana.

—Sí —dijo Arthur, aun sin saber para qué.

—A la una —dijo la anciana.

—A las dos —prosiguió la anciana.

—Y a las tres —concluyó la anciana.

Justo a tiempo, Arthur comprendió qué se proponía. Juntos arrojaron el contenido del puchero a la hondonada.

232

Al cabo de un par de horas de incomunicativo silencio, la anciana decidió que los paneles solares habían absorbido la energía suficiente para que funcionase la máquina y desapareció en la cueva para buscar algo. Al fin salió con unos montones de papeles que fue pasando por la máquina.

Entregó las copias a Arthur.

–Entonces, este es, humm, su consejo, ¿verdad? –dijo Arthur con aire de duda.

–No. Es la historia de mi vida. Mira, lo acertado de cualquier consejo que pueda dar una persona debe juzgarse con respecto a los aciertos que esa persona haya tenido en la vida. Ahora bien, si echas un vistazo a ese documento, verás que he subrayado todas las decisiones importantes que he tomado a lo largo de mi vida. Hay un índice, con referencias. ¿Lo ves? Lo único que te aconsejo es que tomes precisamente las decisiones contrarias de las que yo he tomado, y quizá no acabes al final... –hizo una pausa y se llenó los pulmones para proferir un buen grito–... ¡en una apestosa cueva como esta!

Cogió la raqueta de pin-pong, se remangó, se dirigió con paso resuelto al montón de cadáveres de la especie de cabras y se lió a cazar moscas con un derroche de fuerza y vigor.

El último pueblo que visitó Arthur se componía únicamente de postes sumamente altos. Llegaban tan arriba que desde el suelo era imposible saber qué había al final, y Arthur tuvo que trepar a tres antes de encontrar uno en cuya cúspide hubiera algo más que una plataforma cubierta de excrementos de pájaros.

No era cosa fácil. Se subía escalando unos breves tacos de madera clavados al poste que ascendían en lentas espirales. Cualquier turista menos dispuesto que Arthur habría tomado un par de fotos para luego dirigirse inmediatamente al Bar & Grill más próximo, donde además podía comprar una variedad de tartas muy dulces y pegajosas para ir a comérselas delante de los ascetas. Pero la mayoría de los ascetas ya se habían marchado, sobre todo a consecuencia de eso. En realidad, se habían marchado a establecer lucrativos centros de terapia en los mundos más prósperos del meandro noroccidental de la Galaxia, donde la vida resultaba unos diecisiete millones de veces más fácil y el chocolate era simplemente fabuloso. Daba la casualidad de que los ascetas no conocían el chocolate antes de entregarse al ascetismo. La mayoría de los clientes que asistían a sus centros de terapia lo conocían demasiado bien.

En lo alto del tercer poste, Arthur se detuvo a tomar un respiro. Estaba sofocado y con mucho calor, porque cada poste medía unos quince o veinte metros. El mundo parecía girar vertiginosamente a su alrededor, pero eso no le inquietaba mucho. Sabía que, lógicamente, no moriría hasta que llegase a Stavrómula Beta,[1] por lo que había adoptado una despreocupada actitud ante las situaciones de extremo peligro personal. Sentía cierto vértigo encaramado en lo alto de un poste a veinte metros de altura, pero lo combatió comiéndose un bocadillo. Estaba a punto de embarcarse en la lectura de las fotocopias que contaban la vida de la adivina, cuando sufrió un fuerte sobresalto al oír una tosecilla a su espalda.

Se volvió con tal brusquedad que soltó el bocadillo, y este cayó dando vueltas por el aire y pareció bastante pequeño cuando aterrizó en el suelo.

A diez metros detrás de él había otro poste y, entre las tres docenas que formaban aquel bosque de postes dispersos, era el único cuya cima estaba ocupada. Por un anciano que, a su vez, parecía ocupado en profundos pensamientos que le hacían fruncir el entrecejo.

–Disculpe –dijo Arthur. El anciano no le hizo caso. Quizá no le oyó. Había un poco de brisa. Arthur había oído la tosecilla por pura casualidad.

–¿Oiga? –gritó Arthur–. ¡Oiga!

El anciano desvió al fin la vista hacia él. Pareció sorprendido de verlo. Arthur no sabía si estaba sorprendido y contento de verlo, o solo sorprendido.

–¿Está abierto? –le preguntó Arthur.

El anciano arrugó el ceño sin comprender. Arthur no sabía si es que no le entendía o no le oía.

–Voy para allá. No se vaya.

Bajó a gatas de la estrecha plataforma y descendió rápidamente por los tacos en espiral. Al llegar al suelo estaba completamente mareado.

1. Véase el capítulo 18 de *La vida, el universo y todo lo demás*.

Se dirigió al poste en el que estaba sentado el anciano y de pronto se dio cuenta de que el descenso le había desorientado y ya no estaba seguro de cuál era.

Miró alrededor en busca de algún punto de referencia y lo encontró.

Trepó. No era aquel.

—¡Maldita sea! —exclamó—. ¡Disculpe! —repitió dirigiéndose al anciano, que ahora se encontraba justo delante de él, a unos doce metros de distancia—. Me he despistado. En un momento estoy con usted.

Volvió a bajar, molesto y con mucho sofoco.

Cuando llegó, sudando y jadeante, a lo alto del poste que con toda seguridad era el bueno, se dio cuenta de que, por lo que fuese, el anciano le estaba tomando el pelo.

—¿Qué quieres? —le gritó malhumorado el anciano, sentado ahora en lo alto del poste en el que, según reconoció Arthur, se había estado comiendo el bocadillo.

—¿Cómo ha llegado hasta ahí? —le preguntó Arthur, pasmado.

—¿Crees que te voy a decir así, por las buenas, lo que me ha costado descubrir cuarenta primaveras, veranos y otoños de estar sentado en lo alto de un poste?

—¿Y los inviernos?

—¿Qué pasa con los inviernos?

—¿En invierno no se sienta en ningún poste?

—Solo porque me pase sentado en un poste la mayor parte de la vida no significa que sea un imbécil. En el invierno me voy al sur. Tengo una casa en la playa. Me siento en la chimenea.

—¿Puede dar un consejo a un viajero?

—Sí. Que se consiga una casa en la playa.

—Entiendo.

El anciano miró al cálido, seco y árido paisaje. Desde donde estaba, Arthur apenas alcanzaba a ver a la anciana, una mancha diminuta en la distancia, que brincaba de un lado para otro cazando moscas.

—¿La ves? —preguntó de pronto el anciano.

—Sí. En realidad, la he consultado.

—Mucho que sabe esa. Me quedé con la casa de la playa porque ella la rechazó. ¿Qué consejo te dio?

–Que hiciese exactamente lo contrario de lo que ella había hecho.

–En otras palabras, que te busques una casa en la playa.

–Supongo que sí. Bueno, a lo mejor me compro una.

–Humm.

El horizonte estaba bañado en una fétida calima.

–¿Algún otro consejo? –preguntó Arthur–. Que no tenga que ver con bienes raíces.

–Una casa en la playa es algo más que eso. Es un bien espiritual –aseguró el anciano, volviéndose para mirar a Arthur.

Extrañamente, el rostro de aquel hombre solo estaba ahora a sesenta centímetros de distancia. En cierto modo, presentaba una forma enteramente normal, pero su cuerpo estaba sentado con las piernas cruzadas sobre un poste a doce metros de distancia mientras que su rostro parecía estar a sesenta centímetros de la cara de Arthur. Sin mover la cabeza ni hacer nada raro, se puso en pie y pasó a la punta de otro poste. O solo era efecto del calor, pensó Arthur, o el espacio era una dimensión diferente para él.

–Una casa en la playa no tiene por qué estar necesariamente en la playa. Aunque las mejores sí lo están –sentenció el anciano, que añadió–: A todos nos gusta emplazarnos en condiciones límite.

–¿De veras?

–Donde la tierra se une al agua. Donde la tierra se funde con el aire. Donde el cuerpo se disuelve en la mente. Donde el espacio se convierte en tiempo. Nos gusta estar en un lado y mirar al otro.

Arthur sintió una tremenda emoción. Eso era exactamente lo que prometía el folleto. Ahí tenía un hombre que parecía moverse a través de alguna suerte de espacio Escher y decía cosas verdaderamente profundas sobre toda clase de cosas.

Aunque le ponía nervioso. El anciano pasaba ahora del poste al suelo, del suelo a un poste, de poste a poste, de poste al horizonte y al revés: estaba dejando completamente en ridículo al universo espacial de Arthur.

–¡Deténgase, por favor! –gritó Ford, de pronto.

–No lo puedes soportar, ¿eh? –contestó el anciano. Sin hacer el menor movimiento ya estaba allí otra vez, sentado con las piernas cruzadas en lo alto de un poste a unos 12 metros de Arthur–. Has venido a pedirme consejo, pero no aguantas nada que no te resulte familiar. Humm. Así que tendremos que decirte algo que ya sepas, pero de forma que te resulte una novedad, ¿no? Pues vuelta a la normalidad, supongo.

Suspiró, mirando a lo lejos con los ojos entornados y expresión sombría.

—¿De dónde eres, muchacho?

Arthur decidió comportarse de manera inteligente. Estaba harto de que todo el que se encontraba le tratase como a un perfecto imbécil.

—¿Sabe lo que vamos a hacer? —dijo Arthur—. Pues mire, ya que es adivino, ¿por qué no me lo dice usted?

—Solo estaba dándote conversación —repuso el anciano, suspirando de nuevo y pasándose la mano de un lado a otro de la nuca. Al llevarla de nuevo hacia adelante, tenía un globo terráqueo girando sobre su dedo índice. Era inconfundible. Lo hizo desaparecer. Arthur se quedó atónito.

—¿Cómo lo ha...

—No te lo puedo decir.

—¿Por qué no? Yo vengo de ahí.

—No puedes ver lo que yo veo porque ves lo que ves. No puedes saber lo que yo sé porque sabes lo que sabes. Lo que veo y lo que sé no puede añadirse a lo que ves y lo que sabes porque son cosas de distinta especie. Ni tampoco puede sustituir lo que ves y lo que sabes porque eso supondría sustituirte a ti mismo.

—Espere un momento, ¿lo puedo anotar? —preguntó Arthur, rebuscando entusiasmado en el bolsillo en busca de un lápiz.

—En el puerto espacial puedes coger un ejemplar —le sugirió el anciano—. Tienen estanterías llenas de estas cosas.

—Ah —dijo Arthur, decepcionado—. Bueno, ¿no hay nada más específico para mí?

—Todo lo que ves, oyes o sientes de la forma que sea, es específicamente tuyo. Tú creas un universo al percibirlo, de modo que todo lo que percibes en ese universo es específicamente tuyo.

Arthur lo miró con aire de duda.

—¿Eso también lo puedo encontrar en el puerto espacial?

—Compruébalo.

—El folleto dice —indicó Arthur, sacándolo del bolsillo y mirándolo de nuevo— que pueden darme una oración especialmente hecha para mí y mis necesidades.

–Ah, muy bien. Ahí va una oración para ti. ¿Tienes un lápiz?

–Sí.

Dice así. Vamos a ver: «Líbrame de saber lo que no necesito saber. Líbrame hasta de saber que existen conocimientos que desconozco. Líbrame de saber que he decidido no saber nada de las cosas que he resuelto ignorar. Amén». Eso es todo. De todas formas, no es más que lo que repites en tu fuero interno sin abrir los labios, así que bien puedes decirlo abiertamente.

–Humm. Pues, gracias...

–Hay otra oración muy importante que acompaña a esa –prosiguió el anciano–, así que será mejor que la anotes también.

–Muy bien.

Dice así: «Señor, Señor, Señor...». Es mejor añadir eso, por si acaso. Nunca se sabe. «Señor, Señor, Señor. Líbrame de las consecuencias de la oración anterior. Amén». Y ya está. La mayoría de los problemas con que la gente se topa en la vida vienen de que se olvida de esta última parte.

–¿Ha oído hablar alguna vez de un sitio que se llama Stavrómula Beta? –preguntó Arthur.

–No.

–Bueno, pues gracias por su ayuda –concluyó Arthur.

–De nada –repuso el anciano sentado en el poste, y desapareció.

10

Ford se arrojó contra la puerta del despacho del director, se hizo una bola cuando el marco crujió y cedió de nuevo, rodó rápidamente por el suelo hasta el elegante sofá gris de cuero arrugado e instaló tras él su base de operaciones estratégica.

Ese era el plan, al menos.

Lamentablemente, el elegante sofá gris de cuero arrugado no estaba.

¿Por qué tiene la gente –se preguntó Ford mientras giraba en el aire, daba una sacudida, se lanzaba en picado y se guarecía tras el escritorio de Harl– esa estúpida obsesión de cambiar los muebles del despacho cada cinco minutos?

¿Por qué sustituir, por ejemplo, un sofá gris de cuero arrugado que, si bien bastante descolorido, hacía buen servicio, por lo que tenía toda la apariencia de un pequeño carro blindado?

¿Y quién era aquel tío grande con un lanzacohetes al hombro? ¿Alguien de la oficina principal? Imposible. Aquella era la oficina principal de la *Guía*. Al menos lo había sido. Sabía Zarquon de dónde serían aquellos tipos de Empresas Dimensinfín. De ningún sitio con mucho sol, a juzgar por el color y la textura de su piel de babosa. Todo aquello era un desatino, pensó Ford. La gente relacionada con la *Guía* debía ser de sitios soleados.

Había varios, en realidad, y todos parecían llevar más armas y blindaje de lo que suele esperarse en directivos de una empresa, incluso en el agitado y turbulento mundo de los negocios de hoy.

Pero era demasiado suponer, desde luego. Suponía que aquellos individuos altos de cuello de toro y cara de babosa tenían algo que ver con Empresas Dimensinfín, pero era una suposición razonable y se alegró al ver que en el blindaje llevaban un logotipo que decía «Empresas Dimensinfín». Albergaba, sin embargo, la alarmante sospecha de que no se trataba de una reunión profesional. Tenía, además, la inquietante impresión de que, en cierto modo, aquellas criaturas le resultaban conocidas. Familiares, sí, pero con un atuendo extraño.

Bueno, ya llevaba en la habitación más de dos segundos y medio y pensó que probablemente ya era hora de hacer algo constructivo. Podría tomar un rehén. Eso estaría bien.

Vann Harl estaba en su sillón giratorio con aire alarmado, pálido y tembloroso. Probablemente le habían dado alguna mala noticia, además de un mal golpe en la nuca. Ford se puso en pie de un salto y se lanzó hacia él.

Con el pretexto de atenazarlo por el cuello con una buena doble Nelson, Ford logró introducirle subrepticiamente la Ident-i-Klar en el bolsillo interior.

¡Hecho!

Lo que había venido a hacer ya estaba hecho. Ahora solo tenía que largarse de allí soltando un discurso.

–Muy bien –dijo–. Yo...

El individuo grande del lanzacohetes se volvió hacia Ford Prefect para ponerlo en su punto de mira, cosa que Ford no pudo dejar de tachar de conducta irresponsable.

–Yo... –prosiguió. Pero entonces, en un impulso repentino, decidió agacharse.

Hubo un rugido ensordecedor mientras brotaban llamas de la parte posterior del arma y un cohete salía disparado por delante.

El proyectil pasó junto a Ford y dio en el ventanal, que por la fuerza de la explosión se hinchó como una vela entre una lluvia de un millón de fragmentos. El ruido y la presión del aire reverberaron por la habitación en una enorme onda expansiva, lanzando por la ventana un par de sillas, un archivador y a Colin, el robot de seguridad.

¡Ah! Así que después de todo no son totalmente a prueba de cohetes, pensó Ford. A alguien habría que decirle un par de cosas. Soltó a Harl y trató de decidir por qué lado echaría a correr.

Estaba rodeado.

El tipo alto del lanzacohetes estaba situándose en posición de efectuar otro disparo.

Ford no tenía ni idea de qué hacer.

—Oiga —dijo con voz firme. Pero no estaba seguro de cuántas cosas como «Oiga» dichas con voz firme tendría que decir para contenerlo, y no le sobraba el tiempo. Qué coño, pensó, solo se es joven una vez, y se lanzó por la ventana. Al menos, con eso mantendría el elemento sorpresa de su parte.

11

Lo primero que tenía que hacer, comprendió resignado Arthur Dent, era buscarse una vida. Lo que suponía encontrar un planeta en el que hubiese vida. Tenía que ser un planeta donde pudiese respirar, estar de pie y sentarse sin sentir molestias gravitatorias. Debía ser un sitio que tuviese bajos niveles de ácido y donde las plantas no fuesen realmente agresivas.

–No me gustaría parecer antrópico en esto –comentó a la extraña criatura sentada tras el mostrador del Centro Asesor de Nuevas Colonizaciones de Pintleton Alfa–, pero preferiría vivir en alguna parte donde la gente se pareciese vagamente a mí. Ya sabe. Seres humanos.

Detrás del mostrador, la extraña criatura movió las antenas, aún más extrañas, y pareció bastante sorprendida. Resudando, se escurrió del asiento y avanzó despacio arrastrándose por el suelo, ingirió el viejo archivador metálico y luego, con un gran eructo, excretó el cajón pertinente. Sacó de la oreja dos relucientes tentáculos, extrajo unas carpetas, se tragó de nuevo el cajón y vomitó el archivador. Volvió a rastras, se encaramó de nuevo al asiento dejando un rastro de baba y dio un palmetazo con las carpetas en el mostrador.

–¿Ve algo de su agrado? –preguntó.

Arthur hojeó nerviosamente unos papeles mugrientos y húmedos. Sin duda se encontraba en algún lugar remoto de la Galaxia, a la izquierda del universo que comprendía y reconocía. En el espacio don-

242

de debería estar su propia casa había ahora un planeta rústico y abominable, anegado de lluvia, poblado de malhechores y puercos de las marismas. Incluso la *Guía del autoestopista galáctico* solo funcionaba de forma irregular en aquella parte, razón por la cual se veía obligado a hacer esa especie de indagaciones en aquellos sitios. Siempre preguntaba por Stavrómula Beta, pero nadie había oído hablar de ese planeta.

Los mundos existentes parecían bastante tétricos. Eran poco prometedores porque él no tenía mucho que ofrecer. Se sintió como una verdadera calamidad al comprender que, aunque procedía de un mundo con automóviles, ordenadores, ballet y *armagnac*, personalmente no sabía nada de esas cosas. No sabía hacerlas. Abandonado a sus propios recursos, era incapaz de fabricar un tostador. Podía hacerse un bocadillo, eso era todo. No había mucha demanda de sus servicios.

Se le cayó el alma a los pies. Y le sorprendió, porque pensaba que ya se le había caído lo más bajo posible. Cerró un momento los ojos. Tenía tantos deseos de estar en casa. Cómo deseaba que su mundo, la Tierra en la que había crecido, no hubiera sido demolido. Deseaba tanto que cuando volviera a abrir los ojos se encontrara a la puerta de su casita en la campiña occidental de Inglaterra, con el sol brillando sobre las verdes colinas, la furgoneta de correos subiendo por el sendero, los narcisos floreciendo en el jardín, mientras a lo lejos la taberna abría a la hora de comer. Tenía tantas ganas de llevarse el periódico a la taberna para leerlo mientras se bebía una pinta de cerveza. Cuánto le apetecía hacer el crucigrama. Sentía unos enormes deseos de quedarse atascado en el 17 vertical.

Abrió los ojos.

La extraña criatura emitía irritadas pulsaciones hacia él, tamborileando sobre el mostrador con una especie de pseudópodos.

Arthur sacudió la cabeza y miró el siguiente papel.

Siniestro, pensó. Y el siguiente.

Muy tétrico. Y el siguiente.

Ah... Aquel *sí* parecía mejor.

Era un mundo llamado Bartledan. Tenía oxígeno. Colinas verdes. Incluso renombre, según parecía, por su cultura literaria. Pero lo que más despertó su interés fue la fotografía de un grupo de bartledanos en la plaza de un pueblo que sonreían agradablemente a la cámara.

–¡Ah! –exclamó, tendiendo la fotografía a la extraña criatura de detrás del mostrador.

Sus ojos se proyectaron hacia delante sobre unos pedúnculos y recorrieron el papel de arriba abajo, untándolo todo con un rastro de baba.

–Sí –comentó con desprecio–. Tienen exactamente el mismo aspecto que usted.

Arthur viajó a Bartledan y, con el dinero que le habían dado por la venta de saliva y recortes de uñas de los pies en un banco de ADN, compró una habitación en el pueblo retratado en la fotografía. Era muy agradable. El aire era suave. La gente tenía su mismo aspecto y no parecía importarle su presencia. No le atacaron con nada. Se compró ropa y un armario para guardarla.

Ya tenía una vida. Ahora tenía que encontrarle un sentido.

Al principio trató de sentarse a leer. Pero la literatura de Bartledan, aunque famosa en todo aquel sector de la Galaxia por su gracia y sutileza, no parecía capaz de mantener su interés. El problema era que no versaba efectivamente sobre los seres humanos. Ni sobre lo que querían los seres humanos. Los bartledanos se parecían considerablemente a los seres humanos, pero cuando se les decía «Buenas tardes» tendían a mirar alrededor con cierto aire de sorpresa, olfateaban el aire y contestaban que sí, seguramente hacía buena tarde, ahora que Arthur lo decía.

–No, lo que quiero es desearle que pase usted una buena tarde –decía Arthur o, mejor dicho, solía decir. Pronto empezó a evitar esas conversaciones. Y añadía–: Quiero decir que espero que pase usted una buena tarde.

Más perplejidad.

–¿Desear? –preguntaba al fin el bartledano, desconcertado y cortés.

–Pues sí –decía entonces Arthur–. Solo expreso la esperanza de que...

–¿Esperanza?

–Sí.

–¿Qué es esperanza?

Buena pregunta, pensaba Arthur, retirándose a su habitación a pensar sobre las cosas de la vida.

Por una parte, no tenía más remedio que reconocer y respetar lo que aprendía de la concepción del universo que tenían los bartledanos, que consistía en que el universo era lo que era, o lo tomas o lo dejas. Por otro lado, no podía dejar de pensar que el no querer nada, ni siquiera desear o esperar, era simplemente antinatural.

Natural. Esa era una palabra engañosa.

Tiempo atrás había comprendido que muchas de las cosas que él consideraba naturales, como comprar regalos de Navidad, detenerse ante un semáforo en rojo o caer a razón de diez metros por segundo, no eran más que hábitos de su propio mundo y no significaban necesariamente lo mismo en cualquier otro sitio; pero no desear, eso no podía ser natural, ¿verdad? Sería igual que no respirar.

Respirar era otra cosa que tampoco hacían los bartledanos, pese al oxígeno de su atmósfera. Simplemente estaban ahí. De vez en cuando echaban alguna carrera y jugaban al tenis y a otras cosas (aunque sin deseo de ganar, claro; solo jugaban y, quien ganara, había ganado), pero en realidad nunca respiraban. Por lo que fuese, era innecesario. Arthur aprendió enseguida que jugar al tenis con ellos resultaba demasiado inquietante. Aunque tenían aspecto humano y se movían y hablaban como personas, no respiraban y no experimentaban deseo alguno.

Por otro lado, respirar y desear era casi todo lo que Arthur hacía a lo largo del día. A veces deseaba cosas con tal intensidad que respiraba con agitación y tenía que tumbarse un rato. Solo. En su pequeña habitación. Tan lejos del mundo donde había nacido que su cerebro ni siquiera podía realizar las necesarias operaciones de cálculo sin quedarse completamente agotado.

Mejor no pensarlo. Prefería sentarse a leer; o lo hubiese preferido en caso de que hubiera habido algo que mereciese la pena leer. Pero en las historias bartledanas nadie quería nunca nada. Ni siquiera un vaso de agua. Si tenían sed iban a buscarlo, desde luego, pero si no estaba a su alcance no volvían a pensar en ello. Acababa de leer un libro entero donde el protagonista, tras realizar diversas actividades a lo largo de una semana, como trabajar en el jardín, jugar bastantes partidos de tenis, ayudar a reparar una carretera y hacer un hijo a su mujer, moría inesperadamente de sed justo antes del último capítulo. Irritado, había hojeado el libro hacia atrás y al final encontró una referencia de pasada a cierto problema de fontanería en el capítulo segundo. Eso era todo. Así que aquel tipo se moría. Suele pasar.

Eso ni siquiera era el punto culminante del libro, porque no lo había. El personaje moría hacia la tercera parte del penúltimo capítulo, y el resto de la narración versaba de nuevo sobre la reparación de carreteras. La novela simplemente se caía muerta a la palabra número cien mil, porque esa era la extensión de los libros en Bartledan.

Arthur arrojó el libro al otro extremo del cuarto, vendió la habitación y se marchó. Se puso a viajar con desordenado abandono, dedicándose cada vez más al trueque de saliva, uñas de pies y manos, sangre, pelo y cualquier otra cosa que le pidieran, por viajes. Descubrió que por semen podría viajar en primera clase. No se instalaba en parte alguna, solo existía en el mundo hermético y crepuscular de las cabinas de naves hiperespaciales, comiendo, bebiendo, durmiendo, viendo películas, parando únicamente en los puertos a donar más ADN y tomar la siguiente nave de largo recorrido. Sin dejar de esperar que le ocurriese otro accidente.

Cuando se intenta que ocurra el accidente que conviene, el problema es que no sucede. Ese no es el sentido de «accidente». El que finalmente ocurrió no era el que Arthur andaba buscando. La nave en que viajaba empezó a emitir señales luminosas en el hiperespacio, fluctuó horriblemente entre noventa y siete puntos diferentes de la Galaxia al mismo tiempo, recibió el inesperado tirón del campo gravitatorio de uno de ellos, que correspondía a un planeta inexplorado, quedó atrapada en su atmósfera exterior y, con un silbido y a toda velocidad, empezó a precipitarse por ella.

Los sistemas de la nave protestaron durante toda la caída, anunciando que la normalidad era absoluta y todo marchaba perfectamente, pero cuando dio una última y turbulenta pirueta arrancando bárbaramente casi un kilómetro de árboles para acabar estallando en una desbordante bola de fuego, quedó claro que no era así.

Las llamas engulleron el bosque, se mantuvieron hasta bien entrada la noche y entonces, como obliga la ley a los fuegos imprevistos de determinado tamaño, se apagaron por completo. Otros fuegos pequeños siguieron estallando poco después cuando algunos restos de la nave explotaron calladamente en sitios desperdigados. Luego se apagaron a su vez.

Debido al puro aburrimiento de interminables viajes interplanetarios, Arthur Dent era el único de a bordo que conocía verdaderamente los procedimientos de seguridad de la nave en caso de aterrizajes inesperados, y en consecuencia fue el único superviviente. Aturdido, herido y maltrecho, yacía en una envoltura esponjosa de plástico rosa enteramente estampada con la leyenda de «Usted lo pase bien» escrita en unas trescientas lenguas.

Negros y estrepitosos silencios le inundaban de náuseas la mente destrozada. Con una especie de resignada certidumbre sabía que no iba a morir, porque aún no había llegado a Stavrómula Beta.

Tras lo que pareció una eternidad de dolor y oscuridad, notó que unas figuras silenciosas se movían a su alrededor.

12

Ford se desplomó por el aire entre una nube de esquirlas de cristal y trozos de silla. No había pensado bien las cosas, otra vez, limitándose a improvisar y ganar tiempo. En momentos de crisis importantes, con frecuencia le había resultado provechoso pasar rápidamente revista a su vida. Le daba la oportunidad de reflexionar, de ver las cosas con cierta perspectiva, y a veces le brindaba una pista fundamental sobre qué hacer a continuación.

El suelo ascendía a su encuentro a una velocidad de diez metros por segundo, pero pensó abordar ese problema cuando llegara a él. Cada cosa a su tiempo.

Ah, ahí estaba. Su niñez. Era una parte monótona, ya la había repasado antes. Las imágenes se sucedieron con rapidez. Época aburrida en Betelgeuse Cinco. Zaphod Beeblebrox de niño. Sí, sabía todo aquello. Deseó tener un mando de rebobinado rápido en el cerebro. La fiesta de su séptimo cumpleaños, cuando le regalaron su primera toalla. Vamos, vamos.

Iba dando vueltas y retorciéndose al caer, y a aquella altura el aire le estremecía los pulmones de frío. Trató de no inhalar cristales.

Los primeros viajes a otros planetas. ¡Oh, por amor de Zark, aquello era como un documental antes de la película! Los primeros tiempos de su trabajo en la *Guía*.

¡Ah!

Aquellos sí eran buenos tiempos. Trabajaban frente a una cabaña en el atolón Bwenelli de Fanalla, antes de la invasión de riktanar-calos y los danquedos. Media docena de tíos, unas toallas, un puñado de aparatos informáticos de gran complejidad y, lo más importante, muchos sueños. No, lo más importante era el ron fanallano. Para ser absolutamente precisos, el aguardiente Ol' Janx era lo más importante, luego el ron fanallano, y también algunas playas del atolón que frecuentaban las chicas de por allí, pero los sueños también eran importantes. ¿Qué había pasado con ellos?

En realidad, no recordaba muy bien en qué consistían, pero entonces tenían una enorme importancia. Desde luego no incluían aquella gigantesca torre de oficinas por cuyo costado estaba cayendo ahora. Todo eso había empezado cuando algunos miembros del equipo original quisieron sentar la cabeza y se volvieron ambiciosos mientras él y otros se quedaban sobre el terreno, investigando, haciendo autoestop, alejándose cada vez más de la pesadilla empresarial en que inevitablemente se había convertido la *Guía* y de la monstruosidad arquitectónica que había terminado ocupando. ¿Qué pintaban los sueños en todo eso? Pensó en los abogados de la empresa, que ocupaban la mitad del edificio, los «agentes» de los niveles inferiores, los redactores jefe y sus secretarias, los abogados de sus secretarias, las secretarias de los abogados de sus secretarias y, lo peor de todo, los contables y el departamento comercial.

Casi deseó seguir cayendo. Y hacerles a todos el signo de la victoria.

Ahora pasaba por el piso decimoséptimo, donde estaba el departamento comercial. Un montón de borrachuzos que discutían sobre el color que debía darse a la *Guía*, haciendo gala de su talento infinitamente infalible para ver las cosas muy fáciles después de pasadas. Si alguno de ellos se hubiera asomado a la ventana en aquel momento, se habría alarmado al ver a Ford Prefect caer frente a ellos hacia una muerte segura mientras le hacía rápidamente el signo de la victoria.

Piso dieciséis. Subredactores jefe. Mamones. ¿Qué pasaba con el original que le habían cortado? Quince años de investigaciones que había acumulado yendo de un planeta a otro y se lo dejaban reducido a dos palabras: «Fundamentalmente inofensiva». Signos de la victoria para ellos también.

Piso quince. Administración logística, a saber qué sería eso. Todos tenían coches grandes. De eso se trataba, pensó.

Piso catorce. Personal. Tenía la muy astuta sospecha de que eran ellos quienes habían tramado sus quince años de exilio mientras la *Guía* se transformaba en aquel monolito empresarial (o mejor dicho, en un duolito, no había que olvidar a los abogados).

Piso trece. Investigación y desarrollo.

Un momento.

Piso trece.

Tenía que pensar bastante rápido, pues la situación se estaba volviendo un tanto apremiante.

De pronto recordó el panel de pisos del ascensor. No tenía piso trece. No le había dado importancia porque, después de pasar quince años en la Tierra, planeta bastante atrasado y supersticioso con el número trece, estaba acostumbrado a estar en edificios que no tenían piso trece. Pero ahí no había razón.

Las ventanas del piso trece, según observó en el instante en que pasó rápidamente frente a ellas, tenían cristales oscuros.

¿Qué estaba pasando allí? Empezó a recordar todo lo que había dicho Harl. Una sola *Guía*, nueva y multidimensional, difundida en un número infinito de universos. De la forma en que lo había explicado Harl, parecía un absoluto disparate ideado por el departamento comercial con el apoyo de los contables. Si consistía en algo más serio, entonces era una idea descabellada y muy peligrosa. ¿Había algo de verdad en ello? ¿Qué ocurría tras las oscuras ventanas del clausurado piso trece?

Ford sintió una creciente punzada de curiosidad, seguida de una creciente punzada de pánico. Esa era su lista completa de sensaciones ascendentes. En todos los demás aspectos, seguía cayendo a toda velocidad. Tendría que empezar realmente a pensar en cómo iba a salir vivo de aquella situación.

Miró hacia abajo. A unos cien metros de sus pies empezaba a congregarse gente. Algunos miraban expectantes hacia arriba. Dejándole sitio. Suspendían momentáneamente la maravillosa y enteramente necia Busca del Wocket.

Lamentaría decepcionarlos, pero no se había dado cuenta hasta entonces de que a unos setenta centímetros debajo de él tenía a Colin, que iba feliz y contento, meciéndose a la espera de que decidiese qué hacer.

—¡Colin! —gritó Ford.

Colin no respondió. Ford se quedó helado. Entonces recordó de pronto que no le había dicho que se llamaba Colin.

—¡Ven aquí!

Colin se puso a su altura con una breve sacudida. Disfrutaba inmensamente del viaje en picado, y esperaba que a Ford también le gustase.

Su mundo se tornó inesperadamente negro cuando la toalla de Ford lo envolvió de pronto. Se sentía muchísimo más pesado. Le encantaba y emocionaba el desafío que Ford le había presentado. Solo estaba un tanto inseguro de si podría afrontarlo, nada más. La toalla formaba un cabestrillo sobre Colin. Ford iba colgando de la toalla, agarrado a las puntas. Otros autoestopistas consideraban conveniente modificar las toallas de extraña manera, entretejiéndolas de toda clase de herramientas y cosas prácticas, incluso equipos informáticos. Ford era un purista. Le gustaba que las cosas no perdieran la sencillez. Llevaba una toalla normal y corriente, de una de tantas tiendas de artículos domésticos. Incluso conservaba el dibujo de flores azul y rosa pese a sus repetidos intentos de decolorarla y lavarla a la piedra. Llevaba entretejidos un par de alambres, un lápiz flexible y ciertas sustancias nutritivas embebidas en una de las puntas del tejido para que le resultara fácil chupetearlas en caso de emergencia, pero por lo demás era una toalla sencilla con la que uno se podía secar la cara.

La única modificación real que un amigo le convenció de hacer fue reforzar las costuras.

Ford se agarraba a las costuras como un loco.

Seguían bajando, pero a menos velocidad.

—¡Arriba, Colin! —gritó.

Nada.

—¡Te llamas Colin! ¡Así que cuando yo diga «Arriba, Colin», quiero que tú, Colin, empieces a subir! ¿De acuerdo? ¡Arriba, Colin!

Nada. O mejor dicho, una especie de amortiguado gruñido de Colin. Ford estaba muy inquieto. Ahora descendían muy despacio, pero a Ford le inquietaba mucho el tipo de gente que se estaba congregando en el suelo. Los simpáticos habitantes del lugar se estaban dispersando y, de lo que normalmente suele llamarse la nada, parecían surgir unos tipos fuertes, corpulentos, de cuello de toro y cara de babosa, armados con lanzacohetes. La nada, como muy bien saben todos los viajeros galácticos experimentados, está en realidad sumamente cargada de problemas multidimensionales.

—¡Arriba! —volvió a gritar Ford—. ¡Arriba, Colin, arriba!

Colin hacía fuerza y gruñía. Se encontraban más o menos parados en el aire. Ford sintió que se le rompían los dedos.

—¡*Arriba*!

Siguieron inmóviles.

—¡*Arriba, arriba, arriba*!

Una babosa se estaba preparando para lanzarle un cohete. Ford no podía creerlo. Estaba colgado de una toalla en el aire y una babosa se disponía a dispararle un cohete. No se le ocurrían más cosas que hacer y empezaba a preocuparse seriamente.

Era una de esas situaciones delicadas en que solía acudir a la *Guía* en busca de consejo, por fácil o exasperante que fuese, pero no era el momento de meter la mano en el bolsillo. Además, la *Guía* ya no parecía ser un amigo y aliado, sino una fuente de peligros. Estaba suspendido en el aire junto a las oficinas de la *Guía*, por amor de Zark, a punto de perder la vida a manos de sus actuales propietarios. ¿Qué había pasado con los sueños que vagamente recordaba haber tenido en el atolón Bwenelli? No debieron abandonarlos. Tenían que haberse quedado allí. En la playa. Amando a mujeres buenas. Viviendo de la pesca. En cuanto se pusieron a colgar pianos de cola sobre la piscina de monstruos marinos del patio interior, debió comprender que algo no iba bien. Empezó a sentirse completamente incapaz y desdichado. Los dedos agarrotados le ardían de dolor. Y el tobillo le seguía doliendo.

Ay, tobillo, gracias, pensó amargamente. Gracias por recordarme tus problemas en este momento. Espero que te des un buen baño de pies que te haga sentirte mucho mejor, ¿verdad? ¿O te conformarías con que me...?

Se le ocurrió una idea.

La babosa blindada se llevó el lanzacohetes al hombro. Presumiblemente, el cohete estaba concebido para acertar a cualquier cosa que se cruzase en su camino.

Ford trató de no sudar, notaba que se le escurrían los dedos de las costuras de la toalla. Con la punta del pie bueno golpeó el talón del otro zapato, empujándolo hacia fuera.

—¡Sube, maldita sea! —murmuró en tono desesperado a Colin,

que se esforzaba alegremente por subir pero no lo conseguía. Ford siguió apalancando en el talón del zapato.

Intentó calcular el momento preciso, pero no tenía sentido. Había que hacerlo, y se acabó. Solo tenía una oportunidad, nada más. Ya se había sacado el talón del zapato. Sintió alivio en el tobillo torcido. Vaya, qué bien, ¿no?

Con el otro pie dio una patada al talón del zapato. Se le soltó del pie y cayó por el aire. Medio segundo después un cohete salió disparado por el cañón del lanzador, encontró el zapato en su camino, se dirigió derecho hacia él y estalló con la gran satisfacción del deber cumplido.

Eso ocurría a unos cinco metros del suelo.

La onda expansiva se dirigió hacia abajo. Donde medio segundo antes había estado una patrulla de directivos de Empresas Dimensinfín armados de lanzacohetes en medio de una elegante plaza con pulidas baldosas procedentes de las antiguas canteras de alabastro de Zentalquabula, ahora había un pequeño cráter lleno de repulsivos pedacitos.

Una gran oleada de aire caliente brotó del cráter, lanzando violentamente a Ford y Colin por los aires. Ford luchó desesperada y ciegamente por sujetarse, pero no lo consiguió. Giró inútilmente describiendo una parábola y, cuando llegó al punto más alto, hizo una pausa y empezó a caer de nuevo. Cayó y cayó y de pronto chocó malamente con Colin, que seguía subiendo.

Se aferró desesperadamente al pequeño robot esférico. Colin se desvió bruscamente hacia la fachada de la torre de oficinas, tratando encantado de dominarse y aminorar la marcha.

El mundo giró desagradablemente en torno a la cabeza de Ford mientras ambos daban vueltas y se retorcían el uno sobre el otro y entonces, de forma igualmente nauseabunda, todo se detuvo de pronto.

Ford, aturdido, se encontró depositado en el alféizar de una ventana.

Vio caer la toalla, extendió la mano y la cogió.

Colin se mecía en el aire a unos centímetros de distancia.

Aturdido, magullado, sangrando y sin aliento, Ford miró a su alrededor. El alféizar en donde estaba encaramado de forma precaria solo tenía treinta centímetros de ancho, y estaba a trece pisos de altura.

Tierr.

Sabía que estaban a trece pisos de altura porque las ventanas eran de cristales oscuros. Tenía un enfado tremendo. Había comprado aquellos zapatos a un precio ridículo en una tienda del Lower East Side de Nueva York. A consecuencia de ello, había escrito un artículo entero sobre las alegrías que proporciona el buen calzado, todo lo cual se había ido al garete en el naufragio del «Fundamentalmente inofensiva». Todo a hacer puñetas.

Y ahora había perdido uno de esos zapatos. Echó atrás la cabeza y miró al cielo.

No habría sido una tragedia tan siniestra si aquel planeta no hubiese sido demolido, en cuyo caso podría haberse comprado otro par.

Claro que, dada la infinita extensión oblicua de la probabilidad, había una multiplicidad casi infinita de planetas Tierra, pero, bien pensado, un buen par de zapatos no era algo que se pudiese sustituir vagando a tontas y a locas por el espacio/tiempo multidimensional.

Suspiró.

Vaya, mejor sería que lo tomara por el lado bueno. Al menos le había salvado la vida. De momento.

Estaba encaramado a un alféizar de treinta centímetros de ancho en la fachada de un edificio, y no estaba del todo seguro de que eso valiese un buen zapato.

Miró aturdido por los oscuros cristales.

Estaba tan negro y silencioso como una tumba.

No. Qué idea tan ridícula. Había asistido a fiestas magníficas en algunas tumbas.

¿Percibía algún movimiento? No estaba seguro. Parecía distinguir una especie de extraña sombra aleteante. A lo mejor solo era sangre que le corría por las pestañas. Se la limpió por si acaso. Vaya, cómo le encantaría tener una granja en alguna parte y criar ovejas. Volvió a atisbar por la ventana, tratando de distinguir la sombra, pero le daba la impresión, tan corriente en el universo de hoy, de que sufría una especie de ilusión óptica y de que sus ojos le estaban gastando auténticas putadas.

¿Había un pájaro allí dentro? ¿Era eso lo que escondían en un piso clausurado detrás de cristales oscuros a prueba de cohetes? ¿La pajarera de alguien? Desde luego, allí había algo que movía las alas, pero más que un pájaro parecía un agujero en forma de pájaro.

254

Cerró los ojos, cosa que quería hacer desde hacía rato. No sabía qué coño hacer. ¿Saltar? ¿Trepar? No creía que hubiese medio de entrar por las buenas. De acuerdo, el cristal supuestamente a prueba de cohetes no había resistido como debía al recibir un impacto real, pero se trataba de un cohete disparado a corta distancia y desde dentro, cosa que probablemente no habían pensado los ingenieros que lo concibieron. Eso no suponía que pudiese romperlo envolviéndose la mano en la toalla y dando un puñetazo. Qué coño, lo intentó de todas formas y se hizo daño en la mano. Y gracias a que no pudo dar mucho impulso desde donde estaba, pues entonces podría haberse hecho mucho más daño. Al reconstruir el edificio de arriba abajo tras el ataque de Ranastro, le pusieron sólidos refuerzos y, aunque eran las oficinas mejor blindadas del mundo editorial, Ford pensaba que siempre habría algún fallo en cualquier sistema ideado por un comité empresarial. Ya había encontrado uno. Los ingenieros que proyectaron las ventanas no habían contado con que disparasen un cohete a corta distancia y desde dentro, de modo que los cristales habían fallado.

De manera que habría que pensar en algo que los ingenieros no esperasen de una persona sentada en el alféizar.

Se estrujó el cerebro un momento hasta que se le ocurrió.

Lo que no esperaban era que estuviese allí sentado. Solo un completo imbécil haría eso, así que ya partía con ventaja. Un error corriente que suelen cometer los diseñadores de cualquier cosa a prueba de tontos, es subestimar el ingenio de un tonto de remate.

Sacó del bolsillo su tarjeta de crédito recién adquirida, la introdujo en una grieta entre el cristal y el marco, e hizo algo que un cohete no hubiera podido hacer. La removió un poco. Notó que se deslizaba un pestillo. Abrió la ventana corriéndola hacia un lado y, a causa de la carcajada que soltó, a punto estuvo de caerse del alféizar. Dio las gracias al sistema de la Gran Ventilación y Disturbios Telefónicos de SrDt 3454.

Al principio, la Gran Ventilación y Disturbios Telefónicos de SrDt 3454 era solo un dispositivo lleno de aire caliente. Ese era precisamente el problema que la ventilación debía solventar, y en general lo había resuelto medianamente bien hasta que se inventó el aire acondicionado, que lo solucionaba con muchas más vibraciones.

Lo que estaba muy bien siempre que se aguantara el ruido y el goteo. Luego apareció otra cosa aún más atractiva y elegante que el aire acondicionado, que se denominó Control Climático de Construcción.

Eso sí que era estupendo.

Las principales diferencias con el aire acondicionado corriente consistían en su precio asombrosamente inferior, y suponía una enorme cantidad de complejos cálculos y aparatos de regulación que, a cada momento, averiguaban mejor que nadie qué clase de aire quería respirar la gente.

También suponía que, para tener la seguridad de que nadie estropeara los complejos cálculos que el sistema hacía en su beneficio, todas las ventanas del edificio estaban cerradas a cal y canto desde el momento de la construcción. Eso es cierto.

Mientras se instalaban los sistemas, mucha gente que trabajaba en los edificios mantenía con los operarios del sistema Respir-o-Ingenio el siguiente tipo de conversaciones:

—Pero ¿qué pasa si queremos abrir las ventanas?

—Con el nuevo Respir-o-Ingenio no tendrán por qué abrirlas.

—Sí, pero supongan que simplemente queremos abrirlas un poquito.

—No tendrán por qué abrirlas ni siquiera un poco. El nuevo sistema Respir-o-Ingenio ya se encargará de eso.

—Hummm.

—¡Que disfruten del Respir-o-Ingenio!

—Muy bien, ¿y si el Respir-o-Ingenio se estropea, funciona mal o algo así?

—¡Ah! Una de las características más ingeniosas del Respir-o-Ingenio consiste en que es imposible que funcione mal. Así que ninguna preocupación por ese lado. Disfruten de su respiración y que lo pasen bien.

(Por supuesto, a consecuencia de la Gran Ventilación y Disturbios Telefónicos de SrDt 3454, todos los instrumentos mecánicos, eléctricos, mecánico-cuánticos, hidráulicos, o incluso de aire, vapor o pistones, han de llevar ahora una leyenda grabada en alguna parte. Por pequeño que sea el objeto, los diseñadores han de encontrar el modo de comprimir la leyenda en algún sitio, porque no va destinada necesariamente a la atención del usuario, sino a la suya.

La leyenda dice lo siguiente:

«La principal diferencia entre un objeto que puede funcionar mal y un objeto que no puede estropearse, es que cuando un objeto que no puede funcionar mal se estropea, normalmente resulta imposible repararlo».)

Fuertes oleadas de calor empezaron a coincidir, con una precisión casi mágica, con fallos importantes del sistema Respir-o-Ingenio. Al principio eso simplemente causó un acceso de rabia contenida y algunas muertes por asfixia.

El verdadero horror surgió el día que ocurrieron tres hechos a la vez. El primer acontecimiento fue una declaración formulada por el Respir-o-Ingenio en la que anunciaba que sus sistemas daban mejores resultados en climas templados.

El segundo, la paralización del sistema Respir-o-Ingenio en un día especialmente húmedo y caluroso, con la consiguiente evacuación de muchos centenares de miembros del personal, que al salir a la calle se encontraron con el tercer acontecimiento: una alborotada turba de operadores del servicio interurbano de teléfonos, tan hartos de repetir a todas las horas del día «Gracias por utilizar el SR&I» a cualquier imbécil que descolgaba un teléfono, que acabaron por salir a la calle con cubos de basura, megáfonos y rifles.

Durante las jornadas siguientes a la matanza, todas las ventanas de la ciudad, ya fuesen o no a prueba de cohetes, fueron destrozadas al grito de: «¡Cuelga, gilipollas! Me importa un pito el número que quieras. ¡Métete un cohete por el culo! ¡Yijáaa! ¡Ju, ju, ju! ¡Bluum! ¡Graj, graj!». Aparte de toda una variedad de ruidos animales que no tenían oportunidad de practicar en sus diarias actividades laborales.

El resultado fue que a los operadores se les concedió el derecho a decir «¡Utilice SR&I y muérase!» al menos una vez por hora cuando contestaban al teléfono, y todas las oficinas debían tener ventanas que pudiesen abrirse, aunque solo fuese un poquito.

Otra consecuencia inesperada fue un descenso espectacular del índice de suicidios. Toda clase de directivos en ascenso o víctimas del estrés que durante los oscuros tiempos de la tiranía del Respir-o-Ingenio se veían obligados a tirarse al tren o darse una puñalada, ahora podían encaramarse simplemente a sus propias ventanas y saltar al vacío cuando les diera la gana. Pero solía pasar que en el momento en que tenían que mirar alrededor y armarse de valor descubrían de pronto que lo único que verdaderamente les hacía falta era respirar aire fresco, una nueva perspectiva de las cosas y quizá también una granja donde criar unas cuantas ovejas.

Otro resultado absolutamente imprevisto fue que Ford Prefect, encaramado al decimotercer piso de un edificio pesadamente blindado y sin más armas que una toalla y una tarjeta de crédito, pudo ponerse a salvo pasando a través de una ventana supuestamente a prueba de cohetes.

Tras dejar pasar a Colin, cerró cuidadosamente la ventana y empezó a buscar aquel objeto en forma de pájaro.

Lo que descubrió sobre las ventanas fue lo siguiente: como las habían modificado para que pudieran abrirse *después* de diseñarlas para ser inamovibles, eran, en realidad, mucho menos seguras que si las hubieran concebido desde el principio para que pudieran abrirse.

Vaya, vaya, qué curiosa es la vida, estaba pensando, cuando de pronto se dio cuenta de que la habitación en la que tantos esfuerzos le había costado irrumpir no era muy interesante.

Se detuvo, sorprendido.

¿Dónde estaba la extraña forma aleteante? ¿Dónde había algo que justificara toda aquella necedad, el extraordinario velo de misterio que parecía cubrir aquella habitación y la igualmente extraordinaria secuencia de acontecimientos que parecían haber conspirado para conducirlo hasta allí?

La habitación, como cualquier otra del edificio, estaba decorada con un color gris de un buen gusto asombroso. En la pared había mapas y dibujos. La mayoría no le decían nada, pero entonces descubrió algo que parecía un boceto de algún cartel.

Tenía un logotipo de una especie de pájaro, y un lema que decía: «Guía del autoestopista galáctico Mk II: lo más asombroso que jamás se haya visto de cualquier cosa». Ninguna otra información.

Ford volvió a mirar alrededor. Luego su atención fue centrándose poco a poco en Colin, el robot de seguridad absurdamente feliz que, extrañamente, farfullaba de miedo acurrucado en un rincón.

Qué raro, pensó Ford. Miró en torno para ver qué producía aquella reacción en Colin. Entonces vio algo en lo que no se había fijado antes, tranquilamente colocado sobre un banco de trabajo.

Era un objeto circular, negro, más o menos del tamaño de un disco pequeño. Tanto la parte de arriba como la de abajo eran suaves y convexas, de modo que parecía un disco de lanzamiento de peso ligero.

Sus caras ofrecían el aspecto de ser completamente lisas, continuas y sin rasgos característicos.

No hacía nada.

Entonces Ford observó que tenía algo escrito. Qué raro. Hacía un momento no había nada escrito y ahora, de repente, tenía eso. Entre ambos estados no pareció haber transición alguna.

Lo único que decía, en letras pequeñas y alarmantes, era una sola palabra:

ASÚSTESE

Hacía un momento no había marca ni grieta alguna en su superficie. Ahora sí. Y aumentaban de tamaño.

Asústese, decía la Guía Mk II. Ford empezó a seguir la recomendación. Acababa de recordar por qué le resultaban familiares las criaturas semejantes a babosas. Su color básico era una especie de gris empresarial, pero en todos los demás aspectos eran exactamente igual que los vogones.

13

La nave aterrizó suavemente en vertical al borde del ancho claro, a unos cien metros del pueblo.

Llegó súbita e inesperadamente, pero con un mínimo de alboroto. Poco antes era una tarde absolutamente normal de principios de otoño –las hojas empezaban a cobrar un tono rojizo y dorado, el río volvía a ensancharse con las lluvias de las montañas del Norte, el plumaje de los pájaros *pikka* se espesaba ante el presentimiento de las próximas heladas del invierno, los Animales Completamente Normales iniciarían en cualquier momento su atronadora migración por las llanuras y el Anciano Thrashbarg empezaba a murmurar mientras caminaba renqueante por el pueblo, murmullo que significaba ensayo y elaboración de las historias ocurridas el año pasado y que contaría cuando las tardes se acortaran y la gente no tuviera otro remedio que reunirse en torno al fuego para escucharle, refunfuñar y decir que no lo recordaban así–, y en un momento se había plantado allí una nave espacial, reluciente bajo el cálido sol otoñal.

Emitió unos zumbidos y luego se inmovilizó.

No era una nave grande. Si los habitantes del pueblo hubiesen sido expertos en naves espaciales, habrían visto enseguida que era bien maja, una pequeña y elegante Hrundi de cuatro camarotes con todas las opciones del folleto menos la Estabilisis Vectoidal Avanzada, que solo gustaba a los horteras. Con la Estabilisis Vectoidal Avanzada se podía tomar limpiamente una curva bien cerrada en torno a un eje temporal trilateral. De acuerdo, es un sistema algo más seguro, pero la conducción se hace pesada.

Los aldeanos ignoraban todo eso, desde luego. Allí, en el remoto planeta de Lamuella, la mayoría de la gente no había visto nunca una nave espacial, desde luego ninguna en una sola pieza, y aquella, con sus cálidos destellos a la luz del atardecer, era lo más extraordinario que les había ocurrido desde el día que Kirp pescó un pez con una cabeza en cada extremo.

Todos enmudecieron.

Mientras que momentos antes dos o tres docenas de personas andaban de un lado para otro, charlando, cortando lefia, acarreando agua, molestando a los pájaros *pikka* o simplemente intentando apartarse con toda cortesía del camino del Anciano Thrashbarg, de pronto se interrumpió toda actividad y todos se volvieron a mirar pasmados aquel objeto extraño.

Bueno, no todos. Los pájaros *pikka* tendían a asombrarse de cosas completamente distintas. Una hoja de lo más corriente inesperadamente caída sobre una piedra les hacía dar saltitos en un paroxismo de confusión; todas las mañanas la salida del sol los pillaba enteramente por sorpresa, pero la llegada de una nave extraña procedente de otro mundo simplemente no lograba despertarles el mínimo interés. Prosiguieron con su *kar, rit* y *huk* mientras picoteaban la tierra en busca de semillas; el río continuó con su tranquilo y espacioso burbujeo.

Además, no cesó el fuerte rumor de una canción desentonada que salía de la última choza.

De pronto, con un clic y un leve zumbido, en la nave se abrió una rampa que se desplegó hacia abajo. Luego, aparte de la estrepitosa canción de la última choza a la izquierda, durante unos minutos no pareció pasar nada más. El objeto permaneció simplemente donde estaba.

Algunos aldeanos, sobre todo los niños, empezaron a acercarse un poco para verlo más de cerca. El Anciano Thrashbarg trató de alejarlos a gritos. Lo que estaba pasando precisamente era algo que al Anciano Thrashbarg no le gustaba que pasara. No lo había vaticinado, ni siquiera aproximadamente, y aunque podría incorporar como fuese todo aquel acontecimiento en su historia continua, realmente empezaba a resultar un poco difícil.

Se adelantó, hizo retroceder a los niños y alzó los brazos enarbolando su antiguo y nudoso bastón. La larga y cálida luz del atardecer realzaba su aspecto. Se preparó a recibir a aquellos dioses como si los estuviera esperando desde siempre.

Siguió sin ocurrir nada.

Poco a poco resultó evidente que dentro de la nave había una especie de discusión. Pasó cierto tiempo y al Anciano Thrashbarg empezaron a dolerle los brazos.

De pronto la rampa volvió a replegarse.

Eso se lo puso fácil a Thrashbarg. Eran demonios y él los había rechazado. El motivo por el cual no lo había vaticinado era que se lo impedían la prudencia y la modestia.

Casi inmediatamente, otra rampa se extendió por el lado opuesto de la nave y al fin aparecieron dos figuras, que siguieron discutiendo sin hacer caso de nadie, ni siquiera de Thrashbarg, a quien ni siquiera veían desde donde estaban.

El Anciano Thrashbarg se mascó airadamente la barba.

¿Seguir allí parado con los brazos en alto? ¿Arrodillarse con la cabeza inclinada hacia adelante y apuntándoles con el bastón? ¿Caerse hacia atrás como abrumado por alguna titánica lucha interior? ¿O quizá largarse al bosque a vivir en un árbol durante un año sin dirigir la palabra a nadie?

Se decidió por dejar caer los brazos vigorosamente, como si hubiera hecho lo que pretendía hacer. Le dolían de verdad, así que no lo tuvo que pensar mucho. Hizo una pequeña señal secreta que acababa de inventarse hacia la rampa cerrada y luego dio tres pasos y medio hacia atrás, de forma que pudiera echar una buena ojeada a aquella gente, quienquiera que fuese, para decidir qué hacer a continuación.

La figura más alta era una mujer muy atractiva que llevaba ropa suave y arrugada. El Anciano Thrashbarg no lo sabía, pero aquella ropa era de Rymplon™, un nuevo tejido sintético que era estupendo para los viajes espaciales porque ofrecía su mejor aspecto cuando estaba completamente arrugado y sudado.

La más baja era una niña. Parecía incómoda y enfadada, llevaba una ropa que ofrecía absolutamente su peor aspecto cuando estaba completamente arrugada y sudada, cosa que ella debía saber casi sin lugar a dudas.

Todo el mundo las observaba, salvo los pájaros *pikka*, que se fijaban en sus cosas.

La mujer se detuvo y miró a su alrededor. Tenía un aire resuelto. Era evidente que quería algo en concreto, pero no sabía dónde encontrarlo exactamente. Recorrió los rostros de los curiosos aldeanos congregados en torno a ella sin dar muestras de ver lo que estaba buscando.

Thrashbarg no tenía ni idea de qué actitud tomar, y decidió recurrir al cántico. Echó la cabeza atrás y empezó a gemir, pero enseguida le interrumpió un nuevo estallido de la canción procedente de la cabaña del Hacedor de Bocadillos: la última a la izquierda. La mujer volvió bruscamente la cabeza y una sonrisa le afloró poco a poco al rostro. Sin dirigir siquiera una mirada al Anciano Thrashbarg, echó a andar hacia la choza.

Hay un arte en la actividad de hacer bocadillos, y a pocos les está siquiera dado el tiempo necesario para explorarlo en detalle. Es una tarea sencilla, pero las ocasiones de hallar satisfacción son muchas y profundas: elegir el pan adecuado, por ejemplo. El Hacedor de Bocadillos se había pasado muchos meses consultando y experimentando diariamente con Grarp, el panadero, y acabaron creando entre los dos una hogaza de la consistencia y densidad precisas para cortarla en rebanadas delgadas e iguales que al mismo tiempo conservaran su ligereza y humedad junto con lo mejor de ese aroma delicado y estimulante que tan bien realza el sabor de la carne asada del Animal Completamente Normal.

También había que refinar la geometría de la rebanada: la relación exacta entre anchura y profundidad, como también el grosor que daría el adecuado sentido de peso y volumen al bocadillo acabado; en esto, la ligereza también era una virtud, pero también la firmeza, la generosidad y la promesa de jugosidad y deleite que constituye el sello distintivo de una experiencia bocadilleril verdaderamente intensa.

Disponer de los utensilios adecuados era fundamental, por supuesto, y el Hacedor de Bocadillos, cuando no estaba atareado con el Panadero en el horno, pasaba muchos días con Strinder, el Tallador de Herramientas, pesando y equilibrando cuchillos, llevándolos y trayéndolos a la forja. Flexibilidad, fuerza, agudeza de filo, longitud y equilibrio se discutían con entusiasmo, se exponían teorías, se ensayaban, se perfeccionaban, y muchas tardes se vieron las siluetas del Hacedor de Bocadillos y del Tallador de Herramientas recortadas al contraluz de la forja y el sol poniente, haciendo lentos movimientos circulares en el aire, probando un cuchillo tras otro, comparando el peso de este con el equilibrio de aquel, la flexibilidad de un tercero y la guarnición de la empuñadura de un cuarto.

En total hicieron falta tres cuchillos. El primero para cortar el pan: una hoja firme, autoritaria, que imponía una voluntad clara y definida ante la hogaza. Luego, el cuchillo para untar la mantequilla, que era un objeto liviano y maleable pero de firme espinazo a pesar de todo. Las versiones primitivas habían sido demasiado elásticas, pero ahora, la combinación de flexibilidad con un núcleo firme era exactamente lo justo para lograr el máximo de gracia y suavidad en la untura.

El instrumento principal era, desde luego, el cuchillo de trinchar. Esa hoja no se limitaba a imponer su voluntad sobre el medio en que se movía, como el cuchillo del pan; debía trabajar con él, guiarse por la fibra de la carne, producir lonchas de la más exquisita consistencia y finura que se separaban del trozo de carne en diáfanos pliegues. El Hacedor de Bocadillos, con un suave movimiento de muñeca, colocaba entonces la loncha en la rebanada inferior del pan, magníficamente equilibrada, la recortaba con cuatro hábiles toques y finalmente realizaba la magia que los niños del pueblo esperaban con tanta ansia para congregarse a su alrededor y contemplarla extasiados con arrobada atención. Con solo otras cuatro diestras pasadas de cuchillo reunía los recortes en un rompecabezas cuyas piezas encajaban perfectamente y los colocaba sobre la rebanada de arriba. El tamaño y la forma de los recortes eran diferentes para cada bocadillo, pero el Hacedor de Bocadillos siempre los disponía sin esfuerzo ni vacilación en un perfecto dibujo geométrico. Una segunda capa de carne y otra capa de recortes, y el primer acto de creación quedaba consumado.

El Hacedor de Bocadillos pasaba entonces la obra a su ayudante, que añadía unas lonchas de frespinillo y flábano con un toque de salsa de pasifresa para luego colocar la rebanada de encima y cortar en dos el bocadillo con un cuarto cuchillo de lo más corriente. No es que tales operaciones no requiriesen también su destreza, pero eran habilidades menores ejecutadas por un aprendiz aplicado que algún día sucedería al Hacedor de Bocadillos cuando este acabara colgando las herramientas. Era una posición privilegiada y aquel aprendiz, Drimple, atraía la envidia de sus semejantes. En el pueblo los había que se contentaban con cortar leña y otros que eran dichosos acarreando agua, pero ser el Hacedor de Bocadillos era la felicidad suma.

De manera que el Hacedor de Bocadillos cantaba al trabajar. Estaba utilizando el resto de la carne salada de aquel año. Ya había perdido un poco, pero el exquisito sabor de la carne del Animal Completamente Normal seguía siendo algo insuperable con respecto a toda la experiencia anterior del Hacedor de Bocadillos. Se había previsto que a la semana siguiente los Animales Completamente Normales volverían a aparecer en su habitual migración, con lo que todo el pueblo se vería sumido una vez más en una frenética actividad: cazar Animales, matar seis, incluso siete docenas de los millares que pasaban como una exhalación. Luego había que limpiarlos, descuartizarlos y salar la mayor parte de la carne para conservarla durante los meses de invierno hasta la primavera, cuando se producía la migración de regreso que volvería a abastecerlos de provisiones.

La mejor carne se asaba enseguida para la fiesta que señalaba la llegada del otoño. Los festejos duraban tres días de absoluta exuberancia, de bailes e historias que el Anciano Thrashbarg contaba sobre las incidencias de la caza, narraciones que él se dedicaba a inventar en su cabaña mientras el resto del pueblo salía a cazar.

Pero la mejor carne de todas se salvaba del festín y se entregaba fría al Hacedor de Bocadillos que, aplicando sobre ella las artes que los dioses habían enviado a Lamuella por mediación suya, producía los exquisitos Bocadillos de la Tercera Estación que todos los del pueblo consumirían al día siguiente, antes de empezar a prepararse para los rigores del próximo invierno.

Hoy solo hacía bocadillos corrientes, si es que tales exquisiteces, tan amorosamente preparadas, pudieran calificarse alguna vez de corrientes. Su ayudante estaba ausente, de modo que el Hacedor de Bocadillos aplicaba su propia guarnición, cosa que le encantaba. En realidad, disfrutaba con casi todo.

Cortaba una loncha, cantaba Colocaba cuidadosamente cada loncha de carne en una rebanada de pan, la recortaba y armaba un rompecabezas con todos los recortes. Un poco de ensalada, algo de salsa, otra rebanada de pan, otro bocadillo, otra estrofa de «Yellow Submarine».

–Hola, Arthur.

El Hacedor de Bocadillos casi se rebanó el pulgar.

Los aldeanos observaron consternados cómo la mujer se dirigía resueltamente a la cabaña del Hacedor de Bocadillos. Bob Todopoderoso les había enviado al Hacedor de Bocadillos en un carro de fuego. Al menos eso decía Thrashbarg, que era la autoridad en esas cosas. Bueno, al menos eso afirmaba Thrashbarg, y Thrashbarg era..., etcétera, etcétera. No merecía la pena discutir sobre eso.

Algunos aldeanos se preguntaban por qué Bob Todopoderoso iba a enviarles su único divino Hacedor de Bocadillos en un carro de fuego en lugar de, pongamos, en otro que hubiera aterrizado tranquilamente sin destruir medio bosque, llenándolo de espíritus y además lesionando seriamente al propio Hacedor de Bocadillos. El Anciano Thrashbarg explicó que esa era la voluntad inefable de Bob, y cuando le preguntaron qué significaba inefable, él les dijo que buscaran la palabra en el diccionario.

Lo que constituyó un problema, porque el único diccionario lo tenía el Anciano Thrashbarg y no quería prestárselo. Le preguntaron por qué no se lo dejaba y él contestó que ellos no tenían por qué saber cuál era la voluntad de Bob Todopoderoso, y cuando le preguntaron por qué no, volvió a responderles que porque lo decía él. De todas formas, alguien entró un día subrepticiamente en la cabaña del Anciano Thrashbarg mientras él había salido a bañarse y buscó «inefable». Al parecer, «inefable» significaba «incognoscible, indescriptible, indecible, algo imposible de conocer y que no puede expresarse con palabras». Así que aquello aclaraba las cosas.

Por lo menos tenían los bocadillos.

El Anciano Thrashbarg dijo un día que Bob Todopoderoso había decretado que él, Thrashbarg, fuese el primero en escoger bocadillos. Los aldeanos le preguntaron cuándo había ocurrido eso exactamente, y él les contestó que el día anterior, cuando ellos no miraban.

—¡Tened fe o arderéis en la hoguera! —sentenció el Anciano Thrashbarg.

Le dejaron ser el primero en escoger bocadillos. Parecía lo más fácil.

Y ahora aquella mujer que venía de muy lejos había ido derecha a la cabaña del Hacedor de Bocadillos. Estaba claro que se había extendido su fama, aunque era difícil saber a dónde, ya que según el Anciano Thrashbarg no existía ningún otro sitio. En cualquier caso, viniera de donde viniese, probablemente de alguna parte inefable, ya estaba allí y en aquellos momentos se encontraba en la choza del Hacedor de Bocadillos. ¿Quién era aquella mujer? ¿Y quién era la extraña niña malhumorada que se había quedado frente a la cabaña, dando patadas a las piedras y con todas las muestras de no querer estar allí? ¿No resultaba raro que alguien viniese de algún lugar inefable en un carro que a todas luces era mucho mejor que aquel de fuego en que les habían enviado al Hacedor de Bocadillos, si ni siquiera quería estar allí?

Todos miraron a Thrashbarg, pero estaba de rodillas, murmurando, con los ojos fijos en el cielo y decidido a no cruzar la mirada con nadie hasta que se le ocurriera algo.

—¡Trillian! —exclamó el Hacedor de Bocadillos, chupándose la sangre del pulgar—. ¿Qué...? ¿Quién...? ¿Cuándo...? ¿Dónde...?

—Justo las preguntas que yo iba a hacerte —repuso Trillian, echando una mirada por la cabaña de Arthur.

Estaba limpia, con los utensilios de cocina bien ordenados. Había armarios y estantes bastante sencillos, y un camastro en un rincón. Al fondo de la habitación había una puerta que Trillian no supo adónde daba porque estaba cerrada.

—Bonito —comentó, aunque en tono inquisitivo. No llegaba a comprender la situación.

—Muy bonito —convino Arthur—. Maravilloso. No sé si alguna vez he estado en algún sitio tan bonito. Soy feliz aquí. Me aprecian, les hago bocadillos y..., bueno, eso es todo. Me aprecian y les hago bocadillos.

–Parece, humm...

–Idílico –concluyó Arthur en tono firme–. Lo es. Verdaderamente, lo es. No espero que te guste mucho, pero para mí es, bueno, perfecto. Oye, siéntate, por favor, ponte cómoda. ¿Puedo ofrecerte algo, humm, un bocadillo?

Trillian cogió un bocadillo y lo observó. Lo olió con atención.

–Pruébalo –sugirió Arthur–. Está bueno.

Trillian dio un mordisquito, luego un bocado y lo masticó con aire pensativo.

–Está bueno –confirmó, mirándolo.

–La obra de mi vida –sentenció Arthur, tratando de imprimir orgullo a la voz y esperando no parecer un completo imbécil. Estaba acostumbrado a que le reverenciaran un poco, y de pronto tenía que realizar algunos cambios de velocidad mental.

–¿De qué es la carne? –preguntó Trillian.

–Ah, sí. Es, humm, es de Animal Completamente Normal.

–¿De qué?

–De Animal Completamente Normal. Es parecido a una vaca, o mejor dicho, a un toro. Una especie de búfalo, en realidad. Un animal grande, que embiste.

–¿Y qué tiene de raro?

–Nada, es completamente normal.

–Ya veo.

–Solo es raro el sitio de donde viene.

Tricia frunció el ceño y dejó de masticar.

–¿De dónde viene? –preguntó con la boca llena. No tragaría hasta saberlo.

–Pues, bueno, no es solo de dónde viene, sino también de adónde va. La carne está muy bien, se puede comer perfectamente. Yo he consumido toneladas. Es estupenda. Muy jugosa. Muy tierna. Un sabor ligeramente dulce con un regusto enigmático y prolongado.

Trillian seguía sin tragar.

–¿De dónde viene? –preguntó–, ¿y adónde va?

–Vienen de un sitio que está un poco al este de las Montañas Hondo. Son las más grandes que tenemos por aquí, debes haberlas visto al venir, luego se precipitan a millares por las llanuras Anhon-

268

do y, bueno, eso es todo. De ahí es de donde vienen. Ahí es adonde van.

Trillian frunció el ceño. En todo aquello había algo que no acababa de comprender.

—Quizá no me haya explicado con la suficiente claridad —añadió Arthur—. Cuando digo que vienen de un lugar al este de las Montañas Hondo, me refiero a que ahí es donde aparecen de repente. Luego pasan a toda velocidad por las llanuras Anhondo y, bueno, desaparecen. Disponemos de unos seis días para cazar lo más posible antes de que se esfumen. En primavera hacen lo mismo, solo que al revés, ¿comprendes?

De mala gana, Trillian tragó. O eso o escupirlo, y en realidad tenía muy buen sabor.

—Entiendo —aseguró, después de comprobar que no le había sentado mal—. ¿Y por qué los llaman Animales Completamente Normales?

—Pues creo que, porque, si no, la gente podría pensar que era un poco raro. Me parece que fue el Anciano Thrashbarg quien les puso ese nombre. Dice que vienen de donde vienen y que van adonde van, que esa es la voluntad de Bob y sanseacabó.

—¿Quién...?

—Ni se te ocurra preguntarlo.

—Bueno, parece que te va bien.

—Me encuentro bien. Tú tienes buen aspecto.

—Estoy bien. Muy bien.

—Pues eso es bueno.

—Sí.

—Bien.

—Bien.

—Muy amable de tu parte haber venido a verme.

—Gracias.

—Bueno —repitió Arthur, buscando algo que decir. Era asombroso lo difícil que resultaba pensar en algo que decir a alguien después de tanto tiempo.

—Supongo que te preguntarás cómo he dado contigo —dijo Trillian.

—¡Sí! —exclamó Arthur—. Precisamente eso me estaba preguntando. ¿Cómo me has encontrado?

–Bueno, pues no sé si lo sabes o no, pero ahora trabajo en una gran emisora Sub-Eta, de esas que...

–Sí, lo sabía –afirmó Arthur, recordando de pronto–. Sí, lo has hecho muy bien. Es estupendo. Muy interesante. Bien hecho. Debe ser muy divertido.

–Agotador.

–Toda esa precipitación de un lado para otro. Supongo que sí, ya lo creo.

–Tenemos acceso prácticamente a toda clase de información. Encontré tu nombre en la lista de pasajeros de la nave que se estrelló.

Arthur se quedó pasmado.

–¿Quieres decir que *sabían* lo del accidente?

–Pues claro que lo sabían. Una nave espacial de línea no puede desaparecer sin que nadie se entere.

–Pero ¿quieres decir que sabían dónde había ocurrido? ¿Sabían que yo había sobrevivido?

–Sí.

–Pero nadie ha salido a mirar, ni a buscar ni a rescatar a nadie. No han hecho absolutamente nada.

–Bueno, no podían. Lo del seguro era toda una complicación. Simplemente echaron tierra sobre todo el asunto. Hicieron como si no hubiera pasado nada. Lo de los seguros se ha convertido en una verdadera estafa. ¿Sabes que han vuelto a establecer la pena de muerte para los directores de las empresas de seguros?

–¿De verdad? –repuso Arthur–. No, no lo sabía. ¿Por qué delito?

Trillian frunció el ceño.

–¿Delito? ¿A qué te refieres?

–Ya entiendo.

Trillian dirigió una larga mirada a Arthur y luego, con otro tono de voz, le conminó:

–Es hora de que afrontes tus responsabilidades, Arthur.

Arthur trató de entender aquella observación. Con frecuencia tardaba unos momentos en comprender exactamente adónde quería ir a parar la gente, así que dejó pasar unos momentos, sin prisa. La vida era muy agradable y relajada en aquellos días, había tiempo para calar el significado de las cosas. Dejó que la observación calara en su mente.

Pero siguió sin comprender qué quería decir, así que terminó confesándoselo.

Trillian le respondió con una sonrisa fría y luego se volvió a la puerta de la cabaña.

–¿Random?[1] –llamó–. Pasa. Ven a conocer a tu padre.

1. En inglés, *random* significa «al azar». *(N. del T.)*

14

Mientras la *Guía* volvía a plegarse en un disco liso y negro, Ford comprendió algo verdaderamente tremendo. O al menos trató de comprenderlo, pues era demasiado tremendo para digerirlo de un solo golpe. La cabeza le martilleaba, el tobillo le dolía. Y aunque no quería mostrarse blando consigo mismo por lo del tobillo, siempre le había parecido que donde mejor entendía la lógica multidimensional intensa era en la bañera. Necesitaba tiempo para pensarlo. Tiempo, una buena copa y algún suntuoso aceite de baño que hiciese mucha espuma.

Tenía que salir de allí. Tenía que sacar la *Guía* de allí. No podría lograr las dos cosas a la vez.

Lanzó una mirada frenética por la habitación.

Piensa, piensa, piensa. Debía ser algo sencillo y evidente. Si se confirmaba su oscura y desagradable sospecha de que tenía que vérselas con oscuros y desagradables vogones, cuanto más sencillo y evidente mejor.

De pronto vio lo que necesitaba.

No intentaría vencer al sistema, sino utilizarlo. Lo más pavoroso de los vogones era su determinación absolutamente insensata de realizar cualquier insensatez que estuvieran decididos a llevar a cabo. No tenía sentido tratar de que entraran en razón porque carecían de ella. Si uno no perdía los nervios, sin embargo, a veces podía explotarse su ciega e intimidante insistencia en ser ciegos e intimidantes. No era solo que su mano izquierda no siempre supiese lo que hacía su derecha, por decirlo así; sino que muy a menudo su mano derecha solo tenía una idea bastante vaga de sus propias actividades. ¿Se atrevería simplemente a enviárselo a sí mismo por correo? ¿Osaría introducirlo en el sistema y dejar que los vogones se las ingeniaran para relacionarlo con él mientras se dedicaban al mismo tiempo, tal como probablemente harían, a desmantelar el edificio para descubrir dónde lo había escondido? Sí.

Febrilmente, lo guardó en una caja, lo envolvió y le puso una etiqueta. Tras detenerse un momento a pensar si estaba haciendo lo más acertado, lanzó el paquete por el conducto del correo interno del edificio.

–Colin –dijo, volviéndose hacia la pequeña bola flotante–, voy a abandonarte a tu destino.

–Soy tan feliz –repuso Colin.

–Aprovecha mientras puedas. Porque quiero que te ocupes de que ese paquete salga del edificio. Lo más probable es que te incineren cuando te encuentren, y yo no estaré aquí para ayudarte. Será muy, pero que muy desagradable para ti, y es una verdadera lástima. ¿Entiendes?

–Hago gorgoritos de placer –contestó Colin.

–¡Vamos! –ordenó Ford.

Obedientemente, Colin se lanzó por el conducto del correo en pos de su objetivo. Ahora Ford solo tenía que preocuparse de sí mismo, pero eso seguía siendo una preocupación de lo más esencial. Se oía un estrépito de pasos frente a la puerta, que había tenido la precaución de cerrar con llave y atrancar con un gran archivador.

Le preocupaba que todo hubiera marchado tan a pedir de boca. Todo había salido de maravilla. Llevaba todo el día comportándose con inconsciencia y temeridad, y sin embargo todo le había salido increíblemente bien. Salvo por el zapato. Le daba rabia lo del zapato. Esa era una cuenta que habría que ajustar.

La puerta se abrió con un estruendo ensordecedor. Entre el humo y el polvo de la explosión, Ford vio grandes criaturas semejantes a babosas que entraban precipitadamente.

Así que todo iba bien, ¿eh? ¿Todo marchaba como si le acompañara la suerte más extraordinaria? Bueno, ya se ocuparía de eso.

Con espíritu de investigación científica, volvió a arrojarse por la ventana.

15

El primer mes, que emplearon en conocerse el uno al otro, fue un poco difícil.

El segundo mes, en que intentaron asimilar los descubrimientos del primer mes, fue mucho más fácil.

El tercer mes, cuando llegó el paquete, fue verdaderamente muy delicado.

Al principio, fue un problema hasta tratar de explicar qué era un mes. En Lamuella, para Arthur había sido una cuestión sencilla y agradable. El día duraba algo más de veinticinco horas, lo que fundamentalmente suponía una hora más en la cama *todos los días* y, naturalmente, poner sistemáticamente en hora el reloj, cosa que a Arthur le encantaba hacer.

Además se sentía en casa con el número de soles y lunas que tenía Lamuella –uno de cada–, a diferencia de otros planetas a los que había ido a parar de vez en cuando, que tenían una cantidad ridícula de ellos.

El planeta tardaba trescientos días en completar la órbita de su único sol, y ese número estaba muy bien porque significaba que el año no se alargaba demasiado. La luna giraba en torno a Lamuella unas nueve veces al año, con lo que un mes tenía algo más de treinta días, lo que era absolutamente perfecto porque le daba a uno un poco más de tiempo para hacer las cosas. No es que se pareciese simplemente a la Tierra, sino que en realidad era mejor.

Por su parte, Random creía estar atrapada en una pesadilla recurrente. Tenía accesos de llanto y pensaba que la luna quería cogerla. Allí la tenía todas las noches, y luego, cuando desaparecía, salía el sol y la perseguía. *Una y otra vez.*

Trillian le había advertido de que Random podría tener ciertas dificultades para habituarse a una vida más regular de la que había llevado hasta entonces, pero en realidad Arthur no estaba preparado para ladrar a la luna.

No estaba preparado para nada de aquello, por supuesto.

¿Su *hija*?

¿Su hija? Trillian y él nunca habían ni siquiera..., ¿nunca? Tenía la absoluta seguridad de que lo hubiese recordado. ¿Y qué pasaba con Zaphod?

—No es la misma especie, Arthur —le contestó Trillian—. Cuando decidí tener un hijo me hicieron toda clase de pruebas genéticas y solo encontraron una pareja que me fuese bien. No caí en la cuenta hasta más tarde. Lo comprobé y tenía razón. Normalmente no les gusta decirlo, pero yo insistí.

—¿Quieres decir que fuiste a un banco de ADN? —preguntó Arthur, con los ojos saltones.

—Sí. Pero la niña no salió tan al azar como su nombre indica, porque desde luego tú eras el único *homo sapiens* donante. Aunque debo añadir que, según parece, volabas con muchísima frecuencia.

Arthur miraba con los ojos en blanco a la niña de infeliz aspecto que, en una postura desgarbada, le miraba tímidamente desde el marco de la puerta.

—Pero ¿cuándo..., cuánto tiempo...?

—¿Te refieres a qué edad tiene?

—Sí.

—La que no debiera.

—¿Qué quieres decir?

—Quiero decir que no tengo ni idea.

—*¿Cómo?*

—Bueno, pues según mis cálculos creo que la tuve hace unos diez años, pero está claro que es mucho mayor. Me paso la vida yendo hacia atrás y hacia adelante en el tiempo, ¿sabes? El trabajo. Solía llevarla conmigo cuando podía, pero no siempre era posible. Luego la dejaba en guarderías de zonas temporales, pero ya no te puedes fiar de cómo calculan el tiempo. Las dejas por la mañana y sencillamente no tienes ni idea de la edad que tendrán por la tarde. Te quejas hasta desgañitarte pero no consigues nada. Una vez la dejé unas horas en uno de esos sitios y cuando volví ya había pasado la pubertad. He hecho lo que he podido, Arthur, ahora te toca a ti. Tengo que cubrir una guerra.

Los diez segundos que pasaron tras la marcha de Trillian fueron los más largos de la vida de Arthur Dent. El tiempo, como sabemos, es relativo. Se puede hacer un viaje espacial de ida y vuelta que dure años luz, pero si se va a la velocidad de la luz al volver se puede haber envejecido simplemente unos segundos mientras tu hermano o hermana gemela habrá envejecido veinte, treinta, cuarenta o los años que sean, depende de lo lejos que se haya viajado.

Eso puede causar una profunda conmoción personal, sobre todo si uno ignora que tiene un hermano gemelo. Los segundos que se ha estado ausente no bastarán para prepararle a uno para el sobresalto de la vuelta, cuando se vea ante una familia nueva y extrañamente aumentada.

Diez segundos de silencio no fue tiempo suficiente para que Arthur volviera a rehacer toda la idea que tenía de sí mismo y de su vida intentando incluir de pronto en ella a una hija de cuya mera existencia no había tenido el menor indicio de sospecha al levantarse por la mañana.

Unos lazos familiares profundos y afectivos no pueden establecerse en diez segundos, por muy lejos y muy deprisa que se viaje en busca de ellos, y Arthur no pudo menos que sentirse incapaz, perplejo y aturdido mientras miraba a la niña, que seguía de pie en la puerta con la vista fija en el suelo de su casa.

Suponía que no tenía sentido hacer como si no se sintiera incapaz.

Se acercó a ella y la abrazó.

—No te quiero —le dijo—. Lo siento. Ni siquiera te conozco todavía. Pero dame unos minutos.

Vivimos en una época extraña.

También vivimos en sitios extraños: cada uno en su propio universo. La gente con quien poblamos nuestros universos son sombras de otros mundos que se cruzan con el nuestro. El hecho de advertir esa pasmosa complejidad del infinito retorno y decir cosas como: «¡Ah, hola, Ed! Qué moreno estás. ¿Cómo está Carol?», requiere una buena dosis de trascendencia, capacidad que todos los seres conscientes han de desarrollar con objeto de protegerse a sí mismos de la contemplación del caos por el que tropiezan y caen. Así que dele a su hijo una oportunidad, ¿vale?

Fragmento de *Paternidad práctica*
en un universo fractalmente enloquecido

−¿Qué es esto?

Arthur casi había renunciado. Es decir, no iba a renunciar. No abandonaría de ninguna manera. Ahora no. Ni nunca. Pero si hubiera sido de las personas que renuncian, este era probablemente el momento en que lo hubiera hecho.

No satisfecha con ser arisca, tener mal genio, querer marcharse a jugar a la era paleozoica, no comprender por qué tenían puesta la gravedad todo el tiempo y gritar al sol para que dejara de perseguirla, Random además había utilizado el cuchillo de trinchar de Arthur para arrancar piedras del suelo y lanzarlas contra los pájaros *pikka* por mirarla de aquel modo.

Arthur ni siquiera sabía si en Lamuella había habido era paleozoica. Según el Anciano Thrashbarg, el planeta se había descubierto plenamente formado en el ombligo de una gigantesca tijereta un frierness a las cuatro y media de la tarde, y pese a que Arthur, curtido viajero galáctico con buenas notas en Física y Geografía, albergaba sobre ello dudas bastante serias, discutir con el Anciano Thrashbarg era más bien una pérdida de tiempo y nunca había tenido mucho sentido.

Suspiró mientras acariciaba el cuchillo torcido y mellado. Iba a quererla aunque le costara la vida, a él, a ella o a los dos. No era fácil ser padre. Era consciente de que nadie había dicho nunca que fuese fácil, pero no se trataba de eso porque en primer lugar él nunca había pedido ser padre.

Hacía lo que podía. Pasaba con ella cada momento que podía sustraer a los bocadillos, hablaba, se sentaba con ella en la colina para ver la puesta de sol sobre el valle en que se asentaba el pueblo, intentando averiguar cosas de su vida, tratando de explicarle la suya. Tarea difícil. Lo que tenían en común, aparte del hecho de tener genes casi idénticos, era del tamaño de un guijarro. O mejor dicho, la divergencia de sus puntos de vista equivalía a la diferencia de tamaño entre Trillian y ella.

–¿Qué es esto?

De pronto comprendió que le estaba hablando y él no se había dado cuenta. O más bien no había reconocido su voz.

En lugar de dirigirse a él en su tono habitual, amargo y truculento, le estaba haciendo una simple pregunta.

Volvió la cabeza, sorprendido.

Estaba sentada en un taburete en un rincón de la cabaña, en aquella postura suya de hombros encogidos, rodillas juntas, pies extendidos hacia afuera, con el pelo negro colgándole sobre la cara mientras miraba algo que tenía entre las manos.

Con cierto nerviosismo, Arthur se acercó a ella.

Sus cambios de humor eran imprevisibles, pero hasta entonces todos habían oscilado entre distintos tipos de mal genio. Crisis de amarga recriminación daban paso sin previo aviso a un absoluto desprecio de sí misma, seguido de largos accesos de sombría desesperación marcados por repentinos actos de absurda violencia contra objetos inanimados y exigencias de que fueran a clubs electrónicos.

En Lamuella no solo no había clubs electrónicos, sino que no había clubs de ninguna clase ni, en realidad, tampoco electricidad. Había una fragua y una panadería, unos cuantos carros y un pozo, pero aquel era el nivel más alto de la técnica lamuellana, y una buena parte de los inextinguibles accesos de cólera de Random iba dirigida contra el atraso absolutamente incomprensible del planeta.

Cogía televisión Sub-Eta en un diminuto Panel-O-Flex que le habían implantado quirúrgicamente en la muñeca, pero eso no la animaba lo más mínimo porque no daban más que noticias demenciales y apasionantes de cosas que ocurrían en cualquier otra parte de la Galaxia menos allí. También le daba frecuentes noticias de su madre, que la había abandonado para cubrir alguna guerra que, según parecía ahora, jamás había ocurrido, o al menos que había salido muy mal en algún sentido por falta de una adecuada recopilación de datos. Además, le daba acceso a montones de programas de espectaculares aventuras con toda clase de naves espaciales fantásticamente lujosas que se estrellaban unas contra otras.

Los aldeanos estaban completamente hipnotizados por aquellas maravillosas imágenes que le salían de la muñeca. Solo una vez habían visto estrellarse a una nave espacial, y había sido algo tan aterrador, violento y espantoso, y había producido tan horribles estragos, incendios y muertes que, estúpidamente, no comprendían que se trataba de un pasatiempo.

El Anciano Thrashbarg se quedó tan pasmado que enseguida vio a Random como emisaria de Bob, pero muy poco después decidió que en realidad había sido enviada para probar su fe, si no su paciencia. También estaba alarmado por el número de accidentes de naves espaciales que debía incorporar a sus historias religiosas si es que quería mantener la atención de los aldeanos para que no se precipitaran continuamente a ver la muñeca de Random.

En aquel momento, Random no se miraba la muñeca, que estaba apagada. Sin decir nada, Arthur se puso en cuclillas a su lado para ver qué estaba mirando.

Era su reloj. Se lo había quitado para ir a ducharse en la cascada del pueblo, Random lo había encontrado y trataba de averiguar para qué servía.

—Solo es un reloj —le explicó—. Sirve para saber la hora.

—Ya lo sé —repuso ella—. Pero a pesar de que no dejas de manipularlo, sigue sin decirte la hora exacta. Ni siquiera de forma aproximada.

Descubrió la ventanilla de lectura del panel de la muñeca, que automáticamente mostró la hora local. El panel de su muñeca se había dedicado tranquilamente a medir la gravedad y el impulso orbital del planeta, observando la situación del sol y siguiendo su trayectoria celeste, todo ello a los pocos minutos de la llegada de Random a Lamuella. Luego recogió rápidamente datos del entorno para averiguar las convenciones de medida locales y volver a programarse de forma adecuada. Hacía esas cosas continuamente, lo que era especialmente valioso si se emprendían muchos viajes tanto en el tiempo como en el espacio.

Random frunció el ceño ante el reloj de su padre, que no hacía nada de aquello.

Arthur le tenía mucho cariño al reloj. Era mejor del que él hubiera podido adquirir jamás. Se lo había regalado en su vigesimosegundo cumpleaños un padrino rico y abrumado de sentimientos de culpa que hasta entonces se había olvidado de todos sus aniversarios, aparte de no acordarse ni de su nombre. Decía el día, la fecha, las fases de la luna; tenía las palabras «Para Albert en su vigesimoprimer cumpleaños» grabadas en la abollada y arañada parte de atrás en letras que aún eran visibles.

El reloj había pasado en los últimos años por multitud de pruebas, la mayoría de las cuales ni entraban en la garantía. Claro que él no pensaba que la garantía mencionase especialmente que el reloj solo era exacto dentro del particular campo gravitado y magnético de la Tierra, y siempre que el día tuviese veinticuatro horas y el planeta no estallase y esas cosas. Eran suposiciones tan fundamentales que hasta los juristas las habrían pasado por alto.

Afortunadamente, el reloj era de cuerda, o al menos de cuerda automática. En ninguna parte de la Galaxia habría encontrado pilas del tamaño, dimensiones y especificaciones de potencia que eran perfectamente normales en la Tierra.

—¿Y qué son todos esos números? —preguntó Random.

Arthur le cogió el reloj.

—Los números del borde de la esfera indican las horas. En la ventanita de la derecha dice JU, que significa jueves, y ese número catorce quiere decir que hoy es el 14 de MAYO, mes que aparece en esta otra ventanita de aquí.

»Y esa ventanita semicircular de ahí arriba te dice las fases de la luna. En otras palabras, te indica qué parte de la luna está iluminada de noche por el sol, lo que depende de las respectivas posiciones del Sol, de la Luna y, bueno..., de la Tierra.

—La Tierra —repitió Random.

—Sí.

—Y de ahí eres tú, y mami también.

—Sí.

Random cogió el reloj de nuevo y volvió a mirarlo, claramente desconcertada por algo. Luego se lo llevó a la oreja y lo escuchó asombrada.

–¿Qué es ese ruido?

–El tictac. La maquinaria que hace andar al reloj. Se llama mecanismo de relojería. Se compone de una serie de ruedecillas dentadas y muelles entrelazados que hacen girar las manecillas a la velocidad justa para que indiquen las horas, los minutos, los días, etcétera.

Random continuó mirándolo.

–Hay algo que te tiene perpleja. ¿Qué es? –preguntó Arthur.

–Sí –contestó Random, al cabo–. ¿Por qué es todo de metal?

Arthur propuso dar un paseo. Pensaba que debían hablar de algunas cosas y parecía que Random, si no precisamente dócil y bien dispuesta, al menos por una vez no gruñía.

Desde el punto de vista de Random, eso también era muy extraño. No es que pretendiera ser difícil porque sí, sino que no sabía ser de otra manera.

¿Quién era aquel individuo? ¿Qué era esa vida que ella debía llevar? ¿Y qué era aquel universo que no dejaba de entrarle por los ojos y los oídos? ¿Para qué era? ¿Qué pretendía?

Había nacido en una nave espacial que iba de alguna parte a otro sitio, y cuando tenía que ir a otro sitio, ese otro sitio resultaba ser simplemente alguna parte de la cual había que volver a ir a otro sitio, y así sucesivamente.

Para ella era normal suponer que estaba en otro sitio. Era normal pensar que estaba en el sitio menos indicado.

No se daba cuenta de que sentía eso porque eso era lo único que siempre había sentido, igual que nunca le parecía extraño que en casi todos los sitios adonde iba necesitara llevar pesos o trajes antigravedad, y normalmente también algún aparato especial para respirar. Los únicos sitios en que se encontraba a gusto eran mundos que uno concebía para habitarlos personalmente: realidades virtuales en los clubs electrónicos. Jamás se le había ocurrido que el Universo real era algo donde se podía encajar de verdad.

Y eso incluía aquel sitio llamado Lamuella, donde su madre la había dejado tirada. Y también a aquella persona que le había otorgado el precioso y mágico don de la vida a cambio de un asiento mejor y más caro. Menos mal que había resultado ser muy amable y simpático, pues si no habría habido lío. De los buenos. En el bolsillo llevaba una piedra especialmente afilada con la que podía dar un montón de problemas.

Puede ser muy peligroso ver las cosas bajo el punto de vista de otros sin el adecuado entrenamiento.

Se sentaron en el sitio que más le gustaba a Arthur, en la ladera que daba al valle. El sol iba a ponerse sobre el pueblo.

Lo que a Arthur no le gustaba tanto era mirar un poco más allá, al siguiente valle, donde un surco profundo, negro y desolado indicaba el lugar del bosque donde se había estrellado su nave. Pero quizá era por eso por lo que seguía yendo allí. El frondoso y ondulado paisaje de Lamuella podía contemplarse desde muchos sitios, pero Arthur se sentía atraído por aquel, con su insistente sombra de miedo y dolor acechando justo en el límite de su visión.

Nunca había vuelto desde que lo sacaron de los restos de la nave. Ni volvería.

No podría soportarlo.

En realidad, intentó volver al día siguiente, aún atontado y con la cabeza dándole vueltas por la conmoción. Tenía una pierna y varias costillas rotas, aparte de algunas quemaduras serias, y aunque no pensaba de forma coherente insistió en que los aldeanos le llevaran, lo que ellos hicieron no sin cierta inquietud. Pero no logró llegar al sitio exacto donde la tierra ardió y se disolvió, y finalmente, cojeando, se alejó para siempre del horror.

Pronto corrió el rumor de que toda la zona estaba encantada, y desde entonces nadie se aventuró hasta allá. La comarca estaba llena de magníficos y deliciosos valles verdes, no tenía sentido dirigirse a uno que causaba tanta zozobra. Que el pasado se ocupara del pasado y que el presente siguiese su camino hacia el futuro.

Random mecía el reloj entre las manos, volviéndolo despacio para dejar que los largos rayos del sol poniente arrancaran cálidos destellos a los rasguños y arañazos del grueso cristal. La fascinaba ver el recorrido de la fina manilla del segundero. Siempre que describía un círculo completo, la más larga de las otras dos manecillas se situaba en la siguiente de las sesenta pequeñas divisiones que rodeaban la esfera.

Y cuando la manilla larga completaba su propio círculo, la pequeña se adelantaba al siguiente número.

—Hace una hora que lo estás mirando —observó Arthur.

—Lo sé —repuso ella—. Una hora es cuando la manecilla grande ha recorrido un círculo completo, ¿no?

—Eso es.

—Entonces lo llevo mirando desde hace una hora y diecisiete... minutos.

Sonrió con un placer hondo y enigmático y se movió un poco, lo justo para apoyarse ligeramente contra el brazo de su padre. Arthur sintió que se le escapaba un pequeño suspiro que le reptaba por el pecho desde hacía semanas. Sintió deseos de rodear los hombros de su hija con el brazo, pero pensó que aún era demasiado pronto y que ella se apartaría. Sin embargo, algo estaba haciendo efecto. Algo se ablandaba en el interior de Random. El reloj tenía para ella un significado como nada lo había tenido en su vida hasta ahora. Arthur no estaba seguro todavía de haber comprendido realmente lo que era, pero estaba profundamente contento y aliviado de que algo hubiera hecho mella en ella.

—Explícamelo otra vez —le pidió Random.

—No tiene nada de especial —contestó Arthur—. El mecanismo de relojería es algo que se fue desarrollando a lo largo de cientos de años...

—Años terrestres.

—Sí. Se fue haciendo cada vez más fino y complejo. Era un trabajo delicado que requería un alto grado de especialización. Tenía que ser muy pequeño y seguir funcionando con precisión por mucho que se moviera o se cayese.

—Pero ¿solo en un planeta?

—Bueno, allí es donde se inventó, ¿entiendes? Nunca se pensó que pudiera llevarse en otra parte y que funcionase en diferentes soles, lunas, campos magnéticos y esas cosas. Quiero decir que ese reloj todavía *marcha* perfectamente bien, pero eso no significa mucho tan lejos de Suiza.

—¿De dónde?

—Suiza. Ahí es donde los hacían. Un país pequeño y montañoso. Aburridamente limpio. La gente que los fabricaba no sabía que hay otros mundos.

—Qué cosa tan tremenda, no saberlo.

–Pues, sí.

–¿Y de dónde era *esa gente*?

–La gente, es decir, nosotros..., nos desarrollamos allí, como si dijéramos. Evolucionamos en la Tierra. No sé a partir de dónde, del barro o algo así.

–Como este reloj.

–Humm. No creo que el reloj se formara del barro.

–¡*No entiendes*!

Random se puso en pie de un salto, gritando.

–¡No entiendes! ¡No me entiendes, no entiendes *nada*! ¡*Te odio* por ser tan estúpido!

Echó a correr frenéticamente colina abajo, sin soltar el reloj y gritando que le odiaba.

Arthur se incorporó bruscamente, sorprendido y sin saber qué hacer. Echó a correr tras ella por la alta y tupida hierba. Le resultaba difícil y penoso. En el accidente se rompió una pierna que no se le soldó bien porque no había sido una fractura limpia. Daba traspiés y respingos al correr.

Random se dio la vuelta de pronto y se encaró con él, el semblante ensombrecido de cólera.

–¡No ves que esto es de algún sitio! –gritó, blandiendo el reloj–. ¡De algún sitio donde funciona! ¡De algún sitio donde *encaja*!

Se dio la vuelta de nuevo y siguió corriendo. Estaba en forma y era ligera de pies. Arthur no era ni remotamente capaz de seguirle el paso.

No era que no esperase que ser padre fuera tan difícil, sino que no esperaba ser padre en absoluto, sobre todo en un planeta extraño y de forma tan repentina e inesperada.

Random se volvió a gritarle otra vez. Por alguna razón, siempre se paraba para hacerlo.

–¿Quién te crees que soy? –preguntó con rabia–. ¿Tu billete de primera clase? ¿Por quién supones que me tomaba mamá? ¿Por un billete para la vida que no tenía?

–No sé qué quieres decir con eso –contestó Arthur, jadeante y lleno de dolores.

–¡Tú no sabes lo que nadie quiere decir con nada!

–¿Qué quieres decir?

–¡Cállate! ¡Cállate! ¡*Cállate*!

–¡Dímelo! ¡Dímelo, por favor! ¿Qué quiere decir ella con eso de la vida que no tuvo?

–¡Deseaba haberse quedado en la Tierra! ¡Se arrepentía de haberse largado con el imbécil de Zaphod, ese estúpido subnormal! ¡Cree que su vida habría sido diferente!

–¡Pero entonces habría muerto! –objetó Arthur–. ¡Habría muerto cuando destruyeron el mundo!

–Eso habría sido una vida diferente, ¿no?

–Eso es...

–¡No tenía que haberme tenido! ¡Me odia!

–¡Eso no lo dices en serio! Cómo es posible que alguien, humm, quiero decir...

–Me tuvo porque yo estaba destinada a hacer que las cosas le fueran bien. Ese era *mi* cometido. ¡Pero a mí me fueron aún peor que a ella! Así que se ha deshecho de mí para continuar con su absurda vida.

–¿Qué hay de absurdo en su vida? Tiene un éxito fabuloso, ¿no? Se mueve por todo el tiempo y el espacio, en todas las redes de televisión Sub-Eta...

–¡Estúpido! ¡Estúpido! ¡Estúpido! ¡Estúpido!

Random se volvió y echó a correr de nuevo. Arthur no pudo seguirla y acabó sentándose un poco para calmar el dolor de la pierna. En cuanto al tumulto que tenía en la cabeza, no tenía la menor idea de qué hacer.

Una hora después entró renqueando en el pueblo. Estaba oscureciendo.

Los aldeanos con los que se cruzaba lo saludaban, pero había en el aire una sensación de nerviosismo, de no saber exactamente qué pasaba ni de qué hacer al respecto. Habían visto al Anciano Thrashbarg tirarse de la barba y mirar a la luna durante bastante tiempo, y eso tampoco era buena señal.

Arthur entró en su cabaña.

Random estaba en silencio, encogida sobre la mesa.

–Lo siento –dijo–. Lo siento mucho.

–Está bien –repuso Arthur en el tono más suave que pudo–. No viene mal tener..., bueno, una pequeña charla. Hay tantas cosas que tenemos que conocer y entender el uno del otro, y la vida no es…, bueno, no todo es té y bocadillos…

—Lo siento *tanto* —repitió Random entre sollozos.

Arthur se acercó a ella y le rodeó los hombros con el brazo. Ella no se resistió ni se apartó. Entonces vio Arthur qué era lo que tanto sentía.

En el círculo de luz arrojado por un quinqué lamuellano yacía el reloj de Arthur. Random había forzado la tapa trasera con el cuchillo de untar la mantequilla, y todas las ruedecillas dentadas, los muelles y palancas estaban desperdigados en una caótica confusión justo en el sitio donde los había estado manipulando.

—Solo quería ver cómo funcionaba —explicó Random—, cómo encajaba todo. ¡Lo siento tanto! No sé volver a montarlo. Lo siento, lo siento, lo siento. No sé qué hacer. ¡Haré que lo arreglen! ¡De verdad! ¡Lo llevaré a arreglar!

Al día siguiente apareció Thrashbarg y empezó a decir toda clase de cosas sobre Bob. Trató de ejercer una influencia conciliadora invitando a Random a recrearse la mente en el inefable misterio de la tijereta gigante, pero Random replicó que no existían tijeretas gigantes y Thrashbarg se quedó muy parado y silencioso y afirmó que acabaría siendo arrojada a la oscuridad exterior. Random dijo que muy bien, que ella había nacido allí, y al día siguiente llegó el paquete.

Estaban empezando a ocurrir demasiadas cosas.

En realidad, cuando llegó el paquete, entregado por una especie de robot que cayó del cielo con un zumbido de abejón, se suscitó la impresión, que poco a poco empezó a cundir por el pueblo entero, de que aquello ya casi pasaba de castaño oscuro.

La culpa no fue del robot abejón. Lo único que le hacía falta para marcharse era la firma o la huella del pulgar de Arthur Dent. Se quedó esperando, sin saber exactamente a qué venía todo aquel resentimiento. Mientras, Kirp había pescado otro pez con una cabeza en cada extremo, pero al examinarlo con más detenimiento resultó que en realidad eran dos peces cortados por la mitad y cosidos de mala manera, de modo que Kirp no solo no logró reanimar el interés por los peces de dos cabezas, sino que además arrojó serias dudas sobre la autenticidad del primero. Únicamente los pájaros *pikka* parecían pensar que todo era absolutamente normal.

El robot abejón recibió la firma de Arthur y salió a escape. Arthur llevó el paquete a su cabaña, se sentó y lo observó.

–¡Vamos a abrirlo! –exclamó Random, que aquella mañana se sentía más animada, ya que todo lo que la rodeaba se había vuelto absolutamente extraño, pero Arthur dijo que no.

–¿Por qué no?

–No viene dirigido a mí.

–Sí, es para ti.

–No, no lo es. Viene a mi dirección, pero para entregar a..., bueno, es para Ford Prefect.

–¿Ford Prefect? ¿No es ese el que...?

–Sí –contestó Arthur en tono agrio.

–He oído hablar de él.

–Supongo que sí.

–Abrámoslo de todos modos. ¿Qué vamos a hacer si no?

–No sé –confesó Arthur, que en realidad no estaba seguro.

Había llevado a la fragua los cuchillos estropeados a primera hora de aquella radiante mañana, y Strinder los había mirado y había dicho que vería lo que podía hacer.

Habían hecho lo de siempre, agitar los cuchillos por el aire para determinar el contrapeso, la flexión y esas cosas, pero faltaba alegría y Arthur tuvo la triste sensación de que sus días como Hacedor de Bocadillos estaban probablemente contados.

Agachó la cabeza.

La próxima aparición de los Animales Completamente Normales era inminente, pero Arthur pensó que las habituales celebraciones de la caza y los festines iban a ser más bien apagados y problemáticos.

Algo había pasado en Lamuella, y Arthur tuvo la horrible sensación de que él tenía la culpa.

–¿Qué crees que será? –insistió Random, dando vueltas al paquete entre las manos.

–No sé –contestó Arthur–. Pero será algo malo y preocupante.

–¿Cómo lo sabes? –protestó Random.

–Porque todo lo que tiene que ver con Ford Prefect acaba siendo peor y más preocupante que cualquier cosa que no tenga nada que ver con él. Créeme.

—Estás preocupado por algo, ¿verdad?

Arthur suspiró.

—Solo estoy un poco inquieto y nervioso.

—Lo siento —dijo Random, volviendo a dejar el paquete. Comprendía que, si lo abría, le preocuparía verdaderamente. No tenía más remedio que abrirlo cuando él no mirase.

16

Arthur no estaba del todo seguro de qué había echado en falta primero. Cuando notó que una de las dos cosas no estaba, pensó inmediatamente en la otra y enseguida comprendió que faltaban las dos y que, en consecuencia, iba a ocurrir algo muy malo y de difícil arreglo. Random no estaba. Y el paquete tampoco.

Lo había dejado todo el día en un estante, a la vista. Como en prueba de confianza.

Era consciente de que una de sus obligaciones de padre era dar muestras de confianza en su hija, crear una sensación de franqueza y responsabilidad en el fundamento de su mutua relación. Había tenido la desagradable impresión de que hacer una cosa así era una imbecilidad, pero lo había hecho de todas formas, y desde luego ese había sido el resultado. Vivir para ver. En cualquier caso, se vive.

Y también se tiene miedo.

Arthur salió corriendo de la cabaña. Era a media tarde, la luz se iba amortiguando y se preparaba una tormenta. No vio a Random por parte alguna, ni rastro de ella. Preguntó. Nadie la había visto. Todos volvían a recogerse a sus hogares. A las afueras del pueblo soplaba un poco de viento, levantando cosas a su paso y lanzándolas peligrosamente por todos lados.

Se encontró con Thrashbarg y le preguntó. El Anciano lo miró impasible y señaló en la dirección que Arthur más temía, la que le había indicado su instinto.

Pero ahora estaba seguro.

Random había ido a donde pensaba que él no la seguiría.

Miró al cielo, que estaba sombrío, cárdeno y veteado, y se le ocurrió que era la clase de cielo por donde los Cuatro Jinetes del Apocalipsis cabalgarían sin sentirse un puñado de perfectos imbéciles.

Lleno del más negro presentimiento, acometió la senda que llevaba al bosque del siguiente valle. Las primeras gotas de lluvia empezaron a salpicar el suelo mientras él intentaba correr arrastrando la pierna.

Random llegó a la cresta de la colina y miró al siguiente valle. La ascensión había sido más larga y penosa de lo que había pensado. Le preocupaba un poco que no fuese buena idea hacer aquella excursión de noche, pero su padre se había pasado todo el día cerca de la cabaña, haciendo como que no vigilaba el paquete. Al fin tuvo que ir a la fragua a hablar con Strinder de los cuchillos, y Random había aprovechado la ocasión para salir corriendo con el paquete.

Estaba completamente claro que no podía abrirlo allí mismo, en la cabaña, ni siquiera en el pueblo. Podría aparecer delante de ella en cualquier momento. Lo que significaba que tendría que ir a donde no la encontrara.

Podía detenerse allí mismo, donde estaba. Había tomado aquel camino con la esperanza de que no fuese tras ella, pero aunque la siguiera jamás la encontraría entre los árboles de la colina, a la caída de la noche y bajo la lluvia.

Mientras subía la colina, el paquete no había dejado de agitarse bajo su brazo. Era un objeto agradablemente grande: una caja de tapa cuadrada con lados del tamaño de un brazo y de una cuarta de hondo, envuelta en papel marrón y atada con una novedosa cuerda que se anudaba sola. No sonaba al agitarlo pero, cosa interesante, el peso se concentraba en el medio.

Y ya que había llegado tan lejos, se daría el gusto de no pararse allí, sino de continuar hacia lo que parecía ser zona prohibida, donde había caído la nave de su padre. No estaba completamente segura de lo que significaba la palabra «encantada», pero sería divertido averiguarlo. Continuaría la marcha y dejaría el paquete para cuando llegara allí.

Pero se estaba haciendo de noche. Aún no había utilizado la pequeña linterna porque no quería que la vieran desde lejos. Ahora tendría que usarla, pero ya no importaba porque estaba en la otra ladera de la colina que dividía los dos valles.

Encendió la linterna. Casi en el mismo momento, un relámpago en forma de horquilla desgarró el valle al que se dirigía, dándole un buen susto. Cuando las tinieblas volvieron a envolverla como un escalofrío y un trueno resonó por toda la comarca, se sintió súbitamente indefensa y perdida con solo un débil lápiz luminoso que le temblaba en la mano. Quizá debería pararse, después de todo, y abrir el paquete allí mismo. O volver, quizá, y salir mañana otra vez. Pero solo fue una vacilación momentánea. Sabía que aquella noche no volvería, y pensó que nunca se presentaría otra ocasión.

Empezó a bajar por la ladera. La lluvia comenzaba a arreciar. Mientras poco antes solo caían algunas gotas gruesas, ahora estaba cayendo un buen chaparrón que silbaba entre los árboles, y el terreno se iba volviendo resbaladizo bajo sus pies.

Al menos pensaba que era la lluvia lo que silbaba. Había sombras que saltaban y la miraban de reojo mientras la luz de su linterna se movía entre los árboles. De frente y hacia abajo.

Siguió a toda prisa durante otros diez o quince minutos, ya calada hasta los huesos y tiritando, y poco a poco se dio cuenta de que más allá, frente a ella, parecía haber otra luz. Era muy tenue y no sabía si se lo estaba imaginando. Apagó la linterna para comprobarlo. Parecía haber una especie de débil resplandor. No sabía qué era. Volvió a encender la linterna y continuó colina abajo, derecha hacia lo que fuese aquello.

Pero algo pasaba en el bosque.

De momento no sabía qué era, pero no daba la animada impresión de un bosque saludable a las puertas de una buena primavera. Los árboles se inclinaban en quebradizos ángulos y tenían un aire pálido y marchito. Al pasar frente a ellos, más de una vez Random tuvo la inquietante impresión de que intentaban alcanzarla, pero solo era una ilusión causada por la forma en que la luz de su linterna hacía oscilar y parpadear las sombras.

De pronto, algo cayó de un árbol delante de ella. Alarmada, dio un salto hacia atrás, dejando caer la linterna y el paquete. Se puso en cuclillas y sacó del bolsillo la piedra especialmente afilada.

Lo que había caído del árbol se estaba moviendo. La linterna, en el suelo, apuntaba en su dirección: una sombra amplia y grotesca apareció entre la luz, dirigiéndose hacia ella con movimientos vacilantes. Oyó un débil rumor de crujidos y chillidos entre el continuo silbido de la lluvia. Buscó a tientas por el suelo, encontró la linterna y enfocó directamente a la criatura.

En aquel mismo momento, otra saltó de un árbol a unos pocos metros de distancia. Enfocó rápidamente la linterna de una a otra. Alzó la mano con la piedra, dispuesta a arrojarla.

Eran bastante pequeñas, en realidad. El ángulo de la luz era lo que las hacía parecer tan grandes. No solo pequeñas, sino diminutas, peludas y delicadas. Y había otra, que caía ahora de los árboles. Cruzó el rayo de luz, de modo que la vio claramente.

Cayó con limpieza y precisión, se volvió y luego, como las otras dos, empezó a avanzar despacio y decididamente hacia ella.

Random se quedó inmóvil en el sitio. Aún blandía la piedra, lista para lanzarla, pero cada vez se convencía más de que las criaturas a quienes estaba apuntando con la piedra, dispuesta a arrojársela, eran ardillas. O al menos, criaturas semejantes a ardillas. Suaves, cálidos, delicados animalitos parecidos a ardillas que se acercaban a ella en una actitud que no sabía si le gustaba.

Enfocó de lleno a la primera. Hacía ruidos agresivos, intimidantes, como si chillara, y en uno de sus diminutos puños llevaba un trapo rosa, húmedo y raído. Random alzó la piedra con aire amenazador, pero aquello no hizo impresión alguna en la ardilla, que siguió avanzando hacia ella con el trapo húmedo.

Dio un paso atrás. No sabía cómo enfrentarse a aquello. Si hubieran sido animales de brillantes colmillos, bravos, gruñones y babeantes, se habría abalanzado resueltamente sobre ellos, pero no tenía ni idea de cómo encararse con unas ardillas que se comportaban de esa manera.

Siguió retrocediendo. La segunda ardilla iniciaba una maniobra para rodearla por el flanco derecho. Llevaba como una copa. Parecía el dedal de una bellota. La tercera iba justo detrás de ella, avanzando a su vez. ¿Qué era lo que llevaba? Como un trozo de papel húmedo, pensó Random.

Dio otro paso atrás, tropezó con el tobillo en la raíz de un árbol y cayó hacia atrás.

Inmediatamente, la primera ardilla se precipitó hacia delante y se abalanzó sobre ella, reptando por su estómago con una fría determinación en los ojos y un trapo húmedo en el puño. Random intentó incorporarse de un salto, pero solo logró moverse unos centímetros. La ardilla hizo un movimiento brusco sobre su estómago, que la sobresaltó. El animalito se inmovilizó, apretándole la piel con sus diminutas garras a través de la empapada camisa. Entonces, despacio, centímetro a centímetro, prosiguió su ascensión sobre ella, se paró y le ofreció el trapo.

Random se sintió casi hipnotizada por el extraño aspecto de la criatura y sus ojos diminutos y relucientes. Volvió a ofrecerle el trapo. Repitió la operación varias veces, chillando con insistencia, hasta que al fin, con un movimiento nervioso y vacilante, Random se lo arrebató. La criatura siguió observándola con atención, recorriéndole el rostro con rápidos movimientos de los ojos. Random no sabía qué hacer. Por la cara le corría lluvia y barro y tenía una ardilla sentada encima. Se limpió el barro de los ojos con el trapo.

La ardilla profirió un grito de triunfo, recuperó el trapo, se levantó de un salto, se alejó correteando hacia la oscura noche circundante, trepó rápidamente a un árbol, se metió en un agujero del tronco, se puso cómoda y encendió un cigarrillo. Mientras, Random trataba de mantener a raya a la ardilla que llevaba la copa de bellota llena de lluvia y a la que tenía el papel. Retrocedió apoyándose en el trasero.

–¡No! –gritó–. ¡Fuera!

Retrocedieron asustadas y luego volvieron a la carga con sus regalos. Random blandió la piedra hacia ellas.

–¡Marchaos! –gritó.

Las ardillas se retiraron, consternadas. Luego, una de ellas se lanzó directamente hacia ella, le soltó en el regazo la copa de bellota, se volvió y salió corriendo hacia la oscuridad. La otra permaneció un momento inmóvil, temblando, luego colocó ordenadamente el trozo de papel a sus pies y desapareció a su vez.

Estaba sola de nuevo, pero estremecida de confusión. Tambaleándose, se puso en pie, recogió la piedra y el paquete, se quedó quieta y luego cogió también el trozo de papel. Estaba tan húmedo y deteriorado que resultaba difícil saber qué era. Parecía un fragmento de una revista de líneas aéreas.

Justo cuando Random intentaba comprender exactamente qué significaba todo aquello, un hombre apareció en el claro, la apuntó con un rifle de horrible aspecto y disparó.

A cuatro o cinco kilómetros detrás de ella, por la otra ladera, Arthur subía arrastrando penosamente la pierna.

Unos minutos después de emprender la marcha, había vuelto a casa a buscar una linterna. Que no era eléctrica. La única del pueblo se la había llevado Random. Era una especie de mortecino quinqué: una lata de la fragua de Strinder, provista de un depósito de combustible de aceite de pescado y una mecha de hierba seca y trenzada, perforada y envuelta en una telilla traslúcida hecha con membranas secas de la tripa de un Animal Completamente Normal.

Acababa de apagársele.

La agitó unos momentos de un lado para otro en un gesto completamente inútil. Era evidente que no iba a conseguir que el quinqué se encendiese de nuevo en medio del fuerte aguacero, pero había que hacer un intento simbólico. De mala gana, lo tiró al suelo. ¿Qué hacer? Era imposible. Estaba enteramente empapado, le pesaba la ropa, abultada por la lluvia, y además estaba perdido en la oscuridad.

Durante un breve instante se vio envuelto en luz cegadora, y a continuación se vio perdido de nuevo en la oscuridad.

Pero al menos el relámpago le había mostrado que se encontraba muy cerca de la cresta de la colina. Una vez que la rebasara, podría..., bueno, no estaba seguro de lo que podría hacer. Ya lo pensaría cuando llegase.

Siguió cojeando, cuesta arriba.

Pocos minutos después, sin aliento, comprendió que se encontraba en la cumbre. Abajo, a lo lejos, había como un tenue destello. No tenía idea de qué era, y en realidad apenas le apetecía pensarlo. Pero era lo único que podía hacer, así que, tropezando, perdido y asustado echó a andar hacia el resplandor.

El destello de luz mortal pasó limpiamente a través de Random y, un par de segundos después, lo mismo hizo el individuo que lo había lanzado. Aparte de eso, el desconocido no prestó atención alguna a Random. Había disparado a alguien que estaba detrás de ella, y cuando Random se volvió a mirar, él estaba arrodillado junto a un cadáver, registrándole los bolsillos.

La escena se inmovilizó y desapareció. Un momento después fue sustituida por unos dientes gigantescos enmarcados en unos inmensos labios rojos y perfectamente pintados. De pronto surgió un enorme cepillo azul y empezó a aplicar espuma a los dientes, que siguieron brillando entre la trémula cortina de lluvia.

Random parpadeó dos veces y entonces lo entendió.

Era un anuncio. El tipo que le había disparado formaba parte de una película holográfica de las que se proyectan en los vuelos. Ya debía estar muy cerca de donde se había estrellado la nave. Evidentemente, algunos de sus dispositivos eran más indestructibles que otros.

El siguiente kilómetro de su excursión fue especialmente penoso. No solo tuvo que vérselas con el frío, la lluvia y la oscuridad, sino también con los fragmentados y revueltos restos de los mecanismos de distracción de a bordo. A su alrededor, naves espaciales, coches a reacción y helípodos se estrellaban y explotaban continuamente, iluminando la noche, gente de malvado aspecto con extraños sombreros hacía contrabando a través de ella con drogas peligrosas, y en un pequeño claro a su izquierda la orquesta y coros de la Ópera Estatal de Hallapolis ejecutaba la Marcha de la Guardia Estelar de AnjaQantine, que cierra el Acto IV del Blamvellanum de Woont, de Rizgar.

Y entonces llegó al borde de un cráter burbujeante de muy desagradable aspecto. En el fondo del agujero aún persistía un tenue y cálido resplandor despedido por lo que en otras circunstancias se habría tomado por un enorme chicle caramelizado: los restos fundidos de una gran nave espacial.

Se quedó mirándolo durante un buen rato y luego echó a andar en torno al borde. Ya no estaba segura de lo que buscaba, pero siguió avanzando de todas formas, dejando a su izquierda el horror del cráter.

La lluvia empezó a ceder un poco, pero seguía cayendo bastante, y como ignoraba lo que había en la caja, si era algo delicado o que pudiera estropearse, pensó en buscar un sitio relativamente seco para abrirla. Esperó que no lo hubiera estropeado ya, cuando se le cayó.

Enfocó la linterna hacia los árboles circundantes, que por aquella parte eran escasos, en su mayoría calcinados y partidos. A media distancia creyó distinguir una confusa masa rocosa que podría procurarle abrigo y se encaminó hacia allá. Por todos lados encontraba despojos expelidos en el momento en que la nave se hizo pedazos, antes de la bola de fuego final.

A unos doscientos o trescientos metros del borde del cráter se encontró con los destartalados fragmentos de un material esponjoso de color rosa, empapado, cubierto de barro y goteante entre los árboles rotos. Supuso, correctamente, que debían de ser los restos de la envoltura de escape que había salvado la vida a su padre. Se acercó a observarlo con más detenimiento y entonces vio en el suelo algo medio cubierto por el barro.

Lo recogió y lo limpió. Era una especie de aparato electrónico del tamaño de un libro pequeño. En respuesta a su pulsación, destellando tenuemente en la portada, surgieron unas letras amplias y graciosas. Decían: NO SE ASUSTE. Sabía lo que era. Era el ejemplar de su padre de la *Guía del autoestopista galáctico*.

El descubrimiento la tranquilizó inmediatamente, alzó la cabeza al tormentoso cielo y dejó que la lluvia le resbalara por la cara hasta la boca.

Sacudió la cabeza y se apresuró hacia las rocas. Encaramada a ellas, casi enseguida encontró el sitio perfecto. La entrada de una gruta. Enfocó el interior con la linterna. Parecía seco y seguro. Avanzando con mucho cuidado, entró. Era bastante espaciosa, aunque no muy profunda. Agotada y llena de alivio se sentó en una piedra cómoda, puso la caja delante de ella y procedió a abrirla de inmediato.

17

Durante un largo período de tiempo hubo muchas conjeturas y polémicas sobre adónde había ido a parar la «materia perdida» del Universo. En toda la Galaxia, los departamentos científicos de las más importantes universidades adquirían equipos cada vez más elaborados para sondear y escudriñar las entrañas de galaxias lejanas, y luego el centro mismo y hasta los límites de todo el Universo, pero cuando finalmente se descubrió, resultó ser el material en que embalaban los equipos.

En la caja había una gran cantidad de bolitas pequeñas, suaves y blandas, materia perdida que Random desechó para que futuras generaciones de físicos rastreara y volviera a descubrir después de que los hallazgos de la actual generación se hubieran perdido y olvidado.

De entre las bolitas de materia perdida sacó el inocuo disco negro. Lo puso sobre una piedra a su lado y rebuscó entre toda la materia perdida para ver si había algo más, un manual, piezas o algo, pero no había otra cosa. Solo el disco negro.

Lo enfocó con la linterna.

Y entonces empezaron a surgir grietas a lo largo de su superficie aparentemente lisa. Random retrocedió nerviosamente, pero enseguida vio que aquello, fuera lo que fuese, estaba simplemente desplegándose.

El proceso era de una maravillosa belleza. Sumamente elaborado, pero también sencillo y elegante. Era como una obra de origami que se abriera por sí sola, o un capullo de rosa que floreciese en cuestión de segundos.

Unos momentos antes era un disco negro de espléndida lisura y redondez, ahora se había convertido en pájaro. Suspendido en el aire. Random siguió retrocediendo, atenta y vigilante.

Se parecía un poco a un pájaro *pikka*, solo que bastante más pequeño. Es decir, en realidad era más grande, o para ser más precisos, exactamente del mismo tamaño, o el doble, por lo menos. También era a la vez mucho más azul y bastante más rosado que los pájaros *pikka*, sin dejar de ser al mismo tiempo completamente negro.

Además tenía algo muy raro que Random no pudo descifrar al momento.

Desde luego, igual que los pájaros *pikka*, daba la impresión de que contemplaba algo que uno no veía.

De pronto desapareció.

Entonces, tan inesperadamente como antes, todo se volvió negro. Random se puso en cuclillas, tensa, buscando de nuevo en el bolsillo la piedra especialmente afilada. Luego la negrura se contrajo, se hizo una bola y después se convirtió de nuevo en pájaro. Se quedó suspendido en el aire frente a ella, batiendo las alas despacio y mirándola fijamente.

–Disculpa –dijo de pronto–. Es que tengo que calibrarme. ¿Me oyes cuando te digo esto?

–¿Cuando me dices qué? –preguntó Random.

–Bien –repuso el pájaro, que esta vez habló alzando el tono–. ¿Y me oyes cuando digo esto?

–Sí, claro que te oigo.

–¿Y cuando hablo así, me oyes? –preguntó el pájaro, esta vez con una voz profunda y sepulcral.

–¡*Sí*!

Entonces hubo una pausa.

–No, está claro que no –concluyó el pájaro al cabo de unos momentos–. Bueno, pues el alcance de tu oído está entre veinte y dieciséis kilohercios. Así. ¿Te resulta agradable? –le preguntó en una encantadora voz de tenor ligero–. ¿No hay armonías molestas que rechinen en el registro más alto? Claro que no. Bien. Esas las utilizaré como canales de datos. Estupendo. ¿Cuántos ves como yo?

De pronto el aire se llenó de pájaros entrelazados. Random estaba acostumbrada a pasar el tiempo en realidades virtuales, pero aquello era bastante más extraño que nada de lo que había visto hasta entonces. Era como si toda la geometría del espacio se hubiera vuelto a definir en formas de pájaros sin contornos.

Random jadeó y se puso los brazos delante de la cara, agitándolos en el espacio en forma de pájaro.

–Hummm, evidentemente, son demasiados –comentó el pájaro–. ¿Qué tal ahora?

Como un acordeón, se extendió en un túnel de pájaros, como atrapado entre espejos paralelos que lo reflejaran hacia el infinito.

–¿Qué eres? –gritó Random.

–Hablaremos de eso dentro de un momento –aseguró el pájaro–. Solo dime cuántos, por favor.

–Bueno, eres una especie de... –Random hizo una especie de gesto inútil hacia la lejanía.

–Ya veo, todavía tengo una extensión infinita, pero al menos nos acercamos a la matriz dimensional adecuada. Bien. No, la respuesta es una *naranja* y dos limones.

–¿*Limones*?

–Si tengo tres limones y tres naranjas y pierdo dos naranjas y un limón, ¿qué es lo que me queda?

–¿Eh?

–De acuerdo, así que crees que el tiempo fluye *de ese* modo, ¿no? Interesante. ¿Sigo siendo infinito? ¿Soy muy amarillo?

El pájaro sufría a cada momento asombrosas transformaciones en forma y extensión.

–No sé... –dijo Random, pasmada.

–No tienes que contestar; mirándote, lo sé. Muy bien. ¿Soy tu madre? ¿Soy una piedra? ¿Te parezco enorme, blando y sinuosamente entrelazado? ¿No? ¿Y ahora? ¿Voy hacia atrás?

Por una vez, el pájaro estaba completamente quieto y en una sola pieza.

–No –contestó Random.

–Pues en realidad, sí, me movía hacia atrás en el tiempo. Humm. Bueno, creo que ya hemos arreglado todo eso. Si quieres saberlo, te diré que en tu universo os movéis libremente en tres dimensiones que llamáis espacio. Os desplazáis en línea recta en una cuarta que llamáis tiempo, y estáis fijos en una quinta, que constituye el primer fundamento de la probabilidad. A partir de ahí todo se complica un poco, y en las dimensiones trece a veintidós ocurren cosas de todo tipo que en realidad no te interesan. De momento, lo único que necesitas saber es que el universo es mucho más complejo de lo que puedas imaginarte, aunque partas de una percepción intelectual que en principio sea puñeteramente elaborada. No me cuesta trabajo no decir palabras como «puñetera», si te molestan.

–Di lo que te venga puñeteramente en gana.

–Lo diré.

–¿Quién coño eres tú? –inquirió Random.

–Soy la Guía. En tu universo soy tu Guía. En general, habito lo que técnicamente se conoce como Toda Clase de Revoltijo General, que significa..., bueno, permíteme que te lo muestre.

Dio la vuelta en el aire, salió de la gruta como una flecha y se posó bajo el saliente de una roca al resguardo de la lluvia, que arreciaba de nuevo.

–Ven –dijo–. Mira esto.

A Random no le gustaba que un pájaro la mandara de acá para allá, pero se dirigió de todos modos a la entrada de la cueva, sin dejar de acariciar la piedra en el bolsillo.

–Lluvia –anunció el pájaro–. ¿Ves? Solo lluvia.

–Sé lo que es la lluvia.

Cortinas de agua barrían la noche, tamizada de luz de luna.

–Bueno, ¿y qué es?

–¿Qué quieres decir? Oye, ¿quién eres tú? ¿Qué estabas haciendo en esa caja? ¿Es que me he pasado la noche corriendo por el bosque defendiéndome de ardillas enloquecidas, solo para encontrarme al final con un pájaro que me pregunta qué es la lluvia? No es más que agua que cae del puñetero cielo, eso es todo. ¿Quieres saber alguna otra cosa, o ya podemos marcharnos a casa?

Hubo una larga pausa antes de que el pájaro contestara.

–¿Quieres ir a casa?

–¡Yo no tengo casa! –gritó Random, tan alto que casi se sorprendió.

–Mira entre la lluvia... –dijo el pájaro Guía.

–¡Estoy mirando la lluvia! ¿Qué otra cosa puedo mirar?

–¿Qué ves?

—¿Qué quieres decir, pájaro bobo? Solo veo un montón de lluvia. Solo agua, que cae.

—¿Qué formas ves en el agua?

—¿Formas? No hay ninguna forma. No es más que, solo...

—Solo un revoltijo —concluyó el pájaro Guía.

—Sí...

—Y ahora, ¿qué ves?

Justo en el límite de la visibilidad, un fino y tenue rayo de luz salió de los ojos del pájaro. En el ambiente seco de debajo del saliente no se veía nada. Cuando el rayo atravesó la lluvia apareció una lisa cortina de luz, tan vívida y brillante que parecía compacta.

—Qué estupendo. Un espectáculo de láser —comentó Random en tono displicente—. Nunca he visto ninguno *de esos*, desde luego, salvo en unos cinco millones de conciertos de rock.

—*¡Dime lo que ves!*

—¡Solo una sábana lisa! Pájaro bobo.

—Ahí no hay nada que no hubiese antes. Solo utilizo la luz para llamar tu atención sobre ciertas gotas en determinados momentos. Y ahora, ¿qué ves?

La luz se apagó.

—Nada.

—Estoy haciendo exactamente lo mismo, pero con rayos ultravioleta. No lo puedes ver.

—¿Y qué sentido tiene enseñarme algo que no puedo ver?

—Para que entiendas que el simple hecho de que veas algo no quiere decir que exista. Y si no ves algo, no quiere decir que no exista; únicamente ves lo que llama la atención de tus sentidos.

—Esto me aburre —dijo Random, pero a continuación se quedó boquiabierta.

Suspendida entre la lluvia había una imagen tridimensional, gigantesca y muy vívida de su padre, con aire de haberse sobresaltado por algo.

A unos tres kilómetros detrás de Random, su padre, que avanzaba penosamente por el bosque, se paró de pronto. Se sobresaltó al ver una imagen de sí mismo con aire de haberse sobresaltado por algo, luminosamente suspendida entre la lluvia a unos tres kilómetros de distancia. Estaba a la derecha, en la dirección que él llevaba.

Estaba casi totalmente perdido, convencido de que iba a morir de frío, humedad y agotamiento, y empezaba a desear simplemente poder seguir adelante. Además, una ardilla acababa de traerle una revista de golf y el cerebro le empezaba a dar alaridos y a decir disparates.

Al ver una enorme imagen de sí mismo brillantemente iluminada en el cielo, se dijo que, bien pensado, quizá tuviera razón para aullar y disparatar, pero que probablemente estaba equivocado en cuanto a la dirección que había seguido.

Respiró hondo, dio media vuelta y se dirigió hacia el inexplicable espectáculo luminoso.

–Muy bien, ¿y qué prueba eso? –preguntó Random.

Antes que la aparición de la imagen en sí, lo que la sobresaltó fue el hecho de que representara a su padre. Había visto su primer holograma cuando tenía dos meses de edad y la metieron a jugar en él. El último lo había visto media hora antes, una representación de la Marcha de la Guardia Estelar de AnjaQantine.

–Pues que esa imagen no existe ni deja de existir, igual que la sábana –repuso el pájaro–. No es más que la interacción del agua que cae del cielo en una dirección, con unas frecuencias luminosas que tus sentidos pueden percibir y que se mueven en otra dirección. En tu mente eso forma una imagen de apariencia compacta. Pero solo son imágenes dispersas en el Revoltijo. Ahí tienes otra.

–¡Mi madre! –exclamó Random.

–No –corrigió el pájaro.

–¡Conozco perfectamente a mi madre!

Era la imagen de una mujer que salía de una nave espacial en el interior de un edificio grande y gris, semejante a un hangar. La acompañaba un grupo de criaturas altas y delgadas, de un color entre púrpura y verde. Era, sin duda alguna, la madre de Random. Bueno, casi sin duda. Trillian no habría caminado con tanta inseguridad en gravedad baja, ni mirado con tal expresión de incredulidad al aburrido y arcaico dispositivo de mantenimiento de las condiciones vitales, ni llevado aquella extraña y anticuada cámara.

–¿Quién es, entonces? –preguntó Random.

302

–Es parte de la extensión de tu madre en el eje de la probabilidad –explicó el pájaro Guía.

–No tengo la menor idea de lo que estás diciendo.

–El espacio, el tiempo y la probabilidad tienen ejes a lo largo de los cuales es posible desplazarse.

–Sigo sin comprender. Aunque me parece... No. Explícamelo.

–Creí que querías irte a casa.

–¡Explícamelo!

–¿Te gustaría ver tu casa?

–¿*Verla*? ¡La destruyeron!

–En el eje de la probabilidad todo es discontinuo. ¡Mira!

Entre la lluvia apareció vagamente algo muy raro y maravilloso. Era un globo gigantesco, de un color azul verdoso, envuelto en bruma y cubierto de nubes, que giraba con majestuosa lentitud contra un fondo negro y estrellado.

–Ahora lo ves –dijo el pájaro–. Y ahora no lo ves.

A poco menos de tres kilómetros, Arthur Dent se quedó parado donde estaba. No podía dar crédito a sus ojos: allí colgada, envuelta en lluvia, pero brillante y vívidamente real contra el cielo nocturno, estaba la Tierra. Se quedó boquiabierto al verla. Entonces, en el momento en que abrió la boca, volvió a desaparecer. Luego apareció de nuevo. Después, y eso es lo que le hizo abandonar y le puso los pelos de punta, se convirtió en una salchicha.

Random también se quedó perpleja a la vista de aquella enorme salchicha, verde azulada y cubierta de agua y bruma, que pendía sobre su cabeza. Y ahora era una ristra de salchichas o, mejor dicho, era una sarta de salchichas en la que faltaban muchas piezas. Toda la reluciente sarta dio vueltas en el aire y giró en una pasmosa danza hasta que fue deteniéndose poco a poco, volviéndose insustancial y desapareciendo en la centelleante oscuridad de la noche.

–¿Qué era eso? –preguntó Random con voz débil.

–Una visión fugaz a lo largo del eje de probabilidad de un objeto discontinuamente probable.

–Entiendo.

–La mayoría de los objetos cambian y se transforman a lo largo de su eje de probabilidad, pero en el mundo de donde procedes las cosas son ligeramente distintas. La diferencia está en lo que podría denominarse una línea quebrada en el paisaje de probabilidad, lo que significa que en muchas coordenadas de probabilidad todo el conjunto deja sencillamente de existir. Tiene una inestabilidad propia, lo que es típico de todo lo que se halla en lo que suele denominarse sectores Plurales. ¿Está claro?

–No.

–¿Quieres ir a verlo por ti misma?

–A... ¿la Tierra?

–Sí.

–¿Es posible?

El pájaro Guía no contestó enseguida. Abrió las alas y, con sencilla elegancia, se elevó en el aire y voló entre la lluvia que, una vez más, empezaba a ceder.

Se remontó magníficamente en el cielo nocturno, con luces destellando a su alrededor. Bajó en picado, giró, describió rizos, volvió a girar y finalmente se detuvo a sesenta centímetros de la cara de Random, batiendo las alas despacio y sin ruido.

Le habló de nuevo.

–Tu universo es vasto para ti. Vasto en el tiempo, vasto en el espacio. Ello se debe a los filtros a través de los cuales lo percibes. Pero yo fui concebido sin filtro alguno, lo que significa que percibo el revoltijo que contienen todos los universos posibles, aunque él mismo carece en absoluto de tamaño. Para mí, todo es posible. Soy omnisciente y omnipotente, sumamente vanidoso y, además, vengo en un cómodo paquete que se lleva a sí mismo. Tendrás que averiguar cuánto hay de cierto en lo que acabo de decirte.

Una lenta sonrisa se extendió en el rostro de Random.

–Puñetera criatura. ¡Me has estado tomando el pelo!

–Como he dicho, todo es posible.

–De acuerdo –dijo Random, soltando una carcajada–. Intentemos ir a la Tierra. Vayamos a la Tierra a algún punto de su, humm...

–¿Eje de probabilidad?

–Sí. Donde no haya sido destruida. Tú eres el Guía. Así que ¿cómo conseguimos que nos lleven?

–Ingeniería inversa.

—¿Qué?

—Ingeniería inversa. Para mí, el flujo del tiempo es intrascendente. Tú decides lo que quieres. Luego yo me limito a comprobar que eso haya sucedido ya.

—Estás de broma.

—Todo es posible.

—Estás de broma, ¿verdad? —insistió Random, frunciendo el ceño.

—Deja que te lo explique de otro modo —repuso el pájaro—. La ingeniería inversa nos permite evitar el engorro de esperar a que una de esas horriblemente escasas naves espaciales que pasan por tu sector galáctico una vez al año más o menos, se decida sobre si le apetece o no llevarte. El piloto pensará que tiene una entre un millón de razones para parar y recogerte. La verdadera razón será que yo he determinado su voluntad.

—Ahora estás siendo sumamente vanidoso, ¿verdad, pajarito?

El pájaro guardó silencio.

—Muy bien —concluyó Random—. Quiero una nave que me lleve a la Tierra.

—¿Esta te parece bien?

La nave era tan silenciosa que Random no la vio bajar hasta que casi la tuvo sobre la cabeza.

Arthur sí la vio. Ahora estaba a kilómetro y medio, y seguía acercándose. Justo después de finalizar la exhibición de la salchicha iluminada había observado los tenues destellos de otras luces que atravesaban las nubes y, al principio, pensó que se trataba de otro llamativo espectáculo de *son et lumière*.

Tardó unos momentos en darse cuenta de que se trataba de una verdadera nave espacial, y otros tantos en comprender que bajaba directamente donde suponía que estaba su hija. Entonces fue cuando, de pronto, sin importarle la lluvia, olvidándose de la herida de la pierna, a pesar de la oscuridad, echó verdaderamente a correr.

Se resbaló casi inmediatamente, cayendo al suelo, dándose en la rodilla con una piedra y haciéndose bastante daño. Se puso en pie a duras penas y volvió a intentarlo. Tenía la horrible y desalentadora impresión de que estaba a punto de perder a Random para siempre. Cojeando y maldiciendo, se lanzó a la carrera. Desconocía el conteııido de la naja, pero el nombre que había en ella era el de Ford Prefect, y ese era el nombre que maldecía al correr.

La nave era de las más atractivas y bellas que Random había visto nunca.

Era asombrosa. Plateada, reluciente, inefable.

De no haber sabido que era imposible, habría dicho que era una RW6. Mientras aterrizaba sin ruido junto a ella vio que en realidad era una RW6, y la emoción casi le cortó el aliento. Una RW6 era de esas cosas que solo se ven en la clase de revistas concebidas para provocar desórdenes civiles.

Además se puso muy nerviosa. La forma y el momento de su llegada eran profundamente inquietantes. O se trataba de la más extraña coincidencia, o estaba ocurriendo algo muy peculiar y preocupante. Un tanto tensa, esperó a que se abriera la escotilla de la nave. Su Guía —así lo consideraba ya— revoloteaba por encima de su hombro derecho, casi sin mover las alas.

La escotilla se abrió. Salió un poco de luz tenue. Al cabo de unos instantes surgió una figura. Permaneció inmóvil un momento, al parecer tratando de que sus ojos se habituaran a la oscuridad. Entonces distinguió a Random y pareció sorprenderse un poco. Empezó a caminar hacia ella. De repente dio un grito de sorpresa y echó a correr en su dirección.

Random no era de las personas hacia las que se puede echar a correr en una noche oscura cuando están un poco nerviosas. Desde el momento en que vio descender la nave, estuvo acariciando inconscientemente la piedra que llevaba en el bolsillo.

Sin dejar de correr, resbalando, tropezando, chocando contra los árboles, Arthur comprendió al fin que llegaba demasiado tarde. La nave solo había estado unos tres minutos en el suelo, y ahora, en silencio, volvía a elevarse graciosamente sobre los árboles, giraba suavemente entre la fina lluvia a que ya se había reducido el aguacero, alzaba el morro, seguía subiendo y, sin esfuerzo, se perdía de pronto entre las nubes.

Desapareció. Y Random iba en ella. Era imposible que Arthur

estuviese tan seguro, pero lo sabía y siguió avanzando de todos modos. Random había desaparecido, él había desempeñado la tarea de padre y no podía creer lo mal que lo había hecho. Trató de seguir corriendo, pero arrastraba los pies, le dolía furiosamente la rodilla y sabía que era demasiado tarde.

No podía concebir que pudiera sentirse más triste y desdichado que en aquel momento, pero se equivocaba.

Al fin llegó cojeando a la gruta donde Random se había refugiado para abrir la caja. El suelo mostraba las marcas de la nave espacial que había aterrizado allí solo unos minutos antes, pero de Random no había ni rastro. Deambuló desconsolado por la gruta, encontró la caja vacía y montones de bolitas de embalaje desperdigadas. Eso le molestó un poco. Había intentado enseñarle a ser un poco ordenada. El sentirse un tanto molesto con ella le ayudó a soportar la desolación que le producía su marcha. Era consciente de que carecía de medios para encontrarla.

Tropezó con algo inesperado. Se agachó a recogerlo y se quedó completamente pasmado al descubrir lo que era: su vieja *Guía del autoestopista galáctico*. ¿Cómo había ido a parar a aquella cueva? No había vuelto a recogerla al lugar del accidente. No tenía deseos de volver a aparecer por allí y no quería recuperar la *Guía*. Había supuesto que se quedaría para siempre en Lamuella, haciendo bocadillos ¿Cómo había ido a parar allí? Estaba funcionando. En la portada destellaban las palabras NO SE ASUSTE.

Salió de la cueva y volvió a la tenue y húmeda luz de la luna. Se sentó en una piedra a echar un vistazo a su vieja *Guía*, y entonces descubrió que no era una piedra sino una persona.

18

Arthur se puso en pie de un salto, sobrecogido de miedo. Sería difícil decir de qué estaba más asustado: si de haber hecho daño a la persona sobre la que inadvertidamente se había sentado, o de que la persona sobre la que inadvertidamente se había sentado le hiciera daño a su vez.

La inspección reveló que, después de todo, por el momento no había motivo para alarmarse. Quienquiera que fuese, la persona sobre la que se había sentado estaba inconsciente. Lo que probablemente allanaría bastante el camino hacia la explicación de qué hacía allí tendida. Pero parecía respirar perfectamente. Le tomó el pulso. También estaba bien.

Yacía de costado, medio encogido. Hacía tanto tiempo y estaba tan lejos de la última vez que había suministrado los primeros auxilios, que Arthur no se acordaba de lo que había que hacer. Lo primero, recordó entonces, era disponer de un botiquín de primeros auxilios. Maldita sea.

¿Debía ponerlo de espaldas o no? ¿Y si tenía algún hueso roto? ¿Y si se había tragado la lengua? ¿Y si luego le denunciaba? Pero, aparte de todo, ¿quién era?

En aquel momento, el hombre inconsciente emitió un sonoro gruñido y se puso boca arriba.

Arthur se preguntó si debía...

Lo miró.

Volvió a mirarlo.

Lo miró de nuevo, solo para estar completamente seguro.

Pese a su creencia de que se sentía más deprimido de lo que jamás estaría, experimentó una terrible sensación de hundimiento.

El hombre volvió a quejarse y abrió despacio los ojos. Tardó un poco en ajustar la visión, luego parpadeó y se puso rígido.

–¡Tú! –exclamó Ford Prefect.

–¡Tú! –exclamó Arthur Dent.

Ford se quejó de nuevo.

–¿Qué necesitas que te explique esta vez? –le preguntó, cerrando los ojos con cierta desesperación.

Cinco minutos después estaba sentado y frotándose la sien, donde tenía un chichón bastante grande.

–¿Quién coño era esa mujer? –inquirió–. ¿Por qué estamos rodeados de ardillas y qué es lo que quieren?

–Las ardillas me han estado molestando toda la noche –contestó Arthur–. Insisten en darme revistas y cosas.

–¿De verdad? –dijo Ford, frunciendo el ceño.

–Y trapos.

Ford reflexionó.

–Ah. ¿Estamos cerca de donde se estrelló tu nave?

–Sí –contestó Arthur, un tanto tenso.

–Pues será eso. Puede ocurrir. Los robots de cabina de la nave quedan destruidos. Los cibercerebros que los controlan sobreviven y empiezan a infestar la flora y la fauna de la comarca. Pueden transformar todo un ecosistema en una especie de inútil y abrumadora empresa de servicios que ofrece toallitas calientes y bebidas a los transeúntes. Debería haber una ley que lo prohibiera. Quizá la haya. Probablemente también otra ley que prohibiera que hubiese una ley que prohibiera eso, para que todo el mundo estuviera contento y motivado. Vaya. ¿Qué has dicho?

–He dicho que esa mujer es mi hija.

Ford dejó de frotarse la sien.

–Repítelo.

–He dicho –dijo Arthur en tono resentido– que esa mujer es mi hija.

—No sabía que tuvieras una hija.

—Bueno, posiblemente hay muchas cosas que ignoras de mí. Y ya que lo mencionamos, quizá haya muchas cosas que yo tampoco sepa de mí.

—Vaya, vaya, vaya. ¿Cuándo ocurrió eso, entonces?

—No estoy muy seguro.

—Eso ya parece un territorio más familiar —aseguró Ford—. ¿Hay una madre de por medio?

—Trillian.

—¿*Trillian*? No creía que...

—No. Es un poco enrevesado, ¿entiendes?

—Recuerdo que una vez me dijo que tenía una niña, pero solo como de pasada. La veo de cuando en cuando. Pero nunca con la niña.

Arthur no dijo nada.

Con cierta perplejidad, Ford empezó a tocarse de nuevo la sien.

—¿Estás *seguro* de que era *tu* hija? —preguntó.

—Cuéntame lo que ha pasado.

—Uf. Es una larga historia. Venía a recoger el paquete que envié a tu casa, a mi nombre...

—Bueno, ¿y qué era?

—Creo que puede ser algo inconcebiblemente peligroso.

—¿Y me lo enviaste a *mí*? —protestó Arthur.

—Al sitio más seguro que se me ocurrió. Pensé que con tu manera de ser podía confiar en que no lo abrirías. En cualquier caso, como he venido de noche no he podido encontrar el pueblo ese. Venía con información bastante general. No he encontrado indicación alguna. Supongo que aquí no tendréis señales ni nada.

—Eso es lo que me gusta de aquí.

—Entonces capté una débil señal de tu viejo ejemplar de la *Guía*, y localicé su posición pensando que me conduciría hasta ti. Me encontré con que había aterrizado en un bosque. No sabía lo que estaba pasando. Salí de la nave y entonces vi a esa mujer allí de pie. Fui a saludarla cuando de pronto me di cuenta de que tenía eso.

—¿El qué?

—¡Lo que te envié! ¡La nueva *Guía*! ¡El pájaro! Lo que tú debías tener a buen recaudo, idiota, pero estaba justo encima del hombro de la mujer. Eché a correr hacia ella y entonces me dio una pedrada.

–Ya veo –dijo Arthur–. ¿Y tú qué hiciste?

–Pues me caí al suelo, claro. Quedé muy maltrecho. Ella y el pájaro se dirigieron a mi nave. Y cuando digo mi nave, me refiero a una RW6.

–¿Una qué?

–Una RW6, por amor de Zark. Ahora mantengo grandes relaciones entre mi tarjeta de crédito y el ordenador central de la *Guía*. Esa nave es increíble, Arthur, es...

–Entonces, una RW6 es una nave espacial, ¿no?

–¡Sí! Es..., bueno, no importa. Mira, entérate por tu cuenta, ¿vale, Arthur? O consulta algún catálogo. A esas alturas estaba muy preocupado. Y medio aturdido, supongo. Estaba de rodillas y sangrando profusamente, así que hice lo único que se me ocurrió, que fue pedirles que por favor, por amor de Zark, no se llevaran mi nave. Les dije: No me dejéis abandonado aquí, en medio de un bosque dejado de la mano de Zark, sin instalaciones sanitarias y con una herida en la cabeza. Podía tener serios problemas, y ella también.

–¿Y qué dijo ella?

–Me dio otra pedrada en la cabeza.

–Me parece que puedo confirmar que era mi hija.

–Una niña muy tierna.

–Hay que conocerla.

–¿Llega a ablandarse?

–No, pero uno llega a saber cuándo agacharse.

Ford apoyó la cabeza en las manos y trató de entender las cosas.

El cielo empezaba a clarear por el oeste, que es por donde salía el sol. Arthur no tenía especial interés en verlo. Después de una noche infernal como aquella, solo le faltaba que se presentara el puñetero día.

–¿A qué te dedicas en un sitio como este, Arthur?

–Pues, principalmente, a hacer bocadillos.

–¿Qué?

–Hago, o mejor dicho, hacía bocadillos para una pequeña tribu. En realidad era un poco molesto. Cuando llegué, es decir, cuando me rescataron de los restos de aquella nave espacial de tecnología superavanzada que se había estrellado en su planeta, se portaron muy bien conmigo y pensé que debía ayudarlos un poco. Ya sabes, soy un tipo educado, procedente de una cultura de avanzada tecnología, podía enseñarles algunas cosas. Y por supuesto, fui incapaz. A la hora de la verdad, no tengo la menor idea de cómo funciona nada. No me refiero a los magnetoscopios, que nadie sabe cómo funcionan. Me refiero simplemente a una pluma, un pozo artesiano o algo así. Ni puñetera. No podía remediarlo. Un día me dio la depre y me hice un bocadillo. Todos se quedaron boquiabiertos. Nunca habían visto nada igual. Era una idea que jamás se les había ocurrido, y da la casualidad de que a mí me encanta hacer bocadillos, así que todo surgió de ahí.

–¿Y a ti te *gustaba* eso?

–Pues sí. En cierto modo, creo que sí. Disponer de un buen juego de cuchillos, esas cosas.

–¿Y no te pareció, por ejemplo, agotadora, fulminante, pasmosa, cargantemente aburrido?

–Pues, bueno, no. En realidad, no era cargantemente aburrido.

–Qué raro. A mí me lo habría parecido.

–Bueno, supongo que tenemos diferentes puntos de vista.

–Sí.

–Como los pájaros *pikka*.

Ford no tenía ni idea de a qué se refería, y no se molestó en averiguarlo. En cambio, le preguntó:

–Entonces, ¿cómo coño salimos de aquí?

–Pues creo que lo más sencillo es seguir valle abajo hasta la llanura, lo que probablemente nos llevará una hora, y luego dar un rodeo desde allí. No creo que soportara volver por el mismo sitio.

–¿Dar un rodeo *hacia dónde*?

–Pues hacia el pueblo, supongo –contestó Arthur, suspirando con cierta desesperación.

–¡No quiero ir a ningún jodido pueblo! –replicó Ford–. ¡Tenemos que salir de aquí!

–¿Adónde? ¿Cómo?

–No sé, dímelo tú. ¡Tú vives aquí! Tiene que haber algún medio de salir de este zarkoniano planeta.

–Pues no sé. ¿Tú qué sueles hacer? Quedarte a esperar tranquilamente alguna nave espacial, supongo.

–¿Ah, sí? ¿Y cuántas naves espaciales han visitado recientemente este nido de pulgas olvidado de Zark?

–Pues hace unos años la mía se estrelló aquí por equivocación. Luego, vino, humm, Trillian, luego el paquete, y ahora tú, y...

–Sí, bueno, ¿y *aparte* de los sospechosos habituales?

–Pues, bueno, creo que nadie, que yo sepa. Por aquí hay mucha tranquilidad.

Como para demostrarle que estaba equivocado, se oyó retumbar un trueno, largo y lejano.

Ford se puso precipitadamente en pie y echó a andar de un lado para otro bajo la tenue y penosa luz del amanecer, que veteaba el cielo como si alguien hubiera arrastrado un trozo de hígado por él.

–No comprendes lo importante que es esto.

–¿Cómo? ¿Te refieres a mi hija, ahí sola en la Galaxia? ¿Crees que yo no...?

–¿No podemos lamentarnos de la Galaxia después? –le interrumpió Ford–. Esto es muy, pero que muy serio en realidad. Han absorbido a la *Guía*. La han vendido.

–¡Ah, sí, muy serio! –exclamó Arthur, levantándose de un salto–. ¡Infórmame ahora mismo, por favor, de las actividades de las compañías editoriales! ¡No te imaginas lo mucho que he pensado en eso últimamente!

–¡No lo entiendes! ¡Han hecho una *Guía* nueva!

–¡Ah! –gritó Arthur de nuevo–. ¡Ah! ¡Ah! ¡Ah! ¡La emoción me vuelve incoherente! Estoy impaciente por conocer los aeropuertos espaciales más interesantes para aburrirse mientras se deambula por algún núcleo globular del que jamás haya oído hablar. Por favor, ¿podemos ir ahora mismo a una tienda que ya la tenga?

Ford entornó los ojos.

–Eso es lo que llamas sarcasmo, ¿verdad?

–¿Sabes lo que creo que es? –aulló Arthur–. ¡Me parece que podría ser una cosa verdaderamente absurda que se cuela superficialmente en mi forma de hablar! ¡He tenido una noche *jodidamente* mala, Ford! ¿Podrías tenerlo en cuenta mientras se te ocurren otras fascinantes bagatelas con que fastidiarme *como si me lanzaras un lapo*?

–Intenta descansar –repuso Ford–. Necesito pensar.

–¿Por qué necesitas *pensar*? ¿Por qué no podemos sentarnos un rato a hacer *buredumburedumburedum* con los labios? ¿O babear tranquilamente unos minutos con la lengua colgando un poco hacia la izquierda? ¡No lo soporto, Ford! Ya no aguanto más eso de pensar para tratar de solucionar las cosas. Quizá creas que lo único que hago es dar gritos...

—No se me ha ocurrido, en realidad.

—¡... pero lo digo en serio! ¿Qué sentido tiene? Partimos de la base de que cada vez que hacemos algo conocemos sus consecuencias, es decir, las que más o menos pretendemos provocar. Y eso no siempre es acertado. ¡Sino un imprudente, absurdo, ridículo, avieso y absolutamente lamentable error!

—Esa es exactamente mi opinión.

—Gracias —dijo Arthur, volviendo a sentarse—. ¿Cómo?

—Ingeniería temporal inversa.

Arthur se llevó las manos a la cabeza y la movió despacio de un lado a otro.

—¿Hay forma humana —se lamentó— de que pueda impedirte que me expliques lo que es esa puñetera ingeniería inversa de mierda?

—No —replicó Ford—, porque tu hija está envuelta en eso y es algo tremendamente serio.

Hubo una pausa en la que resonó un trueno.

—De acuerdo —dijo Arthur—. Explícamelo.

—Me tiré por la ventana de un piso alto de un edificio de oficinas.

—¡Ah! —exclamó Arthur, animándose—. ¿Y por qué no lo haces otra vez?

—Ya lo hice.

—Humm —dijo Arthur, decepcionado—. Está claro que no sirvió de nada.

—La primera vez logré salvarme por la más asombrosa (lo digo con toda modestia) y fabulosa muestra de ingenio, reflejos mentales, agilidad, fantástico juego de pies y autosacrificio.

—¿Qué fue lo del autosacrificio?

—Tiré la mitad de un par de zapatos muy queridos y, según me temo, irreemplazables.

—¿Y por qué lo llamas autosacrificio?

—¡Porque eran míos! —repuso Ford, picado.

—Creo que tenemos diferente escala de valores.

—Bueno, la mía es mejor...

—Eso es según tu..., bueno, no importa. Así que, después de salvarte una vez con mucho ingenio, fuiste y volviste a saltar. No me digas por qué, te lo ruego. Solo cuéntame lo que pasó, si es que no hay más remedio.

—Caí directamente en la cabina abierta de un coche a reacción que pasaba por allí y cuyo piloto acababa de tocar accidentalmente el botón expulsor cuando solo pretendía cambiar de banda en el estéreo. Pero ni a mí se me ocurre que eso fuese un gesto de inteligencia por mi parte.

—Bueno, pues no sé —comentó Arthur en tono cansado—. Supongo que la noche anterior te introducirías a escondidas en ese coche a reacción y pusiste en funcionamiento la banda que menos le gustaba al piloto o algo así.

—No, no lo hice —aseguró Ford.

—Solo me aseguraba.

—Pero por extraño que parezca, *alguien lo hizo*. Y ese es el quid de la cuestión. La cadena y las ramificaciones de coincidencias y acontecimientos cruciales pueden rastrearse hasta el infinito. Resultó que había sido la nueva *Guía*. Ese pájaro.

—¿Qué pájaro?

—¿Es que no lo has visto?

—No.

—Ah. Es algo mortífero. Es bonito, dice elevadas palabras y disuelve configuraciones de onda de manera selectiva, a voluntad.

—¿Qué quiere decir eso?

—Ingeniería temporal inversa.

—Ah —dijo Arthur—. Pues, claro.

—La cuestión es ¿para quién lo hace realmente?

—Pues resulta que tengo un bocadillo —dijo Arthur, rebuscándose en el bolsillo—. ¿Quieres un poco?

—Sí, venga.

—Me temo que está un poco húmedo y reblandecido.

—No importa.

Comieron un poco.

—En realidad está muy bueno —comentó Ford—. ¿Qué carne es?

—Animal Completamente Normal.

—Nunca me he tropezado con ese bicho. Así que la cuestión es —prosiguió Ford— ¿para quién está actuando el pájaro? ¿Qué es lo que persiguen realmente?

—Mmmm —murmuró Arthur sin dejar de comer.

—Cuando encontré el pájaro —continuó Ford—, tras una serie de coincidencias que son interesantes por sí mismas, la criatura hizo la más fantástica exhibición de pirotecnia multidimensional que hubiera visto jamás. Luego dijo que ponía sus servicios a mi disposición en mi universo. Le di las gracias y le contesté que no, gracias. Repuso que lo haría de todas formas, me gustase o no. Yo le dije que se atreviera a intentarlo, él contestó que lo haría y que, en realidad, ya lo había hecho. Le dije que ya lo veíamos, y él me aseguró que sí, que lo veríamos. Entonces fue cuando decidí empaquetarlo y sacarlo de allí. Así que te lo envié, por simple precaución.

—¿Ah, sí? ¿De quién?

—No importa. Luego, a la vista de unas cosas y otras, consideré prudente tirarme otra vez por la ventana, ya que en aquel momento no tenía más opción. Afortunadamente, el coche a reacción pasaba por allí, si no habría tenido que recurrir de nuevo a la rapidez mental, al ingenio, a la agilidad, quizá al otro zapato o, en caso de fallar todo eso, al suelo. Pero aquello significaba que, me gustara o no, la *Guía* estaba, bueno, trabajando para mí, y eso era muy preocupante.

—¿Por qué?

—Porque si está a tu disposición, te crees que trabaja para ti. Todo me resultó maravillosamente fácil a partir de entonces, justo hasta el momento en que me encontré a la mocosa con la piedra, y luego, paf, ya soy historia. Estoy fuera de onda.

—¿Te refieres a mi hija?

—Con la mayor cortesía posible. Es la próxima en la cadena que pensará que todo le va fabulosamente. Podrá sacudir en la cabeza a quien le apetezca con trozos de paisaje, todo le saldrá a pedir de boca hasta que haya hecho lo que tenga que hacer y después todo terminará para ella también. ¡Se trata de ingeniería temporal inversa, y está claro que nadie ha comprendido lo que se estaba desencadenando!

—Como yo, por ejemplo.

—¿Qué? Venga, Arthur, despiértate. Mira, déjame intentarlo otra vez. La nueva *Guía* se ha creado en los laboratorios de investigación. Utiliza la nueva tecnología de Percepción Sin Filtros. ¿Sabes lo que significa eso?

—¡Oye, que yo he estado haciendo bocadillos, por amor de Bob!

—¿Quién es Bob?

–Olvídalo. Continúa.

–La Percepción Sin Filtros significa que se percibe todo. ¿Entiendes? Yo no percibo nada. *Tú* no percibes nada. Tenemos filtros. La nueva *Guía* no posee filtro sensorial alguno. Percibe todo. Técnicamente no era una idea complicada. Solo era cuestión de no incluir algunas cosas. ¿Comprendes?

–¿Por qué no me limito a decir que sí lo comprendo, para que tú puedas seguir a pesar de todo?

–De acuerdo. Ahora bien, como el pájaro es capaz de percibir cualquier universo posible, podrá estar presente en todos los universos posibles, ¿no?

–S... í... í. Ah.

–De manera que lo que ocurre es que los tipos de los departamentos de mercadotecnia y contabilidad dicen: Pero es estupendo, ¿no significa eso que solo tenemos que fabricar una unidad y venderla una cantidad infinita de veces? ¡No me mires con los ojos bizcos, Arthur, así es como *piensan* los contables!

–Es una idea muy inteligente, ¿verdad?

–¡No! Es fantásticamente *absurda*. Mira, el aparato no es más que una pequeña *Guía*. Tiene una cibertecnología muy adelantada, pero como también dispone de Percepción Sin Filtros, el menor movimiento tiene el poder de un virus. Puede propagarse a través del espacio, del tiempo y de un millón de otras dimensiones. Todo puede concentrarse en cualquier parte de cualquiera de los universos en los que nos movemos tú y yo. Su poder es recurrente. Piensa en un programa informático. En algún sitio tiene una instrucción clave, y todo lo demás no son más que funciones que se llaman a sí mismas, o corchetes que se extienden interminablemente por un espacio direccional infinito. ¿Qué ocurre cuando los corchetes se disuelven? ¿Cuál es el definitivo «fin de cláusulas hipotéticas»? ¿Tiene algún sentido todo esto? ¿Arthur?

–Disculpa, me he quedado traspuesto un momento. Algo del Universo, ¿no?

–Algo del Universo, sí –dijo Ford en tono cansado. Volvió a sentarse–. Muy bien. A ver qué te parece esto. ¿Sabes a quiénes me pareció ver en las oficinas de la *Guía*? A los vogones. Ah. Veo que por fin he dicho una palabra que entiendes.

Arthur se puso en pie de un salto.

—Ese ruido —dijo.

—¿Qué ruido?

—El trueno.

—¿Qué pasa con él?

—No es un trueno. Es la migración de primavera de los Animales Completamente Normales. Ya ha empezado.

—¿Qué son esos animales en los que tanto insistes?

—No insisto en ellos. Solo hago bocadillos con sus tajadas.

—¿Por qué se llaman Animales Completamente Normales? Arthur se lo explicó.

No era muy frecuente que Arthur tuviese la satisfacción de ver a Ford con los ojos desencajados de asombro.

19

Arthur no se acostumbraba del todo a aquel espectáculo, que nunca le cansaba. Ford y él habían seguido rápidamente la orilla del pequeño río que fluía por el lecho del valle, y cuando al fin llegaron al borde de la llanura, se encaramaron a las ramas de un árbol grande para contemplar mejor una de las visiones más extrañas y maravillosas que ofrece la Galaxia.

El enorme y atronador rebaño de miles y miles de Animales Completamente Normales se precipitaba en magnífico orden por la Llanura Anhondo. A la pálida luz del amanecer, mientras los grandiosos animales embestían entre el fino vapor que ascendía de sus cuerpos sudorosos y el barro que levantaban sus cascos, su aspecto parecía un tanto irreal y en cualquier caso fantasmagórico, pero lo que realmente cortaba la respiración era su punto de origen y destino que, sencillamente, parecía no existir.

Formaban una falange compacta y en marcha que se extendía aproximadamente a lo largo de un kilómetro con una anchura de cien metros. La falange no se movía, sino que mostraba una ligera y gradual desviación a un lado y hacia atrás durante los ocho o nueve días que solía durar su aparición. Pero si su presencia era más o menos fija, las grandes bestias corrían a un ritmo constante de más de treinta kilómetros por hora, surgían como por ensalmo a un extremo de la llanura y desaparecían por el otro con la misma brusquedad.

Nadie sabía de dónde venían, nadie sabía adónde iban. Tenían tanta importancia en la vida de los lamuellanos, que era como si nadie se atreviera a preguntar. El Anciano Thrashbarg había dicho en una ocasión que, a veces, si se daba una respuesta, podría retirarse la pregunta. Algunos aldeanos afirmaban en privado que esa era la única muestra de sabiduría que habían oído en los labios de Thrashbarg, y tras un breve debate sobre la materia concluyeron que había sido fruto del azar.

El estrépito de los cascos era tan intenso que resultaba difícil oír nada más.

–¿Qué has dicho? –gritó Arthur.

–He dicho –aulló Ford– que esto quizá pueda servir como una prueba de deriva dimensional.

–¿Y eso qué es?

–Bueno, mucha gente está preocupada porque el espacio/tiempo empieza a resquebrajarse debido a todas las cosas que le están ocurriendo. Hay un montón de mundos donde puede apreciarse cómo grandes extensiones de terreno se han cuarteado y desplazado precisamente por las rutas extrañamente largas o sinuosas que siguen los animales en sus migraciones. Esto podría ser algo así. Vivimos en una extraña época. Sin embargo, a falta de un puerto espacial decente...

–¿Qué quieres decir? –le preguntó Arthur, mirándolo como petrificado.

–¿Qué quieres decir con eso de qué quiero decir? –gritó Ford–. Sabes perfectamente qué quiero decir. Vamos a salir de aquí cabalgando.

–¿Estás proponiendo seriamente que intentemos montar un Animal Completamente Normal?

–Sí. Para ver adónde va.

–¡Nos mataremos! No –se corrigió al momento Arthur–. No nos mataremos. Al menos yo. Ford, ¿has oído hablar alguna vez de un planeta llamado Stavrómula Beta.

–Me parece que no –contestó Ford, frunciendo el ceño. Sacó su destartalado ejemplar de la *Guía del autoestopista galáctico* y la puso en funcionamiento–. ¿Se escribe de alguna forma rara?

–No lo sé. Solo lo he oído mencionar, y a alguien que tenía un montón de dientes ajenos. ¿Recuerdas que te hablé de Agrajag?

320

–¿Te refieres –dijo Ford, después de pensar un momento– a aquel individuo que estaba convencido de que moriría una y otra vez por culpa tuya?

–Sí. Según él, uno de lo sitios donde causaría su muerte era Stavrómula Beta. Por ejemplo, si alguien trata de matarme de un disparo, me agacho y el que resulta alcanzado es Agrajag, o al menos una de sus múltiples reencarnaciones. Al parecer, eso ya ha pasado realmente en algún punto del tiempo, así que supongo que no podré morir hasta haberme agachado en Stavrómula Beta. Solo que nadie ha oído hablar de ese planeta.

–Hummm.

Ford hizo otra serie de búsquedas en la *Guía del autoestopista*, pero sin resultado.

–Nada –concluyó.

–Solo que me parece..., no, nunca he oído hablar de él –concluyó Ford. Sin embargo, se preguntó por qué le sonaba vagamente.

–De acuerdo –convino Arthur–. He visto cómo los cazadores lamuellanos cazan el Animal Completamente Normal. Si alancean a uno en medio de la manada, simplemente resulta pisoteado, así que tienen que apartarlos uno a uno con algún engaño para luego darles muerte. Es un procedimiento parecido al del torero, sabes, con una capa de colores vivos. El animal te embiste y entonces te apartas y con la capa ejecutas un elegante movimiento de vaivén. ¿Llevas algo parecido a una capa de colores de vivos?

–¿Vale esto? –preguntó Ford, mostrándole su toalla.

20

Saltar a lomos de un Animal Completamente Normal de una tonelada y media que emigra atronadoramente por tu mundo a cuarenta y cinco kilómetros por hora no es tan fácil como podría parecer a primera vista. Y desde luego, no tan fácil como los cazadores lamuellanos hacen que parezca, aunque Arthur Dent estaba preparado para descubrir que esa era la parte difícil del asunto.

Lo que no estaba preparado para descubrir, sin embargo, era lo difícil que iba a ser *pasar* a la parte difícil. La parte que tenía que ser fácil fue la que resultó prácticamente imposible.

No pudieron atraer la atención de un solo animal. Los Animales Completamente Normales estaban tan concentrados en producir un buen trueno con los cascos, cabezas inclinadas, lomos adelante, patas traseras haciendo el suelo puré, que para distraerlos habría hecho falta algo no solo sorprendente sino verdaderamente geológico.

Al final, la pura intensidad del estruendo de los cascos fue más de lo que Arthur y Ford podían soportar. Después de pasar casi dos horas haciendo cabriolas cada vez más ridículas con una toalla de baño de tamaño medio con un dibujo de flores, no habían conseguido siquiera que una de las gigantescas bestias que pasaban como una exhalación frente a ellos armando un barullo tremendo con los cascos lanzara en su dirección ni una mirada perdida.

Estaban a un metro de la avalancha horizontal de los cuerpos sudorosos. Acercarse más significaba peligro de muerte en el acto, crono-lógica o no crono-lógica. Arthur había visto lo que quedó de un Animal Completamente Normal que, a consecuencia de un torpe fallo en el lanzamiento de un joven e inexperimentado cazador lamuellano, resultó alanceado mientras seguía atronando el suelo con los cascos dentro de la manada.

Bastaba con tropezar. Ninguna cita previa con la muerte en Stavrómula Beta, estuviera donde coño estuviese ese planeta, podría salvar a nadie del atronador rodillo de aquellos cascos.

Al fin, Arthur y Ford se apartaron dando traspiés. Se sentaron, exhaustos y derrotados, y empezaron a criticarse el uno al otro por su técnica con la toalla.

—Tienes que agitarla más —se quejó Ford—. Tienes que completar el movimiento con el codo si pretendes que esas puñeteras criaturas se den cuenta de algo.

—¿*Completar el movimiento*? —protestó Arthur—. *Tú* tienes que tener más elasticidad en la muñeca.

—Tú tienes que adornar el movimiento —replicó Ford.

—Tú necesitas una toalla mayor.

—Lo que se necesita —dijo otra voz— es un pájaro *pikka*.

—¿Qué?

La voz había sonado a su espalda. Se volvieron y allí, inmóvil bajo el sol de la mañana, estaba el Anciano Thrashbarg.

—Para llamar la atención de un Animal Completamente Normal —explicó mientras se acercaba a ellos—, se necesita un pájaro *pikka*. Como este.

De debajo de la túnica semejante a una sotana, sacó un pequeño *pikka*. El pájaro se posó inquieto en la mano del Anciano Thrashbarg y miró atentamente a Bob sabía qué, algo que volaba rápidamente de un lado a otro a unos tres metros y treinta centímetros delante de él.

Ford se puso inmediatamente en cuclillas, la posición de alerta que solía adoptar cuando no estaba seguro de lo que pasaba ni de lo que debía hacer. Movió los brazos muy despacio esperando dar una impresión amenazadora.

—¿Quién es este? —siseó.

—Solo es el Anciano Thrashbarg —contestó Arthur con voz queda—. Y yo no me molestaría en hacer esos extraños movimientos. Thrashbarg es un farolero tan experimentado como tú. Podríais pasaros todo el día bailando el uno alrededor del otro.

—El pájaro volvió a sisear Ford—. ¿Qué pájaro es ese?

—¡No es más que un pájaro! —exclamó Arthur en tono impaciente—. Un pájaro como cualquier otro. Pone huevos y dice *ark* a cosas que tú no ves. O *kar, rit o* algo así.

—¿Has *visto* poner huevos a alguno? —preguntó Ford, con recelo.

—Claro que sí, por amor de Dios. Y he comido centenares de ellos. Sale una tortilla bastante buena. El secreto consiste en echar pequeños dados de mantequilla fría y batirlos ligeramente con...

—No quiero una zarkiana receta —le interrumpió Ford—. Solo quiero estar seguro de que es un pájaro de verdad y no una especie de ciberpesadilla multidimensional.

Se puso en pie despacio, abandonando su posición en cuclillas, y empezó a sacudirse el polvo. Pero sin quitar la vista del pájaro.

—Así que —dijo el Anciano Thrashbarg, dirigiéndose a Arthur— ¿está escrito que Bob vuelva a llevarse a su seno el don que una vez nos otorgó con el Hacedor de Bocadillos?

Ford estuvo a punto de volver a ponerse en cuclillas.

—No te apures, siempre habla así —murmuró Arthur, y en voz alta añadió—: Ah, venerable Thrashbarg. Pues, sí. Me temo que voy a desaparecer ahora mismo. Pero el joven Drimple, mi aprendiz, será un espléndido Hacedor de Bocadillos en mi lugar. Tiene aptitudes, un profundo amor a los bocadillos, y los conocimientos que ha adquirido hasta el momento, aunque todavía rudimentarios, madurarán con el tiempo y, bueno, lo que quiero decir es que se las arreglará perfectamente.

El Anciano Thrashbarg lo observó con gravedad. Sus viejos ojos se movieron con tristeza. Extendió los brazos; en uno seguía llevando el inquieto pájaro *pikka*, en el otro su bastón.

—¡Oh, Hacedor de Bocadillos enviado por Bob! —sentenció. Hizo una pausa, frunció el ceño y, cerrando los ojos en piadosa contemplación, suspiró—. ¡La vida será muchísimo menos rara sin ti!

Arthur se quedó pasmado.

—¿Sabes —repuso— que es la cosa más bonita que me han dicho en la vida?

—¿Podemos seguir, por favor? —dijo Ford.

Algo estaba pasando ya. La presencia del pájaro *pikka* en el brazo extendido de Thrashbarg enviaba vibraciones de interés hacia la trepidante manada. De cuando en cuando, una cabeza se desviaba momentáneamente en su dirección. Arthur empezó a acordarse de alguna caza de Animales Completamente Normales a la que había asistido. Recordó que, además de los cazadores toreros que ondeaban las capas, a su espalda había otros que llevaban pájaros *pikka* en la mano. Siempre había supuesto que, como él, iban simplemente a mirar.

El Anciano Thrashbarg avanzó, acercándose un poco más a la manada en movimiento. Algunos Animales volvían ahora la cabeza, interesados ante la vista del pájaro *pikka*.

Temblaban los brazos extendidos del Anciano Thrashbarg.

Solo el pájaro *pikka* parecía no tener interés alguno en lo que pasaba. Únicamente algunas enigmáticas moléculas de aire, suspendidas en ningún sitio en particular, atraían toda su vivaz atención.

–¡Ahora! –exclamó finalmente el Anciano Thrashbarg–. ¡Ahora podéis manejarlos con la toalla!

Arthur avanzó con la toalla de Ford, moviéndose igual que los cazadores toreros, con un elegante contoneo que en él no resultaba nada natural. Pero ahora sabía lo que había que hacer. Agitó la toalla, haciendo algunos molinetes para estar preparado cuando llegara el momento, y luego observó la manada.

A cierta distancia distinguió la Bestia que quería. Con la cabeza gacha, galopaba hacia él, justo al borde del rebaño. El Anciano Thrashbarg hizo girar al pájaro, la Bestia alzó los ojos, sacudió la cabeza de arriba abajo y entonces, justo cuando la volvía a inclinar, Arthur agitó la toalla en la línea de visión del Animal. La Bestia volvió a sacudir la cabeza, estupefacta, y sus ojos siguieron el movimiento de la toalla.

Había conseguido llamar la atención de la Bestia.

A partir de entonces, atraerla hacia él pareció la cosa más natural del mundo. El Animal mantenía la cabeza erguida, ligeramente inclinada hacia un lado. Redujo el paso a medio galope y luego al trote. Unos momentos después la enorme criatura estaba junto a ellos, bufando, jadeando, sudando y olfateando excitadamente al pájaro *pikka*, que parecía no haber reparado en su presencia. Con una extraña serie de amplios movimientos de los brazos, el Anciano Thrashbarg mantenía al pájaro *pikka* delante de la Bestia, pero siempre hacia abajo y fuera de su alcance. Con una extraña serie de amplios movimientos de la toalla, Arthur seguía atrayendo la atención de la Bestia hacia uno y otro lado, y siempre hacia abajo.

—Me parece que no he visto nada tan absurdo en la vida —masculló Ford para sí.

La Bestia, atontada pero dócil, cayó al fin de rodillas.

—¡Ahora! —instó a Ford el Anciano Thrashbarg, en un murmullo—. ¡Vamos! ¡Monta ya!

Ford saltó a la grupa de la enorme criatura, hurgando entre su gruesa y enredada piel para encontrar un punto de apoyo, agarrando grandes puñados de pelos para sujetarse firmemente una vez que estuvo bien asentado.

—¡Ahora, Hacedor de Bocadillos! ¡Vamos!

Hizo un elaborado gesto para darle la mano, que Arthur no comprendió porque, a todas luces, el Anciano Thrashbarg se acababa de inventar el ritual en la euforia del momento, y luego le dio un empujón.

Arthur respiró hondo, se encaramó detrás de Ford al enorme, caliente y henchido lomo de la bestia y se sujetó bien. Bajo él se rizaron y flexionaron enormes músculos del tamaño de leones marinos.

De pronto, el Anciano Thrashbarg alzó el pájaro. La Bestia volvió la cabeza para seguirlo con la mirada. Thrashbarg bajó y elevó el pájaro *pikka* sin soltarlo de la mano; y despacio, pesadamente, el Animal Completamente Normal se irguió tambaleante sobre sus rodillas y al fin se puso en pie, balanceándose ligeramente. Sus dos jinetes se mantuvieron firme y nerviosamente en su grupa.

Arthur miró al mar de trepidantes animales, esforzándose por distinguir la dirección que tomaban, pero no se veía nada salvo la reverberación del calor.

—¿Ves algo? —preguntó a Ford.

—No.

Ford se volvió a mirar atrás, tratando de encontrar alguna pista de la dirección de donde habían venido. Pero tampoco había nada.

—¿Sabes de dónde vienen? —gritó Arthur a Thrashbarg—. ¿O adónde van?

—¡A los dominios del Rey! —gritó el Anciano a su vez.

—¿El Rey? —repitió Arthur, sorprendido—. ¿Qué Rey?

Bajo él, el Animal Completamente Normal se cimbreaba y removía inquieto.

—¿Qué quieres decir con *qué* Rey? —gritó el Anciano Thrashbarg—. *El* Rey.

–Es que nunca has hablado de ningún Rey –repuso Arthur, con cierta perplejidad.

–¿Qué? –gritó el Anciano.

Era muy difícil oír algo por encima del estrépito de mil pezuñas, y el anciano estaba concentrado en lo que hacía.

Sin dejar de mantener al pájaro en alto, hizo girar en redondo a la Bestia hasta situarla despacio en sentido paralelo al movimiento del gran rebaño. Avanzó. La Bestia lo siguió. Dio otros pasos hacia adelante. La Bestia hizo lo mismo. Al fin, pesadamente, el Animal Completamente Normal tomó cierto impulso.

–¡He dicho que nunca has hablado de ningún Rey! –gritó Arthur de nuevo.

–Yo no he dicho *ningún* Rey –gritó el Anciano Thrashbarg–. He dicho *El* Rey.

Extendió el brazo hacia atrás y luego lo precipitó hacia adelante con todas sus fuerzas, lanzando al aire al pájaro *pikka* por encima de la manada. Eso pareció pillar al pájaro enteramente por sorpresa, pues evidentemente no estaba prestando atención alguna a lo que pasaba. Tardó unos momentos en comprender lo que sucedía, luego abrió las alas, las desplegó y empezó a volar.

–¡Vamos! –gritó el Anciano Thrashbarg–. ¡Adelante, ve en busca de tu destino, Hacedor de Bocadillos!

Arthur no estaba tan seguro de querer encontrarse con su destino. Solo quería llegar al final del trayecto, dondequiera que fuese, para desmontar de aquella bestia. No se sentía nada seguro allá arriba. El animal iba cobrando velocidad en pos del pájaro *pikka*. Llegó al extremo de la gran marea de animales y en un momento, con la cabeza gacha, corría de nuevo junto a los demás y se acercaba rápidamente al punto en que la manada estaba desapareciendo. Arthur y Ford se aferraban al enorme monstruo como si en ello les fuera la vida, rodeados por todas partes de montañas de cuerpos trepidantes.

–¡Adelante! ¡Cabalgad esa Bestia! –gritó Thrashbarg. Su cada vez más lejana voz resonó débilmente en sus oídos–. ¡Cabalgad esa Bestia Completamente Normal! ¡Cabalgad! ¡Cabalgad!

–¿Adónde ha dicho que íbamos? –gritó Ford a la oreja de Arthur.

–Ha dicho algo de un Rey –gritó Arthur a su vez, sujetándose desesperadamente.

–¿Qué Rey?

–Eso es lo que le pregunté. Se limitó a contestar que *El* Rey.

–No sabía que hubiera un *El* Rey –gritó Ford.

–Ni yo tampoco –gritó a su vez Arthur.

–Aparte, naturalmente, de *El* Rey –gritó Ford–. Y no creo que se refiriese a él.

–¿*Qué* Rey? –preguntó Arthur, también a gritos.

Ya casi estaban en el punto de llegada. Justo delante de ellos, las Bestias Completamente Normales galopaban hacia la nada y desaparecían.

–¿Qué quieres decir con *qué* Rey? –gritó Ford–. *Yo* no sé qué Rey. Solo digo que es imposible que se refiriese a *El* Rey, así que no sé qué quiere decir.

–No sé de qué estás hablando, Ford.

–¿Y qué? –dijo Ford.

Entonces las estrellas salieron de golpe, se movieron, giraron sobre sus cabezas y luego, con la misma precipitación, se apagaron de nuevo.

21

Entre la niebla aparecieron unos edificios grises y trémulos. Brincaban de arriba abajo de forma sumamente molesta. ¿Qué clase de edificios eran aquellos? ¿Para qué eran? ¿Qué le recordaban? Es muy difícil saber qué son las cosas cuando uno aparece de golpe y porrazo en un mundo diferente con otra cultura distinta, otra serie de conceptos fundamentales sobre la vida, así como una arquitectura increíblemente sosa y sin sentido.

Por encima de los edificios, el cielo era frío, negro y hostil. Las estrellas, que a aquella distancia del sol deberían ser brillantes y cegadores puntos luminosos, estaban borrosas y empañadas por el grosor de la gigantesca burbuja protectora. De *perspex* o un material parecido. De algo opaco y pesado, en cualquier caso.

Tricia rebobinó la cinta hasta el principio.

Sabía que había algo raro en ella.

Bueno, en realidad había un millón de cosas un tanto raras, pero una en concreto, no sabía cuál, la inquietaba.

Dio un suspiro y bostezó.

Mientras esperaba que se rebobinara la cinta, quitó de la moviola algunas de las tazas de plástico que se habían acumulado y las tiró a la papelera.

Estaba en una pequeña sala de montaje de una compañía de producción de vídeos en el Soho. Tenía notas de «No molesten» pegadas por toda la puerta y había bloqueado todas las llamadas en la central telefónica. En principio para proteger su asombrosa exclusiva, aunque ahora la protegería de la confusión.

Vería otra vez la cinta entera desde el principio. Si lo soportaba. Podría pasar rápidamente algunas partes.

Eran las cuatro de la tarde del lunes y tenía cierta sensación de mareo. Intentaba averiguar la causa de aquel ligero malestar, y no le faltaban motivos.

En primer lugar, todo había sucedido inmediatamente después del vuelo nocturno de Nueva York. El ojo rojo. Siempre matador.

Luego la abordaron unos extraterrestres en su jardín y la llevaron al planeta Ruperto. No tenía suficiente experiencia en esas cosas como para asegurar que eran matadoras, pero estaba dispuesta a apostar que los que pasaban habitualmente por ello lo maldecían. Las revistas siempre publicaban estadísticas sobre el estrés. Cincuenta puntos de estrés por perder el trabajo. Setenta y cinco por divorcio o cambio de peinado, etcétera. Ninguna mencionaba lo de ser abordada en el jardín por extraterrestres para volar al planeta Ruperto, pero estaba segura de que valía unas cuantas docenas de puntos.

No es que el viaje hubiese sido especialmente agotador. En realidad, había sido sumamente aburrido. Desde luego, no le produjo más tensión nerviosa que la travesía del Atlántico, y había durado aproximadamente lo mismo, unas siete horas.

Bueno, eso era bastante sorprendente, ¿no? El hecho de que el viaje a los extremos confines del sistema solar durase el mismo tiempo que el vuelo de Nueva York significaba que la nave disponía de una forma de propulsión fantástica y desconocida. Interrogó al respecto a sus anfitriones y ellos convinieron en que era bastante buena.

—¿Pero cómo *funciona*? —preguntó con entusiasmo. Al principio del viaje todavía estaba muy entusiasmada.

Encontró la parte de la cinta que buscaba y volvió a verla. Los grebulones, que así se llamaban ellos mismos, le enseñaban cortésmente qué botones pulsaban para hacer funcionar la nave.

—Sí, pero ¿con qué *principio* funciona? —se oyó preguntar desde detrás de la cámara.

—Ah, ¿se refiere a si tiene energía remolcadora o algo así? —dijeron ellos.

—Sí —insistió Tricia—. ¿Qué *es*?

–Algo parecido, probablemente.

–¿*A qué?*

–Energía remolcadora, energía fotónica, algo así. Tendrá que preguntar al ingeniero de vuelo.

–¿Y quién es?

–No sabemos. Todos hemos perdido la cabeza, ¿sabe?

–Ah, sí –dijo Tricia en tono vago–. Ya me lo han dicho. Y entonces, ¿cómo han perdido la cabeza, exactamente?

–No lo sabemos –contestaron ellos, pacientemente.

–Porque han perdido la cabeza –repitió Tricia en tono triste.

–¿Quiere ver la televisión? Es un viaje largo. Nosotros vemos la televisión. Nos gusta.

Así de interesante era el contenido de la cinta, que además no se veía bien. En primer lugar, la calidad de la película era sumamente mala. Tricia no sabía exactamente por qué. Tenía la impresión de que los grebulones respondían a un radio levemente distinto de frecuencias ligeras y de que en el ambiente había mucha luz ultravioleta, lo que era muy perjudicial para la cámara. También había nieve y un montón de interferencias. Quizá fuese algo relacionado con la energía remolcadora, de la que ninguno de ellos tenía la menor idea.

Así que lo que tenía filmado era, en esencia, un grupo de personas un tanto delgadas y pálidas sentadas frente a unos televisores que emitían programas de redes de distribución. También había enfocado hacia el diminuto ojo de buey que tenía cerca del asiento, con lo que consiguió un bonito efecto de estrellas, si bien con algunas rayas. Ella sabía que era auténtico, pero solo se habrían tardado tres o cuatro minutos en falsificarlo.

Al final decidió dejar su preciosa cinta de vídeo para cuando llegara a Ruperto, y se sentó a ver la televisión. Incluso se quedó dormida un rato.

De manera que su sensación de mareo procedía en parte de que había pasado todas esas horas en una nave espacial de extraterrestres, de una concepción técnica asombrosa, y la mayor parte de esas horas dormitando frente a reposiciones de *MASH* y *Cagney y Lacey*. Pero ¿qué otra cosa podía hacer? También había hecho algunas fotografías, desde luego, pero todas salieron bastante borrosas, según comprobó al recogerlas del laboratorio.

Su sensación de mareo posiblemente provenía también del aterrizaje en Ruperto. Eso, al menos, había sido sensacional y espeluznante. La nave había descendido majestuosamente sobre un paisaje triste y oscuro, un territorio tan desesperadamente alejado del calor y la luz de su sol principal, que parecía el mapa de las cicatrices psicológicas de un niño abandonado.

Unos focos destellaron entre la helada oscuridad y guiaron la nave hacia la embocadura de una gruta que pareció partirse por la mitad para que entrara la pequeña nave.

Lamentablemente, debido al ángulo de aproximación y a la profundidad en que el pequeño y grueso ojo de buey estaba colocado en el fuselaje de la nave, fue imposible enfocarla directamente con la cámara. Vio esa parte de la película.

La cámara enfocaba directamente al sol.

Eso suele ser muy malo para la cámara. Pero cuando el sol se encuentra aproximadamente a medio billón de kilómetros de distancia, no hace daño alguno. En realidad, apenas se nota. Únicamente hay un pequeño punto luminoso en el centro del encuadre, lo que podría ser cualquier otra cosa. Solo un astro entre una multitud.

Tricia pasó la cinta hacia delante.

Ah. Esta vez, la siguiente escena había sido bastante prometedora. Al salir de la nave se encontraron en una vasta estructura gris semejante a un hangar. Aquello era una muestra clara de tecnología extraterrestre a una escala impresionante. Enormes edificios grises bajo la oscura bóveda de la burbuja de *perspex*. Eran los mismos edificios que antes había visto al final de la película. Había tomado más metraje de ellos a la salida de Ruperto, unas horas después, en el momento de abordar la nave para el viaje de vuelta. ¿Qué le recordaban?

Pues, bueno, igual que todo lo demás, le recordaban los decorados de cualquier película de ciencia ficción de bajo presupuesto rodada en los últimos veinte años. Aquello era mucho más grande, claro, pero en la pantalla tenía un aspecto chillón y poco convincente. Aparte de la horrorosa calidad de la película, tuvo que luchar con los inesperados efectos de la gravedad, que era considerablemente más baja que la de la Tierra, y le costó mucho trabajo evitar que la cámara saltara de un lado para otro de forma poco profesional y embarazosa. Por lo que le resultó imposible definir detalle alguno.

Y ahí estaba el Jefe, que se acercaba a saludarla sonriente y con la mano extendida.

Así era como lo llamaban. El Jefe.

Los grebulones no tenían nombres, sobre todo porque no se les ocurría ninguno. Tricia descubrió que algunos habían pensado en llamarse como ciertos personajes de los programas de televisión que recibían de la Tierra, pero por mucho que intentaran llamarse Wayne, Bobby o Chuck, algo que permanecía acechante en lo más hondo del subconsciente cultural que los acompañaba desde sus lejanos planetas de procedencia debió decirles que aquello no estaba bien y no serviría de nada.

El Jefe tenía casi el mismo aspecto que todos los demás. Algo más delgado, posiblemente. Le dijo que le gustaban mucho sus programas de televisión, que era su más grande admirador, que se alegraba mucho de que hubiese podido venir a Ruperto, que todo el mundo ansiaba su llegada, que esperaba que hubiese tenido un vuelo agradable, etcétera. Tricia no percibía ninguna sensación especial de que fuese una especie de emisario de las estrellas ni nada parecido.

Desde luego, al verlo en el vídeo, parecía simplemente un individuo con ropa de vestuario y maquillaje frente a unos decorados que no aguantarían mucho si alguien se apoyaba en ellos.

Se quedó mirando la pantalla con las manos en la cara y moviendo despacio la cabeza, llena de perplejidad.

Aquello era *horroroso*.

No solo era que aquella parte fuese horrorosa, sino que sabía lo que venía después. El Jefe le preguntó si el viaje le había dado hambre y si le apetecía acompañarlo a comer algo. Podían charlar mientras comían.

Se acordaba de lo que había pensado en aquel momento.

Comida extraterrestre.

¿Cómo iba a salir del paso?

¿Tendría que llegar a comérsela? ¿No dispondría de alguna especie de servilleta de papel donde escupirla? ¿No habría toda clase de problemas de inmunidad diferencial?

Resultó que eran hamburguesas.

No solo hamburguesas, sino que resultaron hamburguesas que sin ningún género de dudas eran hamburguesas de McDonald's, recalentadas en microondas. No se trataba únicamente de su aspecto.

Ni solo del olor. Eran los envoltorios de poliestireno en forma de concha, que tenían impreso el nombre «McDonald's».

–¡Coma! ¡Disfrute! –le dijo el Jefe–. ¡Nada es demasiado bueno para nuestra distinguida huésped!

Estaban en sus aposentos privados. Tricia miró alrededor con una perplejidad rayana en el miedo, pero a pesar de ello lo filmó todo.

En la estancia había una cama de agua. Y una cadena Midi. Y uno de esos cilindros de cristal con iluminación eléctrica que se ponen encima de las mesas y parecen tener largos glóbulos de esperma flotando en su interior. Las paredes estaban tapizadas de terciopelo.

El Jefe se recostó en un puf de pana marrón y se roció la boca con un aerosol para refrescarse el aliento.

De pronto, Tricia empezó a sentir mucho miedo. Que ella supiera, estaba más lejos de la Tierra de lo que ningún ser humano hubiese estado jamás, y se encontraba en compañía de un alienígena recostado en un puf de pana marrón que estaba poniéndose aerosol en la boca para refrescarse el aliento.

No deseaba hacer ningún falso movimiento. No quería alarmarlo. Pero había cosas que tenía que saber.

–¿Cómo consiguió..., de dónde sacó... todo esto? –preguntó, haciendo un gesto nervioso hacia la habitación.

–¿La decoración? –dijo el Jefe–. ¿Te gusta? Es muy distinguida. Los grebulones somos un pueblo muy refinado. Adquirimos bienes de consumo ultramodernos... por correo.

En ese punto, Tricia asintió muy despacio con la cabeza.

–Por correo... –repitió.

El Jefe soltó una risita. Era una de esas risitas suaves y tranquilizadoras como chocolate oscuro.

–Pero no pienses que nos lo envían aquí. ¡No! ¡Ja, ja! Disponemos de un apartado especial de correos en New Hampshire. Hacemos visitas periódicas para recogerlo. ¡Ja, ja!

Se recostó con toda tranquilidad en el puf, alargó el brazo para coger una patata frita recalentada y le dio un mordisquito en la punta con una sonrisa de regocijo en los labios.

Tricia sintió que el cerebro se le erizaba un poco. Mantuvo la cámara en funcionamiento.

–¿Cómo hacen para..., bueno, cómo pagan estos maravillosos... objetos?

El Jefe volvió a soltar una risita.

–American Express –contestó, encogiéndose de hombros.

Tricia volvió a asentir despacio. Sabía que daban tarjetas absolutamente a todo el que lo pidiese.

–¿Y esto? –preguntó, cogiendo la hamburguesa que le había ofrecido.

–Muy sencillo –contestó el Jefe–. Hacemos cola.

Una vez más, con un lento escalofrío que le recorrió la espalda, Tricia comprendió que aquello explicaba muchas cosas.

Pulsó de nuevo el botón para pasar la cinta. No había nada que pudiera utilizarse. Todo era una espantosa locura. Si hubiese falsificado algo, habría tenido una impresión más convincente.

Otra sensación de mareo empezó a apoderarse de ella mientras veía aquella inútil y horrible cinta, y con lento horror empezó a comprender que esa debía ser la causa.

Debía estar...

Sacudió la cabeza y trató de serenarse.

Un vuelo nocturno hacia el este... Las pastillas que había tomado para dormir durante todo el viaje. El vodka que había bebido para que las pastillas le hicieran efecto.

¿Qué más? Pues, bueno. Los diecisiete años de obsesión por un hombre encantador de dos cabezas, una de ellas disfrazada de loro enjaulado, que intentó ligársela en una fiesta pero que luego se largó impaciente a otro planeta en un platillo volante. Aquella idea pareció llenarse de pronto de inquietantes aspectos en los que jamás había pensado verdaderamente. Nunca se le habían ocurrido. En diecisiete años.

Se metió el puño en la boca.

Debía pedir ayuda.

Luego estaba Eric Bartlett, insistiendo en que una nave espacial de extraterrestres había aterrizado en su jardín. Y antes..., en Nueva York había tenido, bueno, mucho calor y mucha tensión. Grandes esperanzas y amarga decepción. Lo de la astrología.

Debió haber sufrido una crisis nerviosa.

Eso era. Estaba agotada y había sufrido una crisis nerviosa, con las consiguientes alucinaciones poco después de llegar a casa. Lo había soñado todo. Una raza de extraterrestres desposeídos de su vida y su historia, atascados en un lugar remoto de nuestro sistema solar, que llenaban su vacío cultural con la basura de nuestra civilización. ¡Ja! Era la forma que la naturaleza adoptaba para aconsejarle que ingresara sin tardanza en un centro médico de los más caros.

Estaba muy, pero que muy enferma. Además, recordó la cantidad de cafés largos que había tomado y se dio cuenta de lo rápida y agitada que tenía la respiración.

La solución de cualquier problema, se dijo a sí misma, pasaba por reconocerlo. Empezó a controlar la respiración. Lo había advertido a tiempo. Había comprendido dónde estaba. De vuelta de algún abismo psicológico a cuyo borde se había asomado. Empezó a calmarse, a tranquilizarse. Se recostó en la silla y cerró los ojos.

Al cabo de un rato, cuando volvió a respirar normalmente, los abrió de nuevo.

Entonces, ¿de dónde había sacado aquella cinta?

La película seguía proyectándose.

Muy bien. Era una falsificación.

Ella misma lo había falsificado. Eso era.

Debió de ser ella, porque se oía su voz en toda la banda sonora, haciendo preguntas. De cuando en cuando, la cámara concluía una toma, se inclinaba hacia abajo y veía sus propios pies, calzados con sus mismos zapatos. Lo había falsificado y no recordaba haberlo hecho ni por qué.

Mientras contemplaba las imágenes, temblorosas y llenas de su respiración volvió a agitarse de nuevo.

Debía de *seguir* teniendo alucinaciones.

Sacudió la cabeza, intentando alejarlas. No recordaba haber manipulado aquella película claramente adulterada. Por otro lado, no parecía tener recuerdos que fuesen muy *parecidos* a los de las imágenes falseadas. Perpleja y en trance, siguió mirando.

La persona a quien llamaban –en su imaginación– Jefe le hacía preguntas sobre astrología y ella las contestaba con calma y precisión. Solo que se notaba en la voz un pánico creciente y bien disimulado.

El Jefe pulsó un botón y se corrió una pared de terciopelo rojizo, revelando una gran batería de televisores con pantalla plana.

Cada una de las pantallas mostraba un caleidoscopio de diferentes imágenes: unos segundos de un concurso, luego de una emisión policíaca, del sistema de seguridad del almacén de un supermercado, de películas que alguien había rodado en vacaciones, escenas eróticas, noticias, una obra cómica. Era evidente que el Jefe estaba orgulloso de todo aquello, y movía las manos como un director de orquesta sin dejar de hablar en un completo galimatías.

Con otro movimiento de sus manos, todas las pantallas se quedaron en blanco para formar un gigantesco monitor que mostraba un diagrama de todos los planetas del sistema solar trazados sobre un fondo de estrellas y sus respectivas constelaciones. La imagen era completamente estática.

–Tenemos muchas especialidades –decía el Jefe–. Vastos conocimientos de cálculo, trigonometría cosmológica, navegación tridimensional. Mucha cultura. Magnífica, cuantiosa sabiduría. Solo que lo hemos perdido. Es una pena. Nos gustaría disponer de conocimientos prácticos, solo que se han volatilizado. Están en alguna parte del espacio, moviéndose rápidamente. Con nuestros nombres y los detalles de nuestras casas y seres queridos. Por favor –añadió, indicándole con un gesto que se sentara a la consola del ordenador–, haga uso de sus conocimientos para nosotros.

El siguiente movimiento de Tricia era evidente: colocó rápidamente la cámara en el trípode para filmar toda la escena. Entonces se puso frente al objetivo y se sentó tranquilamente ante el diagrama del gigantesco ordenador, dedicó unos momentos a familiarizarse con la interfaz y luego, sin afectación y con aire de entendida, empezó a hacer como si tuviera alguna idea de lo que estaba haciendo.

En realidad, no había sido tan difícil.

Al fin y al cabo era matemática y astrofísica de formación, y presentadora de televisión por experiencia, y la ciencia que había olvidado a lo largo de los años bien podía suplirla con un farol.

El ordenador que manejaba era una prueba clara de que los grebulones procedían de una cultura mucho más avanzada y compleja de lo que sugería el vacío de su estado actual y, aprovechando sus posibilidades, en una media hora fue capaz de ensamblar un sistema solar que le sirviera de modelo de trabajo.

No era muy preciso ni nada parecido, pero daba buena impresión. Con una simulación relativamente buena, los planetas giraban muy aprisa en torno a sus órbitas y, muy toscamente, se podía contemplar el movimiento virtual de toda la maquinaria cosmológica desde cualquier punto del sistema. Se podía contemplar desde la Tierra, Marte, etcétera. Y también desde la superficie del planeta Ruperto. Tricia se quedó muy impresionada consigo misma, pero el sistema informático en el que trabajaba también le produjo gran impresión. En la Tierra, con un equipo de proceso de datos, la programación de aquella tarea posiblemente llevaría un año.

Cuando terminó, el Jefe se puso tras ella y se quedó mirando. Estaba muy complacido, encantado, con el resultado de su trabajo.

–Bien –dijo–. Y ahora le rogaría que me hiciera una demostración de cómo utilizar el sistema que acaba de concebir para traducirme la información que contiene este libro.

En silencio, le puso un libro delante.

Era *Tú y tus planetas*, de Gail Andrews.

Volvió a parar la cinta.

Desde luego se sentía bastante mareada. La impresión de que sufría alucinaciones ya había cedido, pero no por eso tenía la mente más clara ni despejada.

Se apartó de la moviola empujando la silla hacia atrás y se preguntó qué podía hacer. Años atrás había abandonado el ámbito de la investigación astronómica porque tenía la absoluta certeza de haber conocido a un ser de otro planeta. En una fiesta. Como también sabía, sin ningún género de dudas, que habría sido el hazmerreír si se le hubiera ocurrido decirlo. Pero ¿cómo podía estudiar cosmología y *no* decir nada de la única cosa verdaderamente importante que sabía? Había hecho lo único que podía hacer. Dejarla.

Ahora trabajaba en televisión y le había vuelto a ocurrir lo mismo.

Tenía una cinta de vídeo, toda una *película* del reportaje más asombroso de la historia de, bueno, de *todo*, una colonia olvidada de una civilización extraterrestre aislada en el planeta más extremo de nuestro sistema solar.

Tenía el reportaje.

Había *estado* allí.

Lo había *visto*.

Tenía la *cinta de vídeo*, por amor de Dios.

Y si alguna vez se la enseñaba a alguien, se convertiría en el haz-merreír de ese alguien.

¿Cómo podía probarlo, aunque fuese en parte? Ni siquiera valía la pena pensarlo. Desde todos los puntos de vista en que lo considerase, aquello era una auténtica pesadilla. Empezaba a dolerle la cabeza. Tenía aspirinas en el bolso. Salió de la pequeña sala de montaje al pasillo, donde estaba el surtidor de agua. Se tomó la aspirina con varios vasos de agua.

El lugar parecía muy tranquilo. Solía haber más gente circulando apresuradamente por allí, o al menos *alguna* persona pasando a toda prisa. Asomó la cabeza por la puerta de la sala de montaje contigua a la suya, pero no había nadie.

Había exagerado bastante al tratar de alejar a la gente de su sala de montaje. «NO MOLESTAR», decía un aviso, «NI SE TE OCURRA ENTRAR. ME DA IGUAL DE QUÉ SE TRATE. LARGO. ¡ESTOY OCUPA-DA!»

Cuando se encontró con que la señal luminosa de su extensión telefónica estaba encendida, y se preguntó cuánto tiempo llevaba así.

—¿Diga? —dijo a la telefonista.

—Ah, miss McMillan, me alegro de que haya llamado. Todo el mundo está tratando de localizarla. Su compañía de televisión. Están desesperados por encontrarla. ¿Puede llamarlos?

—¿Por qué no me los ha pasado? —preguntó Tricia.

—Me dio instrucciones de que no le pasara a nadie bajo ningún concepto. Hasta me dijo que negara que estaba usted aquí. No sabía qué hacer. Me acerqué a darle un mensaje, pero...

—Muy bien —concluyó Tricia, maldiciéndose a sí misma.

Llamó a su oficina.

—¡*Tricia*! ¿Dónde *coño* sanguinolento te has metido?

—En la sala de montaje...

—Me dijeron...

—Ya sé. ¿Qué pasa?

—¿Qué *pasa*? ¡Solo una puñetera nave espacial extraterrestre!

—¿Cómo? ¿Dónde?

–En Regent's Park. Una cosa grande y plateada. Una chica con un pájaro. Habla inglés, tira piedras a la gente y quiere que le arreglen el reloj. Ve para allá.

Tricia la observó fijamente.

No era una nave grebulona. No es que se hubiese convertido de repente en una experta en naves extraterrestres, pero aquella era preciosa, blanca y plateada, en tono metalizado, del tamaño de un yate de altura, que es a lo que más se parecía. En comparación, las estructuras de la enorme y medio desmantelada nave grebulona semejaban las cañoneras de un buque de guerra. Cañoneras. A eso se parecían aquellos edificios grises. Y lo raro es que, cuando volvió a pasar frente a ellos para abordar de nuevo la pequeña nave grebulona, se estaban moviendo. Esas cosas se le pasaron brevemente por la cabeza mientras salía corriendo del taxi para encontrarse con el equipo de filmación.

–¿Dónde está la chica? –gritó por encima del ruido de helicópteros y las sirenas de la policía.

–¡Allí! –gritó el productor mientras el técnico de sonido se apresuraba a prenderle un diminuto micrófono en la ropa–. Dice que su padre y su madre son de aquí y están en una dimensión paralela o algo así, que tiene el reloj de su padre y..., no sé. ¿Qué te puedo decir? Prepárate. Pregúntale qué se siente al ser del espacio exterior.

–Muchas gracias, Ted –musitó Tricia.

Comprobó que llevaba el micrófono bien sujeto, dio un nivel al técnico de sonido, respiró hondo, se echó el pelo hacia atrás y entró en terreno familiar, en su papel de periodista profesional preparada para todo.

Bueno, para casi todo.

Se volvió a mirar a la chica. Esa debe ser, la del pelo enredado y mirada perdida. La niña se volvió hacia ella. Y la miró de hito en hito.

–¡Madre! –gritó, y empezó a tirarle piedras.

22

La luz del día estalló a su alrededor. Un sol fuerte y abrasador. Ante sus ojos se extendía una llanura desértica envuelta en calima. Se precipitaron hacia ella con un estrépito ensordecedor.

–¡Salta! –gritó Ford Prefect.

–¿Qué? –gritó Arthur Dent, sujetándose como si en ello le fuera la vida.

No hubo respuesta.

–¿Qué has dicho? –insistió Arthur, dándose cuenta enseguida de que Ford ya no estaba allí. Lleno de pánico, miró en torno y entonces se resbaló. Comprendiendo que ya no podía sujetarse por más tiempo, tomó todo el impulso que pudo, se lanzó de costado, se hizo una bola al caer al suelo y, rodando, se alejó de las pezuñas que machacaban la tierra.

Vaya día, pensó mientras tosía furiosamente para desalojar el polvo de los pulmones. No había pasado un día tan malo desde que la Tierra fue demolida. Tambaleándose, se puso de rodillas y luego de pie y salió corriendo. No sabía de qué ni adónde, pero salir pitando le pareció buena medida.

Se dio de bruces con Ford Prefect, que estaba allí parado, contemplando la escena.

–Mira –dijo Ford–. Eso es precisamente lo que necesitamos.

Arthur tosió otra vez, escupiendo y quitándose polvo del pelo y los ojos. Jadeando, se volvió a ver lo que miraba Ford.

No se parecía mucho a los dominios de un rey, ni de El Rey, ni de ninguna clase de rey. Pero tenía un aspecto tentador.

En primer lugar, el panorama. Era un mundo desértico. El polvoriento suelo era duro y había amoratado concienzudamente hasta la última parte del cuerpo de Arthur que no estaba ya morada por la jarana de la noche anterior. A cierta distancia se veían grandes colinas que parecían de arenisca, erosionadas por el viento y por la escasa lluvia que presumiblemente caía en la comarca, hasta adquirir caprichosas y extravagantes configuraciones que hacían juego con las fantásticas formas de los cactus gigantes que brotaban aquí y allá en el árido y anaranjado paisaje.

Por un momento, Arthur tuvo la osada esperanza de que de buenas a primeras hubiesen ido a parar a Nuevo México, Arizona o quizá Dakota del Sur, pero había muchos indicios de que no era así.

Para empezar, las Bestias Completamente Normales seguían galopando con estrépito. Aparecían majestuosamente a decenas de miles por el lejano horizonte, desaparecían completamente durante un kilómetro o así, y luego volvían a aparecer desbocadamente hacia el horizonte contrario.

Luego estaban las naves espaciales aparcadas delante del Bar & Grill. Ah. «Bar & Grill Los Dominios del Rey». Vaya chasco, pensó Arthur.

En realidad, delante del Bar & Grill Los Dominios del Rey solo había una nave. Las otras tres estaban en el aparcamiento de al lado. Pero fue la de delante la que le llamó la atención. Era una maravilla. Fantásticas aletas por todos lados, coronadas de una excesiva cantidad de cromados, y con la mayor parte de la carrocería pintada de un chocante color rosa. Allí estaba, agazapada como un enorme insecto caviloso y a punto de saltar sobre algo a un kilómetro de distancia.

El Bar & Grill Los Dominios del Rey se encontraba en plena trayectoria de los Animales Completamente Normales, pero las bestias habían tomado una insignificante desviación transdimensional en el camino. Estaba en su sitio, sin que lo molestaran. Un Bar & Grill corriente. Un restaurante de camioneros. En los confines del mundo. Tranquilo. Los Dominios del Rey.

–Voy a comprar esa nave –anunció Ford con voz queda.

–¿Comprar? –dijo Arthur–. No es tu estilo. Creía que solías mangarlas.

—A veces hay que mostrar cierto respeto –repuso Ford.

—Probablemente tengas que mostrar también un poco de dinero. ¿Cuánto costará una cosa así?

Con un leve movimiento, Ford se sacó del bolsillo la tarjeta de crédito Nutr-O-Cuenta. Arthur observó que le temblaba un poco la mano.

—Ya les enseñaré a nombrarme crítico gastronómico... –jadeó Ford.

—¿A qué te refieres? –preguntó Arthur.

—Te lo voy a mostrar –contestó Ford con un desagradable brillo en los ojos–. Vamos a hacer algunos *gastos,* ¿te parece?

—Dos cervezas –pidió Ford–. Y no sé, dos rollitos de bacon, lo que tenga. Ah, y esa cosa rosa de ahí fuera.

Soltó la tarjeta encima de la barra y miró en torno como si nada. Hubo un silencio cargado.

Antes no había habido mucho ruido, pero ahora reinaba un silencio especial. Hasta el trueno lejano de los Animales Completamente Normales, que evitaban cuidadosamente Los Dominios del Rey, parecía de pronto un poco apagado.

—Hemos venido *cabalgando* –dijo Ford, como si no hubiese nada raro en eso ni en ninguna otra cosa. Estaba recostado en la barra, en una postura excesivamente relajada.

En el local había unos tres clientes sentados delante de unas mesas, bebiendo despacio sus cervezas. Unos tres. Algunas personas dirían que eran tres exactamente, pero no era esa clase de sitio, no era de esos locales en los que se tienen ganas de ser tan específico. Además, había un individuo alto que estaba instalando material en el pequeño escenario. Una batería vieja. Un par de guitarras. Country & western, o algo así.

El camarero no se apresuraba en servir a Ford. En realidad, no se había movido.

—No estoy seguro de que la cosa rosa esté en venta –dijo al fin, con un retintín de los que perduran.

—Seguro que sí –repuso Ford–. ¿Cuánto quiere?

—Pues...

—Diga una cifra. Yo la doblaré.

–No es mía, no puedo venderla –anunció el camarero.

–¿De quién es, entonces?

El camarero señaló con la cabeza al individuo alto que estaba colocando el escenario.

Ford asintió y sonrió.

–Muy bien –dijo–. Ponga las cervezas y los rollitos. No haga la cuenta todavía.

Arthur se acomodó en la barra. Estaba acostumbrado a no saber lo que pasaba. Se encontraba a gusto así. La cerveza era bastante buena y le dio un poco de sueño, pero no le importó. Los rollos de bacon no eran tales. Sino rollos de Animal Completamente Normal. Intercambió con el camarero algunas observaciones profesionales sobre el arte de hacer rollitos y dejó que Ford se dedicara a lo suyo.

–Muy bien –dijo Ford, volviendo a su taburete–. Está hecho. Tenemos la cosa rosa.

–¿Se la vende? –exclamó el camarero, muy sorprendido.

–Nos la regala –contestó Ford, dando un mordisco al rollito–. Oiga, no, no haga la cuenta todavía. Vamos a pedir más cosas. Buen rollito.

Bebió un largo trago de cerveza.

–Buena cerveza. Buena nave, también –añadió, mirando a la cosa cromada y rosa semejante a un insecto, partes de la cual se veían por las ventanas del bar–. Buena tarde, muy buena. ¿Sabes una cosa? –inquirió, recostándose en el taburete con aire pensativo–. En ocasiones como esta se pregunta uno si vale la pena preocuparse por el tejido del espacio/tiempo, la integridad causal de la matriz multidimensional de la probabilidad, la posible disolución de todas las configuraciones de onda del Toda Clase de Revoltijo General y todas esas cosas que me han estado fastidiando. A lo mejor tiene razón el individuo alto. Déjalo todo. ¿Qué importa? Déjalo.

–¿Qué individuo alto? –preguntó Arthur.

Ford se limitó a indicar el escenario con un movimiento de cabeza. El individuo alto dijo «uno, dos» un par de veces en el micrófono. Ahora había otros dos individuos en el escenario. Batería. Guitarra.

El camarero, que había guardado silencio durante unos momentos, dijo:

—¿Dice que les *ha regalado* su nave?

—Sí —contestó Ford—. Hay que dejarlo todo, esas fueron sus palabras. Coge la nave. Llévatela, con mi bendición. Trátala bien. Y eso haré.

Dio otro trago de cerveza.

—Como iba diciendo —prosiguió—, en ocasiones como esta es cuando se piensa: déjalo todo. Pero luego se recuerda a tipos como los de Empresas Dimensinfín y uno dice: No van a salirse con la suya. Van a sufrir. Es mi sagrada y santa misión hacer que esos individuos lo pasen mal. Oiga, permítame darle una propina para el cantante. Le he hecho una petición especial y hemos llegado a un acuerdo. Pero tiene que ponérmelo en la cuenta, ¿vale?

—Vale —repuso con cautela el camarero. Luego se encogió de hombros—. Muy bien, como quiera. ¿Cuánto?

Ford dijo una cifra. El camarero se desplomó entre las botellas y los vasos. Ford saltó rápidamente por encima de la barra para ver si estaba bien y lo ayudó a ponerse en pie. Se había hecho unos pequeños cortes en el dedo y en el codo y estaba un poco atontado, pero por lo demás se encontraba perfectamente. El individuo alto empezó a cantar. El camarero se alejó cojeando con la tarjeta de crédito de Ford para pedir conformidad.

—¿Hay algo en todo esto que yo no sepa? —preguntó Arthur a Ford.

—¿Es que no suele haberlo?

—No tienes que ponerte así —repuso Arthur, empezando a despertarse. De pronto, añadió—: ¿Nos vamos? ¿Esa nave puede llevarnos a la Tierra?

—Pues claro.

—¡Allí es donde irá Random! —exclamó Arthur, dando un respingo—. ¡Podemos seguirla! Pero..., humm...

Ford dejó que Arthur pensara las cosas por sí solo y sacó su vieja edición de la *Guía del autoestopista galáctico*.

—Pero ¿dónde estamos con respecto al eje de probabilidad? —le preguntó Arthur—. ¿Estará allí la Tierra o no estará? He pasado tanto tiempo buscándola. Y lo único que encontré fueron planetas que se le parecían un poco o nada en absoluto, aunque, a juzgar por los continentes, era evidente que estaban en el sitio justo. La peor versión se llamaba Ahoraqué, donde quiso morderme un funesto animalito. Así es como se comunicaban, ¿sabes?, mordiéndose unos a otros. Muy doloroso. Y luego, claro, la mitad del tiempo la Tierra ni siquiera está ahí porque la demolieron los malditos vogones. ¿Me explico un poco?

Ford no hizo ningún comentario. Estaba escuchando algo. Pasó la *Guía* a Arthur y señaló a la pantalla. El artículo activo decía: «Tierra. Fundamentalmente inofensiva».

—¡Quieres decir que está ahí! —exclamó Arthur, lleno de excitación—. ¡La Tierra existe! ¡Allí es donde irá Random! ¡El pájaro le estaba mostrando la Tierra en plena tormenta!

Ford le hizo un gesto para que gritara un poco más bajo. Estaba escuchando.

Arthur estaba perdiendo la paciencia. Ya había escuchado antes «Love Me Tender» interpretada por cantantes de bares. Le sorprendía un poco oírla allí, justo en aquel condenado sitio de los confines del mundo, que desde luego no era la Tierra, pero en aquellos días las cosas no tendían a sorprenderle lo mismo que antes. El cantante era bastante bueno, para ser cantante de bar y si a uno le gustaban esas cosas, pero Arthur ya estaba inquieto.

Miró el reloj. Eso solo sirvió para recordarle que ya no tenía reloj. Lo tenía Random, o al menos lo que quedaba de él.

—¿No crees que deberíamos irnos? —repitió, en tono de urgencia.

—¡Chsss! —repuso Ford—. He pagado por oír esta canción.

Tenía lágrimas en los ojos, lo que a Arthur le pareció un poco desconcertante. Nunca había visto a Ford emocionado por nada que no fuese una bebida muy, pero que muy fuerte. El polvo, probablemente. Esperó, tamborileando irritadamente con los dedos, a destiempo con la música.

La canción terminó. El cantante siguió con «Heartbreak Hotel».

—De todas formas —musitó Ford—, tengo que hacer una reseña del restaurante.

—¿Qué?

—Tengo que escribir una reseña.

—¿Escribir una *reseña*? ¿De este sitio?

—Al presentar la reseña se confirma la petición de gastos. Lo he arreglado para que todo ocurra de forma automática y no deje rastro alguno. Esta cuenta va a *necesitar* una buena autorización –añadió en voz baja, mirando la cerveza con una desagradable sonrisita.

–¿Por unas cervezas y un rollito?

–Y una propina para el cantante.

–¿Por qué, cuánto le has dado?

Ford repitió la cifra.

–No sé cuánto es eso –dijo Arthur–. ¿A qué equivale en libras esterlinas? ¿Qué se podría comprar con eso?

–Con eso se podría comprar más o menos..., pues... –Ford parpadeó rápidamente mientras hacía algunos cálculos mentales–. Suiza –dijo al fin. Cogió su *Guía del autoestopista* y se puso a teclear.

Arthur asintió con aire de inteligencia. Había veces que deseaba entender de qué demonios hablaba Ford, y otras, como ahora, en que tenía la impresión de que era más seguro no intentarlo siquiera. Miró por encima del hombro de Ford.

–No vas a tardar mucho, ¿verdad? –le preguntó.

–No. Es una bobada. Solo mencionar que los rollitos eran muy buenos, la cerveza buena y fría, la fauna de la comarca simpática y excéntrica, el cantante del bar el mejor del universo conocido, y eso es todo. No se necesita mucho. Solo una autorización.

Tocó una zona de la pantalla que tenía el letrero ENTER y el mensaje desapareció en la red Sub-Eta.

–¿Entonces el cantante te parece muy bueno?

–Sí –contestó Ford.

El camarero volvió con un papel que parecía temblarle en las manos.

–Qué curioso. Al principio, la red la rechazó dos veces. No es que me sorprendiera –aseguró el camarero, con gotas de sudor en la frente–. Y de pronto, que sí, que todo está bien, y la red..., bueno, pues da la autorización. Sin más. ¿Quiere... firmarlo?

Ford examinó el resguardo rápidamente. Silbó entre dientes.

–Esto va a hacer mucho daño a Dimensinfín –dijo con aire de preocupación y, con voz suave, añadió–: Bueno, que se jodan.

Firmó el resguardo, lo rubricó y se lo volvió a entregar al camarero.

–Más dinero –anunció– del que el Coronel[1] ganó en toda su ca-

---

1. Sobrenombre del representante de Elvis Presley. *(N. del T.)*

rrera haciendo malas películas y contratos para actuar en casinos. Solo por hacer lo que mejor le sale. Subir al escenario y cantar en un bar. Y lo ha negociado él personalmente. Me parece que está en un buen momento. Dígale que se lo agradezco e invítele a una copa.

Lanzó unas monedas sobre la barra. El camarero las rechazó.

–Me parece que esto no es necesario –dijo con voz un poco ronca.

–Para mí, sí –repuso Ford–. Bueno, nos vamos.

Se quedaron parados a pleno sol, envueltos por el polvo, mirando la nave rosa y cromo con asombro y admiración. O al menos, Ford la contemplaba con asombro y admiración.

Arthur solo la miraba.

–¿No te parece un poco ostentosa?

Lo repitió cuando subieron a bordo. Los asientos y buena parte de los mandos estaban tapizados de ante o piel fina. En el panel de mando principal había un gran monograma dorado que decía simplemente: «EP».

–¿Sabes una cosa? –dijo Ford mientras ponía en marcha los motores de la nave–. Le pregunté si era cierto que le habían secuestrado unos extraterrestres, ¿y sabes que me contestó?

–¿Quién? –quiso saber Arthur.

–El Rey.

–¿Qué rey? Oh, ya hemos mantenido esta conversación, ¿verdad?

–No importa –repuso Ford–. Por si te interesa saberlo, me dijo que no. Se marchó por su propia voluntad.

–Sigo sin estar seguro de quién estamos hablando –comentó Arthur.

–Mira –dijo Ford, sacudiendo la cabeza–. En el compartimiento de tu izquierda hay unas cintas. ¿Por qué no eliges una y pones música?

–Vale –dijo Arthur, rebuscando entre las cajas–. ¿Te gusta Elvis Presley?

–A decir verdad, sí. Bueno, espero que esta máquina sea capaz de saltar tanto como su aspecto indica.

Activó la propulsión principal.

–¡Siiiií! –gritó Ford mientras salían disparados a una velocidad demoledora.

Era capaz.

23

A las cadenas de noticias no les gustan esas cosas. Las consideran una pérdida de tiempo. Una inconfundible nave espacial aparece de pronto en pleno Londres y se convierte en una noticia sensacional de primera magnitud. Tres horas y media después aparece otra completamente distinta y, por lo que sea, no es noticia.

«¡OTRA NAVE ESPACIAL!», decían los titulares y los anuncios de los quioscos. «ESTA ES ROSA.» De haber sucedido un par de meses después podrían haberle sacado más partido. Media hora después, la tercera nave, la pequeña Hrundi de cuatro literas, salió únicamente en las noticias regionales.

Ford y Arthur salieron gritando de la estratosfera y aparcaron pulcramente en Portland Place. Era poco después de las seis y media de la tarde y había sitio libre. Se mezclaron brevemente con la multitud que se había congregado a mirar y luego dijeron bien alto que si nadie iba a llamar a la policía ellos lo harían, y salieron a escape.

—Mi casa... —dijo Arthur con un tono ronco insinuándose en su voz mientras miraba a su alrededor con ojos nublados.

—Bueno, no te pongas sentimental ahora —le soltó Ford—. Tenemos que encontrar a tu hija y a esa especie de pájaro.

—¿Cómo? —repuso Arthur—. En este planeta hay cinco billones y medio de personas, y...

—Sí —convino Ford—. Pero solo una de ellas acaba de llegar del espacio exterior en una nave grande y plateada y en compañía de un pájaro mecánico. Propongo que busquemos una televisión y algo para beber mientras la vemos. Necesitamos un hotel en condiciones.

Se registraron en el Langham, en una amplia suite de dos habitaciones. Misteriosamente, la tarjeta Nutr-O-Cuenta de Ford, expedida en un planeta a más de cinco mil años luz de distancia, no pareció presentar problemas en el ordenador del hotel.

Ford se lanzó inmediatamente hacia el teléfono mientras Arthur trataba de localizar la televisión.

–Bien –dijo Ford–. Quisiera encargar margaritas, por favor. Un par de jarras. Dos ensaladas del chef y todo el foie gras que tengan. Y también el Zoológico de Londres.

–¡Está en el telediario! –gritó Arthur desde la otra habitación.

–Eso es lo que he dicho –dijo Ford al teléfono–. El zoo de Londres. Cárguelo a la cuenta.

–Ella es... ¡Santo cielo! –gritó Arthur de nuevo–. ¿Sabes quién le está haciendo una entrevista?

–¿Es que le resulta difícil entender la lengua inglesa? –continuó Ford–. Es el zoo que está un poco más allá, en esta misma calle. No me importa que esté cerrado esta tarde. No quiero una entrada, quiero comprar el zoo. No me importa que usted esté ocupado. Este es el servicio de habitaciones, yo estoy en una habitación y quiero que me presten un servicio. ¿Tiene papel? Perfecto. Voy a decirle lo que tiene que hacer. Todos los animales que puedan reintegrarse tranquilamente a la naturaleza, que se devuelvan a su ambiente. Organice unos buenos equipos de gente para vigilar los progresos que hagan en el medio natural y ver si están bien.

–¡Es *Trillian*! –gritó Arthur–. ¿O es..., humm...? ¡Por Dios Santo, no soporto todo este rollo de universos paralelos! Es jodidamente complicado. Parece una Trillian diferente. Se llama Tricia McMillan, que es el nombre que Trillian utilizaba antes de... Bueno..., ¿por qué no vienes a ver si te enteras tú?

–Un momento –gritó Ford, volviendo a sus tratos con el servicio de habitaciones–. Entonces necesitaremos algunas reservas naturales para los animales que no puedan adaptarse a la selva. Organice un equipo para investigar los sitios más adecuados. Quizá haga falta comprar un sitio como Zaire y quizá algunas islas. Madagascar. Baffin. Sumatra. Esa clase de sitios. Necesitaremos una amplia variedad de hábitats. Oiga, no veo por qué le parece un problema. Aprenda a delegar competencias. Contrate a quien quiera. Ponga manos a la obra. Ya verá que tengo buen crédito. Y la ensalada aliñada con queso azul. Gracias.

Colgó y se dirigió a la otra habitación, donde estaba Arthur, sentado en el borde de la cama viendo la televisión.

–He pedido foie gras –anunció Ford.

–¿Qué? –dijo Arthur, completamente absorto ante la pantalla del televisor.

–He dicho que he pedido foie gras.

–Ah –repuso Arthur en tono vago–. Humm, siempre me he sentido un poco a disgusto con el foie gras. Me parece una crueldad con las ocas, ¿no?

–Que se jodan –dijo Ford, tirándose sobre la cama–. No puede uno preocuparse por todas las puñeteras cosas.

–Pues me parece muy bien que digas eso, pero...

–¡Déjalo! –exclamó Ford–. Si no te gusta me tomaré el tuyo. ¿Qué pasa?

–¡El caos! –contestó Arthur–. ¡El caos total! Random no deja de gritar a Trillian, o Tricia, o quien sea, que la abandonó, y luego exige ir a un buen club nocturno. Tricia se ha puesto a llorar y asegura que en la vida ha visto a Random, y menos aún recuerda haberla dado a luz. Entonces, de pronto, ha empezado a lamentarse de alguien llamado Ruperto, que ha perdido la cabeza o algo así. Para ser franco, no he entendido muy bien esa parte. Entonces Random ha empezado a tirar objetos y han cortado para poner publicidad mientras trataban de arreglar las cosas. ¡Ah! Ya han vuelto a conectar con el estudio. Calla y mira.

En la pantalla apareció un presentador bastante convulso que pidió disculpas a los telespectadores por la interrupción anterior. Dijo que no había verdaderas noticias de qué informar, solamente que la misteriosa muchacha, que se llamaba a sí misma Random Frequent Flyer Dent, se había marchado del estudio para, humm, descansar. Esperaba que Tricia McMillan estuviese de vuelta al día siguiente. Entretanto, seguían llegando noticias de nuevos movimientos de ovnis...

Ford saltó de la cama, cogió el teléfono más cercano y marcó un número.

—¿Conserje? ¿Quiere ser dueño de este hotel? Es suyo si dentro de cinco minutos me averigua de qué clubs es miembro Tricia McMillan. Cárguelo todo a esta habitación.

24

Lejos, en las negras profundidades del espacio invisible, había movimiento.

Invisible para cualquiera de los habitantes de la extraña y temperamental zona Plural en cuyo foco residen las posibilidades infinitamente múltiples del planeta llamado Tierra, pero no sin consecuencias para ellos.

En el extremo mismo del sistema solar, acurrucado en un sofá verde de imitación de cuero, con aire malhumorado y la vista fija en una batería de televisores y pantallas de ordenador, estaba el Jefe de los grebulones, que parecía muy preocupado. Movía las manos nerviosamente. Hojeaba su libro de astrología. Manipulaba la consola del ordenador. Cambiaba las imágenes que continuamente le enviaban los demás aparatos grebulones de grabación, todos ellos enfocados al planeta Tierra.

Estaba afligido. Su misión era vigilar. Pero vigilar en secreto. Para ser sincero, estaba un poco harto de su misión. Tenía la completa seguridad de que su misión debía consistir en algo más que sentarse a ver televisión durante años y años. Sin duda contaban con un montón de equipos diferentes que debían de tener algún objetivo, de no haber perdido accidentalmente toda idea de para qué servían. El jefe necesitaba tener una finalidad en la vida, y por eso se dedicaba a la astrología, para colmar el bostezante abismo que existía en su mente y su alma. Eso le diría algo, sin duda.

Bueno, ya le estaba diciendo algo.

Le decía, en la medida en que era capaz de descifrarlo, que iba a tener un mes muy malo, que las cosas irían de mal en peor si no afrontaba los problemas, tomando medidas positivas y resolviéndolos por sí mismo.

Era cierto. Se desprendía con toda claridad de su carta astral, que había levantado con ayuda de su libro de astrología y del programa informático que la simpática Tricia McMillan le había preparado para la triangulación de todos los datos astronómicos pertinentes. La astrología basada en la Tierra tenía que volver a calcularse enteramente para que pudiese aplicarse a los grebulones en aquel planeta, el décimo de los situados en los helados extremos del sistema solar.

Los nuevos cálculos mostraban con absoluta claridad y sin ambigüedades que efectivamente iba a tener un mes muy malo, y eso a partir de aquel mismo día. Porque aquel día la Tierra empezaba a pasar sobre Capricornio, y eso, para el Jefe de los grebulones, que poseía todos los signos caracterológicos de ser un Tauro clásico, era verdaderamente muy mal augurio.

Aquel era el momento, decía su horóscopo, de tomar medidas positivas, de adoptar decisiones implacables, de ver lo que había que hacer y ponerlo en práctica. Todo aquello le resultaba muy difícil, pero era consciente de que nadie había dicho jamás que lo difícil fuese fácil. El ordenador ya estaba siguiendo y adelantando, segundo a segundo, la posición del planeta Tierra. Ordenó dar un giro a las grandes torretas grises.

Como todo el equipo de vigilancia de los grebulones estaba centrado en el planeta Tierra, no descubrió que ahora había otra fuente de datos en el sistema solar.

Por otra parte, las posibilidades de que descubriese esa otra fuente de datos –una inmensa nave constructora de color amarillo– eran prácticamente nulas. Estaba tan alejada del sol como Ruperto, pero en una dirección diametralmente opuesta, casi oculta por el astro rey.

Casi.

La inmensa nave constructora de color amarillo pretendía vigilar los acontecimientos del planeta Tierra sin ser descubierta. Lo había conseguido completamente.

Había muchas otras formas en las cuales esa nave era diametralmente opuesta a los grebulones.

Su jefe, su Capitán, tenía una idea muy clara de cuál era su propósito. Era muy sencillo y corriente, y hacía un considerable período de tiempo que lo estaba persiguiendo a su sencillo y corriente modo.

Todo aquel que conociese su propósito, lo habría calificado de absurdo y desagradable, añadiendo que no era de los propósitos que enriquecen la vida, ponen contenta a la gente o hacen cantar a los pájaros y florecer a las plantas. Más bien lo contrario, en realidad. Justo al revés.

Pero a él no le correspondía preocuparse por eso. Su trabajo consistía en hacer su trabajo, que era hacer su trabajo. Si eso conducía a cierta estrechez de miras y a un razonamiento tortuoso, no era su trabajo preocuparse por esas cuestiones. Cuando se le presentaban, tales asuntos se encomendaban a otros que, a su vez, disponían de otras personas a las que asignar ese género de cosas.

A muchos, muchos años luz de allí, y en realidad de cualquier sitio, se halla un planeta sombrío y hace mucho abandonado, la Vogonesfera. En alguna parte de ese planeta, en un fétido cenagal envuelto en bruma, se yergue un pequeño monumento de piedra rodeado por los sucios caparazones, rotos y vacíos, de los últimos y escurridizos cangrejos enjoyados, que indica el lugar donde, según se cree, apareció en un principio la especie *vogón vogonblurtus*. En el monumento hay una flecha grabada en dirección a la niebla, y debajo, en letras sencillas y corrientes, se lee la inscripción: «El macho cabrío se detiene aquí».

En las entrañas de su invisible nave amarilla, el capitán vogón gruñó al alargar la mano hacia un papel arrugado y un tanto descolorido que tenía delante. Una orden de demolición.

Si hubiera que descifrar dónde empezaba exactamente el trabajo del Capitán, que consistía en hacer su trabajo, que era hacer su trabajo, todo se reduciría en último término a aquel trozo de papel que su inmediato superior le había confiado hacía mucho tiempo. Contenía una orden, y el propósito del Capitán era llevarla a cabo y rellenar el recuadro adyacente con un grueso trazo cuando la hubiera cumplido.

Ya había realizado antes esa orden, pero una serie de molestas circunstancias le habían impedido tachar la casilla.

Una de esas circunstancias molestas era la naturaleza Plural de aquel sector galáctico, donde lo posible interfería continuamente con lo probable. La simple demolición no requería más esfuerzo que el de aplastar una burbuja de aire en un rollo mal puesto de papel de empapelar. Todo lo que se demolía, volvía a surgir de nuevo. Eso pronto se arreglaría.

Otra consistía en un pequeño grupo de gente que constantemente se negaba a estar donde tenía que estar justo en el momento debido. Eso también se arreglaría pronto.

La tercera la representaba un irritante y anárquico aparatito llamado *Guía del autoestopista galáctico*. Eso ya estaba perfectamente arreglado y, en realidad, mediante la fenomenal energía de la ingeniería temporal inversa, ahora era la propia agencia quien se ocuparía de arreglar todo lo demás. El Capitán había ido simplemente a contemplar el acto final de aquel drama. En cuanto a él, ni siquiera tenía que levantar un dedo.

–Muéstramelo –ordenó.

La oscura forma de un pájaro abrió las alas y se elevó en el aire cerca de él. El puente quedó sumido en la oscuridad. Tenues destellos saltaron brevemente de los ojos del pájaro mientras, en lo más hondo de su espacio direccional, iba cerrándose un corchete tras otro, finalizaban cláusulas hipotéticas, se detenían circuitos repetitivos, se llamaban por últimas veces las funciones recurrentes.

Una deslumbrante imagen se iluminó en la oscuridad, una visión azul verdosa cubierta de agua, un tubo que fluía por el aire en forma de una ristra de salchichas.

Con un flatulento ruido de satisfacción, el Capitán vogón se retrepó en el asiento para contemplar el espectáculo.

25

—¡Ahí es, número cuarenta y dos! —gritó Ford Prefect al taxista—. ¡Ahí, justo!

El taxi se detuvo con una sacudida y Ford y Arthur bajaron de un salto. Por el camino habían parado frente a varios cajeros automáticos y Ford tiró un puñado de dinero por la ventanilla.

La entrada del club, elegante y severa, estaba oscura. El nombre solo se veía en una placa diminuta. Los socios sabían dónde estaba y, si no se era socio, el saber que se encontraba allí no servía de mucho.

Ford Prefect no era miembro del club Stavro's, aunque una vez había estado en el otro Stavro's de Nueva York. Tenía un método muy sencillo para entrar en establecimientos de los que no era socio. Simplemente entró a toda velocidad en cuanto se abrió la puerta, señaló a Arthur, que iba detrás, y dijo:

—Está bien, viene conmigo.

Bajó a saltos los oscuros y lustrosos escalones, sintiéndose muy ligero con sus zapatos nuevos. Eran de gamuza y eran azules, y estaba muy contento de que, a pesar de todo lo que estaba ocurriendo, hubiera tenido la agudeza visual de localizarlos en el escaparate de una zapatería desde un taxi lanzado a toda velocidad.

—Creí haberte dicho que no vinieras por aquí.

—¿Cómo? —dijo Ford.

Un hombre delgado, de aspecto enfermizo, que llevaba ropa holgada italiana, subía las escaleras y al cruzarse con ellos, encendiendo un cigarrillo, se detuvo bruscamente.

–Usted no –dijo–. Él.

Miró de frente a Arthur y entonces pareció un poco confuso.

–Disculpe –dijo–. Me parece que le he confundido con otra persona.

Siguió subiendo la escalera, pero casi al momento se volvió de nuevo, aún más perplejo. Miró fijamente a Arthur.

–¿Y ahora, qué? –inquirió Ford.

–¿Cómo ha dicho?

–He dicho y ahora qué –repitió Ford con irritación.

–Sí, eso es –dijo el desconocido, tambaleándose ligeramente y dejando caer una caja de cerillas. Esbozó una débil mueca y se llevó la mano a la frente–. Disculpe. Estoy tratando desesperadamente de acordarme de qué droga acabo de tomar, pero debe ser de esas de las que uno no se acuerda.

Sacudió la cabeza, dio otra vez la vuelta y subió en dirección al servicio de caballeros.

–Vamos –dijo Ford, bajando deprisa la escalera.

Arthur lo siguió nerviosamente. El encuentro le había inquietado bastante, y no sabía por qué.

No le gustaban aquellos sitios. A pesar de los años en que había soñado con la Tierra y con su hogar, ahora echaba mucho de menos la cabaña de Lamuella, con sus cuchillos y sus bocadillos. Incluso echaba en falta al Anciano Thrashbarg.

–¡Arthur!

Gritaban su nombre en estéreo. Era un efecto de lo más pasmoso.

Se volvió a mirar a un lado. A su espalda, en lo alto de la escalera, vio a Trillian que bajaba corriendo hacia él con su Rymplon™. De pronto pareció sobresaltarse.

Arthur se volvió del otro lado para ver por qué se había sobresaltado súbitamente.

Al pie de la escalera estaba Trillian, que llevaba... No, esta era Tricia. La Tricia que acababa de ver en la televisión, histérica y confusa. Y detrás de ella estaba Random, con la mirada más furiosa que nunca. Al fondo del elegante club tenuemente iluminado, la clientela de la noche formaba un cuadro inmóvil, mirando expectante la confrontación que se producía en la escalera.

Durante unos momentos todo el mundo se quedó petrificado. Menos la música, que siguió vibrando detrás de la barra.

–La pistola que tiene –anunció Ford en voz baja, señalando a Random con la cabeza– es una Wabanatta 3. Estaba en la nave que me robó. Es muy peligrosa, en serio. Que no se te ocurra moverte ni por un momento. A ver si todo el mundo se queda tranquilo y averiguamos por qué está tan enfadada.

–¿Dónde *encajo* yo? –gritó Random de pronto. Le temblaba mucho la mano con que empuñaba el arma. Se metió la otra mano en el bolsillo y sacó los restos del reloj de Arthur. Los agitó delante de todos.

–¡Creí que encajaría aquí! –exclamó–. ¡En el mundo que me creó! ¡Pero resulta que ni siquiera mi *madre* sabe quién soy!

Tiró violentamente el reloj, que se estrelló contra los cristales de detrás de la barra, desperdigando sus entrañas.

Todos permanecieron quietos unos momentos más.

–Random –dijo Trillian con voz suave desde la escalera.

–¡Tú te *callas*! –gritó Random–. ¡Me abandonaste!

–Random, es muy importante que me escuches y me entiendas –insistió pacientemente Trillian–. No tenemos mucho tiempo. Tenemos que marcharnos. Todos.

–Pero ¿qué dices? ¡Siempre estamos *marchándonos*!

Ahora empuñaba la pistola con ambas manos; las dos le temblaban. No apuntaba a nadie en particular. Solo apuntaba al mundo en general.

–Escucha –prosiguió Trillian–. Te dejé porque tenía que cubrir una guerra para la emisora. Era sumamente peligroso. O eso pensaba, al menos. Cuando llegué, la guerra había dejado súbitamente de declararse. Se produjo una anomalía en el tiempo y... ¡escucha! ¡Por favor, escúchame! Resulta que una nave de reconocimiento no apareció y el resto de la flota se dispersó en un absurdo desorden. Son cosas que ahora pasan todo el tiempo.

–¡No me importa! ¡No quiero saber nada de tu puñetero *trabajo*! –gritó Random–. ¡Quiero un hogar! ¡Quiero encajar en alguna parte!

–Este no es tu hogar –dijo Trillian sin perder la calma–. Tú no tienes hogar. Ninguno lo tenemos. Ya casi nadie lo tiene. La nave perdida de que hablaba antes. La gente de esa nave carece de hogar.

No saben de dónde son. Ni siquiera tienen recuerdo alguno de quiénes son o para qué sirven. Están absolutamente perdidos, muy confusos y asustados. Están aquí, en este sistema solar, a punto de cometer un gran... desaguisado por el hecho de sentirse tan perdidos y confusos. Tenemos... que... marcharnos... ahora mismo. No sé decirte adónde. Quizá no haya parte alguna. Pero este no es el sitio donde estar. Una vez más. ¿Podemos marcharnos?

Random se tambaleaba de pánico y confusión.

–Todo está bien –dijo Arthur con voz suave–. Si yo estoy aquí, estamos a salvo. No me pidas que te lo explique ahora, pero como yo estoy a salvo, vosotros también. ¿Vale?

–¿Qué estás diciendo? –inquirió Trillian.

–Tranquilicémonos todos –repuso Arthur. Se sentía muy tranquilo. Su vida estaba encantada y nada de aquello parecía real.

Despacio, poco a poco, Random empezó a tranquilizarse y, centímetro a centímetro, fue bajando la pistola.

Ocurrieron dos cosas a la vez.

Se abrió la puerta del servicio de caballeros en lo alto de la escalera y, sorbiendo por la nariz, salió el desconocido que se había encarado con Arthur.

Sobresaltada por el repentino movimiento, Random volvió a levantar la pistola justo cuando un hombre que estaba a su espalda se lanzaba por ella.

Arthur se precipitó hacia delante. Hubo un estallido ensordecedor. Se inclinó torpemente mientras Trillian se arrojaba sobre él. El ruido cesó. Arthur alzó la cabeza hacia lo alto de la escalera para ver al desconocido, que lo miraba con absoluta estupefacción.

–Tú... –dijo. Entonces, despacio, horrorosamente, se derrumbó.

Random arrojó la pistola al suelo y cayó de rodillas, sollozando.

–¡Lo siento! –exclamó–. ¡Lo siento mucho! Lo siento tanto, tanto...

Tricia se acercó a ella. Trillian se aproximó a ella.

Arthur se sentó en la escalera con la cabeza entre las manos, sin la menor idea de qué hacer. Ford estaba sentado en el escalón de abajo. Recogió algo del suelo, lo miró con interés y se lo pasó a Arthur.

–¿Te dice algo esto? –le preguntó.

Arthur lo cogió. Era la caja de cerillas que antes había dejado caer el muerto. Llevaba escrito el nombre del club. Así, más o menos:

STAVRO MUELLER

BETA

Se quedó mirándolo durante un rato mientras las cosas empezaban a ordenarse en su mente. Se preguntó qué debería hacer, pero solo vagamente. La gente empezaba a precipitarse y a gritar a su alrededor, y de pronto se dio cuenta con toda claridad de que no había nada que hacer, ni ahora ni nunca. A través de la nueva extrañeza del ruido y la luz, solo distinguió la forma de Ford Prefect que, echado hacia atrás, se reía a carcajadas.

Una inmensa sensación de paz se apoderó de él. Sabía que al fin, de una vez por todas, todo había acabado definitivamente.

Prostetnic Vogon Jeltz se encontraba solo en la oscuridad del puente de la nave vogona. Unas luces oscilaron brevemente por las pantallas de visión exterior alineadas contra un mamparo. Sobre su cabeza danzaban las discontinuidades en forma de salchichas de color verde azulado. Las opciones se descomponían, las posibilidades se plegaban entre sí, y el conjunto se disolvía finalmente, dejando de existir.

Descendió una profunda oscuridad. Durante unos momentos, el capitán vogón quedó envuelto en ella.

–Luz –ordenó.

No hubo respuesta. El pájaro también se había contraído, fuera de toda posibilidad.

El vogón dio la luz personalmente. Volvió a coger el papel y trazó un pequeño signo en la casilla.

Bueno, estaba hecho. Su nave entró calladamente en el negro vacío.

Pese a haber tomado lo que consideraba una medida sumamente positiva, el Jefe grebulón acabó teniendo un mes muy malo. Fue muy parecido a los meses anteriores, salvo que ya no había nada en la televisión. En su lugar, puso un poco de música.

ÍNDICE

Impreso en Talleres Gráficos
LIBERDÚPLEX, S. L. U.,
ctra. BV 2249, km 7,4 - Polígono Torrentfondo
08791 Sant Llorenç d'Hortons